Un monde de femmes

SHERI S. TEPPER

OSSEMENTS
UN MONDE DE FEMMES

J'ai lu 2907/5*

SHERI S. TEPPER

Un monde de femmes

TRADUIT DE L'AMÉRICAIN
PAR IAWA TATE

ÉDITIONS J'AI LU

Ce roman a paru sous le titre original :

THE GATE TO WOMEN'S COUNTRY

© Sheri S. Tepper, 1988
Pour la traduction française :
© Éditions J'ai lu, 1990

1

Comme si, devenue étrangère à elle-même, elle se regardait du dehors, Stavia se voyait sous l'apparence d'une sombre silhouette encapuchonnée, filant le long d'une ruelle aux pavés luisants sous l'effet d'une pluie fine, une ondée de printemps, précoce pour la saison. Elle allait d'un pas vif, accompagnée par le clapotement doux des ruisselets qui dévalaient les caniveaux. Frileusement embusqués sous leurs corniches, les bâtiments austères n'existaient que par la grâce de leurs fenêtres derrière lesquelles les chandelles aux flammes papillotantes semblaient s'adresser des signaux, de part et d'autre de la rue. Signaux un peu brouillés, un peu larmoyants, en raison de la poussière d'eau qui fouettait les façades.

Aujourd'hui, comme chaque fois que s'était produit cet étrange phénomène de dédoublement, Stavia ressentait l'embarras d'un acteur qui se voit confier un rôle dans une pièce dont il connaît à peine les péripéties et redoute le dénouement. Toute circonstance exceptionnelle, née du hasard ou de l'imprévu, la troublait. Désemparée, incapable de faire front, la Stavia de tous les jours en était réduite à s'effacer dans les coulisses de l'événement afin de céder la réplique à une actrice d'une autre envergure, ce double infaillible doté de l'aisance et de l'autorité nécessaires pour pouvoir se mesurer sans préparation aux situations les plus délicates. Dès lors, reléguée dans le hors-champ, elle n'était plus que le témoin fasciné d'un spectacle dans lequel la Stavia sublime, le plus fort, le plus fier, le meilleur d'elle-même, évoluait avec un naturel déconcertant ; sans jamais se laisser démonter par la subtilité des dialogues ou la perfection du décor. A la tombée du jour, quand lui était parvenue la convocation attendue de Dawid, Stavia avait humblement quitté la scène pour laisser l'initiative à son alter ego, la silhouette noire qui, sans un regard pour la clarté intime et multiple des chandelles, foulait maintenant les pavés du marché aux fruits et aux poissons, marchant droit, pour gagner la porte des Armes.

La spectatrice attentive ne fut pas sans apprécier comme il convenait la qualité de la lumière crépusculaire. Une tendre nostalgie imprégnait la diversité des teintes. Le vert profond des arbres se découpait contre le ciel d'ardoise. Un éclairage de circonstance, bien adapté au climat de la pièce, mélancolique sans excès, sans déchirer l'âme. A l'ouest, le soleil dardait entre les nuages ses longs doigts obliques comme les faisceaux d'un projecteur céleste en quête d'un ange égaré ou d'un évadé de l'enfer cherchant à gagner subrepticement le paradis. Mais peut-être les rayons étaient-ils à l'affût d'un simple esquif de pêche en train de danser sur l'obscurité des flots. Hypothèse peu vraisemblable. Quel besoin les habitants de ces béatitudes auraient-ils eu d'un bateau de pêche ?

Non loin de la fontaine de la Tranquillité, la rue s'inclinait, suivant la pente qui depuis le Temple descendait jusqu'au Champ de Mars, fermé par le mur d'enceinte septentrional. Sur la droite, de plain-pied avec la chaussée, s'alignaient interminablement les échoppes des artisanes : chandelières, savonnières, couturières, tricoteuses. A gauche, le parc déployait en direction du nord-est un moutonnement sombre au centre duquel s'ouvrait comme une bouche de lumière l'amphithéâtre d'été, où serait représentée à la belle saison la pièce fétiche de la Fédération, *Iphigé-*

nie à Ilion. Stavia devait jouer le rôle d'Iphigénie. Non pas jouer, mais tenir, rectifia-t-elle. Elle tiendrait le rôle d'Iphigénie, puisque aussi bien, quelqu'un devait assumer cette tâche. Dans l'arène de l'amphithéâtre d'été. Au milieu du parc.

Au pied de la colline, la rue débouchait sur le Champ de Mars, vaste esplanade presque entièrement cernée par les gradins, amoncelant leurs étages au-dessus d'arches imposantes. Edifié avant le cataclysme, l'ensemble étonnait aujourd'hui par son gigantisme ; il semblait le symbole d'une vaine monumentalité répudiée par les modernes architectes. Alentour, les rues désertes ne procuraient aucun sentiment d'abandon ; on sentait somnoler en elles une animation latente. Par contre, la désolation pesait comme un grand froid sur l'espace solennel. Ici, au-delà du silence et de l'ombre croissante, tout respirait en un muet et profond soupir. Les gradins se languissaient des foules ferventes, les pavés de la place résonnaient du lointain écho de martèlements cadencés. La solitude du Champ de Mars avait quelque chose de poignant. Stavia ne s'y trompait pas ; cette place sinistre donnait le ton. Il n'y avait rien de bon à attendre du dénouement de la pièce.

Le rempart verrouillait la place sur son dernier côté. Puissamment étayé par des arcs-boutants, tout scintillant de mosaïque, le mur logeait dans son épaisseur la porte des Braves, la porte des Armes et la porte des Aspirants, laquelle s'enorgueillissait d'un triptyque de bronze et de bois sculptés, illustrant des scènes de violents combats. Non loin, à gauche de ce chef-d'œuvre de l'art militaire, se découpait la porte des Braves. Stavia s'en approcha et demeura longtemps immobile avant de se résoudre à lever son bâton pour frapper, comme le voulait l'usage, trois coups discrets contre le vantail, le signal sans doute guetté par ceux qui l'avaient convoquée.

Un guichet s'ouvrit, livrant l'accès d'un bref passage. Stavia s'avança, sereine en apparence, savoura les derniers mètres de solitude et se trouva dans la grande salle de réunion où l'attendait Dawid, entouré d'une garde d'honneur.

Il avait quinze ans. Comment aurait-elle pu l'oublier ? Son âge personnel était le plus sûr garant d'une mémoire précise. Trente-sept ans. Elle avait trente-sept ans. Elle en avait vingt-deux lorsque... Dawid, par conséquent, avait quinze ans. Son esprit avait joué avec la fantaisie amère d'une convocation inattendue, survenue dans sa vie à l'improviste. Piètre artifice. Tentative dérisoire pour se convaincre que rien n'était encore joué et que l'issue de la rencontre pouvait réserver quelque divine surprise. Les visites rituelles de Dawid, à l'occasion de ses permissions semestrielles, auraient dû la préparer au pire. N'avait-elle pas vu la timidité initiale, conséquence de la première séparation, changée en affection distraite au fil des ans, celle-ci peu à peu muée en réserve polie, laquelle avait à son tour périclité, ne laissant subsister qu'une morne indifférence ? En dépit de cette évolution prévisible, inéluctable, source de souffrances infinies, elle n'avait cessé de le considérer comme son fils, ni plus ni moins que l'enfant de cinq ans, jadis confié au soin de l'armée.

Le plus difficile, aussi longtemps qu'ils se feraient face, serait de surveiller sa langue, de peur d'être tentée tout à trac de dire ce qui lui passerait par la tête et qui n'était destiné qu'à l'enfant disparu depuis longtemps. Devant elle, regard dur et mâchoire bloquée, fier de son bel uniforme, se tenait Dawid. Ce n'était plus un petit garçon.

— Dawid, dit-elle d'une voix posée, sans oublier la brève inclination de tête, témoignant le respect dû à un brave. Messieurs, ajouta-t-elle avec la déférence lointaine à laquelle ils avaient droit, à défaut de tout autre sentiment.

Elle ne put réprimer un bref coup d'œil circulaire, presque certaine de ne trouver aucune physionomie de connaissance, et l'espérant peut-être. Comme ils étaient jeunes ! Pas un seul vétéran parmi les membres de cette escorte martiale.

— Madame, murmura l'un d'eux.

Marcus, songea-t-elle, scrutant les yeux, examinant les pommettes et la bouche, les seules parties du visage que le casque enveloppant laissait à découvert. Marcus, ou l'un de ses deux frères puisque ses neveux, les fils de sa sœur Myra, se ressemblaient comme trois gouttes d'eau depuis le berceau.

— Madame, votre fils vous souhaite la bienvenue.

— Qu'il en soit remercié, répondit l'actrice, tandis que l'autre Stavia, prostrée, silencieuse, laissait brûler dans ses yeux secs des larmes sans pleurs, larmes secrètes, douleur secrète, ressentie comme une faute.

— Madame, vous m'avez offensé, dit Dawid. J'en demande raison.

Le ton péremptoire surprenait dans cette bouche d'adolescent qui s'exprimait d'une voix fluette, encore si proche du petit garçon. Combien de fois s'était-il exercé à prononcer cette phrase, sous la douche, dans quelque recoin de la salle du réfectoire, s'exaltant pour trouver des accents d'autorité que démentaient des tremblements de vilaine enfance, impossible à maîtriser ?

— En quoi consiste l'offense ? demanda-t-elle, la tête un peu penchée, ébauchant un sourire.

— A l'occasion de ma dernière permission... (il prononçait le mot comme une obscénité dont le contact lui écorchait la bouche) ...vous m'avez adressé une prière injurieuse pour l'honneur d'un brave.

— Injurieuse ? A ce point ? (L'intonation exprimait une stupeur appropriée.) Daignerais-tu me rafraîchir la mémoire ?

— « Libre à toi de revenir dans la maison de ta mère en empruntant la porte de la Cité des Femmes. » Ce sont vos propres paroles, conclut-il, la voix rauque d'indignation contenue.

– En vérité, dit l'actrice, et je ne puis que renouveler une invitation qui reste valable pour tous nos fils.

Que cesse cette odieuse comédie ! implorait Stavia. Que vienne la solitude, et la nuit, et les larmes acceptées, enfin.

– Madame, je vous ai priée de comparaître devant nous afin que tout soit dit, une fois pour toutes. Votre invitation est une insulte. Je ne suis plus votre fils. L'armée a fait de moi ce que je suis, à compter d'aujourd'hui, un brave !

Qu'avait-elle espéré, envers et contre tout ? Pourtant, l'espace d'un instant, l'actrice se trouva réduite au silence. La spectatrice avait pris le dessus et la tenait captive. Stavia dévisageait son fils, cherchant à retrouver l'autre Dawid, cinq ans, vaillant petit tambour et terreur des sauterelles, friand de comptines et grand organisateur de razzias sur toutes les confiseries à la ronde. Que restait-il de cet enfant au regard sérieux, aux lèvres boudeuses ? Rien. Sous le bronze et le cuir de l'uniforme, il n'en restait rien. Celui-ci portait l'insigne de la garnison, tatoué sur l'avant-bras. Il s'était coupé la joue en se rasant. Une peau si douce... mais les muscles étaient ceux d'un jeune homme rompu à l'exercice. Ce corps presque formé n'était pas encore celui d'un amant, il était déjà celui d'un guerrier proche de son zénith.

Finissons-en. Qu'il en soit fait selon sa volonté.

– Si tel est ton désir, je renonce à mes droits de mère. Ne te donne plus la peine de venir nous rendre visite. (Elle pouvait en rester là. Tout à coup, comme poussée par une volonté bien au-dessus de la sienne, elle décida d'aller jusqu'au bout.) Qu'il en soit fait selon sa volonté ! (Après un silence, les mots terribles se précipitèrent hors de sa bouche.) Tu n'es plus mon fils. Non, tu n'es plus mon fils !

Un salut imperceptible. La tête lui tournait. Une seconde, elle craignit un éblouissement, mais l'actrice la tenait en bride, d'une poigne ferme. Il s'agissait de quitter la scène en beauté. Stavia fit volte-face ; sans hésiter, elle gagna l'issue autorisée, un passage ménagé sur la gauche de la porte des Braves, par laquelle il était interdit aux femmes de sortir pour regagner la ville.

Elle s'éloigna d'un pas sûr, ni trop lent ni trop impatient. Un chuintement, derrière elle, signala la fermeture de la salle. Cela non plus, désormais, ne pouvait l'émouvoir.

Bientôt, dans son austérité rébarbative se présenterait à ses yeux la porte incriminée, l'objet du délit. Un méchant panneau de bois poli, ci-devant porte des Femmes. Sa seule parure consistait en une plaque de bronze sur laquelle on voyait le fantôme d'Iphigénie présenter à bras tendus un nourrisson devant les murs de Troie. A droite, scellé à mi-hauteur pour être à portée de toutes, même des plus petites, se trouvait un verrou dont la poignée figurait une grenade. Stavia le manœuvra d'un geste machinal. La porte tourna sans bruit sur ses gonds.

On pénétrait sans transition dans la galerie qui courait autour de la grand-place. Là, le vieux Septimius Bird était venu l'accueillir, flanqué de ses nièces Kostia et Tonia, les jumelles dont Stavia avait appris à aimer le charme singulier. Non point des amies d'enfance, mais de simples et chères voisines que Morgot, sans doute, avait mises dans la confidence. Beneda était là, elle aussi, bien que Stavia se fût volontiers passée de sa présence dans une heure aussi pénible. Qu'elle eût été prévenue ou non n'y changeait rien : Beneda possédait un flair incomparable pour les catastrophes. Certainement, la convocation du fils et le retour sans gloire de la mère ne seraient pas restés longtemps pour elle des événements ignorés. Du reste, n'avait-elle pas le droit de savoir, comme toutes les autres ?

— Seule ? demanda-t-elle. (Beneda, en effet, avait pris l'habitude de poser des questions de pure forme ou de lancer des remarques insignifiantes qui avaient valeur de réflexes, des petits riens, en somme, de futiles explosions sonores, fragments de rhétorique oiseuse, uniquement destinés à faire pièce à ses propres démons.) Ainsi, tu reviens seule, répéta-t-elle. Je suis revenue seule, moi aussi. Toutes, nous sommes revenues seules. Dans cette épreuve, nous sommes de tout cœur avec toi.

L'affection de Stavia, jamais démentie, se trouva mise à rude épreuve. Priant pour que l'autre voulût bien se taire, elle se contenta, souriante, de lui prendre la main. Dans le meilleur des cas, faute d'inspiration, Beneda garderait le silence. Qu'y avait-il à ajouter, de toute façon ? N'avaient-elles pas, à l'occasion de discussions sans fin, épuisé le sujet ?

Septimius, par contre, savait se montrer réconfortant.

– Venez, docteur. Sans doute ne vous berciez-vous d'aucune illusion en répondant à cette convocation. Mes nièces sont allées faire provision d'eau fraîche à la fontaine de la Tranquillité. Puisse une bonne tasse de thé vous procurer un peu d'apaisement.

Il la prit par les épaules et l'entraîna. Ferme, énergique, l'étreinte de son bras semblait celle d'un homme beaucoup plus jeune. Auprès de lui et de Corrig, son serviteur, auquel il était interdit de paraître sur la place en compagnie de sa maîtresse, Stavia ressentait un peu d'appui et de consolation. La spectatrice avait repris le contrôle d'elle-même. Alors qu'ils cheminaient par les rues désertes, à nouveau, elle s'étonna de l'harmonie parfaite entre la lumière et ses propres sentiments. C'en était bien fini de la suave mélancolie. La clarté morne et livide qui s'éteignait là-bas semblait imbibée d'amertume. Privée du soutien de Septimius, qui sait si elle aurait eu la force de regagner sa demeure pour affronter la sollicitude de Morgot et de Corrig ou les questions de Susannah et de Spring, ses deux filles ?

– Dawid a choisi ! s'écria Susannah. (Ce furent ses premiers mots.) Il préfère la garnison.

A treize ans, l'aînée avait déjà le visage de la femme qu'elle deviendrait bientôt, les yeux noirs et secrets, la bouche opiniâtre.

– En effet, Susannah. Votre frère a fait le choix auquel nous étions préparées.

Elle offrait ainsi à ses filles la vérité qu'elle s'était refusée à elle-même. En dépit des avertissements pessimistes de Joshua et de Corrig, elle avait toujours refusé d'admettre la défection de son fils.

– Il aurait pu faire l'effort de rentrer à la maison, au moins pour toi, soupira Spring, répétant quelque formule saisie au hasard d'une conversation de grandes personnes.

Spring, à onze ans, était encore une fillette dont la délicatesse laissait présager une taille plus élancée que celle de sa sœur, des traits plus fins. Stavia ne pouvait regarder la plus jeune de ses filles sans évoquer sa propre enfance. La petite ajouta soudain un commentaire de son cru :

– Je m'y attendais. En fait, nous n'avons jamais pensé qu'il pourrait nous revenir.

Elle en savait plus long que moi, songea Stavia, ses yeux dans les yeux de l'enfant.

Corrig servait le thé.

– A quoi penses-tu ? lui souffla-t-il à l'oreille.

– Je pense à la petite fille que j'étais, à l'âge de Spring. Je ne t'avais encore jamais vu, Corrig, j'ignorais jusqu'à ton existence. Pour la première fois de ma vie, je me suis rendue devant la porte des Braves. Ce jour-là, nous conduisions Jerby, mon petit frère. Son père nous attendait. (Stavia se tourna vers sa mère.) Souviens-toi, Morgot. Nous étions quatre pour lui faire escorte. Tu étais là, bien sûr, et Beneda, et Sylvia, et Myra, et moi, la petite Stavia.

– C'est tellement loin ! s'exclama Beneda, saisissant l'occasion de se manifester. Si je me souviens ! Comme si c'était hier.

— Je n'ai rien oublié, murmura Morgot. Rien.

Stavia enregistra le changement d'expression, la chute soudaine dans le souvenir, la fixité douloureuse du regard, comme un masque soudain plaqué sur le visage maternel.

2

Stavia, à dix ans. Elle se revoyait, agenouillée sur le sol de la cuisine, en train de tirer sur le lacet de son bottillon pour le défroisser. Le soin maniaque apporté à tous les détails de sa toilette était l'une des clauses du marché secret qu'elle avait passé avec l'Elue. Si elle apprenait par cœur la pièce *Iphigénie*, sans omettre une seule réplique, si elle faisait toute seule le ménage de sa chambre, et même la vaisselle, plus souvent qu'à son tour, si elle était irréprochable de la tête aux pieds, boutons bien accrochés, lacets bien plats, cheveux bien tirés, peut-être la famille ne serait-elle pas obligée de livrer Jerby. Ni aujourd'hui, ni demain. Bien que la menace fût horriblement précise. Sur le seuil de la pièce, déjà Myra s'impatientait tout en donnant un dernier coup de peigne pour discipliner les cheveux du petit frère.

— Stavia, as-tu bientôt fini de t'habiller ? Si tu tardes encore, nous te laissons à la maison.

Pour la dixième fois, Morgot avait ajusté sur ses cheveux le voile de lainage bleu. Longuement, comme chaque matin, elle avait contemplé son reflet dans le miroir de la coiffeuse, guettant l'apparition des premières rides, le lent cheminement de la vieillesse. A ce jour, son beau visage intact ne l'avait jamais déçue. Elle s'était levée, très calme. Elle avait boutonné son long manteau d'apparat. Il était temps de partir.

— Je n'en ai plus pour longtemps, promit Stavia.

– Du calme, Jerby. Tu ne tiens pas en place !

La fillette entendit la voix tremblée de l'aînée. Myra retenait ses larmes. Alarmée, elle leva le nez de son bottillon.

– Myra ? Myra, je t'en supplie...

– As-tu entendu ce que disait notre mère ? répliqua la grande sœur durement. On n'attend plus que toi.

Stavia noua son lacet et se redressa. Elle avait eu tort de s'en remettre à l'équité de l'Elue. Les sanglots refoulés de Myra témoignaient de l'inutilité de ses efforts pour respecter le fameux pacte. Myra, en effet, avait pour habitude de ne pleurer qu'à bon escient, des larmes de crocodile afin d'obtenir gain de cause auprès des adultes attendris. Cette fois, pourtant, son désespoir semblait sincère. Il fallait que la situation fût désespérée pour provoquer des sanglots qu'elle étouffait à grand-peine. Stavia avait échoué. Avec quelques années de plus, peut-être aurait-elle été en mesure de fléchir la déesse par un engagement plus solennel. Mais que pouvait offrir une enfant ? Consultée, Morgot l'aurait sans doute mise en garde contre le vain espoir qui consistait à vouloir négocier un accord secret avec la Divine Mère. La déesse se souciait peu des sollicitations féminines. Sa loi inflexible ne tolérait aucune dérogation. Foin du sentimentalisme, répétaient les prêtres à l'envi, foin de l'utopie, des illusions dérisoires, des faux-fuyants qui sont la honte ordinaire de l'âme. La loi, seule. La loi, expression absolue de ce qui est. Dans ces conditions, l'espace réservé au droit d'initiative des femmes se réduisait à un souffle. Ainsi, à sa façon, morose et déçue, méditait la petite Stavia.

Ce fatalisme latent, qui annonçait la résignation, se fondit en une étrange amertume tandis que le cortège descendait l'escalier conduisant à la rue. Toutes les personnes présentes semblaient atteintes. Sylvia, une amie de Morgot et Beneda, sa fille, présentaient le même visage de gravité inaccoutumée, rosi par le froid. Minsning, serviteur de Sylvia, se tenait un peu à l'écart, torturant le bout de sa cordelière de ses mains fébriles. Nombre de voisines s'étaient postées sur le pas de leur porte en compagnie de leurs domestiques, tous masculins. Absent pour la journée, Joshua, le factotum de la famille, n'avait pu faire ses adieux au petit Jerby. C'était d'autant plus regrettable, songeait Stavia, que ces deux-là s'entendaient comme larrons en foire. Ils étaient presque aussi proches l'un de l'autre qu'elle l'était de Beneda.

— Accepte nos condoléances, lança une voisine qui tapotait ses yeux larmoyants à l'aide d'un mouchoir tout chiffonné.

Morgot la remercia d'un simple hochement de tête.

— Tu vas tenir le coup ? chuchota Sylvia.

— Bien sûr. Aussi longtemps que je n'aurai pas à leur répondre.

— Garde-t'en bien. Contente-toi d'un petit salut et reste embusquée sous ton voile. Laisse-moi porter Jerby.

— Jamais de la vie ! (Morgot avait élevé le ton. Elle se détourna vivement, un peu honteuse, serrant l'enfant à l'étouffer.) Pardonne-moi, ajouta-t-elle d'une voix radoucie. C'est seulement... Je veux me cramponner à lui jusqu'à la dernière minute. Comprends-tu ?

— Suis-je sotte !

Ils descendirent la colline en une lente procession. Morgot ouvrait la marche, très droite, son fils dans les bras. Sylvia venait ensuite, presque sur ses talons, puis Myra, pensive et les yeux rouges. Enfin, Beneda et Stavia. Cette dernière, qui s'efforçait à la fois de ne pas pleurer et d'imiter la noblesse du maintien de sa mère, ne réussissait qu'à se donner l'air plus misérable. Beneda l'observait à la dérobée ; elle pouffa. Myra leur jeta un regard courroucé par-dessus son épaule.

— Un peu de tenue, les petites.

— Je fais de mon mieux, répliqua Stavia.

A mi-voix, elle gourmanda sa voisine, une écervelée dont les bévues ne cessaient de leur attirer des ennuis, affirma-t-elle non sans raison. Stavia, plus réfléchie, ne commettait jamais d'impair par inadvertance. Si elle provoquait l'agacement ou la colère de ses aînés, c'était toujours en connaissance de cause, après avoir longuement mûri son projet.

— Je n'ai rien fait de mal, protesta Beneda. Si on n'a même plus le droit de rire !

— Ce n'est pas le moment, je t'assure.

— C'est de ta faute, aussi. Tu fais une tête ! Toute grimaçante. Tiens, regarde.

Singeant sa compagne, elle plissa les yeux et fit tomber sa bouche. Stavia haussa les épaules.

— Quelle tête ferais-tu, toi, si tu devais ne plus revoir ton petit frère ?

— Est-ce que je sais ? Je n'ai pas de petit frère. D'ailleurs, tu n'es pas une exception. Tout le monde doit en passer par là.

— Jerby n'est pas le premier venu. Joshua ne se consolera jamais de l'avoir perdu.

— Joshua est une perle. (Un instant silencieuse, Beneda considéra cette affirmation.) Il est plus gentil que Minsning, et de loin, précisa-t-elle. Quel dommage que nous n'ayons pas dans la famille un serviteur de cette qualité ! Il a un don pour retrouver les objets perdus. J'avais égaré un bracelet, cadeau de ma mère. Votre Joshua me l'a rapporté. C'est pareil pour les petits garçons. Tu te souviens du jour où Jerby avait disparu ?

Stavia acquiesça. Elle n'avait rien oublié ; ni les lamentations et l'hystérie des femmes, ni le calme du serviteur ; absorbé dans son raisonnement, il s'était dirigé droit sur la citerne désaffectée au fond de laquelle l'enfant dormait roulé en boule, genoux sous le menton et talons sous les fesses.

— Comment lui prouver notre reconnaissance ? murmura-t-elle.

— Rien de plus simple, décréta Myra sans se retourner. Maman pourrait avoir un autre petit garçon.

— Elle a déjà eu trois fils, fit observer Stavia. C'est bien suffisant.

— Trois ? s'étonna Beneda. Je l'ignorais. (Son regard intrigué se porta sur les deux femmes.) Chez nous, il n'y avait qu'un garçon, l'aîné. Je suis arrivée tout de suite après. Susan et Liza ont suivi.

— Nous étions cinq, expliqua Stavia. Myra, la plus âgée, puis mes deux grands frères, Habby et Byram, puis moi, et le petit Jerby. Les garçons doivent avoir treize et douze ans puisque Myra en a dix-sept et qu'ils sont ses cadets de quatre et cinq ans. C'est le seul moyen de ne pas s'y perdre, tout calculer à partir de l'aîné. Ton frère, quel âge a-t-il ? Comment s'appelle-t-il ?

Une expression de perplexité cocasse se peignit sur le visage de Beneda.

— Chernon. Il s'appelle Chernon, et je n'en sais guère plus. Il doit avoir une douzaine d'années, lui aussi. J'étais très jeune lorsqu'il a franchi la porte des Aspirants. Il a dû se passer quelque chose. On ne l'a plus jamais revu. Pendant les permissions, il va chez tante Erica. Maman évite de faire allusion à lui.

Myra avait tout entendu.

— Certaines familles choisissent le silence et s'efforcent d'oublier l'absent, soupira-t-elle. A moins qu'il ne revienne de lui-même, à l'âge du choix.

— Jamais je n'oublierai Jerby ! s'exclama Stavia. Jamais !

Les tressaillements de sa voix ne trompaient pas : ses belles résolutions de stoïcisme l'abandonnaient. Entre ses cils, déjà, le début des pleurs.

— D'ailleurs, rien ne dit qu'à quinze ans il ne décidera pas de quitter la garnison, suggéra Beneda en guise d'encouragement. Il deviendra dissident et tu pourras lui rendre visite dans la maison qui lui aura été assignée. Si on l'envoie dans une autre cité, tu seras libre de faire le voyage. Rassure-toi, beaucoup de garçons reviennent.

A nouveau, la grande sœur se retourna.

— Quelques-uns, pas davantage, rectifia-t-elle, la bouche amère.

Laissant derrière lui l'aire du marché, le petit groupe arriva devant la fontaine de la Tranquillité. Les deux femmes acceptèrent les gobelets que leur tendait le préposé. Après avoir aspergé le sol dans la direction du Temple, elles burent à lentes gorgées. Encore quelques instants de gagné. Myra s'en fut déposer leurs aumônes dans le tronc placé à l'entrée du bâtiment, puis revint s'asseoir sur la margelle du puits et se renfrogna. Stavia devinait la raison de sa maussaderie. Sa sœur aînée avait hâte d'en avoir fini avec cette épreuve. La halte à la fontaine sous le prétexte de se rafraîchir n'était sans doute pas nécessaire. Quelle consolation pouvait offrir un gobelet d'eau limpide, sinon celle de rappeler que la tranquillité viendrait à point nommé pour celle qui aurait la sagesse de prendre son mal en patience ? Acceptez la douleur, ressassaient les vestales à l'occasion du service célébré à la mémoire des disparus. Acceptez-la sans révolte, sans jamais lui permettre de prendre racine. Avec le temps, de son plein gré, elle vous quittera... Dans un moment aussi cruel, ces fortes paroles semblaient à peine plus efficaces qu'un aboiement de chien sous la lune.

— Nous autres, citoyennes de la Fédération, la loi nous inflige des devoirs accablants comme des supplices, avait déclaré Morgot quelques jours auparavant. La mort dans l'âme, nous nous soumettons car l'obéissance nous apparaît comme un moindre mal. Nous n'avons garde d'oublier. Par intervalles, le spectre du cataclysme nous rappelle à nos obligations de souffrance, comme la fontaine représente une promesse d'apaisement pour les cœurs déchirés.

Stavia avait écouté sa mère avec l'incrédulité d'un esprit qui se dérobe et se refuse. Quel moindre mal ? Quelle promesse d'apaisement ? « Accroche-toi à cette idée, disait encore Morgot. Tu trouveras la force. »

Dans la brume légère de ce matin d'avant-printemps, la petite retira ses mitaines de laine cardée et promena ses mains dans l'eau en refermant vivement les doigts, comme pour attraper des poissons imaginaires. La fontaine était alimentée par les torrents qui prenaient leur source dans les anfractuosités de la montagne, où la neige ne fondait jamais. Là-haut, disait-on, dans les eaux vives soigneusement alevinées depuis des années, il y avait des truites en abondance. Des truites, et d'autres espèces dont Stavia avait oublié le nom.

— Sait-on jamais ? murmura-t-elle. La fontaine est profonde. Je suis sûre qu'il y a des poissons, tout au fond.

— Il y en a dans le marais, certainement. (Beneda semblait catégorique.) Me Linda me l'a dit.

— Balivernes ! s'exclama Sylvia. Depuis plus de vingt ans, on nous affirme que les marais sont poissonneux. A ma connaissance, personne n'a encore exhibé, encore moins mangé le produit de sa pêche. L'eau est beaucoup trop polluée.

— Laissons-leur le temps de se multiplier, dit Morgot. Sans doute faudra-t-il attendre quelques dizaines d'années avant de voir sur nos tables des poissons du marais. Pourtant, toute vie n'est pas absente de ces eaux noires. La dernière fois que je suis allée là-bas, il m'a bien semblé reconnaître un crabe.

— Un crabe !

— Ce n'était pas mon premier crabe. J'avais déjà vu semblable créature sur les berges d'autres marécages. Tout de carapace couvert, il allait de biais, porté par quantité de pattes, précédé de deux énormes pinces.

— Un crabe ! s'émerveilla Sylvia. Ma grand-mère me racontait une histoire incroyable au sujet d'une ancêtre de sa branche maternelle qui se délectait à manger des crabes.

— La bestiole que j'ai vue se carapater sur le rivage ne semblait guère comestible, fit observer Morgot avec une moue sceptique. A moins d'avoir envie de se casser les dents.

— Il faut rompre la cuirasse pour trouver la chair, assura Sylvia.

Sans hâte, Morgot rinça le gobelet sous le jet du déversoir. Le préposé le lui prit des mains. Il posa sur la margelle un gobelet propre.

— Toutes mes condoléances, fit-il avec courtoisie.

— Merci, serviteur. Qui sait ? Tout espoir n'est pas perdu. Dans dix ans, mon fils me reviendra peut-être.

— En effet. Je ne t'oublierai pas dans les prières que j'adresserai à l'Elue.

L'homme leur tourna le dos et s'affaira, essuyant et rangeant les gobelets. Il était bien vieux. Sa silhouette voûtée, son visage maigre, tout chiffonné, couronné par quelques rares touffes de cheveux, aussi blancs que l'était sa barbiche, tout cela attestait un âge considérable. Il a au moins quatre-vingts ans, décida Stavia. La fillette appréciait la compagnie des anciens, toujours intarissables lorsqu'il s'agissait de faire surgir de la nuit des temps d'étincelantes sagas ou, plus simplement, d'évoquer la vie de garnison.

Morgot consulta le cadran solaire, au-dessus de la fontaine. Midi passé.

— Allons-y, dit-elle. Il est temps.

Elle se pencha pour soulever Jerby. L'enfant se débattit.

— Je veux marcher, annonça-t-il. Je suis un grand garçon.

— Aujourd'hui plus que jamais, dit sa mère d'un ton las. Pense donc. Tu vas rejoindre ton père !

Toutes, elles ralentirent le pas pour se mettre au rythme de la petite silhouette emmitouflée qui les précédait, cahin-caha, vers le Champ de Mars. Quand ils débouchèrent sur la place, Morgot s'agenouilla pour essuyer le visage du petit garçon et redresser les oreillettes de son bonnet. Ses yeux croisèrent ceux de Myra et s'arrêtèrent sur la plus jeune.

— Stavia, tâche de me faire honneur.

La fillette se raidit comme si sa mère l'avait souffletée. Elle se raisonna aussitôt. Morgot, bien sûr, avait parlé sans méchanceté, sans désir d'humilier. Elles se comprenaient à demi-mot. Il ferait beau voir que sa cadette lui donnât du fil à retordre dans un moment si solennel. Stavia se sentait morte de honte à la pensée d'un tel déshonneur. Elle chercha refuge au fond d'elle-même. Il était temps de réveiller sa compagne secrète, la complice infaillible à laquelle la reliait le fil invisible de l'angoisse et de la solitude. L'autre Stavia, capable de descendre sans arrière-pensée dans l'arène du théâtre et de donner la réplique d'une voix qui ne tremblait pas.

A plusieurs reprises, au cours de sa brève existence, quand l'appréhension la tenait trop fort, le glissement s'était opéré de lui-même, sans intervention de sa part. Et voilà que pour la première fois, Stavia allait au-devant de ce double étrange et provoquait la substitution.

— Morgot, tu exagères ! s'exclama Sylvia sur un ton de reproche. Pourquoi lui parler si durement ?

— Elle est intelligente. Elle sait très bien où je veux en venir. Pas de larmes, pas d'esclandre.

Stavia rongeait son frein. Depuis de longs mois, elle n'avait rien à se reprocher, rien de grave, pas même un accès de mauvaise humeur ! Sa dernière « scène » l'avait laissée pendant plusieurs jours dans un tel accablement qu'elle avait cru tournée une fois pour toutes la page des colères et des caprices. Résolution bien difficile à tenir quand elle sentait, à longueur d'année, résonner dans tout son corps le bourdonnement d'une terrible intolérance et croître son impatience contre ces gens qui exigeaient d'elle toujours davantage, en actes, en pensée aussi, jusqu'à menacer d'étouffement la parcelle de liberté à laquelle toute petite fille avait droit. Objective autant qu'on peut l'être quand, retirée de l'action, on se contente du rôle d'observateur, Stavia se fit l'amère réflexion qu'il n'était pas très judicieux de la part de Morgot d'amener sur le tapis des turpitudes aussi anciennes. Ce n'était pas l'envie qui lui manquait de dire à haute voix le fond de sa pensée.

Cependant, l'actrice se tenait coite, un modèle d'impassibilité. Myra marchait de front avec sa mère, chacune tenant l'enfant par une main. Engoncé dans ses lourds vêtements de cérémonie, Jerby avançait de toute la vitesse de ses petites jambes pour rester à l'alignement. Elles firent halte devant la porte des Aspirants. Morgot s'approcha pour frapper de la paume contre la surface de métal bombée. Il s'éleva une sourde vibration qui s'amplifia et s'éteignit lentement, en un point d'orgue effiloché.

Comme sur un signal se fit entendre la clameur des buccins. La porte bascula. D'autorité, Morgot prit son fils dans ses bras et battit précipitamment en retraite, imitée par ses filles, toutes trois mises en fuite par le cataclysme de bruits, de mouvements, de couleurs qui se répandait sur la place. Roulements de tambours, martèlements de centaines de brodequins. Stavia regardait de tous ses yeux, plus morte que vive. Les guerriers s'alignèrent sous la forêt des oriflammes et des panaches. Casques, cuirasses, jambières, le bronze étincelait. Entre ces taches de lumière, la pourpre sombre des jupes de laine. De part et d'autre du déploiement magnifique s'étaient disposés les aspirants, tunique blanche, jambières, mantelet à capuchon. Un officier se détacha de la grande foule ordonnée et se porta en avant. Celui-ci était monumental, le poitrail invincible, les jambes et les bras musculeux. Il semblait bâti pour durer éternellement.

Le Champ de Mars fit silence. Tenant son fils par la main, Morgot fit quelques pas en direction de l'officier.

– Centurion, murmura-t-elle.

Et lui, d'une voix de tonnerre :

– Madame.

Michael était l'un des officiers de la garnison de

Marthatown. Celle-ci était placée sous le commandement suprême du tribun Sandom sous les ordres duquel servaient, par ordre hiérarchique, Jander, Thales, puis Michael, Stephon et Patras, responsables chacun d'une centurie. Stavia connaissait Michael pour l'avoir rencontré deux ou trois fois, à l'occasion des permissions de carnaval. Il était sans doute l'homme le plus impressionnant qu'elle eût jamais vu, le plus séduisant, peut-être. A l'âge de cinq ans, Habby et Byram, ses deux grands frères, avaient également franchi la porte des Aspirants pour être confiés à Michael. Beneda en était arrivée à la conclusion que le beau centurion devait être le géniteur de tous les enfants de Morgot. Sans doute était-il aussi le père de Stavia. La fillette souhaitait ardemment en avoir le cœur net, mais jamais elle n'avait trouvé l'audace nécessaire pour poser à sa mère une question aussi inconvenante. Cette tentation, cependant, Stavia l'avait eue, et c'était déjà beaucoup au regard de la discipline austère imposée par la loi.

— Centurion, je te présente ton fils.

D'une main légère, Morgot poussa l'enfant. Jerby fit trois pas et s'arrêta, bien campé sur ses jambes, les sourcils froncés, le menton un peu saillant, son petit visage crispé dans l'expression farouche qui trahissait chez lui la volonté de ne pas éclater en sanglots. Impossible de se couvrir de ridicule quand tous les regards convergent sur soi et qu'on a revêtu son plus beau manteau, le devant tout rehaussé de panneaux brodés, presque aussi précieux que les bottines piquées de perles de nacre et de turquoise. Combien de soirées Morgot n'avait-elle pas consacrées à faire de ces souliers d'enfant de délicats bijoux, cousant à la chandelle les perles que Joshua lui tendait, toutes enfilées, en lui glissant à mi-voix des paroles de réconfort et d'encouragement ?

L'espace d'un instant, ils restèrent face à face. Jerby soutint sans sourciller le regard du soldat. Puis celui-ci mit un genou en terre. Il humecta son index au goulot de la flasque d'hydromel suspendue à son ceinturon et l'appliqua sur la bouche de l'enfant.

— Goûte. L'honneur des Armes n'est pas moins doux.

Répercutés par l'acoustique parfaite du Champ de Mars, les mots chuchotés ricochèrent le long des murailles, réduisant le silence en menus éclats.

Jerby se passa la langue sur les lèvres. Il sourit. Michael lui posa la main sur l'épaule.

— Je te le confie jusqu'à son quinzième anniversaire, récita Morgot d'une voix morose. A une condition. Conformément à la loi, il passera chez lui, dans notre cité, les permissions auxquelles lui donnent droit les carnavals d'hiver et d'été.

— A quinze ans, un aspirant est en âge de choisir son destin, dit Michael.

Sa voix retentissante semblait taillée sur mesure pour les champs de bataille.

— Son choix sera le nôtre.

Morgot tourna les talons. Pris de panique, l'enfant pivota vers sa mère. Un instant, sa bouche affolée s'ouvrit toute grande et sembla vouloir préluder à un cri. Mais, déjà, Michael se saisissait de lui et le hissait à bout de bras vers le ciel, bien au-dessus de son visage renversé.

— Camarades ! Voici mon fils, s'écria le père, rayonnant de joie et de fierté.

De toutes les poitrines jaillit une clameur immense, un carrousel de cris et d'acclamations. Vite, la discipline reprit le dessus. L'exubérance s'organisa bientôt, se ramassa pour ainsi dire en quatre syllabes puissamment scandées dont la répétition donnait le vertige.

— Télémaque ! Télémaque ! Télémaque ! Télémaque !

Télémaque, fils légendaire, rejeton idéal, toujours prompt à défendre l'honneur de son père. Stavia n'avait pas oublié les leçons de Joshua. Chaque fois qu'un petit garçon franchissait la porte des Aspirants on invoquait, d'instinct, le nom sacré du fils d'Ulysse.

A vrai dire, la fillette ne prêtait qu'une attention distraite à ce concert d'ovations, mêlant dans le même hommage le héros lointain et l'enfant de cinq ans. Parmi les aspirants les plus proches, il s'en trouvait un qui l'avait remarquée et la couvait d'un œil vigilant. La petite se troublait sous ce regard intense et précis dont elle n'avait pas l'habitude. Le visage de ce garçon qu'elle n'avait pas le souvenir d'avoir rencontré lui était étrangement familier. Modeste, comme il convenait à une femme de moins de quinze ans, elle baissa la tête. Quand elle s'enhardit, d'entre ses cils, à couler sur le garçon un regard furtif, elle rencontra le sien, toujours fixé sur elle.

Nouveau roulement de tambours. Des ordres fusèrent. Les soldats rompirent les rangs. La mêlée, hurlante, se répandit comme une flamme autour de la place. Tout à coup, le jeune inconnu fut devant Stavia, souriant avec une telle impudence qu'elle en rougit.

– Comment t'appelles-tu ?

– Stavia.

– Es-tu la fille de Morgot ?

Elle acquiesça, confondue par son audace.

– Moi, je suis Chernon, fils de Sylvia, la meilleure amie de ta mère.

Quelqu'un lui crocheta le bras. Chernon fut entraîné, il se perdit dans le vaste reflux. La garnison regagnait au pas de charge le camp situé à l'extérieur de la cité. Stavia devait emporter le souvenir du visage congestionné, hurlant de son petit frère, juste visible par-dessus l'épaule de Michael. A la suite de leurs aînés, les jeunes gens s'engouffrèrent par la grande porte comme une blanche écume tourbillonnante. Les doubles battants se fermèrent dans une vibration péremptoire.

Chernon avait les yeux couleur d'automne, les cheveux de la même nuance, songeait Stavia. L'impression de déjà vu provenait simplement de la ressemblance profonde du garçon avec Beneda, sa sœur cadette. Mêmes yeux, mêmes cheveux. Chernon était le frère dont il avait été question quelque temps auparavant, celui qui passait ses permissions chez la tante Erica. Mais pourquoi ne rentrait-il jamais dans sa famille ?

Morgot et Sylvia gravissaient l'escalier conduisant au chemin de ronde d'où l'on avait vue sur le champ de manœuvre. Là devait se dérouler la brève cérémonie d'initiation.

Le centurion fut le dernier à franchir la porte, portant son fils à califourchon sur ses épaules. Ils furent accueillis par la stridence des buccins, le sombre fracas des tambours. Les cloches de la tour de guet sonnèrent à la volée. Au centre de l'esplanade se dressait un mausolée au pied duquel deux statues de marbre incarnaient la gloire de la garnison, un adulte et un adolescent en tenue de combat, le père et le fils. Michael s'agenouilla devant le mausolée et fit s'agenouiller l'enfant. D'un même geste, tous les fantassins ôtèrent leurs casques pour observer une minute de silence. Puis la fanfare explosa de nouveau. Le terrain de manœuvre devint le parcours d'une lente et bruyante procession ; partant du mausolée, celle-ci se déroulait sur toute la profondeur du camp. Les aspirants défilaient derrière les braves. L'un des garçons, placé à l'avant-dernier rang, se retourna pour adresser un signe d'adieu au groupe immobile sur le chemin de ronde.

— Ces statues, qui représentent-elles ? demanda Beneda.

— Ulysse et Télémaque, répondit Sylvia, l'esprit ailleurs.

— Ulysse ? Ce nom ne me dit rien.

— On l'appelle aussi Odysseus, expliqua Morgot. Tu sais bien, le père de Télémaque.

— Le même Odysseus dont Iphigénie parle dans notre pièce ? Celui qui donna l'ordre de tuer Astyanax ?

– Exactement.

Elles redescendirent la volée de marches et traversèrent la place pour s'engager dans la rue en pente, suivant dans l'autre sens le chemin qu'elles avaient emprunté à l'aller. Morgot et Sylvia avaient toutes deux les larmes aux yeux. Myra avait passé le bras sous celui de sa mère ; elle ne pleurait pas, mais son visage fermé exprimait tristesse et colère. Renonçant à attendre son amie, Beneda se hâta de les rejoindre. Stavia, en effet, était à la traîne. Un regard, un sourire insolent lui trottaient dans la tête. Chernon. Voilà un nom qu'elle n'oublierait pas de sitôt.

3

Un bon feu pétillait, clair, dans la cheminée. Ils buvaient en silence le thé préparé par Corrig. Evoquant sa toute première rencontre avec Chernon, Stavia en venait presque à maudire ce jour lointain. Pourquoi le nom et le souvenir du jeune homme l'avaient-ils poursuivie ? Pourquoi l'avait-elle revu ? Si seulement... Elle surprit le regard scrutateur de Corrig et rougit.

— Je songeais au cinquième anniversaire de mon petit frère, murmura-t-elle. Ce jour-là, sur le Champ de Mars, j'ai fait la connaissance de Chernon.

Le serviteur lui posa la main sur le bras dans une brève et douce étreinte. Mieux que les mots, elle exprimait la compréhension, la sollicitude. Tandis qu'il s'éloignait pour verser dans la théière presque vide l'eau frissonnante de la bouilloire, Stavia regarda autour d'elle. La grande pièce, à la fois cuisine et salle commune, était saturée de souvenirs. Là, pelotonné devant l'âtre sur ce tapis usé, Dawid avait écouté les récits d'aventures merveilleuses que sa mère lui racontait pour le préparer au sommeil. Il était très jeune, alors. Il ne rechignait pas encore à rentrer chez lui à l'occasion des permissions rituelles du carnaval. Son rond de serviette, sculpté par Joshua, était toujours dans le placard. Pas un angle de la pièce que sa mémoire ne peuplât d'images d'un bonheur enfui, Dawid, Habby, Byram,

Jerby... sans cesse accompagnées par l'enchevêtrement de voix toujours vivantes à l'oreille d'une mère, murmure tintinnabulant des années d'innocence.

Corrig rapporta la théière et versa l'infusion à la ronde. Son sourire compatissant effleura Stavia.

Beneda sursauta, comme éveillée d'un songe.

– Stavia, tu disais quelque chose ?

– Rien de particulier. Je remerciais Corrig de cet excellent thé. Une autre tasse ?

– Merci. Je dois rentrer, malheureusement. Les enfants m'attendent. Maman s'est levée tôt ; la guilde des tisserandes se réunissait afin de discuter des nouveaux quotas de production. Elle doit être bien lasse.

– Sylvia est en bonne santé, au moins ? Et comment se portent tes petits enfants ?

– Sylvia est en pleine forme. Le petit dernier fait ses dents, il est de fort méchante humeur. Les gamines sont superbes, une bénédiction. Sur ces mots, je m'en vais. Où diable ai-je posé mon châle ?

Elle gagna la porte dans un grand désordre d'exclamations et de phrases inachevées.

– Quand j'y songe, soupira Stavia après son départ. Nous étions les meilleures amies du monde.

Kostia et Tonia, les jumelles, lui jetèrent le même regard surpris.

– En ce qui la concerne, vous l'êtes toujours.

– Je sais. Je dissimule et c'est encore plus pénible.

– N'y pense plus. Comment te sens-tu ?

– Ne vous inquiétez pas. Je reprendrai le dessus.

Reprendre le dessus, le leitmotiv et l'obsession des mères abandonnées par leur fils. Presque toujours, elles y parvenaient. Dawid, cette fois, était perdu à jamais, il ne reviendrait plus. Jamais... le mot affreux épuisait toute la résistance de Stavia. Et voilà qu'affluaient à la surface de sa mémoire de petits fragments du passé, vertige tournoyant autour de la perte du dernier fils, danses d'images, Dawid, bien sûr, mais aussi Chernon, Beneda, Myra, Morgot... Moments moins oubliés qu'enfouis sous l'amoncellement des années. Tout ce qui reste de notre enfance.

4

Pendant des jours et des jours, après le départ de Jerby, le chagrin de Morgot avait fait peine à voir. Stavia, d'ordinaire moins attentive à l'humeur maternelle, n'avait pas été la dernière à surveiller de près l'évolution insensible de Morgot de la douleur à la mélancolie, de la mélancolie à l'engourdissement, bien décidée à profiter de la première embellie pour interroger sa mère au sujet de l'aspirant Chernon.

Il fallut attendre. Aussi longtemps que Morgot serait affligée, rien ne devait lui rappeler la funeste cérémonie du Champ de Mars. Chaque jour, Stavia différait la question qui lui brûlait les lèvres et se félicitait de sa propre grandeur d'âme et du contraste qu'elle offrait avec le détachement de Myra, toujours insensible aux problèmes d'autrui. Une semaine s'écoula ainsi. Morgot luttait pour reprendre courage sous l'œil patient de sa plus jeune fille. Un soir, comme toutes deux se trouvaient dans la cuisine, Stavia remarqua l'expression un peu rassérénée du visage de sa mère.

— L'autre jour, quand nous étions sur la place, Chernon, le fils de Sylvia, m'a abordée, commença-t-elle sur le ton le plus désinvolte. Il s'est présenté, puis m'a demandé mon nom. Pourquoi ne rend-il jamais visite à sa famille ?

Morgot préparait le repas devant la cuisinière en brique recouverte sur le dessus d'une épaisse plaque de fonte. Maniant une longue fourchette, elle surveillait une fricassée de poulet. Elle recula et d'un mouvement fauchant du bras repoussa une mèche de cheveux égarée sur son front. Après avoir versé dans la poêle grésillante le contenu d'un saladier de légumes, elle couvrit le tout. Alors seulement, elle porta son attention sur sa fille, un long regard méditatif et scrutateur qui pesait le pour et le contre. La poêle fit entendre un sifflement impérieux. Elle se hâta d'ôter le couvercle et remua.

— Sylvia en a décidé ainsi. Elle estimait que c'était la meilleure solution. Autant que tu saches la vérité. Chernon avait tout juste dix ans. Comme toujours, profitant de la permission du carnaval, il était rentré chez lui. Cette fois, ce fut seulement pour se répandre en invectives contre sa mère. Il lui jeta au visage des choses atroces, des obscénités qu'aucun enfant de cet âge, fût-il pervers, n'avait pu imaginer.

— Cela ne fait-il pas partie de la formation que reçoivent tous les aspirants ? Tu me l'as dit toi-même.

— En effet. La coutume voudrait que les adolescents se livrent à un rituel blasphématoire à l'endroit de leur mère. Dans leur majorité, les officiers ont la présence d'esprit de ne pas exiger une telle infamie des aspirants confiés à leur charge. Quant aux garçons, aux plus sagaces d'entre eux tout au moins, spontanément, ils refusent de se prêter à ces pauvres simulacres. Dans le cas de Chernon, il s'agissait de bien autre chose. Les paroles prononcées ce jour-là n'avaient rien de commun avec le chapelet de bêtises débitées le plus souvent dans ces circonstances. C'étaient des rafales de mots terribles qui auraient dû déchirer la bouche d'un petit garçon. Une enquête permit d'établir la responsabilité d'un brave du nom de Vinsas. Ce misérable avait donné à l'enfant l'ordre formel de souiller sa mère avec des propos d'une brutalité et d'une précision révoltantes. Tu imagines l'émotion de Sylvia lorsqu'elle entendit ces horreurs crachées de la bouche de son propre fils ?

» En fait, dès son retour au camp, Chernon devait se présenter devant Vinsas et jurer qu'il avait suivi ses instructions à la lettre, sous peine de recevoir les châtiments les plus sévères.

— Il est donc moins coupable qu'il n'y paraît.

— Personne ne songe à prétendre le contraire, mon ange. Cependant, tu l'admettras, on se servait de lui pour assouvir quelque obscure et sordide vengeance sans le moindre égard pour sa sensibilité. Ces saletés, aucun enfant n'aurait dû les entendre, *a fortiori* les proférer, pourtant la discipline de la caserne exigeait l'obéissance aveugle aux ordres venus d'en haut. Chernon était pris au piège.

Soulevant la poêle, Morgot la posa à même la grande table de carreaux vernissés. Un mince ovale de fumée s'échappait de la périphérie du couvercle.

— Que s'est-il passé ensuite ? demanda Stavia.

— Vinsas n'avait pas toute sa raison, cela tombait sous le sens. Dis à ce brave que tu m'as répété, mot pour mot, tous les couplets charmants qu'il t'a enseignés, suggéra Sylvia ; je me suis contentée de hausser les épaules, un point c'est tout. Dieu sait pourquoi, Chernon ne voulut rien entendre. Dès lors, entre la mère offensée et le fils obstiné, la situation s'envenima. Il n'était plus question que de cela, le contenu du rapport que Chernon devait soumettre à Vinsas, les questions de celui-ci, les vérités et les mensonges qu'il faudrait lui répondre. L'enfant semblait perdu, ou plutôt la folie de Vinsas semblait l'avoir contaminé. Refusant tous les compromis, il s'exaltait avec une frénésie morbide contre la situation dans laquelle il se voyait enfermé. Un jour, j'assistai par hasard à l'une de ces crises. Le pauvre garçon était hors de lui. A bout d'expédients, Sylvia me demanda conseil. Pour ma part, je ne voyais que deux partis possibles. Ou bien elle demandait l'arbitrage de l'officier commandant la centurie à laquelle appartenait Vinsas, ou bien elle faisait le choix douloureux de ne plus recevoir son fils. Le pire eût été le lent pourrissement de ses rapports avec Chernon, la rancune inexpiable, transformant chaque permission à venir en une épuisante, une folle confrontation. Le chef de la centurie n'était autre que Michael, justement. Que crois-tu qu'il arriva ? Informé, le centurion décida de ne prendre aucune mesure.

— Tiens. Je l'aurais cru plus bienveillant.

— Bienveillant, Michael ? Qu'est-ce qui te le fait croire ? Il est intelligent, il a du charme à revendre, bien sûr. Il sait se montrer spirituel à l'occasion, et même irrésistible... (Un instant songeuse, Morgot s'attrista. Elle secoua la tête.) Non, décidément la bienveillance n'est pas son fort. Pour en revenir à Sylvia, l'infortunée n'avait plus le choix. Elle fit savoir que dorénavant, Chernon passerait toutes ses permissions chez sa tante. Erica, la sœur de Sylvia, habite non loin d'ici, dans la rue des Tisserandes. Deux fois l'an, elle accueille Chernon. Cette femme ne représente rien pour Vinsas ; dès lors, il a cessé d'importuner le jeune garçon. Ces derniers renseignements, je les tiens de Michael lui-même, qui a répondu de bien mauvaise grâce à mes questions pressantes. (La semoule mijotait dans un pot d'argile. Elle goûta quelques grains, du bout de la cuillère.) Je coupe le pain et nous pourrons nous installer.

Stavia laissa s'échapper un long soupir.

— Chernon est bien à plaindre. Il n'a vraiment pas eu de chance.

— Au fait, pourquoi t'a-t-il adressé la parole ?

— Ça, je n'en sais rien, répondit la fillette en toute sincérité. Je me suis posé la question, tu penses, et je n'en suis pas plus avancée.

— Sa mère lui manque peut-être, murmura Morgot, la voix altérée, tout à coup, les yeux déjà embués, comme souvent lorsqu'elle évoquait l'âpre vie de caserne à laquelle étaient condamnés ces pauvres enfants.

Cette petite défaillance n'avait pas échappé à Stavia. Cruellement éprouvée, songea-t-elle, sa mère était peut-être en veine de confidences.

— As-tu l'intention d'avoir d'autres enfants ? s'enhardit-elle à demander.

— Certainement pas ! Cinq enfants, c'est bien suffisant. Trois fils ! Il y aura bientôt huit ans, je me séparais de mon second fils. Je remettais Byram entre les bras solides de son père. J'avais presque oublié combien c'était dur.

Myra entra et s'avança dans le rythme ondulant de toute sa personne, exécutant un nouveau pas de danse qu'elle avait mis au point récemment et qu'elle entendait travailler jusqu'à la perfection.

— Laisse tomber les garçons, maman. Fabrique-moi une gentille petite sœur.

Morgot voulut bien sourire.

— Comme ce serait pratique, n'est-ce pas, si l'on pouvait programmer le sexe du futur chérubin !

Stavia dévisagea sa mère. Certainement, cette femme de trente-cinq ans, si jeune et si belle, s'accorderait un long délai avant de succomber à la tentation d'une nouvelle maternité. Aucun bébé ne serait mis en route pendant le prochain carnaval.

La fête, d'ailleurs, n'était pas pour demain. Rien de plus qu'une lointaine récompense, au terme de longues semaines de travail. En vérité, Stavia n'aurait guère le temps de s'ennuyer. Il y aurait la classe d'art dramatique, pour commencer, au programme de laquelle figurait, comme toujours, *Iphigénie à Ilion*, l'unique pièce du répertoire. Toutes les élèves se voyaient nanties d'un rôle, mais non seulement cela. On en profitait pour les initier promptement à la confection des décors et des costumes, aux subtilités du maquillage. Heureusement, le texte était court. Aussi la fillette avait-elle décidé de se donner la peine de l'apprendre dans son entier. La classe de sciences, dont le programme faisait la part belle à la physiologie, sa discipline de prédilection, ne lui causait aucune inquiétude, pas plus que les cours d'artisanat, avec l'agréable perspective des travaux pratiques de jardinage. Il fallait aussi compter avec le nouvel article qui viendrait sans doute enrichir la constitution de la cité, et même si le législateur se contentait pour cette fois d'amender une des parties, ce serait autant de mots et d'idées inhabituels que les petites devraient assimiler définitivement. En outre, Stavia venait d'avoir dix ans, l'âge à partir duquel les fillettes recevaient l'enseignement réservé aux femmes : gestion, administration, érotologie. Sans oublier, bien sûr, les options facultatives, permettant l'expression et l'épanouissement d'un talent particulier, véritable casse-tête que Stavia n'avait toujours pas résolu. De quelle aptitude remarquable pourrait-elle donc se prévaloir ?

— Il faut se rendre à l'évidence, ma pauvre, tu n'es vraiment douée pour rien, persifla la sœur aînée, les doigts dans la coupe de fruits secs.

Morgot lui donna une tape sur le bras.

— Pas maintenant, Myra, quand nous sommes sur le point de passer à table. Et dispense-toi d'humilier ta sœur. Stavia est toujours bien notée en biologie. Elle a la bosse de la médecine.

— Encore la médecine ! (Myra ne put réprimer une moue de dédain.) C'est assommant.

— Tout le monde ne peut avoir l'étoffe d'une grande chorégraphe, répliqua Morgot, qui connaissait les ambitions de sa fille aînée. Ni même celle d'une humble tisserande.

Perfide allusion aux récents démêlés de Myra avec la directrice de l'atelier de tissage dont les menaces de sanctions pour manque d'assiduité au travail devaient être prises très au sérieux. La jeune fille n'avait de goût que pour la danse. Elle piqua un fard, parut sur le point de riposter et choisit fort sagement de n'en rien faire.

— Notre Stavia ne manque pas d'atouts, fit observer Morgot, le plus calmement du monde. Gageons qu'elle saura en tirer parti. Myra, va prévenir Joshua, s'il te plaît. Tu lui diras que le souper est prêt.

— Pourquoi prendre cette peine ? Il sait lire l'heure, il me semble.

Morgot la regarda, les yeux brillants de colère.

— Obéis, Myra. Et tu me feras le plaisir d'être polie avec lui.

La jeune fille rougit derechef. Elle chercha une insolence. A nouveau, le bon sens l'emporta. Elle quitta la pièce sans mot dire.

— Pourquoi cette sortie ? demanda Stavia, stupéfaite.

Joshua était sans doute le serviteur de la famille, il était surtout un vieil ami.

— Ce n'est rien, soupira Morgot, sinon qu'elle s'est entichée d'un brave. Ils échangent des billets doux par-dessus le parapet. Joshua me l'a dit.

— C'est la raison pour laquelle elle était montée contre lui ?

— Myra ne sait rien des indiscrétions de Joshua. Elle ne fait que reprendre à son compte l'agressivité manifestée par son galant lorsqu'il parle de tous les dissidents. Tu sais quel mépris les braves professent pour ceux d'entre eux qui choisissent la vie civile et l'assujettissement.

— Je sais, oui. Mais j'ignorais que le mal fût contagieux, murmura Stavia, pas mécontente, au fond, d'assister à la confirmation éclatante des doutes qu'elle nourrissait contre sa sœur.

— Les femmes, presque toujours, se rétablissent dans les meilleurs délais. Espérons que ta sœur retrouvera vite ses esprits. (Morgot disposa au centre de la table la chandelle dont elle ajusta la mèche afin de réduire la fumée.) Stavia, n'oublie pas les serviettes.

La fillette alla les chercher dans la niche située à côté de la fenêtre, chacune roulée dans son anneau de bois d'olivier, gravé d'un motif personnalisé, œuvre de Joshua. Pour Myra, un agneau en train d'exécuter une cabriole, une chouette pour Morgot, une gerbe de blé et de fleurs des champs pour Stavia, enfin la chèvre facétieuse, emblème que l'artiste s'était choisi pour lui-même. Relégués tout au fond, dans l'attente du prochain carnaval, les ronds de serviette des trois absents, un poisson qui se mordait la queue, un coq, une sauterelle. Habby, Byram et Jerby. Joshua les rejoignit bientôt et s'installa à sa place habituelle, au bout de la table. Il semblait las.

— Quelle journée ! murmura-t-il. Aux urgences, ils sont sur les dents depuis ce matin. A se demander si tous les habitants de Marthatown n'ont pas comploté de se blesser ou de se casser quelque chose en chœur. Pour tout arranger, nous avons accueilli deux dissidents.

— Des dissidents ? Pourquoi auraient-ils dû se rendre à l'hôpital ?

— L'un d'eux était en triste état. Passage à tabac, hélas.

Morgot posa brusquement ses couverts.

— C'est indigne ! Ils n'ont pas le droit.

— Le garçon affirme que les officiers n'étaient au courant de rien. Il semble que ses camarades de chambrée n'aient pas voulu le laisser partir sans lui donner une leçon.

— Cela ne change rien. A quinze ans, les aspirants ne sont pas censés ignorer la loi.

— Tu as raison. L'incident mérite sans doute d'être porté devant le Conseil.

Joshua fixa sur Morgot ce regard insistant que Stavia avait toujours interprété comme une invite discrète à ne pas s'étendre sur tel ou tel sujet en présence des enfants.

— Je ne manquerai pas de le faire, assura la jeune femme. Ce garçon a-t-il des projets ? A-t-il l'intention de rester à Marthatown ?

— Il a décidé d'aller s'installer à Susantown. Dans une semaine, il devrait être sur pied.

— Ses camarades ont bien fait, grommela Myra.

Quelle honte ! Il ferait beau voir que mon fiancé devienne un dissident.

— Imagine que notre petit Jerby se soit trouvé dans cette situation, dit sa mère sur un ton de douceur surprenante. Quelle serait alors ta réaction ?

L'hésitation de Myra fut de courte durée.

— Aucun rapport ! répliqua-t-elle avec aplomb. Jerby n'est qu'un enfant.

— Dans dix ans, il sera en âge de choisir. Refuseras-tu de lui souhaiter la bienvenue, s'il décide de revenir parmi nous ? Songe à ton frère Habby ; il aura bientôt quinze ans. Le prendrais-tu aussi légèrement si, rebuté par la vie de garnison et le métier des armes, il se faisait rouer de coups, victime de l'intolérance de soi-disant camarades ?

— Mon frère n'est plus un enfant, justement. J'attends de lui qu'il se comporte en soldat.

Cette réponse claquait comme un défi, mais la jeune fille avait rougi et son regard se troublait sous celui de sa mère.

— Faites-moi confiance, dit celle-ci. Le Conseil sera mis au courant des brutalités commises aujourd'hui sur la personne d'un aspirant coupable d'avoir choisi la dissidence. La prochaine réunion a lieu demain soir, cela tombe bien. Stavia, un peu plus de légumes ?

— Je veux bien.

— Myra ?

— Je n'y tiens pas. D'ailleurs il est temps pour moi de commencer un régime.

— Quelle idée saugrenue !

— Je me trouve un peu forte, c'est tout.

— Aucun risque de prendre des kilos en avalant des légumes verts. Par contre, ils te donneront le teint clair et les cheveux soyeux, autant de qualités fort prisées par les jeunes braves.

— Je n'aime pas les légumes de basse saison. Les choux, en particulier. Rien de plus sinistre.

— En effet. Malheureusement les cultures maraîchères se font rares ces temps-ci. Si tout se passe comme prévu, les nouvelles serres municipales seront achevées cet été et l'hiver prochain, nous nous régalerons de primeurs. Décide-toi. En veux-tu, oui ou non ?

— Très peu, merci.

Stavia intercepta un nouveau coup d'œil significatif entre sa mère et le serviteur. Dès lors, la conversation se réduisit à un échange de menus propos et d'anecdotes plaisantes.

5

Corrig trouva Stavia assise à la table de la cuisine, le dos rond, la tête dans les mains. Elle était en train de repasser le texte d'*Iphigénie à Ilion*. Tout de suite, il remarqua les traits tirés, les paupières fripées par le manque de sommeil.

— Tu n'as pas cessé de tourner et de virer dans ta chambre. Je t'ai entendue une bonne partie de la nuit. (D'un geste affectueux, il lui effleura les cheveux.) Ma petite, tu as une mine affreuse. On dirait une vieille femme.

— Merci du compliment !

— En termes plus courtois, tu parais moins séduisante qu'à l'ordinaire.

— Impossible de fermer l'œil. Je ne songe qu'à Dawid. Que lui réserve l'avenir, mon Dieu ?

— Réaction normale. Pour la seconde fois en l'espace de dix ans, tu viens de perdre ton fils. Aucune mère ne peut s'incliner du jour au lendemain. (Posant devant elle une tasse de thé fumant, il jeta un coup d'œil sur le livre ouvert.) Soit dit en passant, il ne t'était pas interdit d'adoucir ton insomnie par une lecture plus euphorisante.

— Sage conseil. D'ailleurs je ne suis guère attentive à ce que je lis. Jadis, je connaissais la pièce sur le bout du doigt, j'avais appris tous les rôles. Il ne s'est pas écoulé une année sans que j'assiste aux représentations des carnavals d'hiver et d'été, cependant, depuis quand ai-je pris la peine de réfléchir pour de bon au sens caché de cette histoire ? D'aussi loin que je m'en souvienne, Morgot a toujours incarné Iphigénie. Je vais devoir potasser sérieusement les répliques si je veux être capable de prendre la relève avec conviction dans quelques mois.

Corrig l'écoutait, la tête un peu penchée, fronçant à peine les arcs parfaits de ses sourcils. Songeur, il se mit à débiter des pommes dont il ajoutait les morceaux au gruau du petit déjeuner.

— Rien ne presse, voyons. Nous ne sommes qu'à l'orée du printemps.

Stavia haussa les épaules.

— J'ai résolu de me fatiguer le moins possible. Si je lis l'ensemble une dizaine de fois, le texte devrait me revenir sans qu'il soit besoin de ressasser.

— Tu aurais mieux fait de rester au lit une heure de plus. Cela t'aurait fait le plus grand bien.

— Je n'en crois rien. Le sommeil me fuit. Je comptais un peu sur *Iphigénie* pour me remonter le moral. Après tout, c'est une comédie.

— Une comédie, ce récit plein de sang, de fureur et de larmes ?

— Il faut le croire. Les spectateurs s'amusent beaucoup.

Corrig fit la grimace de quelqu'un que surprend une odeur épouvantable. Stavia ne fit pas l'effort de sourire.

— Aujourd'hui encore, dit-il, sous bien des aspects, les usages de la Fédération me demeurent une énigme. Quel âge avais-tu quand, pour la première fois, tu as tenu un rôle dans cette pièce ?

— Onze ans, à peu de chose près. A l'école, nous la montions chaque année. Nous incarnions tous les personnages à tour de rôle. Décors, costumes, mise en scène, nous étions responsables de tout. C'était notre spectacle, chaque fois différent.

— Depuis quelque vingt-sept ans, par conséquent,

ces dialogues font partie de ta vie. Toutes les citoyennes pourraient dire la même chose : *Iphigénie* accompagne leur existence. Est-il permis de se demander pourquoi votre choix ne se fixe jamais sur une autre pièce ? Joshua prétend que vous autres, membres du Conseil, vous tomberiez malades si l'on vous privait de la guerre de Troie et de tout ce saint-frusquin bien sanglant.

— Joshua se trompe. Il y a longtemps que nous en avons épuisé les charmes. Il se trouve simplement que la pièce appartient au rituel imposé par la loi... comme si tu ne le savais pas ! (Elle se passa la main dans les cheveux. Ses doigts rencontrèrent la peau toujours sensible d'une cicatrice, au sommet du crâne. Elle tressaillit.) Au fait, Joshua sera-t-il bientôt de retour ?

— J'y compte bien. Il y a trop de travail, je n'y suffis plus. Ecoute, si tu as vraiment l'intention de réviser ton rôle dès maintenant, je veux bien te donner la réplique.

— Iphigénie n'intervient pas avant la page six...

— Parfait. Tandis que je lis le début, profites-en pour avaler ton petit déjeuner. Le texte, s'il te plaît.

Elle lui tendit la brochure. Corrig inclina sa chaise en arrière et s'absorba aussitôt, lisant à mi-voix. Trop lasse pour protester contre cette audition inutile, Stavia écouta tout sans le vouloir, sans prêter attention aux mots, laissant ceux-ci glisser sur elle, imprégner la pièce, comme l'accompagnement nécessaire, inévitable, de son vague à l'âme.

— *Iphigénie à Ilion*, commença-t-il. Notice : La pièce s'inspire d'un épisode d'une guerre fort lointaine qui mit aux prises les armées grecques et troyennes à la suite de l'enlèvement par un prince troyen d'une femme du nom d'Hélène, épouse d'un roi grec. Réunies sous une même bannière, toutes les cités grecques se lancèrent à la poursuite des fugitifs. L'armée ainsi constituée s'établit devant Troie dont le siège ne devait pas durer moins de dix ans en raison des dissensions entre les princes grecs et du désordre régnant au sein de leur état-major. Cette guerre d'usure devait enfin porter ses fruits. Les Troyens furent vaincus, leur ville anéantie. L'action se déroule après la destruction de Troie, devant les ruines de la cité. En fin de volume se trouvent différents appendices proposant au lecteur : primo, la liste des noms et qualités respectives des plus fameux guerriers des deux camps, tels que Ménélas, Agamemnon, Odysseus, Achille, Hector, etc. ; secundo, un aperçu de l'œuvre dont est tirée la pièce ; tertio, un historique de la pièce elle-même, assorti de remarques et d'explications concernant l'influence qu'elle n'a cessé d'exercer sur la Fédération... T'es-tu jamais reportée à ces précieux appendices ?

– Si je l'ai fait, soupira Stavia, c'était il y a bien des années, quand j'étais une petite fille. J'ai oublié.

– *Personnages de la pièce*, enchaîna-t-il.

Troyens

HÉCUBE : reine de Troie, veuve du roi Priam, mère d'Hector et de Cassandre.

ANDROMAQUE : veuve d'Hector.

ASTYANAX : fils d'Andromaque et d'Hector.

POLYXÈNE et CASSANDRE : filles d'Hécube et de Priam.

Grecs

TALTHYBIUS : un messager.

IPHIGÉNIE : fille d'Agamemnon.

Le fantôme d'Achille.

HÉLÈNE, dont on aperçoit la silhouette sur les remparts.

Soldats et servantes.

La scène se situe au pied de la muraille délabrée. Sur la droite, les pierres éboulées composent un escalier donnant accès au sommet du rempart, encore intact par endroits. A gauche, plusieurs soldats grecs jouent aux dés, pour passer le temps. Ils ont été désignés pour garder les prisonnières. Hécube et Andromaque sont assises l'une contre l'autre, entourées de leurs servantes endormies.

ANDROMAQUE : Dors, mon enfant, dors. Tiens, prends ce sein. Hécube, ma mère, regardez, il n'a plus la force. Trop de fumée, de tumulte...

HÉCUBE : Trop de lamentations, surtout. Nous avons tant pleuré. Nos cris l'auront tenu éveillé, ma fille. Mes yeux resteront secs, désormais. Plus de larmes. J'en ai tant répandu. Sur Hector, mon fils ; sur mon époux Priam, sur la belle cité de Troie, sur moi-même, enfin. C'en est assez, plus de larmes.

ANDROMAQUE : Pour moi aussi, le temps du désespoir est révolu. *(Levant les yeux, elle voit, sur le chemin de ronde, un groupe de soldats immobiles, comme frappés de stupeur.)* Maudite !

HÉCUBE *regarde à son tour* : C'est Hélène, n'est-ce pas ?

ANDROMAQUE : Que ne partage-t-elle notre sort misérable ? En voilà une qui n'a pas de bouche innocente à nourrir. Elle ignore les angoisses d'une future captivité. Aucun souci à se faire pour l'avenir !

HÉCUBE : Cette femme ne sera jamais l'esclave de personne. Cependant, Ménélas a fait le serment de la tuer.

ANDROMAQUE : Pensez-vous, ma mère ! Pourquoi supprimer la source de tant de gloire, l'inspiratrice de poètes par milliers ? Hélène rentrera chez elle, épouse honorée, reine adulée. Assise sur un trône magnifique, elle maniera l'aiguille d'or et le fuseau d'argent quand nous n'y serons plus depuis longtemps. *(Là-haut se fait entendre le doux déferlement d'un rire.)* Maudite ! Puisse ton ventre être une tombe ! Puissent tes entrailles se corrompre ! Puisses-tu, femme stérile, te tordre dans les douleurs les plus...

HÉCUBE : Doucement, ma fille. Si tes imprécations allaient être exaucées, gare aux Erinnyes ! Quiconque jette l'anathème sur ceux de sa race attire sur lui le courroux des trois sœurs...

— J'ouvre une parenthèse, dit Corrig. Qui sont ces terribles Erinnyes ? Ce nom me dit vaguement quelque chose.

— On les appelait aussi les Furies.

— Ah, parfaitement... Un instant, je consulte la note. « Erinnyes, déesses des Enfers dont les trois plus connues sont la Colère, la Vengeance et la Jalousie. Elles revenaient hanter les vivants qui s'étaient rendus coupables de crimes envers leurs proches. » Andromaque et la belle Hélène avaient donc un lien de parenté ?

— Bien qu'elle fût l'épouse de Ménélas, roi de Sparte, Hélène s'était plus ou moins remariée avec Pâris, fils d'Hécube, frère d'Hector. A l'école, nos professeurs interprétaient plutôt les paroles d'Hécube comme un rappel à l'élémentaire solidarité féminine.

— Admettons. (Corrig ne semblait pas convaincu.) Revenons-en à nos captives.

ANDROMAQUE : Qu'ils soient tranquilles, les survivants de ma race ; ils n'ont rien à craindre de moi. Cette femme n'est pas de mon sang, elle m'est étrangère, comme le sont tous ces Grecs, grands massacreurs de Troyens ! Puis-je pardonner aux assassins d'Hector ? Le pourrais-tu ?

HÉCUBE : Que tu le veuilles ou non, elle est des nôtres. Une femme, notre sœur. Peut-être, après tout, en est-elle venue à se considérer elle-même comme une Troyenne. Il y a si longtemps qu'elle parcourt nos murs à la lueur des flambeaux.

ANDROMAQUE : Un seul jour eût été un jour de trop.

HÉCUBE : Une heure, seulement. Qu'à cela ne tienne. Il nous reste si peu ; ne risque pas ces miettes pour le seul plaisir d'assouvir ta haine.

ANDROMAQUE : Qu'avons-nous à perdre ?

HÉCUBE : N'es-tu pas en vie, toi, l'épouse bien-aimée d'Hector ? Ton fils Astyanax n'est-il pas en vie ? Moi-même, piètre consolation pour nous tous, je suis toujours de ce monde.

ANDROMAQUE : Comme le sont vos filles Polyxène et Cassandre, même si ces malheureuses ont mal supporté les épreuves.

HÉCUBE : En effet. Autant de raisons pour ne pas nous exposer aux représailles des trois furibondes. *(Elle prend l'enfant des bras de sa mère.)* Pauvre Astyanax. Il aspire tellement au sommeil !

ANDROMAQUE : Inutile de chercher plus loin de nouveaux sujets de crainte. Voici venir Talthybius.

Le Grec entre sur la gauche.

HÉCUBE, *dont les mains se nouent et se dénouent dans les plis de sa robe* : Viens-tu, tel le corbeau de mauvais augure, pousser des coassements de mort aux oreilles d'une femme épuisée ?

TALTHYBIUS : La volonté de mes maîtres s'exprime par ma bouche.

HÉCUBE : T'ont-ils donné, une seule fois, l'occasion d'apporter de bonnes nouvelles ?

TALTHYBIUS : Ils se passeraient alors de mes services. Ils se présenteraient eux-mêmes devant toi, veuve de Priam, transfigurés, le visage tout illuminé par la clémence.

ANDROMAQUE : Ils préfèrent dépêcher auprès des vaincus leur fidèle héraut, la bouche pleine de fiel, quand le sang d'Hector est encore tiède sur vos mains.

HÉCUBE : Silence, ma fille. Peut-on faire grief au messager des ignominies qu'il est chargé de transmettre ? Parle, Talthybius.

TALTHYBIUS : Tout d'abord, quelques nouvelles de tes enfants. *(Il hésite, visiblement embarrassé, choi-*

sit ses mots avec circonspection, se décide à pronon-
cer les moins douloureux.) Cassandre, pour commencer. Veux-tu savoir ce que l'avenir lui réserve ?

HÉCUBE : Ma pauvre petite a perdu la raison. Elle
courait comme une possédée à travers les salles du
palais, une torche d'hyménée dans chaque main.
Elle allait, tourbillonnant. Sa chevelure s'est em-
brasée. Vivement, nous avons jeté sur elle des lin-
ges humides. Le feu s'est éteint. Mes noces allume-
ront un grand bûcher funéraire, a-t-elle crié. Jour
de sang, jour de cendres, ses propres mots. Que
pourrais-tu m'annoncer qui aggraverait sa prédic-
tion ?

TALTHYBIUS : Agamemnon a l'intention de la ramener à Mycènes. Elle lui plaît.

ANDROMAQUE : Décidément, les voies du destin sont
impénétrables. La sœur d'Hector a séduit Agamemnon ? Autant narguer le ciel et creuser sa
propre fosse. Que compte-t-il faire de Cassandre ?

TALTHYBIUS : Sa concubine, madame. Quoi d'autre ?

ANDROMAQUE : Il veut coucher avec une vestale,
rien de moins que la prêtresse d'Athéna ? Ce blas-
phème une fois consommé, il pourra toujours insulter Zeus et vomir sur l'effigie de Phébus. Est-il
devenu enragé au point de chercher une compagne
dont l'égarement lui soit un modèle ?

HÉCUBE : Suffit, Andromaque. A quoi sert d'accabler
les Grecs acharnés à leur propre perte ? Poursuis,
messager. Qu'en sera-t-il de mon autre fille ?

TALTHYBIUS *après un silence pénible* : Votre avenir à
toutes fut décidé par tirage au sort, tu le sais.

HÉCUBE : Où va-t-elle ? Qui sera le maître de Polyxène ?

TALTHYBIUS : Elle devra consacrer sa vie à la tombe
d'Achille.

HÉCUBE : Enchaînée au service d'un tombeau ! Malheureuse enfant. Elle aimait la vie, Talthybius, la
musique, les festins. Elle aimait danser. Polyxène,

vouée au culte d'un ennemi mort... Quelle dérision !

TALTHYBIUS : Elle n'est pas si mal lotie. Du moins lui sera-t-il épargné les humiliations qui vous sont réservées.

HÉCUBE : J'attends avec sérénité le verdict des vainqueurs. Quand des cadavres par milliers couvrent la plaine, quand la terre assoiffée s'abreuve du sang mêlé de nos peuples, l'esclavage est-il donc si terrible ?

TALTHYBIUS : Tu entreras dans la maison d'Odysseus.

HÉCUBE : Il ne jouira pas longtemps de ce privilège. Mes cheveux sont blancs. Ma servitude sera de courte durée.

TALTHYBIUS *se penche pour la dévisager à son aise* : Tu n'es pas encore au bout de tes peines.

HÉCUBE, *ses mains, qui n'ont cessé de s'agiter fébrilement dans les plis du vêtement, posées, calmes sur ses genoux* : Cassandre, ma chère fille, est d'un autre avis.

TALTHYBIUS : Qui se soucie des prophéties de Cassandre ? En ce qui concerne Andromaque...

ANDROMAQUE : Esclave, moi aussi. Je le sais. Pas plus que la mère d'Hector, je ne resterai longtemps dans les fers.

TALTHYBIUS : Tu es jeune, cependant.

ANDROMAQUE : Cela donne-t-il une raison de vivre ?

HÉCUBE : En voilà assez, messager. Nous en avons entendu suffisamment.

TALTHYBIUS : Reine, je n'ai pas tout dit.

HÉCUBE : N'as-tu pas craché tout ton venin ?

TALTHYBIUS : Andromaque, il s'agit de ton fils.

ANDROMAQUE : Quelle horreur vas-tu proférer ? Vont-ils priver un nourrisson du sein maternel ? Vont-ils me l'enlever, afin qu'il grandisse loin de mes yeux, jusqu'à l'âge d'homme ?

TALTHYBIUS : Je ne dirai rien de tel.

ANDROMAQUE : Il me suivra ? Vous ne l'abandonne-
rez pas au milieu des ruines ?

TALTHYBIUS, *dont le visage et la voix expriment la
consternation* : Astyanax restera ici, sur le sol de
ses ancêtres. Ici, à Troie.

ANDROMAQUE : Qui en a décidé ainsi ?

TALTHYBIUS : Odysseus a parlé en ces termes devant
les Achéens assemblés. Après avoir chanté les
louanges d'Hector, il a fait valoir qu'ils seraient
mal avisés en laissant derrière eux le fils d'un héros qui n'aurait point de cesse qu'il n'ait vengé son
père sitôt appris le maniement de la lance et du
glaive.

ANDROMAQUE : Qui s'occupera de lui ? Quelque berger ? Quelque artisan grossier ? Le fils d'un roi,
élevé par un va-nu-pieds ?

TALTHYBIUS : Les pierres seront les seules compagnes d'Astyanax. Il doit être précipité du haut des
murs démantelés de Troie.

ANDROMAQUE *(Hurlement de terreur. Elle serre son
fils à l'étouffer. Sur un signe de Talthybius, les
gardes s'approchent. Ils arrachent l'enfant à
l'étreinte de sa mère et le remettent au messager.
Talthybius gravit les marches, emportant Astyanax.
Andromaque le poursuit de ses malédictions.)*
Damné ! Damné sois-tu, toi et ceux qui t'inspirent !
Damnés leurs vaisseaux, leurs familles ! Puissent
les Furies m'entendre. Talthybius, prends pitié.
Prends garde. Rends-moi mon enfant. Un petit enfant à la mamelle... Obéis à cet ordre monstrueux
et les dieux te puniront pour l'éternité ! Pitié ! Pitié !

Elle s'effondre, secouée de sanglots. Hécube l'enlace.

HÉCUBE : Andromaque. Femme sublime. Ma fille. Ma
sœur. Accroche-toi à cette vieille indigne qui n'a
pas eu le courage d'en finir, quand il était encore
temps. Ô dieux, que ne m'avez-vous donné la
force ? Oter la vie d'un enfant, de sang-froid, comment est-ce possible ?

Quelqu'un, sur le chemin de ronde, pousse un cri per-
çant, comme celui d'un oiseau. Epouvantées, les
deux femmes lèvent les yeux. Les soldats de faction
sur les remparts se penchent et regardent en bas.
Talthybius vient de jeter Astyanax dans le vide. Les
geôliers ont interrompu leur partie de dés. Là-haut
déambule le fantôme d'Iphigénie.

Stavia s'était approchée de la cuisinière. Elle remplit deux écuelles de l'épais gruau.

— Entrée en scène de la princesse morte, murmura-
t-elle. Es-tu fatigué de lire, Corrig ?

— Pas encore. Je me berce du son de ma propre
voix. Es-tu prête ? Ce sera bientôt à toi.

HÉCUBE : Quelle est cette apparition ? Qui hante ces
    murailles au milieu des guerriers ?

— Il s'élève un nouveau cri, cite Stavia de mémoire.
Iphigénie descend les marches, bien visible, ainsi que
l'enfant qu'elle tient contre elle.

ANDROMAQUE : A quoi pensent-ils, au moment d'ac-
    complir semblable forfait ? N'éprouvent-ils aucune
    peur, aucun remords ? Ces barbares sont-ils de
    bronze ? Un cœur bat-il dans leur poitrine ?
    N'avons-nous pas, comme eux, figure humaine ?
    Nos enfants n'ont-ils pas une bouche pour téter le
    sein de leur mère, deux bras pour se jeter à son
    cou et deux jambes pour apprendre à marcher,
    comme leurs propres enfants ? Ne sommes-nous pas
    les sœurs des épouses et des fiancées qu'ils ont
    laissées au-delà de l'horizon ?

IPHIGÉNIE, *dans une plainte stridente, comme en*
    poussent les oiseaux de mer : Quand cela serait,
    quelle différence ? Leur propre sang n'est pas plus
    sacré.

ANDROMAQUE : Qui se lamente ainsi ? Et cet enfant...
    Dieux !

IPHIGÉNIE : Ton fils ? Ton fils ou celui d'une autre, qu'importe. Deux enfants viennent de succomber, une jeune fille, un nourrisson. Vois, il s'habitue à moi, il me tient compagnie dans mes vagabondages. *(Elle danse, tenant Astyanax à bout de bras.)*

HÉCUBE *inquiète* : Qui es-tu ?

IPHIGÉNIE : La fille d'Agamemnon, revenue du royaume des ombres pour se venger de son assassin.

HÉCUBE : Agamemnon, ce Grec qui s'est toqué de ma fille Cassandre ?

IPHIGÉNIE : Sur ce point, grand-mère, nous savons à quoi nous en tenir, toi et moi. Mon père n'abusera pas longtemps de ta fille. Ne t'épuise plus en malédictions contre lui. Je suffis à la tâche.

ANDROMAQUE : Ce petit, c'est vraiment mon fils ?

IPHIGÉNIE : Autant que je suis la fille de mon père. Non, bien davantage. Celui-ci se réjouit d'être le fruit de tes entrailles. Il ne lui viendrait pas à l'esprit d'exécrer sa mère. Comme il sourit !

HÉCUBE : Pourquoi maudis-tu ton père ?

IPHIGÉNIE : Je maudis la main qui m'a ôté la vie. Je maudis la bouche mensongère qui a arraché à ma mère son consentement.

ANDROMAQUE : Je veux mon enfant. Rends-le-moi ! *(Elle se lève et s'approche, et tend les bras vers Astyanax. En vain, ses mains cherchent à le saisir.)*

IPHIGÉNIE : Ton fils est hors d'atteinte, reine infortunée. Pourtant, ce sourire devrait te rassurer. Je prendrai soin de lui. Il trouvera parmi nous le visage familier d'une sœur. Polyxène chantera des berceuses, elle cueillera pour lui des fleurs d'asphodèle au frais parfum.

HÉCUBE : Que fait ma fille avec vous ? Le sort ne l'avait-il pas désignée pour être la vestale du sépulcre d'Achille ?

IPHIGÉNIE : Une vestale qu'ils ont immolée séance

tenante sur la tombe du héros, pour s'assurer, sans doute, qu'elle ne faillirait pas à son devoir.

HÉCUBE : Talthybius, langue de vipère, si habile à tromper le cœur d'une mère !

IPHIGÉNIE : Polyxène fut offerte en sacrifice aux mannes d'Achille, comme jadis je fus égorgée sur l'autel d'Artémis. Ces hommes s'enivrent des effluves exhalés par le sang d'une vierge.

HÉCUBE : Les dieux, nous dit-on, sont avides de libations sanglantes.

IPHIGÉNIE : Ces diffamations te porteront malheur, grand-mère. Les dieux ont-ils jamais exigé des hommes qu'ils élèvent jusqu'au ciel les fumets de sacrifices atroces ? Qui leur impose la saveur des gorges tranchées ? Que choisirais-tu, d'un bol de sang humain ou d'un bon filet de bœuf ? Les dieux ont-ils le goût si dénaturé ? N'ont-ils pas un cheptel à leur disposition, ou des cuisiniers, pour apprêter la viande ?

Le fantôme d'Achille surgit au sommet des remparts.

ACHILLE : Qu'ont-ils fait de Polyxène, ma servante ?

Les yeux clos, Stavia semblait s'être assoupie. Corrig l'observait, pensif.

— Qui tiendra le rôle d'Achille ? demanda-t-il.

— Joshua, sans doute. (La jeune femme cligna des paupières.) Ce ne serait pas la première fois.

— Cher Joshua.

— En effet. Puis-je évoquer un souvenir, un de plus ? J'avais onze ans. Myra me faisait répéter mon rôle, comme tu le fais à présent, quand Joshua...

La phrase resta en suspens. Stavia détourna les yeux, son regard se voila. L'espace d'un instant, ni l'un ni l'autre ne parlèrent, chacun suivant le fil de ses pensées.

— As-tu vu Myra, ces derniers temps ? murmura Corrig.

— Pas depuis plusieurs mois. Et encore, il s'agit de rencontres de hasard, sur le marché, ou dans quelque autre lieu public. Sans doute n'a-t-elle jamais pardonné à notre mère d'avoir voulu la mettre à la porte.

Corrig secoua tristement la tête.

— Pas du tout. C'est contre toi qu'elle garde une rancune tenace. Tu es restée, alors qu'elle partait.

6

Dès lors que Barten était entré dans sa vie, il devenait évident que Myra ne resterait plus longtemps parmi les siens. Non que le jeune homme eût souhaité cette séparation, non que Myra ou Morgot l'eussent préméditée, ou seulement envisagée. En fait, tout le monde fut pris de court par une rupture devenue peu à peu inévitable.

Stavia venait d'avoir onze ans. Ce jour-là, le désaccord entre Myra et sa mère atteignit le point de non-retour. Installées dans la chambre de la cadette, vautrées qui sur le lit, qui sur le tapis, les deux sœurs travaillaient le premier acte de la pièce dont elles commençaient à être lasses.

— Tu n'y es pas du tout ! s'exclama Myra sur le ton de suprême agacement qui convient à une jeune fille au fait de bien des vérités et revenue de nombre d'entre elles. Tu connais ton texte, c'est entendu, mais bon sang, il s'agit d'une comédie, ne l'oublie pas !

— Je n'oublie rien. (Stavia bascula sur le dos et contempla le plafond bas où s'étalait, vestige des infiltrations de l'hiver dernier, quand les pluies torrentielles avaient traversé les tuiles du toit, une nébulosité brunâtre qui ressemblait tantôt à un homme vu de profil, pourvu d'une barbe de patriarche, et tantôt à n'importe quoi.) Je me débrouille très bien jusqu'au moment où il est question de jeter l'enfant du haut des remparts. Là, tout à coup, je pense à Jerby, et le comique de la situation m'échappe complètement.

– Comme si tu n'avais pas vu représenter cette pièce un nombre incalculable de fois ! En guise de bébé, Andromaque tient dans ses bras une absurde poupée à face de clown. Personne n'a jamais prétendu qu'il s'agissait d'un véritable enfant. De même, les vieilles ne sont pas des vieilles, et pour ce qui est des vierges... Il s'agit d'une satire, ne le perds jamais de vue.

Sourcils froncés, Myra chercha et trouva la définition qu'un professeur avait récemment donnée d'*Iphigénie*, « une critique en règle de certains comportements sociaux qui sévissaient avant le grand chambardement ».

Une critique, bien sûr. Stavia ne l'ignorait pas, mais plusieurs situations éveillaient en elle des résonances profondes. C'était comme une autre pièce, nocturne, douloureuse, qui se superposait à la pièce officielle, tant de fois jouée et rejouée dans la bonne humeur.

– Hécube et Andromaque sont toutes barbouillées, enchaîna Myra. Elles ont les joues fardées, les lèvres peintes, on dirait deux bohémiennes un soir de kermesse. Quand Talthybius fait remarquer à Andromaque sa relative jeunesse, il pose la main sur elle de façon très explicite. Puis Achille descend les degrés de pierre, couvert de fiente d'oiseau, titubant comme un aveugle et tâtonnant autour de lui avec sa canne, cherchant partout Polyxène...

– Tu diras ce que tu voudras, Myra. Rien ne m'empêchera de penser à Jerby.

– D'ici peu, il sera enchanté d'être là-bas, tu verras, murmura la sœur aînée sans une once de conviction. (Elle avait pris l'habitude de ne jamais parler du petit frère ; sa nouvelle qualité d'aspirant la laissait perplexe. Autant que Stavia et Morgot, elle souhaitait le retour de Jerby à la maison, et cependant, les dissidents étaient tous des lâches et des embusqués, au dire de Barten, le jeune brave avec lequel elle entretenait les plus tendres relations, de part et d'autre des remparts, et dont elle buvait les paroles. Non seulement lâches et embusqués, mais des impuissants, aussi. Quand ils n'étaient pas tout simplement châtrés, le jour de leur départ, comme le bruit en courait dans toute la cité. Habituée à considérer Joshua comme un être humain à part entière, ni plus lâche, ni plus embusqué que la moyenne des gens, au demeurant mal renseignée sur les conséquences de la castration, la jeune fille s'était résignée, dans son aveuglement amoureux, à adopter le point de vue de Barten.) Un peu de patience, dit-elle. Jerby nous rendra bientôt visite.

— Plus que deux mois. Deux mois avant le carnaval !

— Deux mois, c'est bien long, soupira Myra.

Elle se leva et se campa devant le miroir. Tournant la tête de droite et de gauche, elle se figea soudain dans une attitude gracieuse, la taille cambrée, les bras levés encadrant son visage.

— Je comprends ton impatience, murmura Stavia. Ton premier rendez-vous ?

— Ce n'est pas impossible, en effet. Un brave m'a fait des avances précises.

— Joli garçon ?

— Si tu savais ! Une carrure d'athlète, des yeux pervenche, des cheveux de nuit, une bouche à croquer...

— Comment s'appelle-t-il ?

— Barten. Il est dans la centurie commandée par Michael. Tally va se retrouver en quarantaine, si elle n'y prend pas garde. Elle m'en veut à mort. Barten lui faisait les yeux doux avant de me rencontrer.

Myra ébaucha un sourire de satisfaction et, rejetant la tête en arrière, fit voltiger ses cheveux roux. Un instant, dans la pose altière de la fille, se trouva un peu de la grâce énigmatique qui s'épanouissait chez la mère.

– Est-il beaucoup plus âgé que toi ?

– Pas plus de vingt-deux ans, je crois. Moins de vingt-cinq, certainement. Il n'a pas une cicatrice.

– Vingt-cinq ans, c'est l'âge minimum pour être envoyé au combat, n'est-ce pas ? Je me demande pourquoi.

– Tu le sais aussi bien que moi, si tu n'as pas séché tes cours de sexologie.

– Je connais la rengaine. Chez un homme, l'âge de la plus grande vigueur physique se situe entre dix-huit et vingt-cinq ans. En conséquence, on estime que les jeunes braves seront plus utiles dans le lit des dames, où ils pourront engendrer de beaux enfants, que sur les champs de bataille. Voilà l'explication qui nous est fournie en classe. Je me demandais s'il ne fallait pas en chercher une autre.

– Laquelle, par exemple ?

– Peut-être leur accorde-t-on, mine de rien, un délai de réflexion supplémentaire, pour être bien sûr qu'ils ne regretteront pas d'avoir choisi l'armée une fois pour toutes.

– Passé vingt-cinq ans, bien peu changent d'avis, fit observer Myra, son visage taché de rousseur brusquement assombri. Bien peu, en vérité...

– Je sais à quoi tu penses, dit Stavia.

L'aînée lui jeta un regard courroucé.

– Que vas-tu encore chercher ? Pauvre sotte ! Personne ne porte la cuirasse avec plus de fierté que Barten ! La dissidence, très peu pour lui. La pire erreur que puisse commettre une femme, c'est d'essayer de convaincre un soldat d'abandonner son métier à contrecœur. Morgot elle-même m'a mise en garde. Le malheureux ne se pardonnera jamais d'avoir cédé à une impulsion et traînera toute sa vie son amertume. Cette parenthèse étant close, veux-tu que je continue à te donner la réplique ?

– Inutile, merci. Cette fois encore, je devrai me contenter de faire la doublure. L'an prochain, je décrocherai peut-être un rôle digne de ce nom, ou dans deux ans. (Stavia ne se donnait pas la peine de dissimuler sa déception, d'autant que la jeune fille choisie pour incarner Iphigénie offrait à son humble avis un spectacle affligeant.) Cette année, Michy tiendra le rôle titre.

— Quoi ? Cette « boule de suif » ?

— Pourquoi pas ? Pourquoi Iphigénie ne serait-elle pas un tantinet dodue ? Qui sait ? Ses rondeurs lui ont peut-être valu d'être désignée pour le sacrifice. Si tu décides d'immoler une chèvre ou une brebis en vue d'attirer sur toi la faveur divine, ton choix se portera tout naturellement sur la plus grasse du troupeau.

— Tout de même. Une boule de suif !

— Qui se cache derrière cette définition peu flatteuse ? demanda Joshua depuis le seuil.

Lèvres pincées, Myra semblait résolue à faire la sourde oreille. Stavia se hâta de satisfaire la curiosité du serviteur tandis que sa sœur, désagréable jusqu'au bout, affectait de ne pas se rendre compte de son entrée dans la pièce. Stavia n'en croyait pas ses yeux. Si l'attitude de Myra devait être mise sur le compte de la fréquentation assidue du séduisant Barten, la fillette ne voyait pas la nécessité de faire la connaissance d'un jeune homme à l'influence si néfaste. D'ailleurs l'occasion ne se présenterait pas de sitôt. Pendant la durée du carnaval, en effet, les soldats ne s'éloignaient guère du Champ de Mars autour duquel étaient installés les maisons de rendez-vous, les tavernes et les différents lieux de plaisir. Il leur était interdit de s'aventurer dans les quartiers résidentiels et Stavia n'avait pas l'âge d'être admise à faire la tournée des tripots.

— Michy sera sans doute vêtue d'une tunique flottante qui dissimulera fort opportunément sa silhouette, dit Joshua. Myra, ta mère te prie de la rejoindre. Elle voudrait te parler, semble-t-il. Stavia, mon petit, j'ai rencontré ton professeur de physiologie dans les couloirs de l'hôpital. Elle désire avoir un entretien avec toi et avec Morgot au sujet de ton avenir professionnel. Elle se propose de t'envoyer à la faculté de médecine d'Abbyville.

– A la faculté, moi ?

– Ce n'est pas pour demain, bien sûr. Disons dans quelques années. Il faut compter neuf ans si tu suis le cycle complet. Sept années d'études, suivies de deux années d'internat. On n'a guère le temps de rentrer chez soi. C'est pourquoi ton professeur s'inquiète de savoir comment vous envisageriez toutes les deux une aussi longue séparation.

– Quel besoin a-t-elle eu de te raconter tout ça·! s'exclama Myra sur un ton offusqué. En quoi cela te concerne-t-il ?

Joshua considéra la jeune fille, le regard pensif, pénétrant, comme il aurait fait d'une mauvaise herbe du jardin, hésitant à l'arracher.

– Peut-être le professeur de Stavia souhaitait-elle connaître mon opinion sur les capacités de sa jeune élève, murmura-t-il. Ce ne serait pas la première fois que l'on me demanderait de dire le fond de ma pensée sur l'une ou l'autre des filles de Morgot.

Il tourna les talons et quitta la chambre.

Myra jura entre ses dents.

– Tu l'as bien cherché, souffla la petite sœur.

– Boucle-la, veux-tu ?

– D'accord. Mais si quelques regards langoureux, échangés par-dessus un mur, ont le pouvoir de rendre bête et méchante, je jure de rester vieille fille !

– De quoi te mêles-tu ?

– Si encore il s'était agi de toi ! Pas du tout. C'est de mon avenir professionnel dont il était question, et je fais grand cas de l'avis de Joshua, figure-toi ! Ma parole, pour qui te prends-tu, depuis quelque temps ?

– Vraiment, il s'agissait de toi ? J'ai cru comprendre qu'il se croyait autorisé à divulguer des ragots sur mon compte. Je ne tolérerai pas qu'un... majordome fourre son nez dans ma vie privée.

– J'y suis ! Un fringant soudard ferait mieux l'affaire ?

– Stavia, silence ! (L'injonction fit l'effet d'une gifle. Morgot venait d'entrer ; elle ne plaisantait pas.) Myra, j'ai à te parler. Tout de suite, si tu veux bien.

Elles sortirent. Comme toujours dans l'adversité, Stavia chercha refuge au fond d'elle-même et s'y recroquevilla, souhaitant de toutes ses forces acquérir l'invisibilité d'un microbe. Que n'avait-elle tenu la promesse qu'elle s'était faite de ne jamais se quereller avec sa sœur ? Des éclats de voix lui parvenaient à travers la porte close.

– Ce n'est pas ses oignons, protestait Myra. Je me demande même pourquoi tu insistes. Barten affirme...

Morgot ne lui laissa pas le temps d'achever. Sa réponse tomba comme la foudre.

– Je me moque de Barten et de ses affirmations, c'est bien compris ? Nous sommes des citoyennes, membres de la Fédération, et si nos conventions te sont insupportables, libre à toi d'aller chercher ton bonheur ailleurs.

Silence. Ô sainte et vénérée mère, veillez sur nous ! Des sanglots se firent entendre. Puis la porte s'ouvrit.

– Stavia ?

– Maman ?

– Tu n'avais nullement besoin de provoquer ta sœur. Elle n'a pas toute sa tête en ce moment, tu devrais pourtant t'en rendre compte.

– En effet, maman.

– Sais-tu au moins de quoi je parle ?

– Plus ou moins.

– Cela porte un nom. Tu le connais ?

– Myra est amoureuse.

– Quels sont les symptômes de cet état passager ?

– Un dérèglement de l'esprit, une incohérence dans le comportement que l'on peut observer chez les femmes les plus raisonnables, récita la fillette. L'inclination pour une personne de l'autre sexe est fon-

dée sur un instinct purement biologique, lié à la survie de l'espèce.

— Ensuite ?

— Presque toujours, le mal d'aimer entraîne une
déperdition intellectuelle. La plus grande méfiance
est donc recommandée. Une femme de bon sens fera
de son affectivité un usage strictement parcimonieux.

— Stavy...

— Oui ?

— Que s'est-il passé ?

— Rien de grave, sinon qu'elle s'est montrée bles-
sante envers Joshua.

— Cela ne m'étonne pas. Tâche de t'en souvenir. Si
un jour, toi aussi tu te montes la tête au sujet d'un
brave, l'expérience de Myra te servira de leçon. Cela
t'évitera bien des erreurs et des déconvenues.

— Crois-tu qu'elle osera contester toutes nos lois ?
Crois-tu qu'elle nous quittera ?

— Ta sœur, abandonner ses chères habitudes pour
devenir une bohémienne ? J'en doute fort. Peut-être
voudra-t-elle tenter l'expérience, mais je suis tranquille. Neuf fois sur dix, nos révoltées se lassent et
rentrent au bercail avant qu'il ne soit trop tard.

— Pour subir les humiliations de la quarantaine.
Quelle horreur !

— L'isolement n'est jamais bien long, tu le sais. Le
temps de s'assurer qu'elles n'ont pas contracté là-bas
quelque maladie transmissible. Nous ferons l'impossible, je te le promets, pour que Myra ne se trouve
jamais dans cette situation. (Morgot se mordillait la
lèvre, songeuse.) Il me vient une idée... cet après-
midi, j'effectue la visite de routine au campement. Tu
viens avec moi.

— Je n'y tiens pas. Je garde un très mauvais souvenir de ce que j'ai vu la dernière fois.

— Tant mieux ! Le contraire m'aurait inquiétée.
(Sur le point de quitter la pièce, Morgot se retourna.)
Vous venez avec moi toutes les deux.

— Myra aussi ? Elle va tourner de l'œil !

— Elle s'en remettra.

Une fois seule, Stavia se trouva la proie d'un curieux désenchantement, résultat de sentiments contradictoires. Qu'il était doux d'être prise au sérieux et pressée d'assumer ses responsabilités ! Qu'il était rassurant, quelquefois, d'être tenue à l'écart !

Les remparts méridionaux de Marthatown s'élevaient au-dessus d'une mosaïque de parcs à moutons et d'enclos à cochons, petit espace bucolique enclavé entre la muraille et les vastes perspectives de prés verts et de rectangles de chaume roux ou cendré, au centre desquels les moutons dessinaient des motifs de hasard tandis que les chèvres s'agglutinaient le long des clôtures. Au-delà, la grande prairie dévalait jusqu'au pied des montagnes, domaine exclusif des bûcherons.

La garnison occupait un immense quadrilatère au nord de la cité. Après le champ de manœuvre venaient les rangées de longues baraques en bois dont les façades à pignons ouvragés s'alignaient en vis-à-vis de part et d'autre des terrains d'exercice et de sport. A l'est, un écran de verdure dissimulait les élégants quartiers réservés aux officiers. Plus loin, nichée au creux d'un bosquet se profilait la grande carcasse inutile du pavillon des Vétérans. Ainsi l'armée avait-elle organisé son secteur, délimité au sud par le rempart septentrional de Marthatown, sur les trois autres côtés par un muret aisément franchissable, frontière impérative pour les femmes, souvent violée par les hommes dans leur quête toujours inassouvie de ce qu'il était convenu d'appeler, dans le jargon militaire, « l'échappée belle ».

Derrière le pavillon des Vétérans, la rivière sinuait vers l'ouest, vers la mer. Non loin du rivage, tout près d'un gué, une route enjambait le cours d'eau. Là, les bohémiens avaient installé leur bivouac saisonnier, rassemblement hétéroclite et capricieux de roulottes brinquebalantes, les unes habillées de couleurs vives, les autres décolorées, de cette nuance de métal acquise à la longue par les planches soumises à l'usure du temps, des intempéries, de l'abandon. Au centre de l'espace borné par les véhicules, un bric-à-brac d'ustensiles de cuisine éparpillés autour des pierres noircies du foyer.

En sa qualité de médecin-chef de l'hôpital, Morgot effectuait une inspection hebdomadaire au campement, quand elle ne déléguait pas une assistante. Comme prévu ce jour-là, ses deux filles l'accompagnaient.

Avertis chaque fois de sa visite, les hommes évitaient de se montrer à cette occasion. A l'exception d'un seul.

Jik, ainsi qu'il se prénommait lui-même, vint à leur rencontre comme la carriole quittait la route pour se ranger à l'entrée du camp. C'était un personnage tout de guingois, depuis le menton bancal jusqu'à l'épaule déjetée. Il avait la détestable habitude de ricaner à tout propos, découvrant sans complexes une denture mangée aux mites.

— Encore vous, docteur ? claironna-t-il. Visite superflue, cette fois. Mes filles sont restées plusieurs jours sur la touche. Elles n'ont repris le travail qu'avant-hier, et encore, pas toutes.

— A d'autres, Jik ! Tes filles n'ont pas cessé de fatiguer la paillasse, comme d'habitude. Toutes sauf une, il est vrai. Trop mal fichue, celle-ci, pour être d'un grand rapport.

— Elle ne m'a pas rapporté un fifrelin, parole !

— Je te fais confiance. Sitôt rétablie, la pauvre se retrouvera à la tâche et nos braves défileront dans sa roulotte.

L'homme avait d'autres sources de revenus, Morgot ne l'ignorait pas. Maquereau, certes, mais aussi bouilleur de cru, receleur en tout genre, indic, à l'occasion, pour le compte du plus offrant, y compris le Conseil de Marthatown. La jeune femme mit pied à terre et prit son sac de dessous le banc.

— Tu prieras ces demoiselles de bien vouloir se mettre en ligne. J'en aurai plus vite fini.

Jik parut sur le point de répliquer, se ravisa et s'éloigna dans un haussement d'épaules pour soulever, l'une après l'autre, les bâches des roulottes. Les femmes descendaient à mesure, fanées pour la plupart, et se rangeaient docilement, formant un demi-cercle autour du foyer. Certaines, tortillant de la croupe, retroussaient déjà leur jupe.

— Ça vous tente, docteur ? Salut, les filles. Un petit coup de va-et-vient ?

L'inspection commença. Morgot s'arrêtait devant chacune, sérieuse, hautaine, tel un commandant passant en revue le front des troupes. Elle était le maître : sous son regard, les regards se baissaient, les railleries se tarissaient.

— Au cas où vous l'auriez oublié, mesdames, il dépend de moi que vous soyez dûment estampillées. J'ai là dans mon sac le sceau du service de santé. Sans cette marque sur votre joli front, interdiction de travailler !

Lassitude ou colère, un murmure parcourut l'assistance. Puis tout se tut.

— Venons-en aux prélèvements, dit Morgot, s'adressant à la plus jeune de ses filles. Stavia, tu me présenteras les éprouvettes. Et n'oublie pas, ensuite, de mettre un nom sur chacune !

— Et moi, qu'est-ce que je fais ? demanda Myra, plus renfrognée que jamais.

— Tu restes assise. Tu regardes.

Stavia essayait de se convaincre, contre toute évidence, que la déchéance de ces femmes n'était pas aussi dramatique qu'elle se l'était figuré à l'occasion de sa précédente visite au campement. Certaines devaient être jeunes mais leurs visages, déjà, faisaient penser à des gâteaux ratés. Toutes sentaient mauvais ; était-ce si grave ? Une hygiène déplorable expliquait ces effluves décourageants, encore aggravés par les relents de tabacs divers qui leur empoisonnaient l'haleine. Morgot effectuait deux prélèvements, l'un rectal, l'autre vaginal. Après avoir laissé choir les plaques de verre dans l'éprouvette, elle appliquait sur le front de la patiente le fameux cachet gravé de son chiffre personnel, M.R.T.M., Morgot Rentesfilia Thalia Marthatown. Ses initiales étaient la propriété exclusive de chaque citoyenne. Il n'y avait qu'une M.R.T.M. De même, nulle autre que Stavia ne pouvait être identifiée par les lettres S.M.R.M., Stavia Morgotfilia Rentes Marthatown. Thalia, bien sûr, était son arrière-grand-mère ; Rentes, sa grand-mère. Le chiffre de Morgot se voyait à l'encre bleue sur la tempe des pauvres filles. A droite, cette fois-ci. De l'autre côté, encore visible, la marque de la semaine précédente.

Assise dans la carriole, le dos raide, Myra regardait au loin, obstinément. Comme si, du seul fait qu'elle niât leur existence, la troupe des postérieurs flapis et des toisons pubiennes ébouriffées pouvait disparaître comme par enchantement.

— Levez la jambe gauche, disait Morgot. Penchez-vous en avant. Je vous remercie. Qui es-tu, toi ? Vonella ? Il me semblait bien. Grimpe dans la carriole, ma toute belle. Tu as gagné un séjour en quarantaine. Ce n'est pas tout. Je veux la liste de tous les vaillants petits soldats qui ont profité de tes charmes depuis la dernière inspection. Sans en omettre un seul, compris ?

Toutes les pensionnaires de Jik étaient censées tenir à jour leur agenda. Aucune ne prenait cette peine. Morgot donna une petite tape sur l'épaule de la dernière prostituée.

— Terminé ! annonça-t-elle. Jik, vieux chenapan, tu ne dissimulerais pas quelque fugueuse, par hasard ? Une jeune ingénue incapable de résister au prestige de l'uniforme et qui se serait laissé entraîner à rejoindre votre petite communauté romanesque pour la plus grande satisfaction de son séducteur ?

Le bonhomme se dandina d'un pied sur l'autre, le regard fuyant.

— C'est qu'il m'a donné de l'argent... bredouilla-t-il.

— Quand bien même cet excellent homme aurait eu la primeur de sa vertu, quand même ils n'auraient couché ensemble qu'une seule et unique fois, la fille ne peut être soustraite à l'inspection, tu le sais.

Jik acquiesça. Il désigna une roulotte un peu moins délabrée que les autres.

— Elle est là.

— Qu'attends-tu pour la faire descendre ?

— Soyez chic, docteur. Ne pourriez-vous faire une exception ? Lui éviter la honte d'être examinée en public ?

— Tu connais le règlement. L'inspection doit être effectuée au vu et au su de tout le monde, afin que chacun soit renseigné sur les misères de son prochain. Simple mesure de sécurité. Ainsi prévenues, les filles choisissent leurs fréquentations en connaissance de cause. Tant pis pour les pestiférées.

— Ce n'est qu'une gamine.

— Elles ont toutes commencé par là. N'est-il pas vrai, mesdames ? Qu'elle sorte, comme les autres !

C'était plus facile à dire qu'à obtenir. L'adolescente offrit une résistance opiniâtre aux efforts de Jik. Il la maîtrisa enfin, elle se montra. Stupéfaite, Stavia reconnut Tally, une des bonnes amies de sa sœur. Toutes deux avaient le même âge, dix-sept ans. Elles se connaissaient depuis l'enfance. Myra n'avait pu retenir une exclamation.

— Tu t'appelles Tally, c'est bien ça ? (Morgot s'exprimait sur un ton d'indifférence convaincante, comme si elle voyait la jeune fille pour la première fois de sa vie.) J'inscris ton nom au sommet d'une page blanche, dans le registre des bohémiennes.

Tally s'empourpra.

— Je n'ai pas l'intention... Je n'ai jamais...

— Redresse-toi. Lève ta jupe.

— Jamais de la vie ! Morgot, je t'en prie !

— Fais ce que je te dis.

— Obéis, conseilla l'une des femmes. Le docteur arrive toujours à ses fins.

La petite fondit en larmes, le visage dans ses mains.

— Veux-tu rentrer chez toi ? demanda Morgot d'une voix à peine radoucie. Les portes de la cité te sont encore ouvertes, mais plus pour très longtemps. Tu attraperas une saleté tôt ou tard. Une fois le mal passé à l'état chronique, il ne sera plus question de retour en arrière. Les incurables, tout le monde le sait, sont exilées loin de la cité.

— Barten a promis de m'emmener...

Stavia entendit, très distinctement, la plainte poussée par Myra. La respiration coupée, le gémissement sourd, le silence. Son cœur se serra.

— Voyez-vous ça ! s'exclama Morgot. Propos intrépide et promesse creuse, gageons que ma fille a entendu les mêmes. Où croyais-tu qu'il t'emmènerait ? Dans la brousse ? Crois-tu qu'il envisage de prendre une roulotte et de filer la route, comme un vagabond ? En ce qui le concerne, le campement de Jik était la fin du voyage. Tu es allée aussi loin qu'il le souhaitait. Pourquoi tant de hâte, au fait ? Ne pouvait-il attendre deux petits mois, jusqu'au carnaval ? Ne serait-ce pas plutôt qu'il avait d'autres projets pour sa permission et qu'il était pressé d'en avoir fini avec toi ?

C'en était trop pour Tally. Sa décision brusquement prise, elle courut se réfugier dans le fond de la carriole.

— Je ne t'aurais jamais crue capable d'une telle méchanceté, souffla Stavia.

— Je n'ai pas mâché mes mots, en effet.

— Savais-tu qu'elle se trouvait là ?

— Je l'avais entendu dire.

Stavia la dévisagea, l'œil noir de reproche. Ainsi, sa mère avait tout prévu, tout organisé...

— Dans le meilleur des cas, après un tel affront, les

moins sottes se le tiennent pour dit et l'on n'a plus à craindre de rechute, expliqua Morgot à mi-voix. La dernière chose que je souhaite, c'est de trouver un jour ma propre fille dans cette roulotte. Barten n'en est pas à son coup d'essai. Il s'est acquis une solide réputation de bourreau des cœurs. Il débauche les plus crédules et les incite à fuir la cité pour venir s'installer ici, où elles seront à sa disposition. Tally doit être sa troisième ou quatrième victime. Déflorer une jeune fille, c'est remporter une victoire dont on peut se vanter, de retour à la caserne, ni plus ni moins que si l'on rapportait la dépouille d'un ennemi vaincu. L'honneur perdu de sa conquête devient l'équivalent d'un trophée de guerre. Certains vont même jusqu'à tenir une comptabilité officielle, afin de stimuler l'esprit de compétition. Il s'agit de présenter un tableau de chasse qui fera pâlir d'envie les camarades de chambrée. Comprends-tu ce que je dis ?

Stavia tombait des nues. Dans son esprit, tout n'était que colère et confusion. Sachant tout cela, comment aurait-elle pu garder rancune à sa mère ? Aucun manuel de classe, aucun professeur ne l'avait préparée à ces révélations. Habby et Byram, les grands frères, s'étaient toujours gardés de la moindre allusion à cet aspect sordide de la vie de garnison.

– Tous les aspirants, tous les braves ne sont pas aussi corrompus, heureusement, précisa Morgot. Habby et Byram, par exemple. Jamais ils ne feraient preuve d'un tel cynisme.

– J'étais justement en train de penser à eux. Comment l'as-tu deviné ?

– Ce sont mes fils. Je les garde tous deux présents à l'esprit, du matin au soir.

Regard fermé, visage de bois, Myra n'avait pas desserré les dents depuis leur départ du campement.

Pelotonnée à l'arrière, Tally sanglotait sans retenue, avec force hoquets et reniflements. Vonella assumait à elle seule les frais de la conversation. Enchantée, semblait-il, à la perspective de passer quelques jours dans le pavillon de quarantaine, elle débitait des petits riens avec l'entrain d'une toute jeune fille qui va prendre ses premières vacances.

D'une certaine façon, elle sera mieux lotie que chez Jik, songeait Stavia, un peu étonnée de cette bonne humeur. Douches à volonté, draps frais, nourriture cuite et abondante, sans oublier nos précieux antibiotiques à satiété.

— Ma fille vit à Marthatown, je ne saurais dire où exactement, déclara soudain la prostituée. Et j'ai un fils en garnison à Susantown.

— Dans ce cas, que faites-vous chez les romanichelles ? ne put s'empêcher de demander Stavia, oubliant que ce n'était pas le rôle d'une fillette de poser des questions personnelles.

— Stavia !

Morgot semblait réellement sur le point de se fâcher.

— Laissez, dit Vonella. La question de la petite est naturelle, et j'y répondrai de bonne grâce. La cité ne me convenait pas, voilà tout. Propreté, ordre, discipline... j'étouffais. Donner le meilleur, se surpasser, sans répit, cela demande une application dont j'étais incapable. Entre les études, les travaux domestiques, l'artisanat et tout le reste, on n'a pas une minute à soi, pire qu'un chien dévoré par les puces. Et vous avez beau vous décarcasser, il s'en trouvera toujours une, plus maligne, plus adroite, plus courageuse, pour réduire vos mérites. J'aime mieux ma roulotte. Sur la route, au moins, rien n'arrête le regard. Il s'enfuit jusqu'à l'horizon. Je respire. Jïk n'est pas un tendre, c'est entendu, mais dans le fond, ce n'est pas le mauvais bougre. Certains clients ont de petites attentions. Le bonheur tient à peu de chose.

Morgot laissa s'échapper un profond soupir.

— T'es-tu retrouvée enceinte, depuis ton aventure avec Jik ?

Vonella garda le silence.

— Et l'enfant, qu'est-il devenu ? Est-il mort ? Jik lui aurait-il tordu le cou ?

— Il est mort, dit la prostituée d'une voix lugubre.

— Quel pourcentage ton souteneur te concède-t-il sur le prix d'une passe ? La moitié ? Moins que cela ?

Pas de réponse. Nouveau soupir de Morgot.

— Combien de fois as-tu été souffrante, ces derniers mois ? Ce campement est un foyer d'infection. A force de vous refiler vos microbes, vous finirez, les unes ou les autres, par attraper une maladie bien incurable, le cancer, par exemple. Jadis, paraît-il, on a frôlé la découverte d'un traitement, mais le cataclysme a balayé toutes ces recherches et depuis, plus rien. Ou presque rien. La science a fait un terrible bond en arrière. Nous sommes des nains, comparés à nos ancêtres. Quant à toi, Vonella, tu ne vaux guère mieux qu'une esclave, inconsciente de son état.

Morgot parlait de ces problèmes avec une désinvolture qu'elle était loin de ressentir, Stavia le savait mieux que personne. Vonella leva les yeux au ciel. Sans doute avait-elle l'habitude de subir les admonestations du médecin-chef.

— Gardez vos sermons ! s'écria-t-elle. Je sais très bien à quoi m'en tenir, et les autres pourraient en dire autant. Tôt ou tard, je mettrai fin à mes jours, ça aussi, je le sais. Je fume de l'herbe, et ça bouffe les poumons. Et même, je ne crains pas d'écluser quelques bouteilles de temps à autre. Jik a la main heureuse, lorsqu'il s'agit de brasser la bière.

— Avec des grains de contrebande.

— C'est son affaire. Donc, je bois, je fume et je fornique autant que je peux. On est toujours puni par où l'on a péché, n'est-ce pas ? Et puis ? Je n'ai jamais eu l'intention de faire de vieux os. La décrépitude, je vous la laisse !

Elle agita les mains dans un grand geste irrévocable, exorcisant tous les démons de la vieillesse.

— Tu l'auras bien cherché, dit Morgot. L'esclavage est un énorme cauchemar, mais grâce au ciel, on n'a jamais vu d'esclave mourir centenaire. Tu es libre de mener ton existence à ta guise, bien sûr, à condition de garder tes distances avec la cité.

La carriole fit halte devant le pavillon de quarantaine. Tally et Vonella descendirent.

— Stavia, accompagne-les. Tu consigneras le nom de toutes les personnes, soldats ou bohémiennes, qui ont eu des relations avec la plus âgée de ces deux femmes.

— Docteur, par pitié, n'envoyez pas votre gamine dans ce taudis pour si peu. Je n'ai eu qu'un seul client, de toute la semaine, cet olibrius à cheveux blancs, borgne de surcroît. Il est le plus fidèle des amants. Probable que je lui ai tapé dans l'œil, ah !

Stavia attendait, indécise, la confirmation de l'ordre maternel.

— C'est bon, dit Morgot. A moins que tu ne veuilles tenir compagnie à Tally.

La fillette hésita de plus belle. Une intention se cachait derrière cette pauvre phrase, mais laquelle ? Comment fallait-il interpréter ce contrordre assorti d'une restriction ?

« A moins que tu ne veuilles profiter de l'occasion pour te faire une idée de l'organisation et du fonctionnement d'un pavillon de quarantaine ? »

« A moins que tu n'estimes convenable, au nom d'une élémentaire solidarité, de tenir la main de Tally, pour l'aider à remonter la pente ? »

« A moins que tu ne sois d'accord pour rabaisser davantage le caquet de ta chère sœur ? »

— J'y vais, dit Stavia. J'avais un exposé à préparer pour le cours de médecine communautaire. Le pavillon de quarantaine me fournira un excellent sujet.

La voiture s'éloigna à fond de train. Cette hâte suggérait une autre version :

« A moins que tu ne veuilles me laisser le champ libre en vue d'une petite conversation en tête à tête avec Myra ? Elle n'a que trop tardé. »

7

Une seconde nuit passa dans la douleur et l'épouvante d'une vie qui s'écoulerait désormais, en apparence, comme si Dawid n'avait jamais été. Le matin venu, Stavia trouva le courage de sortir de chez elle. Elle se présenta à l'hôpital pour prendre son service. Morgot l'accueillit. Au premier coup d'œil qu'elle lui jeta, elle mesura l'accablement de sa fille et lui enjoignit de faire demi-tour.

— Stavy, en temps ordinaire, on ne te donnerait guère plus de vingt-cinq ans. Aujourd'hui, tu as l'air d'en avoir le double. Toute la nuit, je t'ai entendue tourner dans ta chambre comme une âme en peine. Rentre vite et mets-toi au lit. Tu n'as rien de mieux à faire.

Stavia enregistra la coïncidence, plus fâcheuse encore du fait qu'elle approchait de son trente-huitième anniversaire. En l'espace d'une journée, deux personnes avaient fait allusion à l'âge dont son visage fatigué portait déjà les signes. Corrig, tout d'abord, et maintenant sa mère.

— J'ai mal dormi, c'est vrai. Je me suis levée pour m'assurer que les fenêtres étaient bien fermées.

— Pourquoi ? Tu as peur des fantômes, à présent ?

— Je craignais une nouvelle averse. Je craignais que les gouttes n'entrent dans la chambre.

— Le ciel est dégagé depuis hier après-midi. Aucune menace de pluie. Rentre à la maison, ma fille.

Couche-toi. En ton absence, nous allons continuer à nous tourner bien tranquillement les pouces. Qu'y pouvons-nous si tous nos lits, ou presque, sont inoccupés ? Les citoyennes de Marthatown jouissent d'une santé insolente. Elles ont la mine plus fraîche que toi, je t'assure. Tu perds la tête, cela ne me surprend pas. Aucune mère ne peut envisager de sang-froid de renoncer à son fils avant d'avoir entendu celui-ci la répudier ouvertement, le jour de ses quinze ans. On tente de se préparer au choc, bien sûr, pour en atténuer les effets. Peine perdue. Autant se réveiller un beau matin, amputée d'un bras ou d'une jambe. Tu as besoin de repos. Prends-le sans arrière-pensée, offre-toi des vacances.

— Morgot, Morgot... C'est de ma faute. J'avais gardé le fol espoir...

— Je sais, mon petit. Toutes, nous avons essayé de t'ouvrir les yeux, en vain. Aveugle, tu étais. Comment te le reprocher ? Seule une mère dénaturée serait à l'abri d'un semblable aveuglement. Veux-tu une recette pour t'aider à trouver le sommeil ? Récite-toi, dans l'ordre, tous les articles de notre constitution. Remède garanti contre l'insomnie. A défaut de dormir vraiment, tâche de reprendre des forces. Tu devras être en forme, ce soir, pour assister à la réunion du Conseil.

— La réunion !... Elle m'était complètement sortie de l'esprit.

Cet aveu lui avait échappé. Stavia ressentit un peu de honte, très peu. Elles se quittèrent. La jeune femme se retrouva dehors et serra frileusement contre elle les pans de son long manteau. Les averses de printemps s'espaçaient. La vraie chaleur était encore loin, mais dans le ciel libre de nuages, le soleil brillait déjà comme une promesse d'été. Personne ne l'attendait à la maison. Les filles étaient à l'école. Corrig s'était rendu au foyer des serviteurs où il donnait un cours d'initiation aux mystères de la Fraternité. Stavia pouvait bien rentrer pour faire semblant de suivre les conseils de sa mère : personne ne la dérangerait. Au lieu de prendre la direction du logis, cependant, elle chercha son chemin à travers les ruelles du marché. La solitude de sa chambre ne la tentait pas, du moins pas encore.

Quand elle atteignit le quartier des chandelières, à la périphérie de la grand-place, elle dut se rendre à l'évidence. Depuis la porte de l'hôpital, ses pas l'avaient guidée vers les remparts, obstinément. Elle n'avait jamais eu l'intention de rentrer, même en prenant le chemin des écoliers.

Impardonnable faiblesse, songea-t-elle sans complaisance. Elle allait monter sur le chemin de ronde, soit. Mais qu'espérait-elle découvrir de là-haut qui méritât le détour ?

Son regard parcourut l'étendue déserte du champ de manœuvre, s'arrêtant sur la tour et le monument à Télémaque. Au-delà, les baraquements semblaient assoupis dans la grande clarté. Tout le monde était là-bas, sur les terrains de jeux, à se donner du mouvement ou à regarder, depuis les bancs disposés de chaque côté. En l'espace de vingt ans, le corps de troupe caserné à Marthatown avait perdu la moitié de ses effectifs. Un petit groupe d'hommes observait le terrain depuis la terrasse qui prolongeait la résidence des officiers. Stavia se nicha dans un angle du mur où personne, traversant la place, ne pourrait s'apercevoir de sa présence. Elle prit le livre dans sa poche. Il faisait bon. Le soleil réchauffait doucement la pierre. Après une heure passée à réviser *Iphigénie*, elle prendrait sans hâte le chemin du retour. Peut-être s'arrêterait-elle dans une brasserie pour avaler un léger repas. Après quoi, recrue de fatigue, elle rentrerait et se mettrait au lit, ainsi qu'elle l'avait promis à Morgot. Avec ou sans l'aide de la constitution, elle succomberait enfin au sommeil.

Elle feuilleta les premières pages du livre, cherchant l'endroit précis du texte où la veille, en compagnie de Corrig, elle avait interrompu sa lecture.

Le fantôme d'Achille surgit au sommet des remparts.
Comment Joshua, si vertueux, si subtil, pouvait-il
supporter d'incarner un personnage aussi grotesque
quand il aurait fallu un serviteur peu enclin à la dignité et doté d'un solide sens de l'humour ?

ACHILLE : Qu'ont-ils fait de Polyxène, ma servante ?

IPHIGÉNIE : Valeureux guerrier, tu ne la trouveras
pas en ce lieu.

ACHILLE, *avec impatience* : Pourquoi n'est-elle pas
ici ? N'ont-ils pas répandu son sang virginal afin
qu'elle reste à ma disposition dans l'autre monde ?

IPHIGÉNIE : Tu oublies un détail, Achille. Personne
ne lui a demandé son avis sur ce point. Dans ces
limbes où les lois de la guerre n'ont plus cours, les
fantômes n'en font qu'à leur guise. Polyxène est libre.

ACHILLE : Polyxène est mon esclave ! Le tirage au
sort en a décidé ainsi. Immolée sur mon tombeau,
elle est devenue mienne à jamais. Ignorante ! Ne
sais-tu pas que le sang d'une vierge scelle un pacte
de servitude ?

IPHIGÉNIE : Elle est libre, Achille. Libre ! Au
royaume des ombres, l'esclavage est aboli. Nous
sommes tous égaux.

HÉCUBE : Jeune fille diaphane, quelles sont ces jérémiades ?

IPHIGÉNIE : Le spectre d'Achille est debout sur le
rempart. Sa verge se met au garde-à-vous sous l'effet d'un désir exaspéré. En vain, il appelle Polyxène.

HÉCUBE : Pauvre petite.

IPHIGÉNIE : Aucune violence ne lui sera faite, veuve
de Priam. Désormais, aucune volonté ne peut
contrarier la sienne. Dans la mort, elle n'a de
comptes à rendre à personne.

ANDROMAQUE : Mère, qu'en pensez-vous ? Libre

d'agir comme bon lui semble, que fera notre Polyxène ?

HÉCUBE : Elle dormira, sans aucun doute. Polyxène
n'a jamais pu se rassasier de sommeil. A moins...
Leur arrive-t-il de festoyer, aux Enfers ? Ou de
danser ? Alors elle mangera et dansera. Elle ado-
rait danser.

A sa place, je me soûlerais de sommeil, songeait
Stavia. Étouffant un bâillement, elle tourna la page.

ACHILLE, *descendant les marches* : Si Polyxène me
fait défaut, je pourrais bien jeter mon dévolu sur
quelque autre pucelle de la même engeance. Toi,
par exemple, n'es-tu pas Iphigénie, fille du puissant Agamemnon ?

IPHIGÉNIE : Je l'étais.

ACHILLE : Dans ce cas, nous sommes promis l'un à
l'autre.

IPHIGÉNIE *éclate de rire* : Ne dis pas d'extravagances,
mon pauvre Achille.

ACHILLE : Odysseus n'est-il pas venu tout exprès à
Mycènes afin de te convaincre de rentrer avec lui
à Aulis pour y être unie au divin Achille ?

IPHIGÉNIE : Je n'ai pas oublié les belles paroles
d'Odysseus. Ce n'était qu'une ruse pour m'attirer
dans votre piège. Ce personnage n'a pas sans raison la réputation d'être fertile en fourberies et
stratagèmes ! Je le hais, comme je hais mon père.
En ce temps-là, tu n'avais jamais entendu parler de
mariage, et quand mère s'est adressée à toi comme
à son futur gendre, tu l'as crue folle.

ACHILLE : Cela se peut. Ensuite, il m'est venu à l'esprit que l'affaire n'était pas si mauvaise. Epouser
la fille d'Agamemnon ! J'ai voulu prendre ta défense...

IPHIGÉNIE *(répercuté par tous les échos, son rire
s'élance à l'assaut des murailles)* : Quel bouffon tu
fais !...

(La tirade suivante sera débitée sur un ton lourdement déclamatoire.)

Après ma mort, tu devins mon plus fervent admirateur.

A t'entendre, personne n'aurait eu plus de courage que moi. Quel courage ? Le cœur rempli de haine pour la race méprisable des hommes,

Je me jurai d'affronter la mort la tête haute.

Plus tard, tes rodomontades parvinrent à l'oreille d'un versificateur.

Le sacrifice sanglant d'Iphigénie lui inspira un chant dans lequel,

Falsifiant la vérité, il cisela une ingénieuse imposture

Sentimentale

Qui t'accordait un rôle avantageux.

Depuis, la légende court, se répand, s'enjolive...

Tous deux, nous savons comment les choses se sont passées.

Souviens-toi, bouillant Achille, tu as pris la fuite.

Quand tu as daigné reparaître, Iphigénie était passée de vie à trépas.

ACHILLE : Ce n'est pas toi dont le sang fut versé à Aulis. Une doublure a pris ta place, envoyée par Artémis. Tout le monde est au courant.

IPHIGÉNIE : Les gens avaleraient n'importe quelle fable pour se rassurer.

Si substitution il y a eu, alors elle s'est faite à mon insu,

Car je n'en ai pas eu connaissance.

Sans doute occupée ailleurs, Artémis n'a rien envoyé du tout.

Sache-le, irréprochable fils de Pélée,

Le sang d'Iphigénie gicla sur cette pierre,

La douleur aveugla son esprit,

Ses cris s'étouffèrent,

Dans ses yeux glacés, l'ardent regard de la jeunesse

S'enlisa au fond des lointains où surgissaient déjà

Les bords de l'éternité.
La fille d'Agamemnon, et nulle autre, a péri
Sous le glaive du bourreau.

ANDROMAQUE : Pitié. Pitié !

IPHIGÉNIE : Les poètes n'ont cessé de maquiller le crime sous leurs fantaisies lénifiantes. La vérité fut moins lyrique. Ce jour-là, le grand, l'invincible Achille n'était pas à mes côtés. Mon destin n'a pas touché le cœur d'Artémis. Tous les poètes de l'Hellade peuvent bien seriner leurs mensonges, je n'avais nullement l'intention de m'offrir en sacrifice.

HÉCUBE : Que chantes-tu là, fantôme volubile ?

IPHIGÉNIE : Je tente d'expliquer à ce reître que les individus qui m'ont ôté la vie sont des assassins, bien que tous les poètes de l'Hellade soient d'un avis différent.

— Bonjour ! susurra une voix à son oreille.

Stavia sursauta, balbutia quelque chose et tourna vers l'importun des yeux ensommeillés.

— Que fais-tu là, dit Joshua, toute somnolente, à prendre des coups de soleil ?

— Je n'avais pas l'intention de m'endormir, je le jure, murmura-t-elle, et que tous les poètes de l'Hellade ne s'avisent pas de prétendre le contraire. Quand es-tu rentré ?

— Il y a près d'une heure. J'ai trouvé la maison vide. A l'hôpital, où je me suis rendu, ta mère m'a dit que tu étais en train de dormir ou de te restaurer. J'étais presque certain de te trouver ici.

Il s'assit sur le parapet et la dévisagea. Stavia dut supporter l'examen sans manifester d'impatience ; après tout, ce regard profond, scrutateur, n'était-il pas celui que l'on accorde aux êtres chers ?

— Ce fut donc si terrible ? demanda-t-il.

Elle haussa les épaules.

— Je m'étais préparée au pire, mais sans y croire, naturellement. Je me berçais d'illusions. Je n'ai pas fermé l'œil, pas plus cette nuit que la nuit dernière. Je pensais trop à lui. Quelle faute ai-je commise ? demanda-t-elle sur une impulsion. A quel moment me suis-je trompée ? (Seul Joshua, et dans une moindre mesure Corrig, faisait naître en elle ce fervent, cet enfantin besoin de se confesser.) Et songeant à mon fils, j'en suis venue à évoquer ma propre enfance, quand tout a commencé... Comment m'as-tu trouvée, au fait ? Nul ne peut me voir depuis la place... Suis-je bête ! Tu savais me trouver là, tu avais deviné jusqu'à l'endroit précis.

Il prit le livre qu'elle avait abandonné, ouvert, sur ses genoux, et parcourut le texte des yeux.

— Stavy, ce garçon n'avait aucune raison, aucune, de prendre le contre-pied de l'enseignement qu'il a reçu depuis dix ans. Au fond, tous nos aspirants, tous nos braves qui se gargarisent de gloire militaire sont de lointaines copies d'Achille. « Désolé, maman, je ne puis offenser mes camarades, mais tu seras toujours là quand j'aurai besoin de toi. Toi et moi, nous avons l'éternité devant nous. Le jour de ta mort, un sosie prendra ta place. Athéna y pourvoira. » Tous, ils s'endorment sur ce fantasme, sinon ils ne resteraient pas une heure de plus dans leurs casernes. Ils rentreraient dare-dare à la maison. Vous autres, dans quel monde vivez-vous ? Enfermées à l'aveugle dans leur passion, les mères ne savent rien. Elles se forgent de folles, de vaines, de vagues chimères. « Dawid, visité par la grâce ! » Ouvre les yeux, Stavy. Ton fils n'est pas différent des autres.

· Il se détourna brusquement. Il ne fut pas assez prompt ; elle avait eu le temps de discerner le changement d'expression, la crispation du visage. Joshua pleurait. Ainsi, en dépit de ses paroles brutales, il avait aimé Dawid, comme avant lui Habby et Byram. Il avait espéré, lui aussi ; il avait commis cette imprudence.

— Que n'étais-tu là pour me prodiguer tes encouragements, avant que je n'entre dans la fosse aux lions, murmura-t-elle. Ou même après que j'en fus sortie. Tu m'as manqué.

– Tu connais aussi bien que moi les raisons de mon absence. Elles étaient impératives. Cesse de te morfondre au sujet d'un brave de quinze ans qui refuse de se singulariser. Si Dawid est ton fils, il est aussi celui de son père, comme il vient d'en faire la démonstration. Le chagrin te minera si tu n'y prends garde.

Ils redescendirent sur la place et s'enfoncèrent dans le lacis des ruelles commerçantes. Joshua la fit entrer dans une gargote où l'on servait des côtes de mouton au basilic accompagnées d'un riz blanc cuit à la perfection. Le vieux serviteur fit montre d'un appétit féroce. Stavia écoutait les futilités dont il l'entretenait à dessein et se laissait aller à sourire, entre deux bouchées de salade, bien qu'elle ne fût pas dupe de cette prétendue insouciance.

– Ce drame éculé était à sa place dans un fond de tiroir, dit-il, montrant le vieux livre aux pages cornées. Pourquoi l'en as-tu sorti ?

– On m'a priée de tenir le rôle titre, à l'occasion du prochain carnaval. Morgot a refusé tout net de se dévouer une fois de plus. Les autres ont trouvé les mots qu'il fallait pour flatter mon amour-propre. Moi seule, de toutes les femmes du Conseil, j'aurais conservé assez de grâce juvénile pour camper une Iphigénie convaincante ! Epargne-moi tes sarcasmes. Aujourd'hui, j'ai l'air d'une grand-mère. Morgot ne me l'a pas envoyé dire.

– Le carnaval n'est pas pour demain. Tu as tout le temps de rajeunir. Je jouerai Achille, comme toujours, mais je n'ai pas l'intention de me mettre au travail avant plusieurs semaines.

– As-tu encore besoin de répéter un rôle que tu interprètes depuis si longtemps ? Moi-même, l'éternelle doublure, je compte m'en tenir à une révision superficielle.

Un souvenir précis, intime, éveilla dans tout son

être un fourmillement de souffrance. Bouleversée, elle sentit une eau brûlante lui emplir les yeux.

– Stavy ?

– Ce n'est rien. Si seulement... A vrai dire, la relecture d'*Iphigénie* n'était qu'un prétexte pour échapper au ressassement des pensées, des images, des évocations. Effort inutile. Tout, dans les péripéties de l'action, me ramène à ma propre histoire. Comme l'ignoble artifice employé pour attirer cette pauvre Iphigénie à Aulis. Achille, lui affirme-t-on, est amoureux d'elle. Il veut l'épouser avant de cingler vers Troie. Quand ils n'ont qu'une idée en tête, son père le premier : la traîner sur la pierre de l'autel pour lui trancher la gorge. On a beau se croire avertie, on a beau se tenir sur ses gardes, comme Iphigénie, on se laisse berner...

– Faut-il que cette pièce assommante ait été reconnue d'utilité publique pour être ainsi montée chaque saison, dans toutes les cités !

Stavia piqua une feuille de salade du bout de sa fourchette. Elle avait très convenablement refoulé ses larmes.

– Tout se met en place quand on sort de l'enfance, expliqua-t-elle. Les événements se précipitent. On croit être en mesure de maîtriser son destin. Il n'en est rien. Plus tard, la vérité humiliante se fait jour. Au moment décisif, tout s'est accompli en dehors de notre volonté. Il est trop tard. On se fustige d'avoir accumulé tant d'erreurs irréparables. Les exemples ne manquent pas. Ainsi le jour où je me promenais sur les remparts en compagnie de Beneda. Chernon s'est hissé sur le toit de l'armurerie afin de nous adresser la parole. J'étais si émue. Son sourire, son amitié offerte, tout chez lui avait les apparences de la spontanéité. Je le croyais sincère. J'étais loin du compte.

Joshua prit sa main dans la sienne.

– Veux-tu que je te raccompagne ?

– Non. Je suis bien capable de fondre en larmes et

je n'ai besoin de personne pour me tendre un mouchoir.

— N'est-ce rien que de sentir la présence d'un ami ?

— Tu seras plus utile au foyer, où Corrig donne un
cours d'initiation. Il attendait ton retour avec impatience. Sois tranquille, je ferai meilleure figure ce
soir.

Elle se leva, lui posa un baiser sur le front et le
laissa, songeur, devant son assiette nettoyée. Cette
fois, Stavia fut vite chez elle.

Allongée sur le lit, le dos bien calé contre les oreil-
lers, le livre fermé à portée de main, elle récita le
texte de mémoire.

ANDROMAQUE : S'il est vrai que les poètes aient
menti, pourquoi t'ont-ils assassinée, pucelle ? La
vraie raison ?

IPHIGÉNIE *(Profond soupir de lassitude. Elle entonne
une sorte de mélopée grave et lugubre :)*
Dans le golfe d'Aulis, la mer semble une forêt de
noirs vaisseaux gréés de blanc.
Rassemblés sur le rivage, les Achéens chevelus
guettent le ciel.
Alentour, les soldats par milliers sont rangés.
Les Grecs sont venus en tribus nombreuses pour
venger le départ et les plaintes d'Hélène,
Enlevée au nez et à la barbe de son époux.
Impatients de mettre en pièces...

ANDROMAQUE : Tu ne nous apprends rien. Hélène a
longtemps vécu parmi nous. Elle n'était pas la
bienvenue, pourtant nous avons dû supporter sa
présence.

IPHIGÉNIE : Ne m'interrompez pas. Si le rythme est
cassé, je perdrai le fil de mon récit. Où en étais-je...
Enlevée au nez et à la barbe...
Ils sont impatients de mettre en pièces... de mettre
en pièces...
L'ennemi venu d'au-delà des mers.
Mais les vents enchaînés retardent leur conquête.

Les voiles pendent, inertes, sur les mâts,
Et les rames fatiguent une mer immobile.
Depuis des mois, pas un souffle d'air, pas une ride
sur les flots.
L'ardeur belliqueuse des premiers jours s'épuise
dans l'attente, et le sang commence à se ralentir.
Dans l'esprit des soldats,
Ravalée au rang d'une génisse soustraite au trou-
peau,
Hélène ne mérite plus cette puissance rassemblée
pour défendre son honneur,
Ni les sacrifices auxquels on était disposé.
Tous, en secret, songent au pays abandonné.
Certains regrettent la moisson qu'ils ne verront
pas,
D'autres, en petit nombre, se languissent d'une
femme et d'un enfant.
Cependant, chacun garde pour soi ces pensées peu
viriles,
Craignant de paraître un lâche aux yeux de ses
compagnons d'armes.
Les plus audacieux s'en vont trouver Calchas,
Le devin qu'Agamemnon consulte tous les jours.
En échange de présents magnifiques, il accepte de
tromper son maître.
Il prédira des vents l'infaillible retour,
A condition qu'Iphigénie soit offerte en sacrifice,
Sur l'autel d'Artémis, chaste déesse.

HÉCUBE, *scandalisée* : Ordonner au roi d'immoler sa
propre fille ? Quel père consentirait à verser un
sang si terrible ?

ANDROMAQUE, *catégorique* : Aucun ! Cela ne se peut.

IPHIGÉNIE : Les comploteurs l'entendaient bien ainsi.
Ils pensaient qu'Agamemnon, indigné d'un arrêt si
cruel, renoncerait à toute l'opération. Chacun rentrerait chez soi.

HÉCUBE : Le père aux abois a dû proposer d'autres
victimes ?

IPHIGÉNIE : Bien des noms furent avancés, mais les

Grecs ne voulaient rien entendre. Le subterfuge ne faisait pas du tout leur affaire. Ils exigeaient la fille d'Agamemnon.

HÉCUBE : Sommé d'obéir à la prétendue volonté divine, qu'a-t-il fait ?

IPHIGÉNIE : Il s'est incliné. Sous quel prétexte justifier ma convocation à Aulis ? Odysseus, de tous les Grecs le plus retors, justifia une fois de plus sa réputation. Pour m'arracher aux bras de ma mère, il se rendit auprès d'elle, affirmant qu'Achille me faisait l'honneur de vouloir m'épouser. Achille, quand on y songe ! Flattée, Clytemnestre me laissa partir. Odysseus me conduisit sans détour à l'autel. Les prêtres avaient affûté leurs couteaux. J'eus la gorge tranchée.

HÉCUBE : Si tu dis vrai, les poètes ont menti sur toute la ligne. J'ai peine à le croire.

IPHIGÉNIE, *les yeux au ciel* : Où va-t-on si la veuve de Priam prête l'oreille à ces billevesées ! Grand-mère, cherche dans tes souvenirs. Une fillette de treize ans, que sait-elle de la patrie ou de la guerre ? Je vivais, entre sommeil et veille, dans un rêve qui n'était qu'une ombre de la vie. J'avais la tête farcie de parures et de fêtes. Quelquefois, je songeais à l'amant que j'aurais peut-être un jour. Quel rapport avec la vierge de fer célébrée par les poètes ? La Grèce, disent-ils, avait besoin de moi. Je me devais à la Grèce. J'étais prête à mourir pour que se lèvent enfin les vents que les dieux refusaient à notre armée. C'est faux ! Je ne savais rien de la Grèce et Troie n'existait pas pour moi.

HÉCUBE : Elle a raison. A treize ans, je n'aurais pas versé mon sang pour sauver notre cité.

IPHIGÉNIE : Mon père aurait sacrifié de même un esclave, une brebis de son troupeau. Il s'est servi de sa fille comme le font souvent les pères, d'une manière ou d'une autre. Son forfait accompli, il a prétendu que je m'étais portée volontaire. Sans doute voulait-il se disculper à ses propres yeux. Il n'a pas manqué de rimailleurs, grands ou petits, pour colporter ce pieux mensonge à travers les siècles. Les poètes n'ont jamais craint de faire l'apologie d'un crime.

ACHILLE : Grâce te soit rendue, Phébus. A mon insu, tu m'as délivré d'une belle enquiquineuse. *(Il enveloppe Iphigénie d'un long regard éloquent.)* Il n'empêche. Malgré ton sale caractère, je m'en tiens à ce qui fut dit. Nous sommes promis l'un à l'autre.

IPHIGÉNIE : Il faudra te faire une raison, mon pauvre Achille. Aux Enfers, pas question de s'envoyer en l'air.

8

– « Aux Enfers, pas question de s'envoyer en l'air ! », proclama avec emphase la petite Stavia, le menton autoritaire.

Beneda approuva d'un vigoureux hochement de tête. Toutes deux se prélassaient sur le parapet du chemin de ronde. Stavia avait accepté de donner à son amie une leçon particulière de mathématiques (en pure perte, ni l'une ni l'autre ne se faisaient beaucoup d'illusions à ce sujet), à condition que Beneda voulût bien lui donner la réplique dans *Iphigénie*. Les seconds rôles seraient bientôt distribués. Stavia devait passer une audition la semaine suivante.

– Cette petite phrase me plaît, annonça-t-elle. Elle sonne bien.

– Hier soir, j'ai assisté à la répétition, dit Beneda. Michy refusait de prononcer certains mots, susceptibles, je cite, d'écorcher la bouche d'une jeune fille.

– Elle tient de sa mère, une femme étrange. On dit qu'elle reste souvent à l'écart des réjouissances du carnaval. Elle a tiré un trait sur les relations sexuelles ; ça ne l'intéresse plus.

– On aura tout vu. Mais le plus fort, il paraît que certains hommes ne valent guère mieux. Le sexe, ils s'en fichent complètement ! Tu y crois, toi ?

Stavia fit la moue.

– Je suis sceptique.

Beneda baissa le ton.

— Ils ne peuvent plus, si j'ai bien compris.

— Dans ce cas, c'est différent. Blocage physiologique, ou même psychologique, cela s'est vu. J'ai lu des trucs à ce sujet dans mes bouquins de médecine.

— Tu me les prêteras ?

— Si tu y tiens. Je te préviens, c'est assommant. De longs développements sur les hormones, la prostate, tout ça.

— Il n'est jamais question du pénis ?

— Petite ignorante ! Le pénis n'est qu'un appendice extérieur. Derrière, il y a toute la boutique !

— Les braves seraient bien étonnés de l'apprendre.

— Pourquoi ?

— Ils doivent penser que ça se dresse tout seul, par l'opération du Saint-Esprit. Regarde cette tour qu'ils ont érigée dans la perspective du champ de manœuvre. Quatre fois la hauteur du monument à Télémaque !

Stavia jeta un coup d'œil distrait sur la lointaine colonne. L'obélisque de la victoire. Fallait-il, ainsi que le suggérait Beneda, le considérer comme un symbole phallique ? Elle bâilla.

— Les fantasmes des uns et des autres, c'est le cadet de mes soucis. Je ne sais qu'une chose : bientôt les vacances, un mois complet ! Nous ferons la fête, les garçons rentreront à la maison. J'ai hâte de revoir Jerby.

— Et Myra, qu'a-t-elle décidé ?

Stavia se renfrogna. L'attitude de sa sœur demeurait à ses yeux une énigme désagréable.

— Rien de changé. Plus que jamais, elle campe sur ses positions. Elle rejette sur Tally toute la responsabilité de son aventure avec Barten. La pauvre fille se serait jetée à la tête du bel indifférent, elle aurait spontanément proposé d'aller s'installer dans une roulotte. Ce qu'il faut entendre ! Myra ne veut rien savoir des frasques commises par son héros. Elle en devient horripilante à force de tordre la vérité. Maman a cessé de vouloir lui faire entendre raison. Elle se contente de secouer la tête en espérant que la liaison tant désirée, si elle a vraiment lieu, engendrera un phénomène de rejet et guérira sa fille une fois pour toutes.

— A t'entendre, ne dirait-on pas que Myra a contracté une sorte de maladie ?

— Elle en donne l'impression, en effet. Fièvre, délire, tous les symptômes sont au rendez-vous. Aux dernières nouvelles, elle voudrait un enfant de Barten. Pourquoi justement de lui, une canaille !

— Cette question ! Parce qu'il est joli garçon. Ce n'est pas un atout négligeable lorsqu'il s'agit de choisir le père de son premier enfant.

— Physiquement, Myra est en âge d'être mère, sans aucun doute. Pourtant elle se comporte comme une gamine irresponsable.

— Pourquoi ? Parce qu'elle s'est entichée d'un vaurien ?

— Ce n'est pas une raison suffisante, peut-être ? Les guerriers de haute moralité, cela existe, du moins je l'espère. Et même les guerriers intelligents. Barten n'est ni l'un ni l'autre. Il n'en fait qu'à sa tête. Aussi longtemps qu'il n'aura pas donné des preuves de maturité intellectuelle, on devrait lui refuser le droit d'engendrer. Quelle catastrophe si l'enfant, garçon ou fille, héritait de son caractère !

— Il est si séduisant. Mets-toi à la place de ta sœur. Quand on décide de pondre un gamin, on choisit de préférence un coq fringant. J'y pense, à propos de basse-cour. Maman m'a demandé de lui rapporter une douzaine d'œufs. Si je n'y vais pas tout de suite, j'oublierai à nouveau.

— Va donc. Je t'attends.

— Sois chic. Allons-y ensemble.

— Je n'y tiens pas, si tu veux savoir. Je te connais. Trois mots par-ci, trois mots par-là. Avec toi, il faut compter une heure pour faire une course qui devrait demander cinq minutes. Ne t'inquiète pas pour moi, je serai très bien ici.

– Toute seule ? Et que feras-tu ?

– Je trouverai bien à m'occuper. (Stavia désigna les livres épars sur le muret.) Tout ce qui concerne les civilisations précataclysmiques m'intéresse. Quand j'aurai parcouru ton manuel d'anthropologie, je te poserai une foule de questions pour voir si tu as bien retenu ta leçon.

– Cela n'a rien de passionnant. Partant des îles au climat tropical, on remonte vers le nord, jusqu'en Laponie.

– La Laponie ? Où ça se trouve ?

– Ouvre le bouquin, tu le sauras. (Beneda se leva et s'épousseta de quelques petites tapes.) J'y vais. Je ne serai pas longue.

Elle s'éloigna d'un pas leste, plutôt satisfaite, au fond, d'échapper à la réserve à laquelle l'aurait contrainte Stavia, dans son impatience, si elle s'était laissé convaincre de l'accompagner. Naturellement loquace, Beneda aimait à échanger d'aimables futilités avec toutes les commerçantes du marché, quand Stavia faisait toujours preuve d'une discrétion peut-être excessive, en partie justifiée du fait que sa mère appartenait au Conseil. Beneda était libre de débiter toutes les sottises qui lui passaient par la tête, cela ne tirait pas à conséquence. Stavia, par contre, ne pouvait proférer la moindre parole sans qu'on fût tenté de lui prêter un double sens. Avait-elle l'imprudence de dire : « Le temps est à l'orage », aussitôt les commères de se demander comment il fallait l'entendre et si cette petite phrase de mauvais augure ne reflétait pas les sombres perspectives débattues par les responsables municipaux au cours de leur dernière réunion. Comme si Morgot avait l'habitude de discuter de l'ordre du jour desdites réunions autour de la table familiale ! C'est le contraire, se lamentait parfois la fillette en son for intérieur. Sous prétexte qu'elle occupe des fonctions importantes, ma mère est muette comme une carpe.

Elle prit le volume à couverture rouge dont la lecture avait arraché de profonds soupirs à sa compagne. Il était question, en effet, de différents types de sociétés antérieures au cataclysme. On opposait l'économie de certaines tribus insulaires du Sud, fondées sur la circulation des biens, à celle des Lapons, peuple nomade de l'Europe boréale.

Stavia oublia la cité, les remparts, la grand-place, le champ de manœuvre ; elle s'absorba dans l'univers des Lapons, vêtus d'un bout de l'année à l'autre de longs manteaux matelassés, chaussés de bottes (à peu de chose près, l'uniforme d'hiver des citoyennes de Marthatown). Les Lapons vivaient du renne, exclusivement, et suivaient ses migrations saisonnières. Les mâles les plus dociles étaient choisis pour la reproduction, ils conduisaient le troupeau. Stavia imaginait l'immensité blanche, parcourue par la horde de grands cervidés devant laquelle marchaient les hommes ardents, infatigables. Elle sentait la morsure du froid, elle éprouvait le poids des lourds vêtements et la neige crissait sous ses pas. Le soir venu, au lieu de l'obscurité, d'un firmament inconnu tombait le vague d'un crépuscule infini... Beneda la trouva en pleurs, le livre encore ouvert sur ses genoux.

— Mon Dieu. Il est arrivé quelque chose ?

— Ce sont les rennes, expliqua Stavia à travers ses larmes.

— Les rennes. Eh bien ?

— Ils ont disparu. Plus de rennes. Perdus à jamais.

Beneda ouvrit des yeux ronds.

— Stavy, franchement. Si l'on devait dresser la liste de tout ce qui s'est perdu... Machine à laver, transports rapides, chauffage central, et le coton, et la soie, les vaches, les chevaux, des espèces animales par dizaines, et les oiseaux, presque tous... Nous avons perdu les oiseaux, Stavia. Nous avons tant perdu.

— Ils me manquent, justement. Tout me manque.

— Mais tu n'as jamais su ce que c'était !

— Sans doute, mais ces trésors oubliés, ces vies

anéanties, nous en connaissons l'existence, voilà qui change tout.

— Tu es bizarre. (Beneda jeta les bras autour d'elle et la serra très fort.) C'est pourquoi tu es ma meilleure amie. Tu n'es pas comme les autres ! On ne se fâchera jamais ? Promets !

Stavia se désenchevêtra, prit le mouchoir qu'on lui tendait et se sécha les yeux.

— Nous resterons amies, je te le promets. Je suis bizarre, ce doit être vrai. Morgot ne cesse de me mettre en garde.

— Si seulement nous étions sœurs !

Stavia haussa les épaules.

— La belle affaire. Parfois, les sœurs ont si peu de chose en commun.

— Sœurs, peut-être pas, mais liées par les liens du sang, dit gravement Beneda. Inséparables. (Elle pouffa.) Excuse-moi, je dis n'importe quoi.

— Pas du tout ! Je trouve cette déclaration touchante. Ne te fais aucun souci ; entre nous, c'est à la vie, à la mort. (Tout à coup, la mélancolie de Stavia se dissipa, une bouffée de joie lui entra dans le cœur. Elle voulut rendre l'étreinte reçue et sauta au cou de Beneda.) Je n'étais pas triste, en réalité. C'était plutôt de la colère. Ces hommes et ces femmes responsables du cataclysme, je les hais. Ils n'ont pas pensé à nous, leurs descendants, pas une seconde ! Ces égoïstes nous ont spoliés de notre héritage !

— Nos lois nous empêchent de commettre un tel crime, répliqua Beneda, le plus gravement du monde. C'est pourquoi nous devons les observer avec une vigueur inflexible. Qu'attends-tu pour me poser des questions ? Je suis prête.

Stavia acquiesça en souriant. Elle renifla encore une fois et prit dans la sienne la main de son amie.

— Allons-y. Que sais-tu des Lapons ? Dis-moi tout.

— Ces tribus nomades ou semi-nomades vivaient dans les régions arctiques où le froid et la neige laissaient peu de répit. Ils étaient vêtus d'étoffes grossières, foulant le poil et la laine, comme nous, pour obtenir du feutre. Ils suivaient dans leurs migrations périodiques les troupeaux de rennes dont ils tiraient leur subsistance. Ils ne pouvaient pourtant pas se nourrir de viande exclusivement. Où se procuraient-ils légumes et céréales ? Il faudrait interroger l'Elue, car mon livre est muet sur ce point.

— Je me demande s'ils sont encore là.

— Où ?

— En Laponie, bien sûr. Ce n'est pas impossible, après tout.

— Nous ne le saurons jamais. La Laponie se trouve à l'autre bout du monde. D'après le livre, cependant, avec la domestication des rennes sauvages, ils ont assuré leur survie, en même temps que celle des cervidés. Tout espoir n'est peut-être pas perdu.

— Un jour prochain, la Fédération enverra une mission d'exploration aux antipodes. Nous saurons alors ce que sont devenus les Lapons. A moins qu'il ne s'agisse d'une expédition maritime. Tu te rends compte ? Un navire traversant l'océan des âges !

— La dernière tentative de ce genre remonte à plusieurs siècles. Le bateau n'est jamais revenu.

— Justement. Il est grand temps d'essayer à nouveau. J'ai confiance. La prochaine mission ne partira pas avant dix ans. Si tout va bien, je serai du voyage, en tant que médecin.

Beneda la dévisageait, l'air incrédule, presque railleur.

— N'y compte pas trop.

— Pourquoi pas ? J'ai un bel avenir devant moi. Mon professeur a l'intention de m'envoyer à la faculté de médecine, à Abbyville. Dans deux ans, je crois. J'ai bien l'intention de suivre le cycle jusqu'au bout. (Du coin de l'œil, elle vit quelqu'un traverser le champ de manœuvre.) Regarde, un soldat. Un aspirant ! Il vient vers nous, on dirait. Il nous fait signe. (Elle sauta sur ses pieds, intriguée.) Qui est-ce ? Que pourrait-il avoir à nous dire ?

C'était un tout jeune homme, vêtu de peaux de mouton mal ajustées, la tenue de travail des aspirants. Il se dirigeait à grands pas vers l'escalier donnant accès au toit en terrasse de l'armurerie. En raison de la faible distance, trois mètres à peine, qui la séparait du sommet des remparts, cette plate-forme était devenue une étape obligée pour tous les soldats cherchant l'occasion d'échanger quelques mots avec leur belle, pour convenir d'un rendez-vous ultérieur, par exemple.

— Il me semble... mais oui, c'est ton frère, Chernon !

Stavia avait gardé un souvenir précis du jeune homme, superbe dans son éblouissante tenue d'apparat. En dépit des peaux de mouton, il n'avait rien perdu de sa prestance, estima-t-elle.

— Stavia ? (Il souriait, la tête un peu penchée.) Tu te souviens de moi ?

— Bonjour, Chernon.

— Comment s'appelle ton amie ? Ne serait-ce pas Beneda, ma petite sœur ?

— Te voilà enfin, Chernon, ce frère que je n'ai pas vu depuis des années ?

Beneda se pencha par-dessus le parapet, si loin que Stavia lui passa un bras autour de la taille de peur qu'elle ne fît la culbute. Chernon la dévisageait, œil de velours entre ses longs cils.

— La dernière fois que nous nous sommes vus, tu n'avais guère plus de sept ans, dit-il.

— Maman m'a expliqué pourquoi tu n'avais pas remis les pieds à la maison. C'est une histoire lamentable. Je regrette, Chernon.

— Moi aussi, Beneda. Celui qui me cassait les pieds, ce sous-officier complètement tordu, il est mort, il ne m'embêtera plus. Il a été tué au cours d'un accrochage avec les bandits. Préviens Sylvia, veux-tu ? Dis-lui que je demande la permission de rentrer chez nous à l'occasion du prochain carnaval. Si elle n'est pas disposée à m'accueillir pendant tout ce temps, qu'elle m'accorde au moins un droit de visite. (Son regard se fit implorant.) Tante Erica est formidable, mais ce n'est pas la même chose. Ma mère me manque. Vous me manquez toutes les deux. (Il jeta un coup d'œil inquiet par-dessus son épaule.) Je ne peux pas rester. Nous, les aspirants, nous n'avons pas le droit de monter sur ce toit. C'est un privilège réservé aux braves, qui ne s'en privent pas, soit dit en passant. En outre, je suis de garde. Si je me fais coincer, j'écoperai de trois jours. J'ai une meilleure idée, à condition que vous soyez d'accord. Longez le mur d'enceinte en direction du couchant ; à l'endroit où prend fin le champ de manœuvre, à peu près à cette hauteur, vous trouverez un entrepôt. A l'intérieur, c'est un véritable capharnaüm. Ne vous laissez pas impressionner. Frayez-vous un chemin jusqu'au mur du fond. Là, il y a une brèche. Ce n'est pas grand-chose, juste un trou à travers lequel on peut se parler, se passer de menus objets. J'y serai demain, à midi. Je compte sur toi, Beneda. Apporte-moi la réponse de maman.

Une sonnerie de buccin retentit au loin, derrière les baraquements.

— Cette fois, c'est ma section ! s'écria le jeune homme. Je file ! N'oublie pas ! lança-t-il comme il arrivait au bas de l'escalier. Demain, à midi !

Les fillettes semblaient frappées de stupeur. En silence, elles le suivirent des yeux, puis elles échangèrent un regard embarrassé. Beneda s'empourpra.

— Stavia, c'est merveilleux, souffla-t-elle. Chernon, mon grand frère, en chair et en os ! Veux-tu que je te dise ? Tu lui plais. Il te dévorait des yeux, tu as remarqué ?

— Tais-toi donc ! Au lieu de dire des absurdités, essayons plutôt de trouver l'entrepôt en question, décréta Stavia du haut de sa grande expérience des rendez-vous clandestins. (En fait, le cœur lui battait contre les côtes à coups précipités, un grand vide lui bourdonnait dans la tête.) Si tu as vraiment l'intention de lui transmettre un message demain à l'endroit indiqué, précisa-t-elle, autant y aller tout de suite en reconnaissance.

Elles suivirent le chemin de ronde sur quelque cent mètres, descendirent une volée de marches et se trouvèrent à l'angle est de la grand-place, parcourue à cette heure par la foule incessante des promeneurs qui profitaient de la pause de la mi-journée pour manger sur le pouce en prenant le soleil. L'esplanade une fois traversée, elles s'engagèrent dans une venelle tortueuse, coincée entre la muraille et de petits immeubles de rendez-vous, leurs portes et fenêtres largement ouvertes. Comme chaque année, on procédait au grand nettoyage de printemps préludant aux débauches carnavalesques. En face, plusieurs portes s'enchâssaient dans la muraille, toutes verrouillées. L'une d'elles, enfin, s'ouvrit sans résistance. Chernon n'avait pas exagéré ; impossible de s'y reconnaître dans le fourbi que contenait l'entrepôt, paradis des souris et des araignées. Cependant, quelqu'un avait dégagé un couloir, jusqu'au mur opposé. L'orifice, de la taille d'une main ouverte, se trouvait à hauteur d'épaule. Il avait été pratiqué dans l'épaisseur du mur, large d'une coudée. De l'autre côté, on voyait un cercle de lumière traversée d'ombres fuyantes.

— Un arbre se trouve juste devant, murmura Stavia. Son feuillage filtre le soleil. A moins de savoir où elle se trouve, impossible de découvrir cette brèche, ni d'un côté, ni de l'autre. Voilà pourquoi on ne l'a jamais signalée.

— Tu ne diras rien ? demanda Beneda sur un ton d'alarme.

— Pas avant que tu n'aies transmis à ton frère la réponse de votre mère.

Beneda examina le sol, là où il avait été dégagé de tout ce qui l'encombrait pour permettre le passage. Dans la poussière se superposaient d'innombrables empreintes de pas.

— A ta place, je garderais tout ceci pour moi, dit-elle. Il y a dans la cité au moins une personne qui vient dans cet entrepôt plus souvent qu'elle ne devrait.

Sitôt après son entrevue avec les deux fillettes, comme il en avait reçu l'ordre, Chernon se rendit sur la colline des officiers. Michael l'attendait en compagnie de Stephon et de Patras. Les trois centurions prenaient le frais devant la résidence, à l'ombre d'un arbre à la ramure gigantesque. Le jeune homme se présenta devant eux avec le secret espoir qu'il se trouverait certains de ses camarades pour l'observer depuis le terrain de jeux. Ce n'était pas tous les jours qu'un simple aspirant avait l'insigne honneur d'être convoqué là-haut et de s'entretenir avec les huiles de la garnison.

— Tu l'as vue ? s'enquit Michael.

— Je l'ai vue, Monsieur.

— Alors ?

— Monsieur ?

— Quelle fut sa réaction ?

— Favorable. Je dirais même qu'elle a manifesté un vif intérêt.

— Qui a manifesté de l'intérêt ? Ta sœur ?

— Non, Monsieur. Enfin, ma sœur également. Je pensais que vous vouliez parler de l'autre fille, Stavia.

— Tu avais deviné juste, répliqua le centurion Stephon, un grand échalas avec des yeux intenses dans un visage en lame de couteau. Il s'agit bien de Stavia. Ton officier s'inquiète de savoir si tu es capable de rentrer dans ses bonnes grâces.

— Oui, Monsieur. Je ferai de mon mieux.

— Sais-tu au moins de quoi il retourne ?

— Je sais ce que m'a dit mon officier. Rien de plus.

— Qu'a-t-il dit ? insista Stephon.

Chernon coula un regard perplexe du côté de Michael. Renversé dans son fauteuil, celui-ci l'observait entre ses paupières mi-closes. Rien ne bougea sur son visage.

— Il m'a dit...

— Parle donc, freluquet.

— La Fédération prépare quelque chose. A notre insu. A l'insu des garnisons.

— Toutes les cités seraient dans le secret ? demanda le troisième centurion, de son habituelle voix de basse grondante.

Patras avait trop de muscles et le système pileux trop développé. Son allure générale évoquait moins l'athlète que le pithécanthrope.

— Toutes, Monsieur, je l'ignore, répondit Chernon. De même, il n'est pas certain que l'ensemble des citoyennes prennent part au complot. Aucun doute concernant celles qui font partie des Conseils, comme la mère de Stavia, justement. Si les circonstances nous permettent de faire plus ample connaissance, j'interrogerai la petite. Je saurai bien lui délier la langue.

— Excellent, murmura Michael. Nous attendons de toi des rapports précis, et réguliers.

— Comptez sur moi, Monsieur.

On le congédia d'un geste. Chernon tourna les talons et s'éloigna, rose de fierté et de reconnaissance. Non seulement des officiers supérieurs lui avaient adressé la parole en particulier, mais il s'était vu confier une mission délicate. Un gamin de son âge !

— Vous comptez vraiment obtenir des résultats ? grommela l'irascible Patras.

— Il ne faut rien négliger, dit Michael. Depuis le temps que nous dépêchons nos hommes les plus séduisants auprès des conseillères et de leurs filles dans l'espoir qu'ils sauront leur tirer les vers du nez, nos efforts finiront bien par être récompensés.

— Tout cela en pure perte, je le crains. Jik a peur de toi. Il a fort bien pu inventer toute l'histoire pour t'empêcher de mettre tes menaces à exécution.

Michael accueillit ces paroles avec la morne et glaciale suggestion d'un sourire.

— Possible, en effet. J'y ai songé. La prochaine fois

que le sacripant me barbote une fille, il ne sera plus en mesure d'accorder ses faveurs à aucune d'entre elles, j'y veillerai. Cela dit, parce qu'il est une fripouille, faut-il mettre en doute ses moindres propos ? Il a roulé sa bosse. Emmaburg, Annville. Et même Tabithatown, tout au nord. Un peu partout, des bruits circulaient ; ils ne sont pas tombés dans l'oreille d'un sourd. Les cités nous cachent quelque chose. La Fédération prépare une réforme, en catimini. Ce n'était encore qu'un fond de rumeur, mais Jik ne l'aurait pas inventée. Surtout s'il est inquiet pour l'avenir de son petit commerce.

— Une réforme de quelle nature ? demanda Stephon. Il n'a donc pas cherché à en apprendre davantage ?

— Il serait vaguement question des dissidents et des rapports qu'ils entretiennent avec les Conseils.

Stephon secoua la tête, l'air farouche.

— Qu'avons-nous à faire de leurs misérables secrets ? s'écria-t-il. Pourquoi devrions-nous supporter les cachotteries de ces femmes ? Emparons-nous de Marthatown, tout rentrera dans l'ordre. Toutes les garnisons devraient en faire autant. Qu'attendons-nous ?

Michael riait, sans se fatiguer. Son rire semblait tout au plus la manifestation d'une féline indolence.

— Ecoutez ce bouillant centurion qui rêve d'en découdre ! T'est-il venu à l'esprit que le tribun Sandom pouvait constituer un sérieux obstacle à tes projets ambitieux ? Notre commandant jouit dans sa chère garnison de toutes les satisfactions d'une vie paisible et bien réglée. Il n'en demande pas davantage.

— A qui le dis-tu ! maugréa Stephon. L'autre jour, un brave excédé lui demandait pourquoi nous avions abandonné aux femmes la direction de nos cités. Savez-vous ce qu'a répondu cette vieille baderne ? Me voici, vivant dans un relatif confort, savourant de fréquents moments de loisir entre des tâches routinières et peu fatigantes. Mes vêtements furent tissés dans les ateliers de la Fédération, et ses champs céréaliers alimentent notre brasserie clandestine dont provient cette excellente bière. Tout à l'heure, Little Bilby préparera mon souper avec les produits de ses fermes et de ses potagers. Viande, légumes et fromage, matin et soir. A quoi penses-tu, fiston ? As-tu envie de retrousser tes manches et d'apprendre à labourer ? Que dirais-tu de trimer d'un bout de l'année à l'autre, par tous les temps ? Tu veux devenir berger, peut-être, et geler sur pied, au milieu de ton troupeau ? Les femmes se chargent de toutes ces corvées ; de bon cœur, qui plus est. Et je serais assez sot pour troubler l'ordre établi ?

Cette fois, Michael riait de bon cœur.

— Ce n'est pas mal raisonné, dit-il.

— Sandom n'a plus rien dans le ventre, riposta Stephon. Aucun désir, aucune perspective, zéro. Il se repose sur ses lauriers. Devrions-nous suivre son exemple ?

— Soit. Admettons que nous prenions la cité. Ça te tenterait, d'aller fatiguer la terre ?

— Pourquoi le ferais-je ? Les femmes sont d'excellentes cultivatrices.

— Crois-tu qu'elles continueraient à se donner tout ce mal, si nous entrions chez elles en terrain conquis ? Une fois maîtres de la cité, nous devrions en assumer la gestion, voilà le point crucial. Il faudrait travailler, autrement dit, comme le font les femmes. Fini la rigolade, à l'exception du défoulement autorisé deux fois l'an, pendant le carnaval, et quand la récolte est mauvaise, on se serre la ceinture. Jusqu'à présent, aucune garnison n'a jamais eu à souffrir des privations imposées par les périodes de pénurie. Les cités ont l'esprit de sacrifice...

— Primo, si nous prenions les choses en main, tout serait réorganisé à notre convenance, le plaisir comme la répartition des vivres.

— Etant entendu que les femmes subviendraient à tous nos besoins, comme avant ?

– En cas d'insubordination, nous trouverions les moyens de leur faire entendre raison. La carotte et le bâton, nous n'aurions que l'embarras du choix.

– Le centurion Stephon a tout prévu, je vois.

– Au point où nous en sommes, ce ne sont que des paroles en l'air, pourtant je me pose une simple question : pourquoi devrions-nous rester indéfiniment cloîtrés dans nos casernes quand nous avons à portée de la main d'agréables cités ? Pourquoi les guerriers devraient-ils se contenter de bohémiennes crasseuses et mal embouchées ? Les jolies filles ne manquent pas dans les meilleures familles de Marthatown.

Michael le dévisageait, l'œil sérieux, souriant malgré tout.

– Tu n'en serais pas là, si au lieu de passer tes soirées dans les bras de créatures indignes, tu prenais le temps de t'asseoir autour des feux de camp et de prêter l'oreille aux récits de nos vétérans. Certains souvenirs sont vieux de trente ou quarante ans. Pour ma part, j'ai le plus grand respect pour nos anciens combattants ; je les écoute volontiers. Sans eux, je n'aurais jamais rien su du putsch manqué d'Annville.

– Un putsch, à Annville ? Quand ?

– Il y a longtemps. Tu n'étais encore qu'un garnement à peine dépêtré des jupes de sa mère.

– Il y a vingt ans, je portais déjà fièrement l'uniforme d'aspirant !

– Personne n'en doute. (Michael fit entendre un ricanement insolent.) Toujours est-il, las de la vie de caserne, comme toi, les braves de la garnison d'Annville avaient décidé d'investir la cité. Un beau jour, marchant derrière leur tribun, ils franchirent la grand-porte et se retrouvèrent dans la place. C'était aussi simple que cela. Chaque demeure fut occupée par un soldat. Trois jours plus tard, les troupes de Tabithatown campaient au pied des murailles. Le surlendemain, c'était le tour de la garnison d'Abby-ville. Annville était cernée. Les femmes, les enfants et les serviteurs évacuèrent la cité. Ils trouvèrent refuge dans les fermes des environs. Peu à peu, dans la ville abandonnée par sa population civile, la situation atteignit un point critique. Les vivres vinrent à manquer. Le moral des assiégés était au plus bas. Les désertions se multipliaient. Un mois plus tard, les officiers mutins étaient pendus haut et court, sur le champ de manœuvre. La garnison fut dissoute, ses effectifs répartis entre plusieurs villes.

— Je n'avais jamais entendu parler de cette histoire !

— Le contraire serait étonnant. C'est le genre d'épisode sans gloire que le haut commandement militaire s'ingénie à rayer de toutes les mémoires. Ecoute-moi bien, Steph. Dans quelque temps, si je veux, je prends possession de Marthatown. Je peux le faire, ou toi, ou Patras. L'opération est à la portée de n'importe quel centurion résolu qui sait pouvoir compter sur ses hommes. Avant de sauter le pas, cependant, je veillerai à bien protéger mes arrières. Que feront les autres garnisons ? C'est la question de fond. De deux choses l'une, ou elles me suivent, ou elles acceptent de fermer les yeux.

— Entièrement d'accord. Ensuite ?

— Le ravitaillement, mon vieux. J'entrerai dans une cité dont les greniers sont pleins. Je choisirai donc une année de récolte exceptionnelle, et j'attendrai le lendemain de la grande foire commerciale d'automne, lorsque les excédents alimentaires s'entassent dans les entrepôts.

— Pourquoi ces précautions si la neutralité bienveillante des autres garnisons nous est assurée ? Nous n'aurions pas à soutenir de siège...

Michael secoua la tête avec impatience.

— Imagines-tu que les femmes continueraient de vaquer bien tranquillement à leurs tâches dans une ville occupée ? Tôt ou tard, l'inaction leur deviendrait insupportable et la plupart se laisseraient convaincre de reprendre le travail. Dans l'intervalle, comment remplirais-tu la gamelle de tes hommes ? Un soldat qui a le ventre vide est un déserteur en puissance. Combien de temps tiendras-tu la ville si tes troupes fondent comme neige au soleil ? Toute victoire est un coup d'épée dans l'eau, si l'intendance ne suit pas.

— Nous aurons tous les cheveux blancs si nous devons attendre la réunion des conditions favorables.

Le regard de Michael était soucieux, mais son sourire éclatait, rassurant.

— On peut rêver, n'est-ce pas ? Il n'y a pas de mal à cela. Pour l'instant, je me range à l'avis de notre tribun. La cité contribue pour l'essentiel à mon bienêtre ; il ne me déplaît pas de vivre à ses crochets. Je suis jeune. J'ai la vie devant moi. Si jamais la fantaisie me prenait d'entreprendre quelque chose, dans un dessein passablement romanesque, disons pour permettre au sexe fort de regagner sa juste place au soleil, j'aurais pris soin de tout prévoir, tout méditer. Je mettrais toutes les chances de mon côté. Se jeter tête baissée dans une aventure sans lendemain qui s'achèvera au bout d'une corde, très peu pour moi.

Stephon était songeur. Puis la révélation s'opéra lentement sur son visage. Il acquiesça. Michael pouvait s'estimer satisfait. Stephon avait oublié d'être bête. C'était un tacticien de premier ordre, l'un des meilleurs de Marthatown. S'il était disposé à prendre son mal en patience, le jour venu, il serait avantageux de l'avoir dans son camp.

— Et Sandom ? dit Patras. Avant tout, il faudrait se débarrasser de lui. Un accident est si vite arrivé.

— S'il n'y avait que Sandom ! renchérit Stephon. Que fais-tu du maître armurier Jander, de l'intendant Genner, et du second, Thales, pour ne citer que ces trois-là ? Tous adorés de la troupe. Il n'est pas un brave qui ne soit prêt à se sacrifier pour eux et ce sont tous nos supérieurs.

— Normal. Ils sont tous en âge d'être nos pères. Ils ne vivront pas éternellement.

— Voilà au moins une certitude ! (Michael s'étira

en bâillant.) D'ici là, Chernon et les autres baratineurs de notre escadron de charme se donneront tout le mal possible pour nous tenir au courant de ce qui pourrait se tramer contre nous. Ce garçon me plaît. Il n'a pas froid aux yeux. Plus tard, nous lui donnerons l'ordre de devenir le soupirant en titre de la petite Stavia, la fille cadette de Morgot.

— La fille de Morgot et la tienne, il me semble ? fit observer Stephon. Morgot a-t-elle jamais passé un seul carnaval avec quelqu'un d'autre que toi ?

— Les guerriers n'ont pas de filles, répondit Michael. Pas plus qu'ils n'ont d'épouse, ou de mère. Ils fréquentent les putains ; ils peuvent, succombant aux charmes de la clandestinité, entretenir une brève liaison avec une femme de la cité, mais s'ils engendrent des filles, c'est pour les oublier aussitôt. Stavia ne représente rien pour moi, pas plus que Myra, la sœur aînée. Barten a bien manœuvré avec celle-ci. Cette petite nigaude lui mange dans la main.

— Il s'était fait tirer l'oreille, si je me souviens bien ?

— Son choix s'était porté sur quelqu'un d'autre. Une certaine Tally, dodue comme une caille. Myra est un peu maigrichonne à son goût, et bêcheuse, à ce qu'il paraît. Je lui ai fait la leçon. Barten est discipliné ; chez lui, le devoir passe avant tout.

Patras et Stephon échangèrent un regard entendu.

— Au fait, la mère des deux gamines doit être une mine de renseignements. Qu'attends-tu pour lui soutirer toi-même ses petits secrets ? Je croyais qu'elle te relançait sans répit ?

— Si Morgot a des qualités, elle n'est pas née de la dernière pluie. Avec les femmes de cette trempe, c'est une autre affaire. Motus et bouche cousue. Tout le contraire des petites novices qui ne connaissent rien de la vie. Dans leur émoi, elles se confient à vous. Rien de plus assommant que leur babil incessant quand il n'est pas dirigé !

— Barten a-t-il appris quelque chose ?

– Des broutilles, jusqu'à présent. Il s'emploie à monter sa dulcinée contre l'arsenal législatif qui régit chaque instant de son existence. Avec un peu d'habileté de la part de Chernon, Stavia devrait suivre la même pente.

– Pourquoi avoir attendu si longtemps pour régler son compte à Vinsas ? Sans lui, rien n'aurait empêché Chernon d'entretenir les meilleures relations avec sa famille et nous aurions gagné du temps.

Michael réagit avec une violence imprévue.

– Aucune femme n'a le droit de m'inciter à prendre des mesures contre un brave ! s'écria-t-il. Jamais je ne me laisserai dicter ma conduite par une citoyenne de Marthatown !

– Nous le savons, répliqua Stephon sur un ton conciliant. Vinsas était un fléau. Peu importe les raisons. Tu as bien fait de le liquider.

Ce même soir, tandis qu'elle s'activait en compagnie de sa mère à la préparation du dîner, Stavia décida de livrer quelques confidences. Elle parla de sa rencontre avec Chernon et du souhait formulé par le jeune aspirant concernant un éventuel retour au foyer pour le prochain carnaval.

– Vinsas ne lui fera plus d'ennuis, précisa-t-elle. Il est mort.

Morgot abandonna ce qu'elle était en train de faire pour regarder sa fille.

– Tu en es sûre ? C'est étrange. A ma connaissance, aucun guerrier n'a trouvé la mort ces derniers temps.

– Il aurait été tué au cours d'un engagement contre les bandits.

– Impossible. Nous l'aurions su. (Un instant se peignit sur le visage de Morgot une expression où se mêlaient la surprise, le désarroi, un certain soulagement. Remarquant la perplexité de Stavia, elle se ressaisit.) Quoi qu'il en soit, dit-elle, ce doit être une délivrance pour Chernon. Sylvia sera sans doute ravie de l'accueillir à nouveau.

– Sans doute ? Pourquoi en serait-il autrement ?

– Ce n'est pas si simple, Stavia. Une femme se voit enlever son enfant. La plaie vive, jamais totalement refermée, cesse peu à peu de la faire souffrir. Parce que son fils lui est à nouveau rendu, elle devrait lui ouvrir les bras sans appréhension, sachant que le répit sera peut-être de courte durée, jusqu'au quinzième anniversaire du garçon, jusqu'au choix ?

– Je ne comprends pas. Quelques années de bonheur sont-elles à négliger ?

Morgot s'était figée. Son regard se fit lointain, voilé de tristesse.

– Notre fils est à peine né que déjà nous éprouvons l'angoisse de la future séparation. Les années passent dans la joie que nous procure cet enfant, mais chaque jour nous achemine vers la triste échéance. Il a cinq ans, notre rôle est fini. Ce petit bonhomme, ce diablotin innocent, la loi nous oblige à renoncer à lui pour l'offrir à son père. Notre peine est immense. Pendant des semaines, nous sommes inconsolables. Puis la vie reprend son cours, la douleur s'engourdit. Chaque année, l'espace d'un mois, nous retrouvons l'illusion de la sérénité. Chaque année, à la fin des deux carnavals, l'ombre nous recouvre à nouveau. Au fil des jours, elle se dissipe. Et ainsi de suite, jusqu'à son quinzième anniversaire. Les chances sont infimes pour que notre fils choisisse la dissidence. Malgré tout, accrochées à des lambeaux d'espoir, nous refusons l'évidence. Le réveil est brutal. L'adolescent n'a que faire de son passé, de son enfance ; sa vraie famille, ce sont ses camarades. Sa décision est prise : il reste dans l'armée. Qui dira le désespoir des mères bafouées, abandonnées ? Qui aura pitié de nos yeux brûlants d'avoir trop pleuré ? Un jour, le fils perdu est en âge d'aller au combat. Nous l'imaginons sur le champ de bataille, blessé, peut-être mort. La liste des pertes nous est communiquée. Ce n'est pas lui, pas encore, seulement son meilleur ami, le fils de la voisine. Qu'en sera-t-il la prochaine fois ? Maudites sont les femmes qui donnent le jour à des fils, car la douleur sera pour elles une prison infinie. Certaines se réfugient dans l'oubli. Rejetées par leur fils de quinze ans, à leur tour elles s'enfoncent dans le reniement. Cet enfant devient comme un fragment de vie passé sous silence. D'autres, au contraire, refusent l'échec. Elles ne peuvent lâcher le fil ténu qui les relie à cette silhouette, aperçue de loin, du haut des remparts. Elles agitent leur mouchoir, elles font parvenir de menus présents...

Sa voix se brisa sur un sanglot. Elle se détourna vivement.

— Maman, que feront Habby et Byram, à ton avis ? Crois-tu qu'ils choisiront de revenir parmi nous ?

Troublée par la défaillance inattendue de sa mère, Stavia quêtait une réponse de nature à la rassurer, tout en sachant, au fond d'elle-même, qu'il y avait peu d'illusions à se faire.

— Je l'ignore, Stavy. Je le souhaite de tout mon cœur. Sait-on jamais ? (Morgot fixa sur sa fille des yeux embués, mais plus calmes désormais, accessibles à l'humour.) Si tu allais chercher ta sœur ? Tâche de la convaincre qu'il ne serait pas tout à fait indigne d'elle de nous donner un coup de main pour l'épluchage de pommes de terre.

Stavia obéit. Elle prit le temps de faire un détour par sa chambre avant d'aller frapper à la porte de sa sœur. Leur mère avait besoin de quelques instants de solitude pour se maîtriser tout à fait. Myra lui fit la surprise de répondre aimablement. Quelques instants plus tard, elle faisait son entrée dans la cuisine. Sans un mot, elle se mit au travail. Stavia et Morgot parlaient de tout et de rien. Il y avait des silences entre les paroles échangées, des trous entre les propos insignifiants, dans lesquels le mutisme hostile de la fille aînée s'engouffrait avec une force effrayante.

– Es-tu passée à l'hôpital ? lui demanda soudain Morgot.

– Pas encore.

– Myra, c'est absurde. Vas-y demain, sans faute.

– Quand je voudrai.

– Nous avons déjà fait le tour de la question, une dizaine de fois. Si tu ne veux pas prendre le risque de te trouver en captivité pour la durée du carnaval, tu dois te soumettre à ce bilan de santé. C'est la loi. On te mettra sur la tempe un tampon de rien du tout et tu seras libre de tes faits et gestes.

D'entre ses longs cils, Myra lui décocha un regard courroucé.

– Toi-même, qu'attends-tu pour accomplir ces formalités ?

– Je n'ai nullement l'intention de me mettre sur mon trente-et-un et d'aller m'étourdir pour oublier mon chagrin, mon inquiétude, mes soucis. Cette année, je m'abstiendrai de participer au carnaval. Tu as d'autres projets, j'imagine ?

– Rien n'est encore décidé.

– Tu ne peux pas te permettre d'attendre le dernier jour. Le bilan doit être fait dans les délais réglementaires. C'est ainsi.

– Et si je refuse ?

– Tu ne quitteras pas le secteur résidentiel, comme tu l'as fait l'an passé, et l'année d'avant. Tu n'étais encore qu'une petite fille, indifférente au pouvoir de séduction des têtes brûlées de la garnison. Les choses ont changé. Si tu persistes dans ton attitude, tu pourras faire une croix sur tes rendez-vous avec Barten. Je ne veux pas entendre de récriminations, c'est compris ? Tu ne pourras t'en prendre qu'à toi-même.

– Autant rester calfeutrée à la maison plutôt que de me soumettre à une loi aussi sotte et humiliante.

Stavia n'était pas loin de penser la même chose. Cependant, l'audace de sa sœur la laissa tout interdite.

– A ta guise, répondit Morgot après un silence. Si

tu mets le nez hors de la zone autorisée, tu seras ramassée dans une rafle, détenue jusqu'à la fin des festivités, puis enrôlée d'office dans une brigade de nettoyage. Les lendemains de carnaval sont toujours pénibles pour les services de la voirie. Ils ont besoin de renforts.

Myra sortit en claquant la porte. On entendit ses pas décroître le long du couloir. Elle s'enferma dans le cabinet de toilette.

— C'est son nouveau refuge, dit Stavia.

— Je sais. Pauvre petite. Ballottée comme une plume au vent entre un instinct très simple, le désir, et les folles espérances inspirées par les discours de Barten qui la poussent à négliger toute obligation pour courir après des chimères de perfection. Le grand amour, tout de suite, pour toute la vie.

— Barten joue sur du velours, fit observer la cadette perfidement. Myra est si naïve !

— Qu'elle lui jette la première pierre, celle qui ne s'est jamais laissé tenter. Je n'ai pas tout à fait oublié les déclarations enflammées que m'ont jadis adressées certains braves ; j'y prêtais une oreille complaisante. Hommes et femmes se nourrissent de fantasmes, Stavia. Tous, mères frustrées, amants de passage, nous poursuivons un idéal et trébuchons sur les réalités... Le plus fort, c'est que Barten est évidemment sincère et de bonne foi lorsqu'il parle d'amour et d'éternité. Les guerriers sont souvent romanesques au suprême degré. Ils se laissent prendre à leur propre jeu.

— Comme les poètes, en somme.

— Quels poètes ?

— Ceux d'*Iphigénie*. A partir d'un épisode assez sordide de la guerre de Troie, ils inventent une histoire acceptable pour la postérité, ils brodent, ils enjolivent. Le drame épouvantable dans lequel on voit un père assassiner sa fille devient sous leur plume le sacrifice héroïque d'une jeune vierge. Que font les poètes ? Ils modifient une réalité qui leur donnait mauvaise conscience. Barten est bien placé pour savoir ce qu'il adviendrait de Myra si elle rejoignait le campement de Jik. Effrayé de sa responsabilité vis-à-vis d'elle, il invente un avenir de lys et de rose.

Morgot acquiesça, souriante.

– Excellente comparaison. Si tu assistais aux réunions du Conseil, tu saurais à quel point nous sommes conscientes du danger. Il faut s'en tenir aux faits, toujours. Evacuer la nostalgie de nos débats. Les grands sentiments, laissons cela aux guerriers. Nous, citoyennes, nous devons garder les pieds sur terre. Si nous rêvions, la Fédération n'y survivrait pas.

– D'un autre côté, Myra a raison. Pourquoi laisser passer une si belle occasion ? Autant profiter de la vie tant qu'elle est jeune et belle. Après tout, aux Enfers, plus question de s'envoyer en l'air !

– Stavia !

Passé le premier instant de stupeur, Morgot éclata de rire. Stavia rougit jusqu'à la racine des cheveux, puis pâlit, et s'en fut sur la pointe des pieds.

Juste avant l'expiration du délai, Myra se rendit à l'hôpital. Conformément aux instructions de Morgot, on lui fit une injection de vitamines pour compenser une alimentation négligée. Le bilan de santé se révéla positif ; elle sortit de l'établissement avec le front discrètement estampillé de rouge. Dès lors, soulagée peut-être d'avoir sauté le pas, réconciliée avec ses propres contradictions, elle sembla mettre la patience et la bonne humeur au premier rang de ses devoirs familiaux. Même Joshua profita de cette surprenante volte-face. Sans aller jusqu'à lui témoigner l'affectueuse familiarité d'autrefois, la jeune fille le traitait avec une courtoisie à laquelle il n'était plus habitué. Pour les serviteurs, le carnaval était un pénible moment à passer plutôt qu'une occasion de réjouissances. Soucieux d'éviter toute rencontre avec d'anciens camarades de garnison, ils se cantonnaient dans les quartiers résidentiels. En fait, seuls Habby et Byram auraient été en mesure de reconnaître Joshua s'ils l'avaient croisé dans la rue. Le serviteur était originaire de Susantown, qu'il avait quittée à l'âge de dix-huit ans. Neuf fois sur dix, les jeunes gens qui décidaient d'abandonner l'uniforme et de franchir la porte des Femmes pour retourner à la vie civile acceptaient d'en payer le prix et s'exilaient dans une cité voisine où ils avaient peu de chances de jamais se trouver nez à nez avec des soldats de connaissance. Si Habby devenait un dissident, sans doute irait-il s'établir à Susantown, ou Mollyburg, où sa famille pourrait lui rendre visite à volonté.

Beneda était retournée dans l'entrepôt ; elle avait bien transmis à son frère le message maternel. Oui, la maison lui serait ouverte. Pour Stavia, l'année scolaire se terminait plutôt bien. Elle avait triomphé de toutes les épreuves, y compris celle d'instruction civique pour laquelle il fallait écrire de mémoire le texte de certains articles essentiels de la Constitution. On ne pouvait lui tenir rigueur de quelques fautes de ponctuation. Son croquis pour un décor d'*Iphigénie* fut jugé intéressant et l'audition se déroula sans accroc. La fillette estimait bien mériter le mois de vacances qui commençait. Les études reprendraient aussitôt après, jusqu'au prochain carnaval. Les mœurs de la cité bannissaient toute velléité de paresse. Tout le monde ou presque travaillait jusqu'à son dernier souffle.

— Le cataclysme nous a laissés complètement démunis, expliquait Morgot à qui voulait l'entendre. (Il ne restait rien des bibliothèques et les survivants, victimes d'un cloisonnement intense qui tendait à isoler les unes des autres toutes les catégories de chercheurs, ne pouvaient restituer qu'une infime partie d'un savoir perdu à jamais.) Nous ne voulons pas retomber dans le piège du morcellement scientifique. On ne peut contrarier sa vocation, bien sûr, mais notre prédilection pour telle profession ou telle matière ne doit pas nous empêcher d'étendre sans cesse le champ de nos connaissances. Même à soixante-dix ans, il n'est pas trop tard.

Dire que Stavia n'éprouvait qu'un enthousiasme relatif à la perspective d'une vie entière consacrée à l'étude serait un euphémisme. Cette seule pensée suffisait à lui donner le tournis.

Le retour de Chernon dans le giron familial coïncida avec la fin de l'école. Plus disponible, Stavia se rendait souvent chez son amie où le jeune aspirant se faisait une règle de lui réserver un accueil chaleureux.

— Pourquoi m'as-tu adressé la parole, sur le Champ de Mars, le jour où fut initié Jerby, mon petit frère ?

Ils se trouvaient tous les deux sur le balcon supérieur de la villa de Sylvia. Il s'agissait de mettre la lessive à sécher sur les cordes tendues en travers de la cour. Beneda s'était coltinée toute seule le lourd panier à linge depuis la blanchisserie du quartier. Stavia avait accepté de l'étendre, à condition que Chernon l'aidât à porter le fardeau dans l'escalier.

Le jeune homme rumina sa réponse. Il ne pouvait pourtant pas lui avouer, tout de go, qu'en l'abordant il n'avait fait qu'obéir aux ordres de son centurion.

— Par timidité, dit-il enfin. En fait, j'aurais voulu parler à ma mère, ou à Beneda, mais je n'osais pas. Comment serais-je reçu, après une aussi longue séparation ? D'ailleurs, elles se tenaient trop loin de moi. J'étais sur le point de te donner un message à leur intention quand la foule nous a séparés.

Il déplia un drap essoré dont il lui tendit un coin. Après l'avoir suspendu, Stavia tira sur la corde qui coulissa sur sa poulie. Le drap s'éloigna.

— Pourquoi ne pas leur avoir écrit ? demanda-t-elle. Vous en avez le droit, il me semble.

— En principe. A condition de demander une autorisation préalable et de soumettre son texte à la censure des officiers. De la part d'un enfant de huit ou neuf ans, cela ne tire pas à conséquence. Plus d'une fois, je me suis retrouvé de garde dans le dortoir des petits. La maison leur manque, c'est normal. Plus tard, on attend de l'aspirant modèle qu'il manifeste de la répugnance à l'idée de rentrer chez lui. Il est recommandé de considérer l'aspect familial des permissions comme une corvée à laquelle on ne peut se soustraire.

— La nostalgie du foyer, vous appelez ça une invention de bonnes femmes ?

Stavia suspendit le dernier torchon. Elle essuya ses mains humides sur son pantalon.

— On appelle ça de toutes les façons, les plus grossières de préférence. Par contre, si tu proclames la supériorité des ragoûts maternels par rapport au rata de la caserne, personne ne t'en tiendra rigueur.

— Tu rattrapes le temps perdu, alors ? Si j'en crois Beneda, tu as de l'appétit pour quatre.

Gêné, il baissa les yeux. Stavia se hâta de changer de sujet.

— Au fait, où voulait en venir ce brave, quand il t'avait donné l'ordre d'insulter ta mère ?

Un frémissement de colère et de mépris passa sur le visage du garçon. Ce fut l'affaire d'un instant, mais Stavia avait eu le temps de juger de l'effet produit par sa question.

— Je parle trop, murmura-t-elle sur un ton d'excuse. Morgot me le répète assez, cela finira par m'attirer des ennuis. Pardon, je ne voulais pas être indiscrète.

— Il n'y a pas de mal. Je n'ai jamais su le fin mot de l'affaire. Je me demande même si ma mère et Vinsas se sont rencontrés. Sylvia se souvient vaguement de lui avoir adressé la parole, une nuit de carnaval, mais jamais, au grand jamais, elle n'a eu de relations avec lui. Vinsas tenait un tout autre langage. Il prétendait qu'enceinte de ses œuvres elle avait toujours refusé de reconnaître en lui le père de ses enfants. Pour se venger, affirmait-il.

— Et de quoi ? Sylvia n'aurait jamais rien fait d'aussi stupide !

Chernon lui jeta un coup d'œil oblique, vit son air de doute, comprit qu'il se fourvoyait.

— C'est une histoire de fous, de toute façon, déclara-t-il sur un ton faussement détaché. Vinsas m'a souvent dit que j'étais son fils. Je n'en crois rien. J'ai posé la question à ma mère. Elle est catégorique. Vinsas n'a jamais eu de fils avec elle, ni avec personne, du reste. Aucune femme ne lui a jamais présenté d'enfant mâle.

— Toi le premier, tu le prends pour un mystificateur. Dans ce cas, pourquoi te plier à ses exigences ?

Le garçon l'observait, sardonique.

— Ça t'épate, toi aussi ? Ma mère me demande de raconter des boniments à un officier, je refuse de me prêter à une manœuvre indigne d'un aspirant et personne ne comprend. Ma mère insiste, sous prétexte qu'il ne sert à rien d'exécuter les ordres donnés par un fou. Ta mère renchérit, elles se liguent contre moi. Je tiens bon. Détraqué ou non, Vinsas était mon supérieur, je lui devais obéissance. C'était une question d'honneur. Entre soldats, on se doit la vérité. Vous, les femmes, vous ne comprenez rien à l'honneur.

— Nous, les femmes ?

Il rougit.

— Sylvia, Morgot, nos mères. J'ai tenté de leur expliquer. Je n'avais d'autre choix que celui d'obtempérer, même si Vinsas outrepassait les bornes de la décence. La force principale d'une armée se fonde sur la discipline. Il importe que tout supérieur obtienne de ses subordonnés une obéissance entière et une soumission de tous les instants. C'est la règle, dans une garnison.

— Mais tu savais qu'il avait l'esprit dérangé ?

— Des ragots circulaient à son sujet... on disait que pendant le carnaval, six matrones taillées en force le suivaient dans tous ses déplacements. S'il s'avisait seulement de guigner une fille au passage, son escorte lui tombait dessus à bras raccourcis. J'ai même entendu dire qu'il avait violenté un adolescent.

— Impossible ! s'exclama la fillette. Ce crime est puni de la peine capitale.

A l'ère précataclysmique, déjà, on savait que le « syndrome de l'inversion » était dû à un déséquilibre hormonal pendant la grossesse. Sur ce point, la médecine avait réalisé des progrès. Depuis longtemps, on était capable de dépister l'anomalie avant la naissance et de rétablir un taux d'hormones satisfaisant. En conséquence, sur tout le territoire de la Fédération, les homosexuels, hommes ou femmes, se comptaient sur les doigts de la main. Si Vinsas avait réellement voulu attenter à la vertu d'un jeune garçon, il avait agi sous l'empire du vice ou de la brutalité, et non pour assouvir quelques pulsions libidinales qui auraient pu lui valoir des circonstances atténuantes. Stavia était scandalisée.

— Comment se fait-il qu'il n'ait pas été exécuté ? demanda-t-elle.

Mal à l'aise, Chernon fit mine de s'intéresser aux allées et venues dans la cour.

— Sa culpabilité n'a jamais pu être établie. Après tout, il s'agissait peut-être de simples calomnies.

— Personne n'a jamais tenté de lui faire entendre raison ?

— Qui ? Les gardes, par exemple ? Vinsas était sous-officier dans la centurie de Michael. Celui-ci a beaucoup d'influence sur ses hommes, il aurait pu le semoncer, discuter avec lui. Il en a décidé autrement. La démarche de Sylvia auprès de lui n'a fait que l'entêter dans son refus de prendre l'initiative. La vérité, c'est que Vinsas était bon à enfermer. Les autres lui fichaient la paix ; dans l'ensemble, ils le tenaient à l'écart. N'en parlons plus et paix à ses cendres. Un soldat l'a tué, je crois.

— Comment ? Ce ne sont pas les bandits ? En somme, il s'agirait d'un assassinat ?

— Un bien grand mot. Quelqu'un l'a tué, c'est tout.

Son unité effectuait un coup de main contre une troupe de hors-la-loi, mais tout le monde sait à quoi s'en tenir. Bon débarras, de toute façon.

Stavia se le tint pour dit. Lèvres pincées, elle regardait le sol. La partialité de Chernon, son refus de prendre en compte le point de vue maternel étaient sans doute excessifs, mais comment lui en vouloir ? Elle sentait monter des larmes de colère en songeant à toutes les épreuves qu'il avait dû endurer, si jeune, si malléable. Elle se baissa, moins pour ramasser le panier vide, en réalité, que pour dissimuler son émotion.

– Songes-tu quelquefois à rentrer chez toi ? demanda-t-elle.

– Tu veux dire à l'occasion du carnaval, comme à présent ?

Elle lui jeta un regard furtif.

– Je veux dire, définitivement.

Chernon réprima une insolence et frémit de tout son visage.

– Ne me pose jamais cette question, Stavia. Si je songe à franchir la porte des Femmes, cela ne regarde que moi et je refuse d'en parler.

Cette rebuffade fit une vive impression sur la fillette. Elle avait mis le doigt sur un point sensible, nul doute. A ce stade, forcer la résistance du jeune homme eût été la pire des maladresses. Elle esquissa un sourire.

– Entendu. Changeons de sujet encore une fois. Connais-tu Barten ?

Chernon respira. Cette fois, il pouvait s'aventurer sans crainte.

– Qui ne connaît Barten ? Tout à l'heure, tu te faisais le reproche de parler à tort et à travers. Si tu pouvais l'entendre, lui ! La plus grande gueule de toute la garnison ! Quel soulagement lorsqu'il atteindra vingt-cinq ans, l'âge d'aller au casse-pipe. Il sera enfin en mesure de prouver sur le terrain cette bravoure dont il nous rebat les oreilles. Avec un peu de chance, il récoltera une blessure mal placée au visage qui lui clouera le bec définitivement, et nous aurons la paix.

– Tu ne le portes pas dans ton cœur, on dirait ?

Une légère brise courut à travers la lessive. Les draps se gonflaient doucement. Stavia ajouta quelques pinces à linge, ici et là.

– Le beau Barten n'a que faire de l'affection d'autrui. Celle qu'il se porte suffit à son bonheur. Il n'est pas pour rien le digne fils de son père.

– Qui est-ce ?

– Michael, bien sûr. Tu l'ignorais ? Ils se bouffent le nez sans arrêt.

Stavia secoua la tête, interloquée. Ainsi, Barten ne serait autre que son demi-frère, celui de Myra par la même occasion ? Le cas échéant, Morgot l'aurait su et n'aurait pas manqué de le signaler. Evidemment, on pouvait éprouver de l'attirance pour un séduisant demi-frère, et même y succomber. En soi, une telle liaison n'aurait rien de répréhensible ; tout dépendait des circonstances.

Elle s'assit sur la balustrade. Depuis le balcon, situé au second étage, on apercevait la mer, au loin, le fil net de l'horizon.

– Tu es bien songeuse, tout à coup. A quoi penses-tu ?

– Aux mauvaises surprises que réserve parfois la génétique.

– Qu'est-ce que la génétique ?

– Une branche de la biologie. Plus précisément, la science de l'hérédité.

Il y eut un long silence. Chernon s'installa à côté d'elle, la tête tournée afin qu'elle ne vît pas son visage tout rayonnant sous l'effet d'une inspiration soudaine.

– Tu as perdu ta langue ? dit-elle. A mon tour de te demander, à quoi penses-tu ?

– Tu es si savante... ça me donne des complexes. Je

ne suis qu'un sauvage, comparé à toutes les filles de la Fédération.

Elle ouvrit de grands yeux.

— Il suffit de savoir lire, voyons ! Vous n'avez donc pas de bibliothèque, dans vos casernes ?

— Bien sûr. Et que trouve-t-on, sur leurs rayonnages ? Des romans, de grandes sagas édifiantes, des traités d'hygiène, des cours de stratégie, etc. Jamais de vrais textes sur de vraies choses, médecine, mécanique, gestion, tout ça.

— Toutes ces disciplines sont réservées aux femmes.

— Loin de moi l'idée de m'élever contre cette répartition des rôles. Je dis seulement que ton érudition me ramène à mon ignorance. Cela n'a rien d'agréable.

— Je te prêterai quelques livres, si tu veux. J'en apporterai la prochaine fois. Et même, je te donnerai les plus anciens. Tu pourras les lire quand tu seras de retour là-bas.

Ces mots à peine prononcés, elle se tut, soufflée de sa propre audace. Une sorte d'épouvante se peignit sur ses traits. Quelle étourderie ! Comment avait-elle pu en arriver là ? En lui permettant d'introduire dans l'enceinte de la caserne des textes de la Fédération, elle se rendait complice d'un grave délit.

— Impossible, dit-il d'une petite voix désappointée que démentait le regard froid et scrutateur dont il la jaugeait. (Clairement, il prenait l'offre en considération.) Je me ferais sanctionner si l'on me surprenait le nez dans l'un de tes bouquins.

Stavia réprima un soupir de soulagement.

— Vous n'avez donc pas le droit de lire ?

— Ce genre d'ouvrages, non. Rien qui concerne les sciences réservées aux femmes.

— Dans ce cas... (Vivement, elle se replia sur un compromis.) Pourquoi ne pas profiter des vacances pour faire ton choix dans la bibliothèque de Beneda ?

En l'espace de trois semaines, tu as le temps d'apprendre une foule de choses !

– J'ai regardé. Je n'ai rien vu qui puisse rassasier ma curiosité.

Il la regarda de l'air pathétique qu'il avait essayé maintes fois sur sa mère, quand il était enfant. Avec succès, toujours. Sylvia n'avait jamais pu résister à ce regard lointain dans lequel semblait se réfugier toute la tristesse du monde. Stavia se trouva pareillement démunie. Après tout, aucune loi n'interdisait de faire la lecture à un aspirant, ou de discuter avec lui des sujets traités dans les livres réservés exclusivement aux femmes. Et cependant, on n'avait pas le droit de lui prêter lesdits ouvrages ! Où était la différence, pourtant ? Cette restriction établissait seulement l'absurdité de certains aspects du règlement.

– Jamais je n'aurais imaginé qu'un soldat fût avide de s'instruire, murmura-t-elle. Si tu insistes...

Chernon sourit. Une seconde, son regard flamboya comme celui de Jerby quand, de guerre lasse, on lui promettait le sac de friandises réclamé à cor et à cri. La même convoitise, le même triomphe. Rien, sinon la stricte observation des lois de la cité ne pouvait justifier le refus de Stavia.

– Nous verrons ce que je peux faire, dit-elle avec un entrain qu'elle ne ressentait plus. En échange, je voudrais te poser une question.

– Tout ce que tu voudras.

– Quel nom avez-vous donné à la statue qui s'élève à l'extrémité du champ de manœuvre ?

– Le monument à Télémaque ?

– Non. La colonne, dans le fond.

Le garçon rougit comme un enfant pris en faute. Son regard prit la tangente.

– Nous l'appelons le podium. Il sert les jours de revue.

– Le podium ! A qui feras-tu croire ça ? On ne peut ni monter sur ce machin, encore moins se tenir dessus. Dis-moi la vérité.

— Tout terrain de manœuvre digne de ce nom se doit d'avoir son obélisque, marmonna-t-il.

— Voilà qui est mieux. L'édifice a donc une signification symbolique. Laquelle ?

— Ça crève les yeux, il me semble, répliqua-t-il, plus agressif, comme s'il lui en voulait de son insistance. Devant cette colonne, emblème de la virilité, les braves prêtent un serment sur l'honneur avant de partir au combat.

— C'est très clair, en effet. (Stavia était partagée entre l'ébahissement et l'ironie. Beneda, petite futée.) Vous rendez hommage à un phallus de pierre, érigé là pour l'éternité. Votre champ de manœuvre n'est autre qu'un temple consacré au culte phallique !

Chernon la dévisageait, l'air mi-chèvre, mi-chou.

— N'exagérons rien.

La fête battait son plein. A la maison, aidée de Joshua, Morgot mettait les petits plats dans les grands pour la plus vive satisfaction des trois garçons dont la gourmandise était mise à rude épreuve, à longueur d'année, par l'ordinaire de la caserne. On émiettait des galettes de froment et de maïs au coin du feu et le soir venu, réunie autour de la table, toute la famille savourait les tourtes monstres et les clafoutis avant de sortir pour se mêler aux innocentes réjouissances de la rue. Toute la famille à l'exception de la fille aînée. Légère comme une ombre, Myra s'éclipsait dès le matin, silhouette furtive et court vêtue de couleurs chatoyantes, égrenant un rire flûté en guise d'excuse. Elle ne rentrait qu'à la petite aube, mais personne n'avait le temps de regretter son absence, ou de s'inquiéter à son sujet. Le carnaval tournait toutes les têtes. Une étrange liesse emplissait la ville illuminée. A tous les carrefours se produisaient acrobates et jongleurs, clowns, mimes et magiciens. Des funambules dansaient sur leur corde. D'éblouissants feux d'artifice prenaient d'assaut le ciel et la musique mettait en fuite les sortilèges de la nuit. Citoyennes et soldats s'affrontaient en des concours de chant que les hommes remportaient presque toujours, eux qui disposaient des loisirs nécessaires pour travailler leur voix, quand ils n'étaient pas sur les champs de bataille ou le terrain de sport de la garnison. En plus du genre épique, toujours très prisé, ou burlesque (*Savez-vous ce qui se cache sous la tunique d'un brave ?*), ils avaient à leur répertoire les ballades traditionnelles ou sentimentales que tout le monde connaissait, *Autant en emporte le vent, La Légende des siècles, Mon amour m'a quitté un soir de carnaval.* Cette complainte, particulièrement dramatique, faisait pleurer les petites filles. Pour ne pas demeurer en reste, les femmes se lançaient dans de vaillantes improvisations. Toutes les nuits, la cité grondante, amoureuse de la vie, élevait vers les étoiles ses hymnes cacophoniques à la réconciliation.

Après six jours de ce rythme épuisant, l'ardeur de Myra donna des signes de fléchissement.

— Toi, tu as l'air vannée, dit Stavia, un beau soir.

— On ne peut même plus bâiller, à présent ? répliqua l'aînée, piquée au vif. Je vais très bien, merci.

— Tu pourrais t'accorder un jour de répit, personne n'en mourrait, murmura Morgot, compatissante.

— Je n'y tiens pas.

— Laisse tomber la taverne pour ce soir et rentre te coucher. Tu auras meilleure mine demain.

— Barten a horreur de boire seul. Ça lui donne des idées noires.

— Pour ça, tu peux être tranquille, grommela Habby entre deux bâillements. Il trouvera de la compagnie.

— Qui t'a permis... ?

Myra lui lança un regard d'outrage, pris entre la colère et l'angoisse.

— Elle a raison, dit Morgot. A ta place, mon fils, je garderais mes insinuations pour moi.

Au huitième jour, Myra leur fit la surprise de rester dans sa chambre. Il s'en éleva bientôt des sanglots étouffés.

— Une dispute, suggéra Morgot.

— Pas exactement. (Stavia souriait.) Barten lui a passé un savon hier soir, à froid. Chernon m'a vendu la mèche. D'un commun accord, les jeunes braves avaient décidé de se chamailler avec leur régulière au bout d'une semaine, un subterfuge pour leur permettre de passer à quelqu'un d'autre.

— Une manifestation de pur masochisme ou je ne m'y connais pas, fit observer Morgot. En toute logique, où comptaient-ils trouver une autre partenaire puisque toutes les filles sont chez elles en train de gémir et de s'arracher les cheveux ?

La pertinence de cette remarque fut vite établie. Dans le courant de l'après-midi, un messager se présenta. Barten demandait humblement pardon. Si Myra voulait avoir la bonté de faire comme s'il ne s'était rien passé...

La jeune fille s'exécuta. On la vit s'en aller avec ses yeux creusés comme par des pouces dans un visage de papier mâché.

— Quelle écervelée ! s'exclama la petite sœur.

Morgot haussa les épaules.

— Ni plus ni moins que la moyenne. Ni plus ni moins que je ne l'étais à son âge.

— Dans ces conditions, je refuse de grandir !

— C'est le bonheur que je te souhaite.

Un matin, le carnaval prit fin. Toute la population masculine s'en retourna par où elle était venue, par l'immense porte. Habby et Byram traînaient la jambe ; le petit Jerby était en larmes. Ces trois-là ne faisaient pas mystère de leur répugnance à quitter leur famille, mais qu'en était-il de Chernon ? À quoi songeait-il en reprenant, comme chaque fois, le chemin de la garnison ? Ni sa mère, ni ses sœurs, ni Stavia n'en savaient rien. Lui-même, peut-être, n'aurait su le dire.

Beneda et Stavia s'étaient retrouvées pour se consoler mutuellement.

— Je ne m'étais pas trompée, en fin de compte, dit Beneda, les yeux pleins d'espoir. Tu lui plais vraiment. C'est magnifique ! Plus tard, vous deviendrez amants.

— Beneda, je t'en prie !

— Pourquoi pas ? Tu porteras ses enfants. C'est alors que nous serons vraiment de la même famille.

— Vas-tu te taire, à la fin ?

Le visage en feu, Stavia ne plaisantait pas. Elle exigeait le silence. Comment son amie osait-elle aborder avec tant de légèreté une question si grave, si intime ?

La porte des Braves se referma dans un grand bruit, puis tout se tut. La cité rendue à la solitude se remit au travail, en sourdine. On ne chantait plus et même, on n'osait pas élever la voix de peur d'effaroucher les souvenirs.

— « Ô terne bonheur... récita Morgot. Je rêve et derrière mon esprit attentif, quelqu'un rêve avec moi. Le voici consumé notre amour. Nous ne jouerons plus... Renonce à l'illusion, ô solitaire. La vie surgit devant toi, une nouvelle fois. Accepte-la, plus triste de cette absence... »

Ce poème, l'un des plus beaux composé par une citoyenne, fut accueilli avec émotion.

— La vérité, c'est que nous sommes surtout très lasses, dit Stavia, soucieuse de rompre le charme.

Lasse, elle l'était, au point de ne plus avoir la force de combattre l'obsession de Chernon. A l'idée de ne plus le voir, son cœur se serrait, pourtant, loin d'être une source de félicité, cette présence éveillait en elle les plus sombres rêveries.

Quelques jours plus tard, la fillette reprenait le chemin de l'école.

Dans l'intervalle, cependant, sourde à la petite voix de l'observatrice qui ne cessait de l'exhorter à la raison, l'actrice Stavia avait commis l'irréparable.

Sous prétexte que le règlement n'était qu'un tissu d'inconséquences et d'incohérences, elle s'était rendue à un premier rendez-vous secret avec Chernon et lui avait remis un premier livre à travers la brèche du mur de l'entrepôt.

— Tu reviendras ? (Ses doigts, comme d'impatients voleurs, avaient déjà escamoté le livre. Etreignant la main de Stavia, il implorait.) Apporte-m'en d'autres, même des carnets de notes ou des cahiers d'écolière, tout ce que tu voudras du moment que j'apprenne quelque chose. Stavia ?

— Tu te feras pincer et nous serons punis tous les deux, avait-elle répondu, désemparée, sans beaucoup de conviction.

Le pire était-il toujours sûr ? D'ailleurs, aussi longtemps qu'il serait en proie à cette boulimie de connaissances, il aurait besoin d'elle. Ils resteraient unis par les liens invisibles des mathématiques et de la physiologie...

— Aucun danger. Je viendrai m'installer ici, sous l'arbre, pendant mes moments de liberté. Quand j'aurai fini de lire, je laisserai tout ici, bien dissimulé. Tu reviendras, j'en suis sûr.

— Moi aussi.

Emue, tremblante, subjuguée, elle ressentait quelque chose d'impétueux et d'indomptable qu'elle aurait été bien en peine de nommer. Cette fois, je suis mordue, songea-t-elle simplement. Que demandait-il, au fond ? Bien peu de chose. Comment n'aurait-elle pas accepté de lui prêter quelques livres si c'était le prix à payer pour qu'il cesse de la regarder avec cette expression de consternation et d'effroi ? En face de ce regard, véritable appel de détresse, Stavia se sentait gagnée par une compassion infinie. Au diable le règlement !

— Je reviendrai, avait-elle promis.

Le carnaval était déjà un souvenir vieux d'une semaine. Myra avait pris rendez-vous à l'hôpital afin de passer quelques « examens ». Elle pria sa sœur de l'accompagner. Une heure plus tard, Stavia la vit ressortir, l'œil rancunier, l'air fourbue.

— Mauvaise nouvelle ?

— Non. Je suis en pleine forme.

— Pourquoi cette tête, alors ?

— On traite vraiment les gens comme des chiens, dans cet établissement ! Les sempiternelles questions, bien indiscrètes. Avez-vous des problèmes sexuels ? A quand remontent vos dernières règles ? Comme si elle ne le savait pas. J'ai vu le même médecin qui m'avait fait passer le bilan, juste avant le carnaval. Tous ces détails sont notés dans mon dossier.

— La routine, en somme. Pourquoi te sentir offensée ?

— Ce n'est pas tout. Elle m'avait fait allonger. J'étais là, épinglée comme un papillon, avec cet horrible speculum dans le ventre, des tuyaux, un tas de trucs, quand on l'a appelée pour une urgence. Cette peau de vache m'a laissée ainsi, une demi-heure au moins, écartelée sur le chevalet de torture.

— Les urgences, cela existe, Myra. Elle ne pouvait pas faire autrement.

— D'accord. Elle pouvait toujours demander à quelqu'un de terminer l'examen à sa place.

— Es-tu enceinte ?

— Elle ne pourra pas se prononcer avant plusieurs semaines.

— Serais-tu heureuse de l'être ?

— Bien sûr. Il est temps que ma vie s'organise autour de quelque chose.

— Ce n'est pas ce que je voulais dire. As-tu réellement envie d'avoir un enfant ? Un enfant de Barten ?

— Quel amour ce serait ! Je n'ai jamais supporté la couleur de mes cheveux, et toutes ces taches de son, quelle horreur ! Le rejeton de Barten aurait les cheveux noirs de son père, ses yeux bleus, un teint de porcelaine...

— Sait-on jamais ? Ne rêve pas.

— Pourquoi ? Les chances ne sont pas minces.

— Et s'il avait tes cheveux ? Ta carnation de rousse ? Tu serais mal avisée, alors, de manifester ta déception.

— Stavia, pour l'amour du ciel ! Crois-tu être la seule fille de la maison à suivre les cours de psychologie infantile ? Bon sang, on croirait Morgot tout craché. Une gamine de onze ans ! Tu devrais avoir honte de singer sans arrêt les grandes personnes.

Stavia demeura clouée de stupeur, tandis que sa sœur poursuivait son chemin sans un regard en arrière. Bien envoyée, l'accusation d'imiter Morgot à tort et à travers. En plein dans le mille ! La plupart du temps, elle avait tellement conscience de ressembler à sa mère qu'elle en était venue à son insu à se considérer comme la vivante réplique de celle-ci, une sorte de modèle réduit. Ce n'était pas chic de la part de Myra de lui envoyer ses onze ans à la figure. Comme si l'âge signifiait quelque chose, sur le plan intellectuel, bien sûr. Pour le reste, les seins, la menstruation, il suffisait de prendre patience. La nuit, les caresses intimes auxquelles elle se livrait en songeant à Chernon lui procuraient les plus douces voluptés. Elle était normalement constituée, par conséquent. Elle pouvait aussi se prévaloir d'une tête bien faite, comme il se devait chez toute femme raisonnablement ambitieuse et cultivée.

En fin de compte, la remarque acerbe de Myra débouchait sur une hypothèse rassurante. La profonde identité d'esprit entre la mère et la fille cadette, les ressemblances sororales de pensées laissaient présager la compréhension de Morgot, tout au moins son indulgence si elle en venait à découvrir que Stavia refilait des livres en cachette à un aspirant de la garnison.

L'espace d'un instant, elle se berça de cette chimère, puis la triste vérité se fit jour. Elle pouvait bien se sentir proche de Stavia, jamais Morgot ne transigerait avec sa conscience. Son inflexible fidélité aux lois de la cité lui ferait condamner la plus petite entorse. Elle citerait les articles de la Constitution, ajoutant : « Cet aspirant est fatigué d'être tenu dans l'ignorance ? Qu'il abandonne l'uniforme et nous revienne par la porte des Femmes, le moment venu. Il pourra puiser à volonté dans nos bibliothèques. »

Joshua, en effet, pouvait tout lire, tout apprendre, de même que le jeune Minsning, dissident de fraîche date. Il n'était pas un domaine du savoir auquel les serviteurs n'avaient pas accès.

Cette liberté de pensée était interdite aux guerriers. Prenaient-ils seulement la peine de la revendiquer ? Si rarement. Choisir l'armée, c'était renoncer à la connaissance. A quinze ans, l'aspirant pouvait décider de consacrer sa vie à défendre sa garnison et sa cité. Cette tâche virile exigeait toute sa volonté, toute la contention d'esprit dont il serait capable ; elle devait l'accaparer tout entier. On faisait aussi valoir d'autres arguments. Dans une communauté où la hiérarchie s'organisait en principe selon des critères de courage et de témérité, il pouvait sembler superflu, voire dangereux, de donner à certains individus l'avantage d'une instruction sans rapport avec la science militaire. D'aucuns ne craignaient pas de pousser le raisonnement à son ultime conclusion : sait-on jamais quelle machine infernale, digne du cauchemar cataclysmique, pourrait germer dans le cerveau surdoué d'un soldat initié aux secrets de la dynamique et de la chimie, et tout dévoué à la gloire de sa petite garnison ?

Stavia connaissait par cœur le raisonnement de Morgot. De quel poids pesait-il, face à la simple demande du jeune homme, proférée sur un ton de prière irrésistible, avec un battement d'ailes dans les paupières ? Quand Chernon la suppliait de cette façon, Stavia sentait sa dignité l'abandonner. En vérité, elle ne valait guère mieux que Myra qui se laissait tourner en ridicule par un don Juan de garnison. Des cœurs d'artichaut, toutes les deux.

Tout bien considéré, il serait préférable d'attendre un peu avant de faire l'aveu de sa faute à Morgot. Quant à Chernon, elle profiterait de leur prochaine rencontre pour le mettre au pied du mur. Des livres, oui, des livres par milliers, à condition de revenir une fois pour toutes.

Furieux, il refuserait sans doute de la laisser poursuivre sur le chapitre du retour. Les livres, dirait-il, c'était maintenant ou jamais.

De colère, elle frappa du pied contre le sol. Elle ne pouvait pourtant pas renoncer à lui, pas encore. Serait-elle bien coupable en lui accordant un délai de grâce, disons jusqu'à son quinzième anniversaire, date à laquelle il prendrait la décision qui engagerait toute son existence ?

Bien que la pièce *Iphigénie à Ilion* fût inscrite au programme de toutes les écoles de la Fédération, la préparation d'une production originale demeurait la tâche exclusive du Conseil de chaque cité dont les membres se partageaient aussi la distribution des rôles féminins. En fin d'après-midi, ce jour-là, devait avoir lieu la première répétition du nouveau spectacle. Stavia se retrouva donc, comme chaque année à la même époque, sur la scène du théâtre d'hiver de Marthatown en compagnie de certaines de ses collègues du Conseil. Les soirées étaient encore trop fraîches pour se réunir dans l'arène de l'amphithéâtre à ciel ouvert, au milieu du parc, mais la grande salle au plafond voûté n'était pas chauffée et toutes les personnes présentes, acteurs et techniciens, frissonnaient sous leur manteau.

Cassandre avait déjà essayé trois entrées successives sans parvenir à satisfaire l'attente du metteur en scène, une ancienne du Conseil, promue pour la première fois à cette délicate responsabilité.

— Recommençons, dit-elle avec un soupçon de lassitude dans la voix. Cassandre apparaît sur la gauche.

CASSANDRE : Mère, et toi aussi, Andromaque, je suis venue vous faire mes adieux.
HÉCUBE : Cassandre ! Tu n'es donc pas encore par-

tie ? Ma fille, les adieux me serrent le cœur. Qu'il est cruel de se séparer des morts et des vivants. Comme ils sont déchirants ces adieux qui ne présagent rien de bon. Dussé-je dormir cent ans, la souffrance serait intacte à mon réveil. Je te croyais loin, ma petite. Et te voilà, et nous devons nous séparer pour ne jamais nous revoir.

CASSANDRE : Un grand nombre a déjà pris la mer. Le puissant Agamemnon n'a pu quitter la rade de Troie. Les voiles de son navire lui font défaut, paraît-il, toutes gangrenées d'être restées si longtemps pliées sur leurs vergues.

ANDROMAQUE : N'importe quelle ménagère aurait pu le mettre en garde. Tout se corrompt, au voisinage de la mer.

HÉCUBE : Ainsi le tyran a trouvé plus fort que lui ! Quelques champignons de moisissure...

IPHIGÉNIE : Il suffit parfois de si peu de chose, nous le savons. Il n'est que de songer au pouvoir contenu dans un petit grain de sable.

ACHILLE : N'est-ce pas Polyxène ?

IPHIGÉNIE : Cette jeune fille s'appelle Cassandre. Regarde mieux, sublime Achille. Elle est encore vivante.

CASSANDRE : Des spectres, autour de nous ! Qui sont-ils ?

ANDROMAQUE : Tu les discernes, toi aussi ?

CASSANDRE : Ils se révèlent peu à peu. Il me semble reconnaître Achille. Et cet enfant... ton fils, Andromaque ?

ANDROMAQUE : Mon fils, en effet. Mis à mort sur l'ordre d'Odysseus.

CASSANDRE, *la gorge nouée de larmes* : Hélas ! Quel fils de guerrier échappe à son destin ?

10

Il était d'usage chez les citoyennes, lorsqu'elles parlaient de leur petit garçon, de ne jamais le désigner par rapport à son père. L'expression « fils de guerrier » ou d'autres, équivalentes, étaient rigoureusement bannies. En contrevenant à la tradition, en saisissant toutes les occasions pour faire allusion à la future vocation militaire de son premier-né, Myra faisait figure de regrettable phénomène. Plutôt que d'inventer pour lui tous les sobriquets attendris dont les jeunes mères se font une spécialité, plutôt que de lui donner du « Marcus », tout simplement, elle ne l'appelait jamais que « mon petit soldat »...

A sa naissance, pour la plus grande joie de Myra, Marcus avait une belle tignasse brune et les yeux d'un bleu profond. Un mois plus tard, il était chauve comme un genou et ses prunelles avaient viré au brun clair, métamorphose que sa mère ressentit comme un affront personnel, résultat possible d'une conjuration ourdie par la clique des médecins.

Morgot n'avait jamais été patiente ; l'attitude de sa fille mit à rude épreuve sa médiocre endurance. Un printemps rigoureux confinait toute la famille dans la cuisine, seule pièce de la maison où la température restait agréable à toute heure du jour. Là, Myra donnait libre cours à ses jérémiades. Un soir, Morgot n'y tint plus.

— Si je t'entends encore une fois te plaindre au sujet des cheveux de ton fils ou de la couleur de ses yeux, je demanderai au Conseil de le placer en nourrice ! s'écria-t-elle, blême de colère. Continue sur ce ton et tu te retrouveras avec un pauvre gamin complètement inhibé, inapte au bonheur ; tout le contraire du fier guerrier dont tu rêves. Tu seras seule responsable de cet échec.

— Qu'ai-je dit de si scandaleux ?

— Tu en as dit suffisamment, sans parler de tes insinuations odieuses concernant ton médecin qui se serait rendue coupable de je ne sais quelles manipulations afin de modifier le patrimoine héréditaire de l'enfant. Comme si nous en étions capables, pour commencer ! Tu ne crains pas non plus d'accuser de négligence le personnel de la clinique. Il y aurait eu échange malencontreux de nourrissons ! C'est grotesque. Marcus a-t-il quitté la chambre dans laquelle tu te trouvais, ne fût-ce qu'un instant ? Ne l'as-tu pas, dès le lendemain, ramené toi-même à la maison ?

Morgot se détourna pour enfourner deux bûches dans la cuisinière. Elle prit le temps de les disposer avec beaucoup de soin au risque de se roussir le visage, comme si cette tâche lui était nécessaire pour retrouver son calme. Stavia entreprit de balayer le carrelage sur lequel avaient sauté quelques escarbilles.

— De quoi te plains-tu, de toute façon ? dit-elle. Marcus est adorable. (Posant le balai, elle présenta ses mains à la chaleur du four. Morgot referma celui-ci et régla la soupape. La bouilloire s'était mise à chanter. La buée se répandait sur les murs. L'air lourd était saturé d'effluves odoriférants, réminiscences de foin coupé.) Il me fait penser à Jerby. Plus je le regarde, plus je lui trouve un air de famille avec son cousin.

— En voilà une consolation ! maugréa Myra.

— Et alors ? Est-ce si infamant pour lui de ressembler à sa famille maternelle ? Barten possède un physique avantageux, c'est entendu, mais sur le fond, il n'est qu'une brute malfaisante. Les filles se l'arrachent pour une nuit d'amour, je veux bien. Pour le reste, c'est zéro. Tout le monde le dit !

— Tout le monde ? riposta sa sœur, venimeuse. Tu veux dire Chernon...

Stavia sentit le rouge de la colère lui monter au front. Elle fut debout en un clin d'œil.

— Chernon ne fait que rapporter l'opinion générale ! Ton amoureux est l'une des bêtes noires de la garnison. Estime-toi heureuse que le fils ne soit pas le portrait de son géniteur ! Avec un peu de chance, il en sera de même pour le caractère...

Les doigts tremblants, elle versa trois cuillerées de thé combles dans le récipient de terre cuite, ajouta l'eau frissonnante. Dédaignant de répondre, Myra s'était rencognée dans un silence maussade. Ses fantasmes de maternité triomphante n'avaient pas survécu à l'expérience de quelques semaines. La nuit, un sommeil haché menu en mille petits réveils par les vagissements impitoyables ; le jour, des loisirs consacrés aux lessives, et toujours, fixé sur elle, le regard intense d'un nouveau-né fort peu conscient des ambitions martiales de sa mère à son sujet et que son père, humiliation suprême, refuserait sans doute de reconnaître quand on le lui présenterait, en grande pompe, dans cinq ans. De cela, Myra était désormais à demi convaincue.

Morgot lui jeta un coup d'œil désapprobateur, secoua la tête, l'air navrée, et continua de serrer dans un grand sac de toile les provisions de bouche pour le pique-nique du lendemain. La mère et la cadette devaient effectuer une petite excursion dans la direction de Susantown.

— Stavia, as-tu préparé toutes tes affaires ?

— Depuis longtemps.

— Si ton emploi du temps le permet, voudras-tu accompagner Joshua quand il ira faire les courses ?

— Viendra-t-il avec nous, demain ?

— Ce ne serait pas une mauvaise idée, en effet. Depuis quelque temps, les bandits ont multiplié les attaques sur la route de Susantown.

— Quel glorieux renfort ! ironisa Myra. Un domestique.

— Comme c'est intelligent ! (Les yeux de Morgot flamboyèrent.) Qui t'a fourré un tel mépris dans la tête ? Barten, je parie ?

— Précisément. L'autre jour, je suis allée sur la promenade, afin de lui montrer son fils, et nous avons parlé...

Morgot poussa un soupir excédé.

— Myra, écoute-moi bien. Il y a près d'un an, je t'ai interdit de jamais remettre sur le tapis les opinions de Barten concernant les us et coutumes de la Fédération. Les braves peuvent bien penser ce qu'ils veulent de nos lois, de nos traditions, nous nous en moquons éperdument, surtout lorsqu'il s'agit de problèmes sur lesquels ils n'ont aucune compétence, comme c'est le cas, la plupart du temps. Ton attitude ne traduit pas seulement ta mauvaise éducation, elle révèle un manque absolu de considération pour ta mère, le Conseil dont elle est membre et les règlements qu'il est chargé de faire respecter. Ceci est le second avertissement. Encore une bévue de ce genre et je déposerai une plainte devant le Conseil.

Myra avait pâli.

— Tu n'oserais pas, murmura-t-elle.

— Pourquoi ? Parce que tu es ma fille ? Raison de plus ! Quand les observations d'une mère sont sans effet sur ses enfants, il est temps que quelqu'un d'autre prenne le relais. L'adolescence est une transition délicate, elle exacerbe souvent les relations entre mères et filles. Celles-ci éprouvent le besoin d'établir certaines distances par rapport au foyer, elles veulent affirmer leur indépendance. Quelquefois, la fille prend ses cliques et ses claques, et tout est pour le mieux. La séparation s'effectue sans pleurs ni grincements de dents, personne n'y trouve à redire, cependant elle nécessite l'accord du Conseil.

Morgot parlait d'une voix calme, posée, implacable, comme si, loin d'improviser, elle s'acquittait d'un devoir en formulant en termes précis une décision prise depuis longtemps. Stavia s'en rendit compte, et le fait que sa mère prononçât des mots mûrement réfléchis conférait à la menace implicite une redoutable consistance.

Myra avait parfaitement compris, elle aussi. Plus que l'indignation prévisible, son visage exprimait la crainte.

— Tu envisages sans aucun problème de me mettre à la porte ! s'écria-t-elle.

— Il n'est pas question de ça, répliqua Stavia sur le même ton d'emportement. Elle a simplement dit...

— Toi, ne t'en mêle pas ! Petite garce.

Stavia demeura stupéfaite. Les souvenirs affluèrent, des souvenirs par dizaines, tissant la minutieuse et terrible évidence de l'hostilité de sa sœur aînée à son égard, depuis trop longtemps. Avec retard, elle sentit sur son épaule la main ferme de Morgot. Sa mère reprit la parole, toujours aussi détachée.

— A tort ou à raison, Myra, tu sembles éprouver une grande affection pour Barten. T'est-il venu à l'esprit que tes écarts de conduite et de langage risquaient de lui porter préjudice ? Un de ces jours, tu iras trop loin, et quelqu'un s'avisera de le rendre responsable de ton évolution.

— Je m'en moque ! Humilie-moi, si tu le peux. Barten, lui, est hors d'atteinte. Les lois de la Fédération ne peuvent rien contre lui. J'aimerais pouvoir en dire autant !

— J'ai bien entendu, dit Morgot, voix blanche, visage de pierre.

Stavia l'observait ; une bouffée d'angoisse lui serra la gorge. Quelque chose se passait entre sa mère et sa sœur, quelque chose qui pouvait être lourd de conséquences. Myra, sans doute, venait de prononcer des mots irréparables. Est-ce si grave ? se demandait la fillette.

— Je vais réfléchir à la situation, enchaîna Morgot. Je te ferai part de ma décision à mon retour.

Elle s'en alla sur cette petite phrase, fermant la porte doucement, très doucement, comme la porte d'une chambre de malade.

Myra pivota vers sa sœur avec l'intention manifeste de lui faire passer un mauvais quart d'heure. Stavia ne lui en laissa pas le temps. La théière, le sucre et les tasses se trouvaient déjà sur le plateau. Elle s'en saisit et vivement, prit la fuite. Joshua devait être chez lui, dans la pièce qui lui était attribuée, de l'autre côté de la cour, seul refuge auquel Stavia pouvait songer dans son désarroi.

— Ma propre sœur, murmura-t-elle. Je ne la comprends pas plus que si elle m'était parfaitement étrangère.

Joshua était en train de se raser. Son adresse à manier l'antique coupe-chou faisait l'admiration de la fillette. Seuls les braves avaient le droit de porter la barbe. Les serviteurs, à qui l'obligation était faite de tresser leurs longs cheveux, se devaient d'avoir toujours le menton glabre. La Fédération était pauvre en métal, aussi chacun veillait-il sur son rasoir avec un soin jaloux. La minuscule production d'acier servait surtout à la fabrication de scalpels et d'instruments chirurgicaux. De son côté, l'armée en était encore à l'âge du bronze et s'en trouvait très bien. Toutes les garnisons disposaient d'une forge et d'un atelier.

— Myra ne pense pas la moitié de ce qu'elle dit. (Les yeux bienveillants du serviteur observaient Stavia dans le miroir.) Elle est déprimée, rien de plus normal à la suite d'un accouchement. Gageons que le chantage exercé sur elle par l'ignoble Barten ne doit pas contribuer à lui rendre les idées claires. Cet individu a l'âme d'un tyran devant qui tout doit céder et plier. A moins que sa liaison avec ta sœur ne fasse partie d'un plan dont il serait le simple exécutant. Je ne sais pourquoi, cette hypothèse me séduit de plus en plus. Toujours est-il que la malheureuse, tirée à hue et à dia entre l'influence croissante de son amant, les contraintes épuisantes que lui impose son nouveau rôle de mère et des études poursuivies vaille que vaille, doit se battre sur tous les fronts à la fois. Accordons-lui quelque temps pour se rétablir et retrouver ses esprits.

— Encore faudrait-il que Barten cesse de lui bourrer le crâne comme il le fait.

Joshua lui jeta un regard intrigué.

— Crois-tu qu'il poursuive avec elle un but précis ?

— Je pense bien. Il veut à toute force qu'elle rompe avec les lois de la Fédération. Quand elle aura adopté l'idéologie de la garnison, il fera en sorte qu'elle quitte définitivement la cité.

— Où vivra-t-elle ? Et comment ? De la prostitution ?

— Où ? Quelque part dans les solitudes. Comment ? Barten jure ses grands dieux qu'il prendra soin d'elle et de l'enfant.

Joshua gardait le silence. Un rictus de contrariété lui tiraillait la bouche.

— As-tu fait part de tout ceci à Morgot ? demanda-t-il.

— Impossible. J'ai juré à Myra de n'en rien faire.

— Tu n'hésites pas à m'en parler, cependant ?

— Je n'ai pris aucun engagement te concernant.

— Tu me révèles un secret, tout en sachant que je serai obligé d'avertir ta mère ?

Stavia le dévisagea avec stupeur, avec inquiétude. Quand donc apprendrait-elle à tenir sa langue ? Ces indiscrétions, c'était comme un mauvais sort jeté contre Barten, l'équivalent des malédictions dont Iphigénie accablait son père.

— Tu feras comme tu voudras, murmura-t-elle, embarrassée. Je m'en tiens à la promesse que j'ai faite.

Joshua lui adressa un petit sourire de dérision.

— Il est bien pratique, n'est-ce pas, d'avoir une conscience élastique ? (Après s'être essuyé les joues à l'aide d'un linge douillet, il endossa sa longue pelisse aux parements tout rehaussés de laine vive.) Je suis prêt. Allons voir ce que le marché nous propose de bon aujourd'hui.

Ils sortirent, Joshua portant le grand sac de courses en bandoulière, cependant que Stavia s'était vu confier le panier à fond plat destiné à recevoir les articles plus fragiles. Bien qu'on approchât de la fin du mois d'avril, le soleil ne se réchauffait pas, et venu de la mer, le vent du nord charriait par rafales soudaines un vent froid, coupant comme du silex. Stavia rentra ses jambes de pantalon dans ses bottes et boutonna son col jusqu'au menton.

– Vivement le printemps, le vrai, gémit-elle en faisant disparaître ses cheveux sous les oreillettes de son bonnet. Depuis des mois que nous engouffrons des bûches dans la cuisinière, nos réserves s'épuisent.

– Les beaux jours reviendront, sois sans crainte, dit Joshua. Il nous reste assez de bois pour tenir encore un peu.

Ils allongèrent le pas. La rue était déserte ; tous les vingt mètres, un portail rompait l'alignement des façades austères, seulement trouées par les hautes fenêtres à double vitrage des cuisines derrière lesquelles, à la nuit tombée, les chandelles allumées tenaient lieu d'éclairage public. Au niveau supérieur, aucune ouverture, afin de ne pas donner prise à la bourrasque. Le froid était la grande obsession. A l'intérieur, des soupiraux grillagés, pratiqués dans le plafond des cuisines, permettaient la diffusion de la chaleur dans les pièces du haut. La cloison commune des maisons mitoyennes se prolongeait à l'extérieur, formant le mur de séparation entre les cours, sinistres à cette époque de l'année, vertes et fleuries pendant la belle saison, sur lesquelles donnaient les portes et la plupart des fenêtres. Au plus fort de l'hiver, des volets isolants étaient rabattus partout.

– Que dirais-tu d'une halte chez le pépiniériste ? proposa Joshua. Nous n'avons encore rien prévu, ni pour le coin jardin, ni pour le potager. Nous pouvons toujours acheter des graines que nous mettrons en pot dans la cuisine. Le moment venu, nous repiquerons les jeunes pousses. Wella a toujours un grand choix de fleurs.

— Allons-y tout de suite. Je ne déteste pas les lobélies et je rêve de capucines, les belles éplorées ! Dans la rangée de paniers, contre le mur du fond, elles seraient magnifiques...

— Morgot avait envie de géraniums roses. Jemina lui a promis quelques boutures.

Stavia laissa s'échapper un léger soupir. Au fil des ans, les potagers se suivaient et se ressemblaient, voués à la monotonie de légumes utiles et nourrissants, susceptibles d'être conservés tout l'hiver. Le jardin d'agrément, par contre, était le lieu où la fantaisie de la mère et des filles trouvait toujours à s'exprimer. Rien de tel cette fois-ci. Morgot et Myra avaient toutes deux l'esprit ailleurs.

— Joshua, à ton avis, marmonna-t-elle, maman a-t-elle des raisons graves de se tourmenter ?

— Pas que je sache. Pas plus que d'habitude. Pourquoi ?

— Je la trouve préoccupée, tendue, irritable.

Le serviteur réfléchit un instant.

— Ta sœur lui donne du souci, tu t'en doutes. Aucune mère ne saurait considérer d'un œil serein l'emballement de sa fille pour un vaurien. Pour ma part, j'ai tenté de la rassurer en lui tenant le même raisonnement qu'à toi. Myra se débat au milieu de graves difficultés. Laissons-lui le temps de mettre un peu d'ordre dans sa vie. Dans six mois, si elle en est au même point, il sera temps d'aviser. On a vu des filles de cet âge avoir des enfants ; elles se retrouvent, échangent des confidences et riches de cet enseignement mutuel, se transforment vite en dignes mères de famille.

— Myra, touchée par le virus de la respectabilité ?

Joshua haussa les épaules.

— Un miracle peut toujours arriver.

Il pâlit soudain et porta la main à son front, comme s'il ressentait une douleur aiguë.

— Joshua ! Que se passe-t-il ?

— Presque rien. (Il fit entendre un rire forcé.) Je viens de proférer un mensonge, et me voilà puni. On ne devrait jamais mentir.

— Myra ?

— Pour dire le fond de ma pensée, fit-il d'une voix entrecoupée, Myra sera toujours Myra, dans dix ans, dans vingt ans... Cette petite personne est incorrigible.

De l'index et du pouce, il se massait le front, entre les sourcils.

— En somme, Morgot a raison de souhaiter son départ de la maison ?

— Ta mère est l'impatience même. Avec elle, c'est tout de suite ou jamais.

— Myra était beaucoup trop jeune pour avoir un enfant...

— Depuis que le monde est monde, des adolescentes se sont trouvées enceintes. Cela dit, tu as raison. Myra n'avait certes pas la maturité d'esprit nécessaire. Si seulement Barten ne s'était pas jeté sur elle comme un coyote affamé. Impétuosité suspecte, à tout point de vue. Il semblait très attaché à la petite Tally, et brusquement...

— Tu te sens bien, tu en es sûr ?

— Ce n'est rien, crois-moi. Un petit élancement qui se produit de temps à autre quand je me concentre avec trop d'intensité sur un sujet précis. Là, c'est fini.

La ruelle s'enroulait autour des maisons et s'élevait en pente douce. De loin en loin, de petits escaliers tortueux permettaient de rejoindre l'artère principale, en contrebas. Au-delà, la colline descendait jusqu'au rivage auquel conduisait, à travers la muraille du couchant, la Voie sacrée. Depuis les hauteurs de Marthatown, on voyait la flottille de pêche danser sur les vagues entre les jetées zigzagantes.

Tous les ans, au premier jour de l'été, la population au complet, précédée du Conseil endimanché, s'acheminait jusqu'à la plage afin de rendre hommage à l'Elue et d'attirer sur les travailleuses de la mer les effets de sa miséricorde. Les fermières allaient sur leurs carrioles, transformées pour l'occasion en essaims de clochettes tintinnabulantes, et les bergères conduisaient des béliers aux cornes pavoisées de rubans.

La grand-rue qui dévalait la colline pour déboucher sur le Champ de Mars s'enfuyait sur la gauche. En suivant la ruelle jusqu'au sommet, on atteignait le marché, réseau dédaléen encombré d'échoppes et d'étalages auxquels s'ajoutaient, en été, des charrettes de maraîchers à l'ombre des bâches. La route des Forains traversait ce labyrinthe de part en part ; laissant derrière elle la rue des Fileuses et celle des Tisserandes, elle franchissait la porte du Levant pour aller se perdre dans le faubourg nomade, bien dépeuplé à présent. N'y vivaient plus désormais qu'une poignée de vieillards, subsistant grâce à la charité de l'Elue, une douzaine de saltimbanques établis aux portes d'une cité pour permettre à leurs filles d'aller à l'école, quelques marchands ambulants en quête des services d'un charron ou d'un maréchal-ferrant ; un sourcier, enfin, embauché par la municipalité afin de découvrir un point d'eau pour le serviteur qui gardait le troupeau de boucs dans une vallée isolée, à plusieurs kilomètres de là, et dont on disait qu'il empestait plus que ses bêtes. Malgré tout, le faubourg restait ce qu'il avait toujours été, un endroit romantique interdit aux jeunes filles susceptibles, s'imaginaient leurs mères, de succomber à l'appel de la route et de s'enfuir pour connaître l'errance, jusqu'à la fin de leurs jours.

Sur la droite filait la route des Champs. Les quatre voies principales se croisaient au sommet de la colline. Ainsi le point culminant de la cité n'était pas seulement son carrefour stratégique mais aussi son centre spirituel puisque là se dressait le temple de l'Elue, l'unique monument de Marthatown. Sur son parvis jaillissait la fontaine de la Tranquillité.

– Un poulet ! s'exclama la fillette avec enthousiasme. (Elle glissa son obole dans le tronc des pauvres.) Bonne Mère, accorde le vivre et le couvert à ceux qui n'en ont pas. Un poulet farci, est-ce trop demander ?

– Nous pouvons encore nous l'offrir, assura Joshua, songeur. N'oublions pas non plus d'aller retirer le sac de céréales qui nous revient pour le mois. Je propose de commencer par les fruits et légumes. Cheviot est la reine du marché pour les primeurs. Elle dispose d'un périmètre de terre fertile au sud du mont Rial. Quinze jours avant tout le monde, elle expose de superbes laitues.

Stavia se garda de lui demander comment il le savait. Les serviteurs les plus accomplis étaient toujours au courant de tout. Ils pouvaient annoncer l'arrivée inopinée d'un visiteur, ils devinaient si quelqu'un était dans la peine et d'une manière générale, ils pressentaient les catastrophes. Personne ne faisait jamais allusion à cette faculté singulière qui distinguait les meilleurs d'entre eux. Une seule fois, quelques années auparavant, Stavia avait manifesté son étonnement. Sa mère lui avait imposé silence de telle façon que la fillette n'avait jamais osé aborder de nouveau un sujet si périlleux.

Ils s'arrêtèrent chez la marchande de volailles, puis chez Cheviot, où comme promis, les laitues nouvelles étaient tendres et bien pommelées. Contrairement à l'ordinaire, on ne se bousculait pas dans le magasin de la coopérative agricole. On leur donna sur-le-champ, en échange de leur ticket, un grand sac à moitié vide.

Joshua le soupesa, l'air soucieux.

– Pas bien lourd, n'est-ce pas ? fit remarquer un grand serviteur efflanqué avec une moue de dépit. A

ce train-là, au lieu de sac, la prochaine fois, un mouchoir de poche suffira.

— Il faudra bien s'en contenter, dit Joshua.

— Il paraît que le Conseil envisage de nouvelles
restrictions. Quand je pense à tous ces soldats qui
continuent de s'engraisser sur notre dos ! Selon vous,
allons-nous être obligés de nous serrer la ceinture
une fois de plus ?

— Je ne saurais le dire. Je n'en sais pas plus que
vous.

Tout serviteur employé au domicile d'un membre
du Conseil se voyait ainsi fréquemment sollicité.
Avait-il pu glaner quelques renseignements, concernant les dernières délibérations ? De même que les
amis et les parents, les serviteurs recevaient pour
consigne de ne jamais révéler le peu qu'ils savaient.

L'échalas haussa les épaules et s'éloigna en traînant la jambe.

— Il a raison, chuchota Stavia. Si le Conseil réduit
encore le quota de grains attribué à la cité sur la
prochaine récolte, l'hiver sera pénible. On ne peut
pourtant pas se nourrir pendant des mois de fruits
secs, de poissons et de conserves de légumes ! Espérons que cette fois-ci, nous engrangerons la moisson
du siècle !

— Voilà qui arrangerait tout le monde, en effet.

— Nos propres rations n'auraient-elles pas dû être
augmentées, depuis la naissance de Marcus ?

— Pourquoi ? Moins d'un an auparavant, Jerby
nous quittait. Une bouche de perdue, une de retrouvée. Nous en sommes au même point.

Etait-il possible que tant d'événements se soient
succédé en si peu de temps ? Le départ de Jerby, son
retour à l'occasion du carnaval d'été, le coup de folie
de Myra pour Barten. A la mi-carême, la famille se
trouvait à nouveau réunie. Chernon était là, lui
aussi, avec de nouvelles exigences. « Encore un effort, Stavy. J'ai dévoré les quelques livres que tu m'as
prêtés, mais ce n'est pas suffisant. Je me sens frustré,

insatisfait. Au point où tu en es, que t'importe un livre de plus ou de moins ?... » Stavia ferma les yeux. Ne pas penser à Chernon. Quelques mois plus tard, Myra mettait au monde un fils. Les semaines passaient ; on serait bientôt à la veille du prochain carnaval d'été.

— Crois-tu que Myra participera à la fête ?

Joshua eut un pâle sourire.

— Comment le saurais-je ? Il y a bien longtemps que ta sœur ne m'honore plus de ses confidences. Nos rapports se limitent aux échanges verbaux strictement nécessaires. Elle ne t'a rien dit de ses projets ?

— Tout dépend de Barten, bien sûr. S'il réclame sa présence auprès de lui, elle s'empressera, comme elle l'a fait l'hiver dernier, malgré sa grossesse. Myra était toute surprise qu'il veuille bien d'elle. Une femme dans son état... après tout, ce n'est pas une compagne idéale pour un brave en permission.

— Justement. Pourquoi s'est-il encombré d'elle ? La question mérite d'être posée.

— Orgueil phallocrate, peut-être ? En exhibant à la ronde sa petite fiancée enceinte, il montrait qu'il était capable d'assurer sa descendance.

Joshua riait sous cape ; il ne semblait guère convaincu.

— Allons donc ! (Stavia éclata de rire à son tour.) Je disais ça pour te faire marcher. Barten n'est pas si bête, voyons. Tout individu de sexe mâle peut engendrer autant d'enfants qu'il le désire. Il n'y a pas de quoi plastronner.

— Ce garçon est un peu fruste, ne le perds pas de vue. Si, en dépit de ses nombreuses aventures, il n'avait jamais été père auparavant, ce premier exploit a pu jeter la confusion dans son esprit. (Joshua palpa une rainette grise.) Voilà de l'excellente pomme à cuire. Une bonne compote en perspective.

— A défaut de farce, j'aimerais bien une purée de pommes de terre.

— Les patates, nous n'en manquons pas. Mais nous serons bientôt à court de farine.

— Au fait, qui fera la cuisine pendant notre absence ? Myra n'est pas un cordon-bleu, c'est le moins que l'on puisse dire.

— Sylvia a proposé de l'accueillir chez elle, avec son fils.

— Pauvre Sylvia ! Elle ne sait pas à quoi elle s'engage.

— Ne t'inquiète pas. Elle a les nerfs solides.

Joshua tendit le sac ; la marchande y laissa tomber le kilo de pommes. Ils poursuivirent leur déambulation au long des étalages. Stavia observait son compagnon à la dérobée.

— Une question me brûle les lèvres depuis longtemps, dit-elle, mais je n'osais pas. Joshua, comment devient-on un dissident ? Quel effet cela fait-il de quitter l'armée ? Que peut ressentir un garçon de quinze ans ?

— En ce qui me concerne, ce fut la décision la plus difficile que j'aie jamais eu à prendre. Tu ne refuseras pas une tasse de thé ? Je connais, non loin d'ici, un petit estaminet tranquille. Suis-moi.

— Une tasse de thé, avec des pâtisseries ? Vite, montre-moi le chemin. Cela ne t'ennuie pas d'évoquer ces souvenirs ? Si tu trouves ma curiosité déplacée, je comprendrai et nous parlerons d'autre chose. Ton passé ne me regarde en rien, je le sais.

— Ta question ne me gêne pas le moins du monde. J'y répondrai sans difficulté, à condition que tu promettes de garder pour toi les révélations que je peux être amené à te faire. Il n'y a que Morgot, bien sûr, qui puisse tout entendre.

Ils traversèrent la rue ; dix mètres plus bas, ils s'engageaient dans une ruelle sinueuse qui débouchait sur une petite place protégée du vent par un grand mur contre lequel courait une vigne vierge encore timide. Plusieurs tables étaient disposées en terrasse. Ils s'installèrent, posant leurs sacs sur le siège vacant.

Peu après, la serveuse apportait la théière, le pot de lait, l'assiette de beignets. Joshua remplit les deux tasses. Les mains posées en coupe autour de la sienne pour les réchauffer, il dévisagea la fillette.

— Tu voulais savoir pourquoi j'avais quitté l'armée ? Peut-être n'en serais-je jamais arrivé là s'il n'y avait pas eu la guerre entre Annville et Abbyville.

— J'ignorais que les deux cités s'étaient affrontées.

— Il y a vingt ans de cela. J'en avais dix-huit. J'étais en garnison à Abbyville, trop jeune pour aller au front, bien sûr. Nous, qui n'avions pas l'âge, nous avons regardé notre centurie partir au combat, silencieux, vaguement jaloux de cette gloire que nous ne connaîtrions pas avant longtemps. Je n'avais d'yeux que pour mon meilleur ami, Cornus, brave parmi les braves. Cornus était aussi un blagueur impénitent, l'homme le plus drôle que j'aie jamais connu. Le soir, on faisait cercle autour de lui. Il était la mascotte, le boute-en-train, l'âme de toute la chambrée. Combien de fois, l'écoutant, n'ai-je pas regretté de n'avoir aucun talent d'écrivain. Un recueil des plus redoutables calembredaines de l'ami Cornus, et ma fortune était faite !

» On peut dépenser sa vie dans un éclat de rire et trouver la mort au champ d'honneur, comme ils l'appellent.

» Nous étions à des lieues l'un de l'autre, mais la distance peut être abolie de bien des façons. A l'instant précis où la lance le transperça, j'ai hurlé de douleur. Quelques minutes s'écoulèrent. Je sus, sans hésitation possible, qu'il était mort. Je ne sentais plus rien, comprends-tu ? (La petite Stavia se mord les lèvres et ne comprend pas. Obéissante, elle ne pose pas de questions. Sa maman lui a dit de ne jamais chercher à savoir. Elle n'en pense pas moins, cependant... Pour une fois, passant outre à la volonté de Morgot.) Je vais te dire ce qu'il en est. Ce talent, certains serviteurs l'ont reçu en partage, d'autres pas. On appelle ça l'espace intérieur, ou le double savoir. Nous sommes peu nombreux à le posséder.

— Uniquement les serviteurs ? souffla-t-elle. Aucun guerrier, jamais, n'a reçu le don ?

— Question mal posée. Disons plutôt qu'aucun aspirant, aucun brave, découvrant que la nature l'avait favorisé du double savoir, ne faisait long feu à la garnison. Tôt ou tard, ses camarades s'en rendaient compte et lui tenaient rigueur d'être différent. Les officiers se méfiaient, il devenait un être étrange, inquiétant, suspect à tous. Frappé d'ostracisme, il en venait tout naturellement à envisager son départ comme la seule solution possible. En ce qui me concerne, la mort de Cornus fut décisive. Elle m'avait brisé le cœur et je puisai dans mon amertume le courage de poser certaines questions. A la suite de quelles circonstances la guerre avait-elle éclaté entre les deux garnisons ? Quelle étincelle avait mis le feu aux poudres ? Quel outrage avions-nous dû laver les armes à la main ? L'officier interrogé répondit en termes flous. Ceux d'Annville avaient porté atteinte à l'honneur de la garnison, ou de la cité, ou du monument d'Abbyville. Il fut vaguement question d'une embuscade dans laquelle seraient tombés certains des nôtres. Avaient-ils été massacrés, sans possibilité de se défendre ? Là-dessus, rien de précis. La vie avait suivi son cours bien tranquillement, et jusqu'à la déclaration de guerre, ni la cité ni la garnison n'avaient senti à aucun moment leur sécurité menacée. A ma connaissance, nos « ennemis » auraient pu dire la même chose. Cependant, des deux côtés, on s'était jeté à corps perdu dans les combats les plus sanglants. De part et d'autre, on avait essuyé des pertes considérables.

— Voilà donc ce qui t'a décidé... le caractère absurde d'une décision si lourde de conséquences.

— Pas seulement. Il faut bien se rendre compte de l'emploi du temps du guerrier en temps de paix. Entre les exercices de toutes sortes, les manœuvres, les batailles simulées, l'entretien du matériel, la vie de garnison n'est pas une sinécure. Cependant, une seule activité compte vraiment, une seule est propre à exalter l'ardeur qui sommeille en chaque soldat encaserné, c'est la compétition sportive. Chaque année, tu le sais, après avoir disputé les éliminatoires, les meilleures équipes s'affrontent pour la finale. Chez nous, on pratiquait la soule, la « ruée aux buts », plutôt que la balle au bond, comme vous le faites ici. Douze hommes par équipe, aux deux extrémités du terrain un but délimité par des montants et protégé par un gardien. Il s'agit bien sûr de tromper la vigilance de celui-ci en logeant le ballon derrière la ligne de but adverse.

— Je connais plus ou moins les règles de la soule.

— Une vraie petite guerre, en somme, même si l'on n'a jamais relevé de morts en fin de partie. Il y a des blessés, par contre, et l'équipe victorieuse, accablée d'honneurs, jouit d'un prestige considérable. Mieux encore. Si tu as la chance d'être un grand joueur et qu'un conflit armé se profile à l'horizon, tu peux être certain que ton tribun te trouvera une planque dans les réserves de troisième ligne, s'il ne te dispense pas purement et simplement d'aller à la boucherie, envoyant quelqu'un d'autre à ta place. Un roi du ballon est persona grata. Aucun tribun ne souhaite le voir revenir les pieds devant, ou même éclopé. En fin d'année, à la veille de la finale qui départagera les deux équipes, il n'est pas un homme de la garnison qui n'arbore les couleurs de l'un ou l'autre camp. Les esprits sont survoltés, on en vient aux mains. On dirait deux armées ennemies qui se narguent avant le combat, à cette différence près que, dans le cas de la soule, les troupes sont beaucoup plus impatientes de connaître l'issue de la rencontre. Si l'on n'a pas souvent l'occasion de faire ses preuves sur un vrai champ de bataille, et c'est tant mieux, du moins les championnats de soule reviennent tous les ans !

– Toi-même, tu y participais ?

– Si je participais aux championnats, moi ? Ma petite, mon équipe n'avait pas de meilleur gardien. J'étais si doué que mon centurion me mettait de planton à l'heure où les autres pratiquaient des exercices trop violents de peur qu'on n'abîme ma précieuse personne. J'étais bon car je prévoyais les mouvements des uns et des autres. Devinant de quel côté allait venir le ballon, il m'était facile de l'arrêter. Je savais toujours quel joueur allait tenter de marquer un but. Je le savais, un point c'est tout.

Stavia le dévisageait, les yeux vides de tout.

– Tu ne vois donc pas où je veux en venir ? murmura-t-il. Au soir de la dernière partie, après cette formidable dépense d'énergie, quand les passions retombaient, les choses restaient telles qu'elles l'avaient toujours été. Quelle importance, si mon équipe avait remporté la finale ? Le monde ne serait ni meilleur, ni pire. Si nous étions vainqueurs, on me lançait des rubans à la figure et les camarades se soûlaient à ma santé. Le lendemain, nous avions tous la gueule de bois, mais le soleil était fidèle au rendez-vous, la rivière se précipitait vers son embouchure et l'averse finissait par tomber, comme elle le fait toujours. Au crépuscule, le ciel se criblait d'étoiles. C'était à qui, parmi les braves, arriverait le premier sur le toit de l'armurerie. Les filles attendaient, accoudées au rempart. Des enfants viendraient au monde, neuf mois après le prochain carnaval, d'autres bouches à nourrir. Des garçonnets de cinq ans seraient soustraits à leur mère, puis adoptés par la garnison. Cornus était mort et le monde tournait sans hiatus. Il était mort pour rien. On l'avait enterré en grande pompe avec les autres, tambours et trompettes, et la foule de se lamenter. Que signifient les tambours et les larmes, quand on est mort ? On dort du grand sommeil, on s'en moque bien de ces choses-là. A force de faire le planton, on en vient à se poser toutes sortes de questions. Ma prise de conscience fut lente, favorisée par toutes ces heures de solitude et d'inactivité. Un jour, la révélation s'opéra. Je décidai de franchir la porte des Femmes.

— Les autres, comment ont-ils réagi ?

— Ce fut un tollé général. Ils firent de moi la cible des pires insultes, et même de quelques projectiles plus percutants. Il en aurait fallu bien davantage pour me faire changer d'avis. Ma décision était irrévocable. Donc, je suis rentré à la maison. L'espace d'un mois, misérable, cédant au doute, traînant une angoisse d'exilé, j'attendis que le Conseil d'Abbyville se prononçât sur mon sort. En fin de compte, on me suggéra d'aller tenter ma chance dans une cité voisine, à Marthatown, par exemple, où je trouverais plus facilement à m'employer.

— C'est ainsi que tu es venu t'établir dans notre cité. Tout de suite, tu t'es plongé dans les études ?

— Avec avidité. En commençant par le commencement, à l'école des serviteurs. Dans sa garnison, l'aspirant apprend à lire, à écrire, à chanter aussi ; on lui donne des rudiments d'arithmétique et voilà tout. A son arrivée dans la cité, le dissident ne sait rien. Aussi, compte tenu de son âge, lui accorde-t-on un privilège, refusé aux petites citoyennes, celui de choisir très vite sa spécialité.

— A la suite de quoi t'es-tu décidé pour la médecine ?

— Je n'avais qu'un désir, c'était d'exercer une profession qui me donnerait le sentiment de forcer un peu le destin. J'ai passé mon diplôme d'infirmier. Puis j'ai fait la connaissance de Morgot, je suis entré à son service. Je n'en serais pas là, sans doute, si Cornus était resté en vie.

— Vous, les dissidents, n'êtes-vous pas tenus d'apprendre un métier manuel ? Ni de faire semblant de vous intéresser à une discipline artistique, si vous n'en éprouvez pas le besoin ?

— Pour nous, en effet, il s'agit d'options. Cela ne

m'a pas empêché de suivre les cours d'initiation à l'un des mystères.

— Tu es initié, toi ? Je l'ignorais.

— Les initiés font d'excellents serviteurs. Ce n'est pas la seule raison de mon intérêt pour les mystères, bien sûr. Je viens de te révéler un secret ; garde-le pour toi.

De la façon dont il regardait la fillette, on voyait bien qu'il avait parlé en connaissance de cause, dans l'espoir qu'elle saurait faire un bon usage de ses confidences.

Le lendemain, de bonne heure, les voyageurs prenaient la route du levant dans le chariot attelé de quatre petits ânes. Ils trottaient avec vaillance sous la conduite de Joshua. Morgot avait déplié une couverture à l'arrière et s'était allongée, la tête appuyée sur le sac de provisions. Stavia semblait absorbée dans la lecture d'un livre de classe. Alentour, la plaine déployait ses ondulations d'un vert ardent, la couleur du blé en herbe ; ou jaunes, mouchetées de buissons noirs. Au-delà, jusqu'à l'horizon, la muraille des arbres s'amoncelait en replis sombres sous le ciel immense, parcouru de nuages blancs, resplendissants comme des lambeaux de lumière fuyante. Le vent du nord était tombé. La chaleur se levait au souffle léger de la brise. La journée s'annonçait radieuse, mais l'air retenait encore un peu de cette froide solitude qui semblait s'être condensée tout au fond, dans la masse menaçante des collines. Epanouies de fraîche date, les fleurs sauvages jetaient des taches vives sur les bas-côtés de la route. Stavia ferma son livre et contempla le paysage.

— Où allons-nous ? demanda-t-elle.

— Notre destination se trouve à mi-chemin de Susantown, dit Joshua. Nous y serons dans deux jours.

— Qu'allons-nous faire là-bas ?

— Nous ferons halte dans un gîte d'étape. Il se

trouve au carrefour des routes de Mollyburg et d'Abbyville.

– Quelqu'un nous attend ?

Le serviteur baissa le ton.

– Ta mère doit y retrouver les émissaires de plusieurs cités. Il s'agit de passer avec elles un accord commercial pour la fourniture de céréales.

– Morgot est très préoccupée par les restrictions. Notre dernière récolte avait donc été si mauvaise ?

– Pas plus que la précédente.

– Pourquoi les restrictions, dans ce cas ?

– Nous sommes de plus en plus nombreux, voilà pourquoi. Marthatown est une cité prolifique. L'an passé, nous n'avons pas eu moins de deux cents naissances.

– Combien de décès, pour compenser ?

– Pas tant que ça. Les épidémies nous ont épargnés, les bandits également. Pas de conflit, pas la moindre petite escarmouche. La mortalité est en baisse, tant mieux, mais comment nourrir tous ces vivants ?

– Morgot a-t-elle trouvé une solution ?

– Le Conseil envisage de troquer une partie de notre production de poisson séché contre de l'orge et du blé. Des contacts ont été pris avec les cités de l'intérieur. Morgot s'est vue chargée de la négociation.

Ils avaient quitté la plaine. Le chemin montait en lacet au milieu d'une végétation clairsemée. Morgot avait pris les rênes. Joshua et la fillette marchaient à côté du chariot pour ne pas donner aux ânes un surcroît de fatigue. Plus de cultures sur ce sol rugueux, mais il poussait par endroits une végétation sauvage, de ronces et de mûres et de jeunes pins, composant un paysage sans grand éclat qui se prolongeait jusqu'à la lisière nettement tracée de la forêt toute proche. Une équipe du service de reboisement était justement au travail sur l'une des pentes dépeuplées. Morgot les héla, puis elle arrêta la voiture et descendit à pied le long du versant. Après avoir salué tout le monde, elle inspecta les arbustes alignés, leurs racines prisonnières de mottes noires, lesquelles seraient placées dans les fosses creusées à la pelle, à intervalles réguliers. Soudain, quelque chose bougea à l'orée du bois. Ce fut une vision fugace, une illusion de fauve et de blanc, rapide comme l'éclair, un reflet de vif-argent, évanoui en un clin d'œil.

– Un daim ? murmura Morgot, stupéfaite.

– Ce n'est pas le premier que nous voyons, précisa le chef d'équipe, non sans fierté.

– La réserve prévue par le programme n'était-elle pas située beaucoup plus au nord ?

– A l'origine, oui. Mais voilà dix ans que nous avons entrepris de les remettre en liberté, par petits groupes. Ils ont étendu leur territoire.

– Dix ans, déjà !

Stavia ne pouvait détacher son regard de la forêt, du point précis entre les arbres, cette zone d'ombre où le daim s'était englouti. Un daim ! Une créature d'avant, grâce à peine entrevue, hors de toute pensée, de toute science. Un don du ciel. Il y avait les reproductions des manuels scolaires, bien sûr, mais quelle autre fillette de Marthatown pouvait se vanter d'avoir pu saisir du regard le bond magnifique d'un daim vivant ? Certains survivants du cataclysme avaient été retrouvés dans un zoo, quelque part au nord. Dans l'espoir de sauvegarder l'espèce, on avait mis au point un programme de natalité qui s'était révélé encore plus efficace que prévu. Depuis dix ans, à chaque printemps, plusieurs individus étaient ainsi lâchés dans la nature. Fascinée, Stavia revivait cet instant dont la perfection, pensait-elle, resterait pour longtemps une réserve secrète de bonheur. Elle avait vu un daim. Rien de commun avec les ânes, ou les moutons, et même l'élan admiré dans le livre de Beneda ne pouvait être comparé à la créature élégante, fugitivement aperçue.

Le chariot poursuivit sa route à travers les collines. Stavia remarqua, enclose dans l'horizon boisé, une immensité grise et pelée, comme ravinée par les pluies.

— Cette lèpre, là-bas, qu'est-ce que c'est ?

Morgot s'était de nouveau installée à l'arrière, sur la couverture. Elle se redressa pour regarder dans la direction indiquée par Stavia.

— Un périmètre de désolation, dit-elle. Ils sont peu nombreux, dans notre région, mais derrière les montagnes, au sud et à l'est, la désolation s'étend à l'infini. Tout le continent est perdu. Tiens, tu te rendras mieux compte avec ces jumelles.

Stavia mit au point et découvrit, à travers la fixité des lentilles, le gris jaunâtre du sol épuisé, cassé comme un puzzle, creusé de tranchées et de fissures en un motif complexe. Partout des bosses, des protubérances, d'extraordinaires déformations.

— Rien ne pousse, chuchota-t-elle, impressionnée. Même les roches semblent avoir fondu !

— Souviens-toi des paroles de Cassandre dans la pièce. « Mes yeux ont vu ce qu'aucun être humain ne devrait voir ; la terre, notre terre bafouée par le fer et par le feu, semblable au ventre corrompu dont naîtra la bête immonde. » Ces mots ne sont-ils pas appropriés ?

— Peut-on s'y aventurer sans risque ?

Morgot battit l'air de sa main, dans le geste de s'éventer.

— L'air est torride. Saturé de radiations. Si tu fais seulement dix pas dans cet enfer, tu es condamnée. Quelques jours plus tard, tes cheveux tombent, tu entres en agonie. Il y a plus dangereux que les périmètres de désolation, ce sont les zones contaminées où l'on ne remarque rien de suspect, comme celle qui se trouve au sud de Marthatown. En apparence, rien ne distingue ce secteur du paysage qui l'entoure. Les rochers sont intacts et la végétation y pousse comme partout. On appelle ça les mirages.

— Comment les repère-t-on, si on ne voit rien ?

— Nous disposons de plusieurs détecteurs, hérités

de l'ère précataclysmique. Quand nous envoyons un détachement de reconnaissance, nous lui confions l'un de ces précieux appareils. A défaut, il emporte une carte détaillée.

— « La terre, labourée par le fer et par le feu... », répéta Stavia, songeuse. A cette échelle, comment ont-ils fait ?

— Il n'y avait pas de limite à la puissance de leurs engins de mort, tu l'ignorais donc ?

— Non, bien sûr.

Cette nuit-là, ils campèrent dans un bosquet d'eucalyptus dont l'odeur lourde et stagnante les enveloppait. Les ânes avaient été mis à l'attache dans un pré voisin et le chariot dissimulé tant bien que mal au milieu des genévriers.

— Il ne faudra pas oublier d'éteindre le feu avant de lever le camp, dit Morgot. En raison des risques d'incendie, mais pas seulement. Les bandits et les bohémiens ont beaucoup fait parler d'eux depuis quelque temps. La dernière chose que je souhaite, c'est de les mettre sur notre piste.

— Ces bandits, ou pseudo-bandits, que cherchent-ils ? demanda Stavia.

— Rien de très original, le plus souvent. Ils bousculent les voyageuses, s'approprient le véhicule et les ânes, font main basse sur la nourriture et s'ils sont mal lunés, terminent l'opération par un massacre.

— D'où viennent-ils ?

Morgot hésita, comme si elle avait le choix entre plusieurs réponses possibles.

— Ce sont surtout des dissidents qui n'ont pas eu le courage de regagner la Fédération. D'un côté ils ne supportaient plus la vie de garnison, de l'autre ils refusaient de rentrer chez eux et de porter la natte des serviteurs. Le déshonneur, tu comprends. Ils en veulent au monde entier, mais les femmes, surtout, sont l'objet d'une rancune insatiable. Au cours de leurs pérégrinations, ils rencontrent d'autres déserteurs, s'acoquinent avec les bohémiennes qui veulent bien d'eux, et voilà une bande de constituée.

— Nous aurions été plus tranquilles avec une escorte de braves. Pourquoi ne pas l'avoir réclamée ? demanda la fillette. (Son regard allait de l'un à l'autre. Les flammes allumaient des reflets mouvants sur leurs visages impassibles.) Pourquoi ? insista-t-elle.

— Ne crains rien, Stavy. Tout se passera bien.

De plus en plus inquiète, elle se promit de rester aux aguets toute la nuit. Quand elle ouvrit les yeux, cependant, il faisait grand jour. Joshua préparait le thé.

— Debout, jeune fille. Les bêtes ont soif. Conduis-les à la rivière dès maintenant, pour leur laisser le temps d'évacuer ces litres d'eau glacée avant le départ.

Stavia s'exécuta. Elle trouva sa mère en train de faire ses ablutions dans la rivière. Agenouillée sur la rive, elle aspergeait son corps mince, élancé, si blanc que les aréoles des seins semblaient deux taches roses dans de la cire. Elle accueillit Stavia d'un sourire.

— Excellente initiative de les faire boire dès à présent. Ne nous attardons pas trop, malgré tout. Nous devons être au carrefour des Voyageurs avant la nuit tombée.

Le petit déjeuner fut vite avalé ; on renversa sur les cendres rougeoyantes le reliquat de thé, on remballa matériel et provisions, et en route. Comme Stavia jetait un dernier regard en arrière, elle vit le mince ruban de fumée signalant leur feu moribond. Plus bas, dans la vallée, un lent et lourd panache de poussière s'élevait en tournant. Des bohémiens, peut-être, ou des fouisseurs de métal... en son for intérieur, la fillette souhaita qu'il s'agît d'une simple troupe de comédiens ambulants. Morgot et Joshua avaient tous deux remarqué le tourbillon jaunâtre ; ils ne firent aucun commentaire.

Le chariot gravissait des pentes abruptes et dévalait d'interminables versants. Les arbres s'espaçaient désormais, les buissons moutonnaient à perte de vue. Vers le soir, ils atteignirent un bosquet odoriférant, semblable à celui qui avait camouflé leur campement de la veille. Celui-ci abritait une longue maison basse, faite de pierres et de rondins, coiffée d'un toit en pente. Plusieurs voitures étaient rangées dans l'espace aménagé à cet effet, derrière le bâtiment. Deux roulottes hautes en couleur, sans doute la propriété de saltimbanques ; trois carrioles déjetées, surchargées de ferrailles, de lampes, de pioches, de trémies qui devaient venir de la mine, ou de la fonderie, un chariot anonyme, enfin, identique au leur.

Au carrefour des Voyageurs, annonçait l'enseigne fixée au-dessus du portail. Celui-ci, énorme, semblait devoir résister à tout. La cour formait un long rectangle en partie occupé par une étable spacieuse. Ils mirent pied à terre et poussèrent la porte principale du bâtiment.

L'immense salle commune embaumait la cuisine aux aromates. Le plancher était de lattes blondes, les parois de pierres liées au mortier. Plusieurs tables étaient occupées. Deux femmes se levèrent et s'avancèrent à leur rencontre. Elles saluèrent Morgot sans effusion. Joshua fut ignoré ; Stavia se vit gratifier d'un regard inquisiteur.

— Je vous présente ma fille, dit Morgot. Et voici Joshua. Ils ont eu la gentillesse de m'accompagner par ces temps où il ne fait pas bon voyager seule.

Les autres acquiescèrent.

— Je suis Melanie Hangessfilia Triptor de Susantown, dit l'une d'elles. Voici ma sœur, Jessica Hangessfilia Triptor. Nous avons commandé à souper. Voulez-vous vous joindre à nous ?

Joshua s'excusa. Il devait aller dételer les bêtes, les bouchonner et leur donner du fourrage. Il prendrait son repas plus tard, dans la salle des domestiques. Stavia hésita à le suivre, choisit de rester avec sa mère et s'en repentit. Il ne fut question, entre les trois femmes réunies autour d'un excellent ragoût, que d'échanges commerciaux, de quotas de grains, de la production de poissons séchés, des conditions climatiques et du médiocre rapport des terres côtières. Non que ces sujets fussent nécessairement dénués d'intérêt, mais le ton employé bannissait toute velléité de fantaisie, d'humour, de familiarité. Stavia mangea de bon appétit. Une fois rassasiée, elle se recroquevilla au coin du feu. Sans jamais cesser d'entendre les propos échangés autour de la table, elle sombra dans la somnolence.

— Réduisez vos exigences d'un tiers, et nous serons en mesure de les satisfaire, disait Morgot.

Il y eut un silence, puis, l'une des sœurs :

— Entendu.

— Bravo ! Vous recevrez bientôt la visite de nos mandataires.

— Les nôtres partiront d'ici peu.

— Marché conclu, par conséquent ? Melanie, Jessica, je vous remercie.

Plus tard, Morgot lui secouait l'épaule.

— Lève-toi, Stavia. Allons nous coucher.

La voix épuisée de sa mère, ses traits tirés, sa démarche de somnambule pour gagner la chambre... Quand elles furent allongées côte à côte, sous l'édredon de plume, Stavia se blottit contre elle et posa sur sa taille un bras léger.

— Bonne nuit, Morgot. Dors bien.

— Bonne nuit, Stavia. Fais de beaux rêves.

Le retour s'effectua par un chemin différent. Il était presque midi lorsque Joshua, sans un mot d'avertissement, arrêta le chariot. Il demeura strictement immobile, comme perdu dans ses pensées, les rênes flasques dans une main, tenant de l'autre son front, délicatement, entre deux doigts.

— Alors ? demanda Morgot.

— Un événement imprévu... C'est encore très diffus. Une présence. Elle se rapproche.

— Dangereuse ? Faut-il faire demi-tour ?

– Ce n'est pas nécessaire.

Joshua fit claquer sa langue et tendit les rênes. La voiture s'ébranla. Au déclin du jour, il fit de nouveau s'arrêter les ânes. Il se tourna à demi sur son siège pour se faire entendre des passagères installées à l'arrière.

– Morgot ?

– Si tu es fatigué, Joshua, nous n'irons pas plus loin. Nous serons très bien ici pour camper.

– Il ne s'agit pas de cela, murmura-t-il. La menace se précise.

– Ce matin, pourtant, tu assurais que cette route était sûre.

– J'avais toutes les raisons de le penser, à ce moment-là. Dans l'intervalle, il s'est produit des changements. Certaines personnes ont pu modifier leur itinéraire et décider d'emprunter le même chemin que nous. Je ne peux rien dire de précis, mais tout observateur attentif, surveillant la crête des collines, aurait pu remarquer une agitation suspecte parmi les arbres. Et ce silence ! Même les oiseaux se sont tus.

– O Sainte Mère !

– Il vaut mieux en avoir le cœur net, qu'en penses-tu ?

– Combien sont-ils ?

Joshua ferma les yeux et s'absorba de nouveau. Ses sourcils froncés se rejoignaient presque.

– Une demi-douzaine, pas davantage.

– Quelle tactique adopter ? L'appât ou la fuite ?

– Pourquoi personne ne prend-il la peine de m'expliquer où nous en sommes ? se plaignit Stavia d'une voix angoissée. Nous allons être attaqués, n'est-ce pas ?

– Ce n'est pas impossible. De deux choses l'une, ou nous détalons de toute la vitesse de nos ânes avec l'espoir de semer nos poursuivants, à nos risques et périls, ou nous leur tendons un piège dont nous serons les appâts.

— Il n'est pas question de servir d'appât ! s'exclama la fillette, franchement épouvantée.

— Tout dépend de Stavia, ne l'oublions pas, insinua le serviteur à mi-voix.

— C'est juste, dit Morgot. Stavia, en ma qualité de membre du Conseil de Marthatown, je dois te demander de prêter serment.

La fillette dévisageait sa mère, interloquée. Elle fut prise d'un léger tremblement, comme toujours lorsque son désarroi rendait la substitution inévitable, et que s'avançait l'actrice tandis que l'autre Stavia rentrait dans l'ombre avant d'avoir eu le temps de se couvrir de ridicule. On n'exigeait pas tous les jours une promesse aussi solennelle ; en fait, les serments étaient l'exception, réservée aux circonstances les plus graves.

— Quel serment devrai-je prêter ? demanda l'actrice.

— Quoi qu'il arrive, motus et bouche cousue. Tu ne poses aucune question, tu ne fais aucun commentaire et surtout, tu ne révèles rien à personne.

— Inutile de me faire prêter serment pour si peu. Demande-moi de rester muette, Morgot. Je t'obéirai.

— Je le sais, ma petite fille. Cette fois, cela ne suffit pas. Fais ce qu'on te dit.

— Soit. (Stavia inspira profondément.) Au nom de l'Elue, moi, citoyenne de Marthatown, je fais le serment de garder le silence sur tout ce que j'aurai vu et entendu. Et maintenant, dites-moi la vérité. Qui va nous attaquer ? Quand ? Je ne comprends rien.

Morgot lui donna une petite tape sur la joue.

— C'est aussi bien, je t'assure. Préparons notre guet-apens, Joshua, et prions le ciel. S'ils sont plus nombreux que prévu, nous pourrions bien nous repentir de notre choix.

Les ânes furent conduits au plus profond d'un bouquet d'arbres. Les yeux ronds, Stavia vit Joshua déverrouiller un panneau ménagé dans le flanc du chariot, révélant une niche garnie d'objets de métal gris, dont une bonne longueur de chaîne lovée en tas. Le serviteur s'en servit pour river les bêtes à la voiture, et celle-ci à deux troncs d'arbres autour desquels la chaîne décrivit maintes spirales. Les fixations furent assujetties à l'aide de fil de fer.

— S'ils ont l'intention de libérer les ânes ou de se sauver avec le chariot, je leur souhaite bien du plaisir, grommela Joshua d'une voix mauvaise que Stavia ne lui avait jamais connue.

Puis Morgot pria sa fille de faire provision de petit bois et de branchages. Elle alluma cinq feux répartis autour du chariot ; après avoir arrosé chaque foyer d'une poudre sombre contenue dans un petit sac, elle répandit sur le sol une longue traînée qui s'arrêtait non loin des roues avant du véhicule. La poudre dégageait une odeur âpre et puissante, caractéristique des illuminations du carnaval.

— Il est temps de souper, annonça Joshua. (Il était en train de préparer le repas avec un sixième feu, sans fioriture, celui-là.) Installons-nous en terrain découvert, pour être bien visibles. A la nuit tombée, nous nous replierons vers le chariot avec nos couvertures. Nous sommes bien d'accord ?

— Stavia trouvera refuge dans un arbre où elle sera plus en sécurité, dit Morgot. On ne sait jamais.

Toute prête à répliquer, la fillette se contenta d'un soupir. A quoi bon se rebeller contre les décisions maternelles ? La situation lui échappait complètement ; pour une fois, il n'y avait rien de mieux à faire que de s'en remettre au jugement des grandes personnes.

Déjà, il faisait noir. Les étoiles clignotaient froid dans un ciel sans lune. Stavia se retrouva juchée sur la fourche d'un grand arbre, ficelée au tronc, avec une couverture glissée sous le postérieur pour atténuer la rugosité de l'écorce.

— Pas un mot, avait ordonné Morgot. Pas une plainte. Si tu es à bout de forces, prends ton mal en patience.

Aucun bruit, si ce n'était le chuchotement discontinu qui lui parvenait d'en bas. Elle tendit l'oreille, glana quelques banalités telles que peuvent en échanger deux personnes fatiguées avant de s'endormir. La nuit pesait profondément sur la clairière, comme une menace que l'on sentait avec ses poumons et avec son cœur. Stavia respirait mal. Elle n'osait bouger pour rétablir la circulation dans une jambe ankylosée. Attention... ce craquement dans les fourrés... sûrement pas un animal.

Stavia se sentit devenir glacée.

La stridence isolée d'un cri d'oiseau. Quel oiseau ? Un signal, naturellement. Que faisaient donc Joshua et Morgot ? Des gens marchaient en tapinois. Ombres furtives, ils semblaient venir de toutes les directions à la fois. Tout à coup, la clairière fut illuminée d'un grand flamboiement qui projetait des éclairs tous azimuts. Les cinq foyers allumés par Morgot crépitèrent à l'unisson, crachant des flammes. Stavia vit l'ennemi comme en plein jour. Il lui parut innombrable. Deux silhouettes se carapataient dans les fourrés, derrière les ânes, une troisième se faufilait sous le chariot et là, au beau milieu, pétrifiés dans la lumière, trois hommes affolés, comme des bêtes acculées sans espoir par les chasseurs. Au moment où l'un d'eux tournait vivement la tête, celle-ci se décolla ; elle tomba sur le sol où elle bondit et roula comme un ballon. Un disque de métal tournoyait au-dessus du corps décapité. Stavia se plaqua une main sur la bouche. La plainte s'étrangla dans sa gorge.

Il s'éleva un cri terrible. Celui-ci, penché avec un couteau à la main au-dessus de la forme allongée sous une couverture, était prêt à frapper quand son bras lui avait été arraché, tranché net. Dès lors, la clairière devint le site d'un monstrueux carnage. Le disque fouaillait l'aveuglante lumière ; volte, volte, il était partout à la fois. Le sang giclait, les hurlements fusaient, l'hystérie était à son comble. Stavia poussa un long gémissement.

L'homme qui se trouvait juste en dessous d'elle leva la tête. L'espace d'un instant, elle eut la vision de son visage effrayé, les yeux hagards. Il fit mine de vouloir escalader son perchoir. Le sifflement se fit entendre, comme celui d'une mèche de fouet cinglant l'air, le disque s'abattit. L'inconnu tressaillit ; il tomba à la renverse et s'écroula, tout son corps agité de soubresauts. Il ne bougea plus.

Le calme revint, troublé par le pétillement du feu et le frôlement doux du vent dans les branches. Agenouillé entre les roues du chariot, Joshua rangeait quelque chose sous le plancher. On aurait dit une sorte de fléau : un manche court, terminé par un lien de cuir au bout duquel était fixée une lame d'acier courbée en forme de croissant de lune. Morgot lui tendit une arme semblable, puis elle prit une paire de tenailles et cisailla le fil de fer qui retenait les chaînes.

— Hélas ! dit-elle. Tel est le destin réservé aux fils de guerriers.

Elle s'était exprimée d'une voix étrangement absente, avec un fond de tristesse et de lassitude profonde. Stavia avait déjà vu sa mère dans cet état d'abattement ; ainsi, lorsque poussant la porte de la cuisine au milieu de la nuit, elle la trouvait assise, tournant mélancoliquement sa cuillère dans une tasse de thé refroidi, ou quand Morgot, de retour d'une réunion du Conseil harassante, laissait tomber quelques mots impatients avant de s'enfermer dans sa chambre dont elle claquait la porte derrière elle.

— Stavia ? C'est terminé. Tu peux descendre.

— Tout de suite.

— Monte dans le chariot. Ne traîne pas en route et regarde où tu mets les pieds. On dirait un étal de boucherie.

— Combien étaient-ils ?

— Joshua, tu les as comptés ?

— J'en ai vu sept. Un seul a pris la fuite.

Il semblait écœuré, lui aussi, et fatigué au-delà de toute expression.

— Je vais chercher nos couvertures, dit Morgot.

Elle s'éloigna, enjambant les vestiges sanglants qui jonchaient la clairière et revint bientôt, tenant le paquet de lainages à bout de bras.

— Tout est à nettoyer, comme il fallait s'y attendre. Joshua, va donc jeter un coup d'œil sur l'épaule de celui-ci.

— J'avais remarqué, dit-il. Le tatouage de Melissaville. Dans le fossé se trouve un digne fils de Mollyburg.

— Un troisième porte l'emblème d'Annville et le quatrième celui de Tabithatown. Si je ne me trompe pas, les deux autres sont des bohémiens.

— Ne dirait-on pas un groupe constitué en vue d'accomplir une tâche précise ? marmonna Joshua. Un homme prélevé ici, un autre là...

— Qu'est-ce que cela prouve ?

— Gageons que le survivant arbore les armes de Marthatown. Pour l'instant, je ne tire aucune conclusion. Si quelqu'un nourrit vraiment de noirs desseins, pour ma part, je ne discerne rien de ferme et de prémédité. Plus tard, peut-être.

— En admettant que l'opération ait eu des instigateurs, ils enverront peut-être une équipe sur les lieux. Nettoyage et récupération.

Joshua haussa les épaules.

— A trois kilomètres d'ici, un torrent coule au fond d'un ravin.

Morgot acquiesça d'un signe de tête, la bouche amère.

— Stavia, ne reste pas plantée là. Prends tes affaires et va t'installer derrière ce gros rocher. N'en bouge plus.

— Pourquoi, s'il te plaît ?

— Et ton serment ? Obéis sans poser de questions.

Stavia se le tint pour dit. Inutile d'insister, ils étaient, l'un autant que l'autre, résolus à la laisser dans l'ignorance. Ce n'est pas de ton âge, aurait pu ajouter sa mère. Elle se glissa sous la bâche du chariot. Une latte du plancher était un peu disjointe. D'un coup de talon rageur, elle l'aplatit. Il y avait une cache, là-dessous. Des armes, à n'en pas douter. Pourtant Joshua n'était plus un guerrier. La possession et l'usage des armes étaient interdits aux serviteurs. Quant à Morgot... Trop tard pour la curiosité. Elle commençait à regretter son serment.

Levant les yeux, Stavia rencontra, fixés sur elle, ceux de Joshua. Il n'y avait pas à se méprendre sur ce regard d'avertissement. Emportant la couverture à l'endroit indiqué, elle s'allongea, bien sage, et contempla le ciel où des nuages noirs engloutissaient les étoiles. S'il lui était interdit de voir, cependant, personne ne pouvait l'empêcher d'entendre, et d'imaginer. Ces bruits de frottements ignobles semblaient ne jamais devoir finir. Longtemps, Morgot et Joshua traînèrent les corps, ou ce qu'il en restait, et les hissèrent à bord du chariot. Enfin le serviteur prit les rênes et s'éloigna avec son sinistre chargement. Il sifflotait entre ses dents.

Morgot avait allumé la lanterne. Elle allait et venait dans le campement, maniant la pelle. Tous les feux furent éteints, à l'exception d'un seul, leurs cendres enterrées. Elle effaça les empreintes de pas, jeta de la poussière sur les taches de sang, ratissa le terrain à l'aide d'une branche, sans oublier, en dernier lieu, d'éparpiller des cailloux, de menus morceaux de bois, quelques feuilles. Sa tâche achevée, elle demeura silencieuse, longuement. Stavia se figurait sa mère assise, la tête dans les mains. A quoi songe-t-elle pour exorciser le cauchemar ? Enfin, Morgot la rejoignit derrière le rocher. Sans mot dire, elle déplia sa propre couverture, se coucha et s'endormit presque aussitôt.

L'aube était encore indécise lorsque le chariot déboucha dans la clairière. La mère et la fille furent vite debout, et prêtes à partir. Morgot proposa de prendre les rênes que Joshua lui abandonna.

Après avoir plié les couvertures maculées de rouge, Stavia les poussa dans un coin du chariot.

– Arriverons-nous à la maison à l'heure du dîner ? demanda-t-elle sans regarder personne, et surtout pas Joshua.

Elle avait encore dans l'oreille l'exclamation méprisante de Myra.

« Quel glorieux renfort ! Un serviteur... »

Stavia avait douze ans. Cette année-là, les organisatrices du carnaval d'été avaient fait venir tout exprès de Tabithatown un magicien dont la renommée s'étendait à toute la Fédération. Ce spectacle exceptionnel n'empêchait pas citoyennes et guerriers de se bousculer pour assister aux deux représentations quotidiennes d'*Iphigénie*. Jusqu'à une heure avancée de la nuit, on dansait dans les rues, on menait grand train dans les tavernes.

Une semaine avant l'ouverture des festivités, Myra s'était rendue à l'hôpital. Elle en était revenue, la tempe marquée du sceau rouge du service de contrôle. Puis, soulevant sa manche :

– Des hormones, avait-elle expliqué, montrant l'implant visible sur son bras. D'après le médecin, la naissance de Marcus a tout chamboulé de ce côté-là. Voilà qui devrait rétablir l'équilibre.

Stavia avait opiné, sceptique. Hormonal ou non, l'équilibre était certainement rompu chez sa sœur. Depuis quelque temps, malgré sa mine épouvantable et son air languissant, Myra manifestait à longueur de journée une fébrilité inquiétante dont seule Morgot semblait ne pas s'être rendu compte.

Le lendemain, l'aînée s'en était prise à la garde-robe de sa cadette.

– Stavia, quand te décideras-tu à changer de vêtements ? Quel épouvantail tu fais ! Franchement, Morgot, elle est impossible. A douze ans, elle est toujours fagotée comme une gamine, des sous-vêtements à faire peur et des chemises sans goût ni grâce.

– Laissons-la décider elle-même de son apparence. L'essentiel, après tout, n'est-il pas qu'elle se trouve à l'aise en toute circonstance ?

Or Stavia n'éprouvait nul besoin de se mettre en frais de coquetterie. Lustrés par d'innombrables lessives, son caleçon et son pantalon avaient acquis une plaisante douceur dont le velours ne donnait pas idée. Ces chemises, lin pour l'été, cuir souple pour l'hiver, toutes belles comme un ciel fané, étaient encore assez larges pour permettre une absolue liberté de mouvement. Stavia voulait rester Stavia, encore un peu, tout au moins user son enfance jusqu'à la trame. Le retour de Chernon ne devait rien changer à ses chères habitudes. Elle était ainsi, à prendre ou à laisser.

Le garçon qu'elle devait revoir, cependant, n'était plus tout à fait le même. Fier de sa voix profonde, de ce duvet qui lui assombrissait le menton, Chernon aborda Stavia avec des mines sournoises que sa gaucherie d'adolescent rendait encore plus pénibles. Tantôt il la toisait, de l'air filou de qui se sent supérieur, tantôt il la dévorait d'un œil intense, avide, dans l'attente d'elle ne savait quoi. Déconcertée, Stavia se confia à son amie.

– Il est bizarre, en effet, reconnut Beneda. Mets-toi à sa place, aussi. Il aura bientôt quinze ans. Maman a fait le compte.

– Quinze ans ? répéta Stavia, toute secouée.

L'angoisse lui serra la gorge. Quinze ans, l'anniversaire fatidique. Quel avenir choisirait Chernon ? S'il optait pour l'armée, toutes les excuses qu'elle s'était inventées pour justifier la violation du règlement ne seraient plus de mise. Terminé, les petits arrangements avec sa conscience. Aucun faux-fuyant ne pourrait justifier l'octroi de livres à un brave.

Stavia s'attendait à tout et au pire, mais il lui restait un espoir. Chernon n'était encore qu'un petit aspirant, on pouvait peut-être le convaincre de rentrer au bercail. Magnifique ambition. Comment faire ? Elle disposait de si peu de temps pour lui donner envie de tourner le dos à tout ceci, sa vie depuis dix ans, la garnison, l'exercice, les jeux, les confidences de chambrée, toutes ces niaiseries soldatesques si bien décrites par Joshua.

Connaissant le garçon pour ce qu'il était, une vraie tête de mule, il insisterait pour avoir un nouveau livre. Il valait mieux tenir sa réponse toute prête.

En réalité, Chernon devait attendre plusieurs jours avant d'amener la question de ses lectures sur le tapis.

— J'ai trouvé une foule de renseignements intéressants dans ton dernier bouquin. Enfin un filon que j'aimerais exploiter. J'ai même pris des notes. Veux-tu les voir ? Essaie de me trouver quelque chose sur le même sujet.

Ce petit couplet débité sur un ton péremptoire aurait incité la jeune fille la mieux disposée à réfléchir avant de répondre. Stavia n'en prit pas le temps, craignant que chaque seconde d'hésitation ne fût une victoire pour Chernon.

— Les livres, c'est fini, dit-elle. Ne compte plus sur moi pour t'en apporter.

La réaction du garçon fut immédiate. En un instant se peignit sur son visage une expression où se mêlaient la stupeur, la colère, l'incompréhension.

— Plus de livres... balbutia-t-il.

— D'ici peu, tu auras quinze ans, tu seras en âge de choisir. Si tu restes dans l'armée, tu fais une croix sur les livres, les livres savants, tout au moins. Si tu reviens parmi nous, par contre, la cité mettra à ta disposition toutes les richesses contenues dans ses bibliothèques. Cette décision t'appartient. Je ne veux pas t'influencer en te prêtant un livre auquel tu n'as plus droit.

Elle avait tout dit, sans rien omettre, sans trébucher, comme on s'acquitte d'un devoir. Elle eut peur, tout à coup.

Chernon avait pâli. Il ferma les poings.

– Ce n'est pas juste, murmura-t-il.

Elle le dévisagea, scandalisée. Quelle suffisance ! Pour ses beaux yeux, il est vrai, elle avait accepté d'enfreindre les lois de la cité. Mais comment pouvait-il présumer de lui-même au point de s'imaginer qu'elle était disposée à poursuivre ce manège clandestin, aggravant son cas s'il décidait d'endosser l'uniforme d'un brave ? Ses yeux se dessillèrent, elle mesura toute la distance qui la séparait de Chernon. Au fond, placé devant une alternative douloureuse, quitter l'armée ou abandonner les loisirs utiles et agréables que lui procurait la lecture, il s'en remettait à elle du soin de l'aider à conserver tous les avantages. S'il y avait une injustice dans toute cette affaire, elle était là.

– Chernon ?

– Fiche-moi la paix, dit-il, buté, farouche, méconnaissable.

– Chernon !

Une secousse, et la panique l'envahit.

– Disparais. Rentre chez toi. Je ne veux plus te voir.

Oubliées, les recommandations de son centurion, la réprimande éventuelle. La petite Stavia offrait une résistance inattendue. Tout son être se rebellait contre cette humiliation.

– Va-t'en, répéta-t-il. Va-t'en !

Elle ne trouva rien à dire et s'en fut. Ses pensées voltigeaient en bousculade éperdue tandis qu'elle prenait à pas lents le chemin du retour. Isolé par des tronçons de rues hérissés de barricades aux deux extrémités, le quartier résidentiel semblait abandonné. On n'y voyait guère que des enfants et des grands-mères, guettant les échos de la fête qui leur parvenaient, joyeux, comme la rumeur d'une cour de récréation lointaine. Chernon se souciait donc si peu d'elle qu'il ne songeait pas un instant au danger auquel elle s'exposerait en continuant à lui fournir des livres ?

Une détresse accablante l'envahit, une sensation affreuse de solitude et d'impuissance.

Elle buvait son thé à petites gorgées. Myra fit irruption dans la cuisine.

— Où est Morgot ?

— Là-haut, je crois.

— Stavia, sais-tu ce que Barten vient de m'apprendre ? On parle de menaces de guerre !

Stavia posa sa tasse si brutalement qu'un peu de thé se répandit sur la table. La guerre ! Le mot s'inscrivait sous ses yeux, sans rives et sans limites, néant frappé d'une clarté lointaine, fragments de gloire illusoire que la mort venait dorer de loin.

— La guerre ? Quelle guerre et contre qui ?

— Susantown. Leur garnison prépare une attaque.

— Absurde. Nous venons de signer avec eux un accord commercial.

— Tout le mal vient de là, justement. Leurs officiers considèrent qu'il s'agit d'un piège, une basse manœuvre de notre part pour saper la prospérité de Susantown. Les nôtres ont été prévenus par leurs informateurs. Le vice-commandant dont dépend Barten fut alerté parmi les premiers.

— Qui est-ce ? Michael, le père de Jerby ?

— Stavia, as-tu entendu ce que j'ai dit ? La guerre est sur le point d'éclater. Ils vont se battre !

La voix de Morgot se fit entendre depuis le seuil, paisible, rassurante. Les deux filles se tournèrent.

— Myra a raison. Un conflit oppose les deux garnisons, je l'ai entendu dire. Il pourrait bien se régler sur un champ de bataille.

— Au lendemain d'un accord commercial ? s'entêta la cadette. Les promesses d'échanges, cela ne représentait donc rien ?

Morgot leva les bras dans un geste de renoncement.

– Parfois, tout va de mal en pis. En dépit de nos efforts, la paix voulue par les uns n'empêche pas les autres de préparer la guerre. Nous négocions des accords, nous concluons des pactes, des traités, nous mettons tout en œuvre pour préserver l'harmonie entre les cités... rien n'y fait. Nos officiers, sans doute, ont des espions qui les tiennent informés ?

– C'est le cas de Stephon, en tout cas, le supérieur de Barten.

– Les garnisons ont toujours maintenu leurs propres réseaux de renseignements. Heureusement, si la guerre devenait inévitable, nous n'aurions rien à craindre, avec tous ces fiers guerriers prêts à en découdre pour assurer notre sécurité. Louée soit notre chère garnison. Tu n'es pas de cet avis, Stavia ?

– Certainement, marmonna la fillette, sans trop savoir à quoi elle acquiesçait.

Absorbée dans ses pensées, elle avait écouté d'une oreille distraite. Chernon était trop jeune. Vingt-cinq ans, c'était l'âge minimum pour être envoyé au front. Louée soit une garnison qui n'envoyait pas ses enfants à l'abattoir. Dix ans de répit... A moins qu'il ne choisisse l'assurance d'une vie longue et studieuse. Quinze ans, c'était l'âge idéal pour commencer une belle carrière de rat de bibliothèque.

– Sait-on à quelle date Susantown envisage de déclencher l'offensive ? demanda Morgot.

– Rien de précis n'a encore filtré à ce sujet, dit Myra. De l'avis général, la situation risque d'évoluer très vite. C'est l'affaire de quelques semaines. Dès que les officiers sauront à quoi s'en tenir, nos troupes se mettront en mouvement vers Susantown pour ne pas laisser à l'adversaire le temps de s'approcher suffisamment pour mettre en danger notre cité.

– C'est bien. Michael et Stephon sont d'excellents tacticiens. Barten doit être impatient de gagner ses premiers lauriers.

Myra s'était figée. Le sang avait reflué de son visage. L'espace d'un instant, elle parut incapable de s'exprimer.

— Pourquoi Barten monterait-il en ligne ? dit-elle enfin, dans un souffle. Il n'a pas l'âge requis.

— Oh, que si ! affirma tranquillement Morgot. Pas plus tard que la semaine dernière, alors que nous mettions de l'ordre dans les archives de la garnison, j'ai eu sa fiche d'état civil entre les mains. Cette année-là, il était né plus d'enfants de sexe mâle que la garnison n'aurait pu en absorber cinq ans plus tard. Plus de cent, en fait. Aussi certains d'entre eux furent-ils enregistrés avec une année de retard. Certains braves, inscrits à l'état civil un an jour pour jour après leur véritable date de naissance, sont dignes de prouver leur vaillance sur un champ de bataille.

— C'est impossible. Il est trop jeune ! s'écria Myra d'une voix effarée.

— Tu n'as pas prêté attention à ce que j'ai dit. Barten a vingt-cinq ans, même s'il fait partie de la promotion vingt-quatre. Les combats seront rudes et la garnison aura besoin de tous ses bras disponibles. Ressaisis-toi, voyons. Tu ne voudrais pas lui gâcher son plaisir en manifestant un affolement intempestif ? Demande-lui plutôt quel blason il aimerait porter sur sa cuirasse.

— Un blason ? Pour quoi faire ?

— Tu sais bien, chaque guerrier a le sien. Ce sont des figures symboliques imaginées par les amoureux et que les belles brodent à la veillée. C'était ainsi que cela se passait de mon temps, tout au moins. Michael, je m'en souviens, m'avait demandé trois abeilles sur champ d'or. Les abeilles incarnent la vitesse et l'endurance, disait-il.

Secouant la tête, elle quitta la pièce, un vague sourire aux lèvres.

Myra était toujours aussi pâle. Elle avait l'air de s'éveiller d'un long sommeil. Stavia lui jetait des coups d'œil anxieux, vite dérobés, plus émue par la détresse de sa sœur qu'elle n'aurait jamais pensé pouvoir l'être.

— Va trouver Barten, dit-elle avec douceur, autant pour montrer sa sollicitude que pour rompre le silence étouffant. Décidez d'un motif qui vous convienne à tous les deux et mets-toi au travail. Le blason, brodé par une femme aimante, devrait lui porter chance.

— Il n'a pas la moindre idée de ce qui l'attend, dit Myra, songeuse. Il ne sait pas qu'il va devoir partir avec les autres. Il ne s'en doute même pas. Il est impatient de se battre, bien sûr. Ils le sont tous, ou ils prétendent l'être. Mais si vite...

— Bien sûr.

— Tu as raison. Je cours le rejoindre. Nous devions passer la soirée ensemble, mais je n'aurai jamais la patience d'attendre jusque-là. Plus maintenant.

Elle s'en fut en coup de vent. Les larmes aux yeux, Stavia sortit à son tour et gravit l'escalier pour gagner la chambre de Morgot. Il y avait plusieurs choses dont elle voulait entretenir sa mère.

— Alors c'est vrai, tu as brodé le blason de Michael, trois abeilles sur champ d'or ?

La question n'était qu'un pis-aller, mais le moyen de faire autrement ? Le sujet qui lui tenait à cœur n'était pas de ceux que l'on pouvait aborder de front.

— C'est vrai, oui. J'avais dix-sept ans et je n'avais jamais vu un homme aussi beau. Il venait juste d'avoir vingt-cinq ans. J'étais sa petite perle, c'était ainsi qu'il m'appelait. Entre nous, cela devait durer toute la vie.

— Michael, amoureux ? C'est à peine croyable.

Morgot fit entendre un rire léger.

— Il avait quelques années de moins. Le romantisme ne l'effrayait pas encore.

— Est-ce lui, le père de Myra ?

— Certainement pas ! Il s'est écoulé plus d'un an

avant que je ne me trouve enceinte, et Michael n'y était pour rien.

— Qui est-ce, maman ?

— Stavia !

— Excuse-moi. Je voulais seulement...

— Je sais. Ta curiosité est déplacée, sache-le une bonne fois. Devons-nous oui ou non être informées de l'identité de nos pères ? Ce problème fut tranché il y a fort longtemps par les plus hautes autorités. Elles décidèrent que moins nous en saurions et mieux cela vaudrait, pour la tranquillité d'esprit de chacune et d'une manière générale, pour la Fédération. Quel besoin Myra a-t-elle de connaître le nom de son père, sauf si elle s'éprend d'un garçon auquel l'associent des liens de parenté trop étroits ? Si cela était, s'il y avait risque d'union consanguine, je l'aurais avertie moi-même, ou j'aurais laissé ce soin à la responsable des contrôles médicaux. Rien n'est laissé au hasard, Stavia. Nous tenons nos registres à jour.

Morgot avait pris une attitude sévère, affectée, comme si loin d'être improvisée, la remontrance adressée à la fille cadette n'était autre qu'un sermon préparé de longue date, un de plus. Stavia poussa un soupir.

— Myra s'est empressée d'aller retrouver Barten, murmura-t-elle, jalouse malgré elle, songeant, je ne peux pourtant pas en faire autant avec Chernon, après qu'il m'a proprement mise à la porte.

— C'est tout naturel, dit Morgot. Elle est folle de ce garçon, elle a peur. Ce sentiment d'urgence, de temps compté, il n'est rien de plus terrible. Elle veut le voir, le toucher, elle veut faire provision de souvenirs. A sa place, j'aurais eu la même réaction.

Stavia la regarda, alertée par le timbre particulier de sa voix. Morgot détourna la tête. La fillette eut le sentiment que toutes ses questions se heurteraient à un mur. Elle n'insista pas.

Myra passa les dernières nuits du carnaval à tirer l'aiguille à la chandelle. Le blason représentait deux grands arbres sur fond de montagne, symbole de la nature qui s'épanouissait dans les solitudes. Loin, très loin de la Fédération, aurait-elle pu ajouter. Avec tact, elle se garda de tout commentaire désobligeant.

Quatre jours après le retour des troupes dans leur caserne, Stavia effectua une visite à l'entrepôt désaffecté. Longtemps, elle attendit devant le mur, avec l'espoir que rendu à de meilleurs sentiments, Chernon serait venu faire amende honorable. Ce souhait fut déçu.

Le garçon passait le plus clair de ses soirées chez Jik, à se prélasser devant le feu de camp en compagnie de Michael et de Stephon, toujours prompt à se lever d'un bond s'il fallait aller chercher un autre pichet de bière, ou tirer du feu quelque brandon pour permettre à ses aînés d'allumer une nouvelle pipe de chanvre. Il écoutait avec attention lorsque les deux stratèges discutaient de la bataille à venir et sollicitait leurs conseils éclairés sur l'art et la manière de tenir la dragée haute aux jeunes filles.

La nuit était bien avancée. Le feu couvait sous la cendre et les visages se teintaient de rose. Une torpeur nauséeuse pesait sur les hommes saturés de bière. Les têtes se tournèrent avec effort lorsqu'un homme héla Michael depuis la route. Chernon vit s'avancer un grand escogriffe dépenaillé, le visage émacié, couturé de cicatrices. Un inconnu, bien qu'il parût au mieux avec les deux officiers.

— Ce cher vieux Besset ! grommela Stephon, sans trop d'enthousiasme. On te croyait perdu corps et biens, depuis le temps.

— Il s'en est fallu de peu, en effet, répondit l'autre. (Il jeta sur Chernon un regard méfiant.) Celui-là, qui est-ce ?

— Un petit gars dégourdi, serviable au possible, le rassura Michael. (Il lui tendit le pichet presque vide.) Il fera un bon informateur, s'il vit assez vieux pour ça. Aussi, ne te gêne pas pour parler devant lui. On a failli ne plus te revoir, disais-tu ?

Le dénommé Besset prit une longue rasade de bière et s'essuya les lèvres du dos de la main.

— Après ma mort fictive, comme convenu je suis allé rejoindre cette troupe de bohémiens.

— La belle affaire ! C'est loin, tout ça. En ce qui nous concerne, tu es mort depuis deux ans.

— J'ai parcouru le pays sans jamais me trouver à proximité de Marthatown. Après une randonnée dans le Nord, aussi loin que Tabithatown, nous sommes redescendus par la côte ; puis nous avons coupé en direction d'Annville. Ici et là, un vagabond venait grossir nos rangs, déserteur le plus souvent, ou dissident honteux, une sale engeance. Certains, cela se devinait peu à peu, étaient dans la même situation que moi, en service commandé, dirais-je, et nous tâchions mutuellement de nous tirer les vers du nez. Amusant.

— Qu'aviez-vous de si intéressant à vous raconter ? Pas grand-chose, j'en suis sûr, maugréa Stephon.

— Tu l'as dit, centurion. Pas de quoi fouetter un chat. Des présomptions, des soupçons, mais rien de tangible. Les femmes ont un secret, tout le monde est d'accord sur ce point. Les uns penchent pour un truc religieux, comme la version féminine de notre fraternité du Bélier.

— On ne parle pas de la fraternité devant les petits jeunes, Besset. (Michael semblait furieux.) Chernon pourrait nous être utile, c'est entendu, mais il n'est encore qu'un aspirant.

— Simple comparaison. Mettons que je n'ai rien dit.

— Mettons que je n'ai rien entendu.

— C'est une opinion minoritaire, de toute façon. En tout lieu, il n'est question que d'une mutinerie de grande envergure contre la Fédération. Du bavardage, selon moi, car nulle part je n'ai vu un commencement de préparatifs. Annville et ses environs font figure d'exception ; là, on évite comme la peste toute allusion à la situation. Une défaite aussi cuisante, cela ne s'oublie pas.

— Donc, tu as roulé ta bosse ?

— Ensuite, nous avons voyagé vers l'est. Partout, c'était la même rumeur, accompagnée de vagues désirs de rébellion recouvrant une apathie bien réelle.

— Il te reste la peau sur les os. L'errance est donc bien rude ?

— Qu'est-ce que vous croyez ? Que les faubourgs nomades, à l'entrée des villes, nous accueillent à bras ouverts ? En chemin, c'est encore pire. Personne ne nous fait la charité. On prend ce qu'on trouve. Une vie de chien ! Bref, il y aura de cela bientôt deux lunes, nous étions quelque part à l'est de Marthatown. On aperçoit ce chariot qui fait route vers la cité. Une famille de forains, telle fut notre première idée. Un couple, une gamine.

— Les proies idéales, en somme ?

— Oui ? Attendez de connaître la suite. Nous étions sept. Challer était de Melissaville ; il se considérait comme le chef et n'ayant rien de mieux à faire, nous suivions ses instructions. Il proposa de faire comme d'habitude, prendre un peu de bon temps avec la mère et la fille, puis déguerpir avec le chariot et les ânes que nous vendrions à la foire aux bestiaux de Mollyburg. Sans nous faire repérer, du moins le pensions-nous, jusqu'au crépuscule, nous avons filé notre gibier. Ils ont fait halte dans une clairière où ils se sont installés pour la nuit.

— Sais-tu de qui il s'agissait ?

— Jamais vu leurs visages. Il faisait trop sombre. Quand ils se furent glissés sous les couvertures, nous passâmes à l'attaque, ou plutôt les copains parce que moi, je suis resté tapi dans les fourrés de peur d'être reconnu si ces gens étaient vraiment de Marthatown.

D'un trait, Besset lampa le reliquat de bière. La mousse lui fit une moustache blanche.

— Quelle importance, de toute façon ? s'étonna Michael avec nonchalance. Vous n'aviez pas l'intention de leur laisser la vie sauve ?

Chernon eut un haut-le-corps et se félicita de n'être qu'un petit comparse auquel personne ne prêtait attention dans la pénombre rougeoyante. Sa réaction passerait donc inaperçue. Il était question d'assassinats commis de sang-froid et Michael avait l'air de trouver cela tout naturel.

— Pour dire les choses comme elles sont, je ne devais pas avoir les idées bien claires, reprit Besset. Les copains déboulent dans la clairière, ainsi que je le disais ; à cet instant précis, tout s'embrase. Crépitements, explosions, le plus beau feu d'artifice que j'aie jamais vu. Tout blanc, un éblouissement ! Ce n'est pas tout. Lancé à une allure folle, un tourbillon de lumière fendait l'espace, cisaillant tout sur son passage. Challer a poussé un hurlement à donner le frisson. Sa tête a bondi sur le sol, elle a roulé vers moi, dans les buissons. J'en avais assez vu. J'ai filé sans demander mon reste.

— Tu as vu quoi, au juste ? s'enquit Stephon avec impatience. Un tourbillon de lumière ? Tout ce que tu peux dire, c'est qu'un fichu forain se servait d'un tourbillon de lumière pour décapiter les malandrins ?

— Je jure que je dis la vérité. La chose avait la forme d'une roue étincelante, ou d'un disque. Du métal, sans doute. Cela tournait et virait à la vitesse de l'éclair. Les copains braillaient comme des cochons à l'abattoir, le machin vrombissait. Je me suis cru en enfer.

— Sacrebleu !

Michael fit une grimace de dégoût.

— Patience, ce n'est pas terminé. Je détale comme si j'avais le diable à mes trousses. A cinq cents mètres se trouve un petit ravin au fond duquel je me dissimulai pour attendre le matin. Aux premières lueurs, alerté par le grondement d'un chariot passant sur la route, je risque un œil. La petite famille au complet s'achemine bien tranquillement, et j'ai beau scruter dans toutes les directions, personne n'est lancé à leurs trousses. A cette distance, impossible de discerner les visages. mais cette fois j'en suis sûr, ces gens ne sont pas des forains. L'homme porte l'habit des serviteurs, la femme et l'enfant sont vêtues comme des citoyennes de la Fédération. En ce qui concerne le chariot, autant que j'aie pu en juger, il était vide. Sans hésiter, je retourne à la clairière. Si je m'attendais à trouver un massacre, je fus déçu. Il n'y avait rien là-bas, que les résidus innocents d'un feu de camp. Point de tête coupée, point de cadavres mutilés. A croire que j'avais été la victime d'une hallucination. Qu'en dites-vous ?

Un long silence accueillit cette question. Déboussolé par ce qu'il venait d'entendre, Chernon conservait assez de présence d'esprit pour deviner que le récit de cette incroyable aventure n'était pas destiné aux oreilles d'un petit aspirant. Personne ne le regardait, pourtant, et les deux officiers semblaient même avoir oublié sa présence. Ni l'un ni l'autre ne manifestait d'émotion, comme s'ils hésitaient à ajouter foi aux divagations d'un ivrogne épuisé par deux années d'errance. Besset, ne l'avait-il pas implicitement reconnu lui-même, avait un coup dans le nez cette nuit-là. Peut-être même avait-il fait une consommation immodérée des champignons que les bohémiens absorbaient pour emprunter les sentiers de chimères. Fariboles et fabulations, sans doute, que cette histoire de disque flamboyant, de tête sauteuse et de cadavres escamotés. Si toutefois Besset avait dit la vérité, en tout ou en partie, alors il fallait se rendre à l'évidence : la Fédération disposait d'une arme ou d'une source d'énergie clandestine.

In petto, Chernon misa sur l'hypothèse la plus prometteuse, celle d'une énergie qu'il pourrait un jour apprendre à maîtriser pour la mettre au service de ses projets les plus délirants. Le lendemain, alors que tapi sous une fenêtre de la résidence, il espionnait les conversations des officiers, il éprouva une petite déception.

— C'était donc cela, leur secret ! disait Michael. Une arme précataclysmique, c'est le plus vraisemblable. La duplicité des femmes est sans limites. D'un côté, elles feignent de mépriser tout le legs du passé ou peu s'en faut et nous encouragent vivement à compter sur nos propres forces ; de l'autre, à la première occasion elles n'hésitent pas à faire usage de toutes les ressources qui leur tombent sous la main. Nous devons en apprendre davantage, et vite. Sitôt que nous en aurons terminé avec cette sale guerre, nous conviendrons d'un plan pour introduire certains des nôtres dans la cité. Pourquoi pas de jeunes recrues, déguisées en baladins ?

Chernon en avait entendu suffisamment. Si le plan était mis à exécution, il entendait bien être choisi, dût-il pour cela apprendre à marcher sur les mains ou bondir à travers un cercle de feu.

Avec les feuilles mortes, le vent d'automne balaya les derniers espoirs de réconciliation entre les deux cités. De source sûre, on eut la confirmation des intentions belliqueuses de Susantown. La guerre fut déclarée.

Quand le grand jour arriva, il n'y eut pas une âme dans toute la ville qui ne montât sur les remparts pour assister au départ des troupes.

Barten ne portait rien sur sa cuirasse. Apercevant Myra, cependant, il lui montra son paquetage, pour indiquer que le blason s'y trouvait. Stavia le voyait pour la première fois ; elle le trouva beau comme un prince de jadis, et d'une pâleur effrayante sous son casque.

— Il comptait bien avoir une année de sursis, dit sa sœur, le visage bouleversé par l'angoisse. Et le voilà qui marche au combat.

Blam, ta-ra ta-ra ! Sous le fracas sourd des tambours et des buccins, la garnison s'ébranla au pas cadencé, en colonne par trois. Di-da rum, di-da rum, di-da rum. Bien des mères et des jeunes filles pleuraient, et longtemps après que la fanfare eut disparu dans le lointain, là où s'estompait le nuage de poussière avec la tache vive de l'étendard, elles regardaient encore. Ce fut le tour des chariots de l'intendance, transportant vivres et couvertures, glaives et bottes de rechange, conduits par les borgnes et les manchots, éclopés en tout genre, survivants de conflits passés, rescapés de leurs propres rêves, fantômes vivants que la guerre avait enfantés et qui hantaient la paix.

Le chœur des femmes entonna *Autant en emporte le vent*. Sans même s'en rendre compte, Stavia se joignit à elles.

Susantown, pourtant, ce n'était pas le bout du monde, moins de cent kilomètres à l'est, distance dont la troupe ne franchirait que la moitié. Dans le même temps, en effet, l'armée ennemie ferait route vers l'ouest et l'affrontement se déroulerait à mi-chemin. Un traité pouvait encore être signé, une hécatombe évitée.

Morgot fut abordée par une de ses collègues du Conseil.

— Des bandits ? répliqua-t-elle à la question qui lui avait été posée à mi-voix. Naturellement, j'ai présenté un rapport au commandant de la garnison.

L'autre grommela tout bas. C'était une grand-mère rébarbative que Stavia avait rencontrée à différentes reprises sans jamais lui adresser la parole.

— Cela ne fait aucune doute, murmura Morgot, mais de quelles preuves disposons-nous ?

Elle se tourna à demi ; la fillette intercepta entre les deux femmes un de ces regards de connivence qui lui faisaient, chaque fois, l'effet d'une échappée sur le fonctionnement interne du Conseil. Coup d'œil aigu et significatif, plus éloquent que tous les mots lorsqu'il s'agissait d'évoquer devant un tiers le pouvoir occulte des élues de la Fédération. Sa mère avait eu la même expression énigmatique lorsqu'elle lui avait ordonné de prêter serment avant l'épisode sanglant de la nuit dans la clairière. Nuit au cours de laquelle il ne s'était rien passé, absolument rien. Motus et bouche cousue, lui avait fait jurer Morgot. En réalité, comment fallait-il interpréter les terribles événements dont elle avait été le témoin? Quel but poursuivaient ces hommes affreux, rebuts de différentes garnisons? En vain avait-elle tourné la question dans sa tête à s'en donner le vertige, incapable de rationaliser les ténèbres et l'horreur qui submergeaient sa mémoire lorsqu'elle se revoyait perchée dans son arbre. Sagement, la petite voix de l'actrice lui avait soufflé de tout oublier puisqu'elle n'avait pas le pouvoir d'élucider ce mystère, ni même celui d'en parler.

Amputée de la moitié de ses effectifs, la garnison s'ennuyait. Des anciens, seuls les ouvriers de la fonderie, le personnel des cuisines et les instructeurs étaient restés à leur poste. La discipline se relâchait. Les cadets se trouvèrent plus ou moins libres de vagabonder à leur guise dans les limites du secteur militaire. Un jour qu'elles se promenaient le long du chemin de ronde, Beneda et Stavia eurent la surprise de voir Chernon, assis sur le toit de l'armurerie. Stavia ressentit un vif plaisir mêlé d'appréhension.

Chernon, pour sa part, feignit un soulagement ravi, comme s'il les attendait depuis trop longtemps.

— Enfin, vous voilà! Content de vous voir toutes les deux. Benny, peux-tu nous laisser seuls un instant? J'ai quelque chose à dire à ton amie, quelque chose d'important.

— Pour les rendez-vous d'amour, tu vas un peu vite en besogne. Elle est trop jeune.

— Il ne s'agit pas de ça. Sois chic et fais-toi oublier, d'accord?

Beneda haussa les épaules et, secrètement enchantée, s'éloigna avec beaucoup de dignité. Chernon et Stavia échangèrent un long regard.

– Stavy ?

Ces yeux limpides levés vers elle, dans un visage si fin, accessible à toutes les tendresses...

– Tu m'as manqué, murmura-t-elle. Je craignais presque de ne plus jamais te revoir. Tu semblais si fâché contre moi.

– N'exagère pas. Je savais où tu voulais en venir et je n'étais pas disposé à te répondre. Entre-temps, j'ai réfléchi. Je te dois une explication.

– Une explication ? balbutia-t-elle, le cœur serré.

– Dans quelques mois, ceux de ma promotion devront se prononcer sur leur avenir. Mon choix est fait. Je reste dans l'armée et je veux que tu saches pourquoi.

Stavia entendit la sentence sans ressentir trop d'émoi. A son corps défendant, elle s'était préparée depuis longtemps. C'était comme si, une fois prononcés, les mots tant redoutés avaient perdu le pouvoir de la faire souffrir. Ainsi, le sort en était jeté, elle n'avait plus rien à faire ici, penchée vers ce garçon qui l'avait si tranquillement évacuée de son existence. Elle serait mieux inspirée de rentrer chez elle et d'attendre. La douleur finirait bien par se manifester. Sa première épreuve. D'autres viendraient au fil des ans. Morgot l'avait prévenue : souffrir, tel est notre lot, notre destin, la source profonde de notre réalité de femme. On n'échappe pas à son destin.

– Stavy !

Elle tressaillit. Son visage était pâle, inexpressif. Ses paupières battaient lentement. Chernon se sentit gagné par une vague inquiétude. Au diable Michael et ses conseils à l'emporte-pièce ! Le centurion n'était pas infaillible. La preuve, il n'avait jamais pu réduire Morgot à sa merci. Telle mère, telle fille. Chernon estima qu'il pouvait sans déchoir atténuer d'un peu de douceur l'effet produit par ses paroles impitoyables.

186

— Ne le prends pas trop à cœur, murmura-t-il. Dis-toi qu'en d'autres circonstances mon choix aurait pu être différent. Nous sommes en guerre. Nos aînés sont partis. Un grand nombre d'entre eux trouveront la mort sur le champ de bataille, d'autres nous reviendront baignant dans leur sang. Ils ont besoin de nous, Stavia ! Ils ont besoin de moi. Je ne peux pas laisser tomber mes camarades. Pas en temps de guerre.

Il s'exaltait tout en parlant, trouvant sur la fin des accents de ferveur véritable, comme s'il s'était agi d'un engagement profond pris avec sa conscience.

— Plus tard, peut-être ?... commença-t-elle.

— Même alors, je n'oserais pas, s'il n'y avait pas la question des livres. Plus tard, oui, je reviendrai. Comment assouvir, hors de la Fédération, l'instinct d'apprendre qui est en moi ? Pour l'instant, la solidarité avec les camarades combattants passe avant tout. Les livres devront attendre.

— Je comprends, dit-elle sur un ton qui semblait vouloir dire exactement le contraire.

— C'est faux. Dans quelques années, tu comprendras. Alors, je grandirai dans ton estime.

— Nous n'avons jamais ménagé notre estime aux glorieux défenseurs de la cité, répliqua-t-elle d'une voix sinistre. As-tu aussi l'intention de briser une seconde fois le cœur de ta mère en l'accusant d'avoir fait injure à ta virilité ?

Chernon rougit. Non sans une délectation morose, il avait souvent imaginé le moment où il lui serait enfin donné de pouvoir insulter sa mère en son nom propre. Il secoua la tête.

— Rien ne m'y oblige, et je n'y tiens pas.

— C'est déjà quelque chose.

Le garçon sourit avec humilité. Son regard se fit suppliant, sa voix pressante.

— Des livres, Stavia ! Tu dois promettre de m'en apporter. Autant que tu le pourras. Ne m'abandonne pas, surtout en ce moment, quand je suis à la veille d'un choix si difficile. Ils me procurent mes seuls instants de liberté. Ils sont devenus ma raison de vivre ! Sans eux, je suis perdu.

Pour un peu, il aurait eu les larmes aux yeux. Chernon voulait d'autres livres, profondément, ardemment. Il n'avait jamais été aussi sincère.

— Je ne sais pas, dit-elle, plus morte que vive. Je ne crois pas. Pourquoi la guerre devrait-elle influencer ta décision ? Après celle-ci, il y en aura une autre. Les guerres ne cesseront jamais.

Rien ne pèse autant qu'un secret. D'une certaine façon, Joshua s'était confié à elle. A lui seul, elle pouvait demander conseil.

11

– Le fantôme de Polyxène apparaît au sommet des remparts, annonça le metteur en scène d'une voix forte. Elle descend lentement les degrés.

Stavia, vêtue de la longue tunique d'Iphigénie, tenant contre elle le petit Astyanax, sous l'apparence d'une poupée maquillée, pivota et considéra l'escabeau qui figurait l'éboulis de pierres. Une jeune femme était assise sur la marche supérieure. L'espace de quelques secondes, Stavia se troubla, les mots lui manquèrent. Au moment où lui parvenait le chuchotement de la souffleuse, sa réplique lui revint en mémoire.

IPHIGÉNIE : Te voilà enfin, Polyxène. Tiens, prends cet enfant.

POLYXÈNE : Je n'y tiens pas. Les enfants ne m'ont jamais inspiré beaucoup de sympathie. Les petites filles, à la rigueur, je pourrais m'y habituer. On peut fonder sur elles quelques espérances de vie et de bonheur. Mais les garçons, si impatients de narguer la mort comme s'il s'agissait d'un jeu, tout prêts à se faire les dents sur leur sabre de bois ! Ceux-là ne méritent pas qu'on les aime.

IPHIGÉNIE : Peut-être feras-tu une exception pour ton neveu, le fils de ton frère bien-aimé ?

POLYXÈNE : Astyanax, le fils d'Hector ? Ils ne l'ont pas épargné, lui non plus ? Il fallait s'y attendre.

Stavia ouvrit la bouche et resta muette. Une douleur aiguë lui traversa le côté, comme un poignard.

— Ils ne l'ont pas épargné, lui non plus... murmura-t-elle, répétant les dernières paroles de Polyxène.

Sa voix lui parvint, lointaine, une plainte surgie du fond des temps. Elle l'entendit avec une sorte d'effroi.

Le metteur en scène lui jeta un regard perplexe, puis donna le signal de suspension de séance.

— Que se passe-t-il ? demanda-t-elle, quand les autres se furent éloignées.

— Cette réplique... je n'y peux rien, elle produit sur moi une impression étrange, dit Stavia. Ma sœur a prononcé une phrase semblable, il y a de cela bien des années, dans des circonstances affreuses. Ces derniers temps, les souvenirs affluent, le passé ne me laisse pas en paix.

— La fatigue, sans doute. Aggravée par les répétitions interminables auxquelles vous condamne un metteur en scène inexpérimenté. Si du moins j'avais une idée plus précise du résultat que je veux obtenir, je ne vous imposerais pas de recommencer inlassablement les mêmes scènes ! A la longue, on se surprend à radoter. En voilà assez pour aujourd'hui, de toute façon. Nous reprendrons demain. Une fois de plus, le fantôme apparaîtra au sommet des remparts.

12

Stavia venait d'avoir treize ans. Ce matin-là, rassemblée sur les gradins du Champ de Mars, la population était venue en foule pour attendre le héraut qui devait lui apporter des nouvelles du front. Au son des buccins et des tambours, il avait pénétré dans la cité par la porte des Armes. Une délégation du Conseil s'était portée à sa rencontre jusqu'au milieu du forum.

Depuis le second niveau de l'amphithéâtre d'où elle avait assisté à l'entrée fracassante du messager, Stavia vit sa mère s'avancer parmi le groupe de ses compagnes. Les longs et lourds manteaux d'apparat oscillaient lentement au rythme d'une progression lente et solennelle, les voiles couleur de crépuscule flottaient au gré du vent. Même à cette distance, la fillette discernait la blancheur de l'iris maternel. Des yeux d'aveugle ou de statue, peut-être, pourtant rien n'échappait à leur clairvoyance.

Nous avons les mêmes yeux, soupira-t-elle en son for intérieur. Que n'ai-je hérité, par la même occasion, d'un regard aussi pénétrant. Le mien semble glisser à la surface des choses...

« Tes yeux me plaisent beaucoup », avait affirmé Chernon avec toutes les apparences de la sincérité. Stavia n'était pas certaine de pouvoir en dire autant. Ses yeux de « prophétesse », pour reprendre le mot de son professeur d'art dramatique, ne la satisfaisaient qu'à moitié.

— Cassandre devait avoir ces yeux-là, avait ajouté la bonne dame, sans doute en veine de compliments. Que dirais-tu de prendre le rôle ? Il est modeste, mais cela te donnerait l'habitude de la scène. L'an prochain, tu devrais être en mesure de t'attaquer à Iphigénie.

— Pourquoi Cassandre, précisément ? A cause de mes yeux ?

— Pas seulement, petite sotte. Tu comprends le sens profond de la pièce, tu sembles capable d'en pénétrer les structures intimes, ce n'est pas si fréquent, et c'est l'essentiel, pour un acteur.

Surprise, Stavia n'avait pas démenti. Depuis le temps, tout le monde savait ou croyait savoir de quels problèmes traitait *Iphigénie*. Sur fond de guerre de Troie, la place des femmes dans la cité, la confrontation entre les pouvoirs civil et militaire.

— Entendu. Si vous n'avez rien de mieux à me proposer, je serai Cassandre.

Morgot avait toujours insisté sur le caractère indispensable de l'expérience dramatique.

— Plus tard, on te demandera peut-être de faire partie du Conseil. Sauver les apparences, voilà en quoi consiste notre tâche, presque exclusivement. Nous disposons d'un ensemble de règles et de rituels dont la célébration relève de la pratique théâtrale. Si nous donnons l'impression d'avoir la situation bien en main, la cité, rassurée, coulera des jours paisibles. Rien ne bouleverse nos concitoyennes comme de voir leurs dirigeantes frappées d'incertitude ou d'anxiété. Il vaut mieux ne rien faire en conservant sa sérénité que de prendre dans la précipitation une excellente initiative. Si tu veux accéder un jour à de véritables responsabilités, tu devras apprendre à composer ton attitude, comme je l'ai fait. Le théâtre est la meilleure école.

Sans être majestueuse, la démarche aisée de Morgot était empreinte de dignité. Une nouvelle attaque des buccins préluda à la délivrance du message. Le héraut fit trois pas en avant.

Les armées s'étaient rencontrées dans une vallée située à égale distance des deux cités. De part et d'autre, les provocations d'usage avaient été lancées. On avait tenté de régler le différend par un combat singulier. Le champion de Marthatown avait été blessé, celui de Susantown était mort. Sa garnison s'estimant lésée, l'affrontement général était devenu inévitable. Les armées s'étaient rangées face à face, en ordre de bataille. Bientôt, les combats feraient rage. Les citoyennes de Marthatown pouvaient dormir tranquilles. L'ennemi n'aurait pas l'occasion de menacer les murs de la ville.

La présidente du Conseil répondit d'une voix puissante qui ne tremblait pas malgré son âge avancé. Il fut question de défi relevé, de la protection des femmes et des enfants, de l'assurance de la victoire, de gloire et de reconnaissance éternelle... Morgot se détacha du groupe afin de présenter les rubans honorifiques. Il en était de trois couleurs : rouge pour le combat singulier, vermeil pour le sang versé, or pour les actes d'héroïsme. Le héraut s'inclina. Les femmes s'inclinèrent. La porte des Armes s'ouvrit toute grande et le cortège s'en retourna avec tambours et trompettes, blametty-blam, ta-ra ta-ra ! Le porteur de rubans fermait la marche.

Morgot fit volte-face et parcourut du regard la foule massée sur les gradins. Apercevant Stavia, elle lui fit signe de la rejoindre. La fillette gagna l'escalier déjà envahi et se fraya un chemin laborieux parmi une cohue bourdonnante composée de femmes, de jeunes filles et d'enfants. Aucun serviteur. Par égard pour les guerriers, prétendait-on, ils s'abstenaient de participer à toute manifestation de caractère militaire, même si aucun brave n'était présent. C'était le cas cette fois-ci. Ni le héraut, ni les membres de sa suite ne pouvaient être considérés comme des braves *stricto sensu*.

– Morgot, demanda-t-elle aussitôt, qu'en est-il des cuisiniers, par exemple, ou des musiciens ?

Sa mère lui montra un visage meurtri de fatigue.

– Quels musiciens, ma fille ? De quoi parles-tu ?

– Les buccins, les tambours de la fanfare, sont-ils des braves, eux aussi ?

– Dans une certaine mesure, puisqu'ils ont décidé de vivre et de travailler hors les murs de la cité, dans la caserne. Cela dit, ils n'ont pas fait le choix des armes. En se bornant à des activités qui leur éviteront d'avoir jamais à se trouver en face de l'ennemi, ils ont l'assurance d'une vie sans péril et d'une obscure vieillesse. L'armée, sans les lauriers de la gloire. Pourquoi cette question ?

Stavia se mordit les lèvres.

– J'ai compris, murmura Morgot. Tu penses à Chernon. A-t-il pris sa décision ?

– Il refuse de quitter la garnison. Le moment est mal choisi pour laisser tomber ses camarades, dit-il. A cause de la guerre. Cela ressemblerait à une désertion.

Morgot fit halte et lui prit le bras. Elle semblait effrayée.

– La guerre ?... Que l'Elue ait pitié de nous ! Pauvre Sylvia. Comment peut-on proférer une telle absurdité ? Des guerres, il y en aura toujours.

– Il a laissé entendre que par la suite, une fois la paix revenue, il pourrait bien changer d'avis.

– Chernon fera comme il voudra. Mais ton frère... Habby aura quinze ans le mois prochain. Ils sont nés à quelques semaines d'intervalle, le savais-tu ? Nous nous sommes trouvées enceintes au même moment, Sylvia et moi. Son premier-né, mon second. Chernon se laisse si facilement influencer... comment réagira mon fils ? Est-il assez fort pour résister aux pressions qui ne manqueront pas de s'exercer sur tous les aspirants ?

– Cette sale guerre ! Pourquoi a-t-il fallu qu'elle vienne tout gâcher ?

Morgot, soudain, enlaça les épaules de sa fille.

– Sait-on pourquoi les cités se dressent les unes contre les autres ? dit-elle à mi-voix. De loin en loin, en période de récession économique, quand la nourriture vient à manquer, quand la vie se fait plus amère, les populations aspirent à la violence. Le moindre prétexte mettra le feu aux poudres. Entre Marthatown et Susantown, la guerre était mûre.

– Chernon ne pourrait-il servir sa garnison en occupant une fonction qui le tiendrait à l'écart des combats, comme les musiciens dont nous parlions ? Médecin, par exemple. Habby pourrait faire la même chose.

– Médecin ? Les garnisons n'ont jamais eu de médecin.

– Bien sûr. Pourtant...

– Il n'y a pas de pourtant qui tienne, Stavia. Ainsi le veut la loi. Les soins ont toujours été refusés aux braves. De même, en toute circonstance, ils doivent rechercher le corps à corps, plus meurtrier. Ils ne doivent pas craindre de faire couler le sang, pas plus leur propre sang que celui de l'adversaire. Si un guerrier agonise dans les pires souffrances, personne ne lui donnera le coup de grâce. Les aspirants le savent ; ils n'ignorent rien de ce qui les attend, si par la suite ils sont amenés à participer à un engagement quelconque. Pourquoi fais-tu semblant de tomber des nues ?

– Chernon...

La fillette n'en dit pas plus. Ses yeux s'embuèrent, sa voix s'étrangla.

Morgot resserra son étreinte autour d'elle.

– Je sais. Tu l'imagines mortellement blessé, baignant dans son sang. De tout ton être, tu souffres avec lui. Je sais, ma petite fille. Je suis passée par là. Toutes les mères ressentent la même chose. Toutes les femmes amoureuses.

– Pourquoi la loi est-elle ainsi faite ?

– Afin qu'ils choisissent en connaissance de cause, en ayant présentes à l'esprit les conséquences de leur décision. Il serait monstrueux de leur dissimuler la vérité. Un garçon de quinze ans doit savoir à quoi il s'expose en reniant la Fédération !

– Tout de même, aucune assistance médicale...

Stavia secoua la tête. Elle n'avait pas besoin de s'expliquer davantage ; le ton employé trahissait le fond de sa pensée. Une loi inutilement cruelle, conçue pour justifier les pires excès. Sa mère lui lâcha les épaules.

– Les braves n'ont que faire de l'aide d'un médecin, Stavia.

– Pourquoi les soignez-vous, quand les bohémiennes leur transmettent des horreurs ?

– Nous pourrions être contaminées à notre tour. Ils ont fait le choix de la guerre, ils doivent en assumer toutes les suites.

– Pourquoi, lorsqu'ils vont mourir, leur offrez-vous de la ciguë diluée dans l'eau de la Tranquillité pour abréger leurs souffrances ?

– La loi n'ignore pas la compassion. Elle est dure, mais non insensible.

La mère et la fille s'éloignèrent côte à côte. Morgot pleurait. Stavia sentait grandir en elle, dans une région lointaine encore inaccessible à la peur, une zone d'insensibilité, un vide où le doute s'insinuait. En procurant quelques livres à Chernon, elle avait désobéi, mais pas seulement ; elle avait violé une loi avec laquelle elle se trouvait en désaccord, de plus en plus. Les lois, quelquefois, méritent d'être abolies.

On était au cœur de l'hiver quand l'armée rentra du front. Les rafales de vent chassaient les feuilles recroquevillées qui jonchaient le champ de manœuvre. Elles s'engouffraient, tourbillonnantes, sur la grand-place par la porte des Braves, ouverte à deux battants pour livrer passage aux civières, des dizaines et des dizaines, alignées sous les yeux des femmes rassemblées sur les gradins et sur les remparts. Quelquefois, le suaire baissé laissait le visage à découvert. Ceux-là étaient tombés depuis peu, s'ils n'avaient pas succombé pendant le trajet de retour. Les autres, l'immense majorité des victimes, avaient été enterrés sur place. On avait disposé sur les civières les armures et les blasons.

Au-delà du mur, occupant presque toute la surface du champ de manœuvre, les blessés graves gisaient sur leurs brancards. Stavia, ainsi qu'une douzaine d'autres volontaires, étaient allées puiser à la fontaine une grande quantité d'eau à laquelle les médecins du Conseil avaient ajouté de la cicutine. Les jeunes filles circulaient entre les brancards, offrant un gobelet à ceux dont le supplice était insupportable et l'état sans espoir.

— Buvez, cela vous soulagera.

Certains acceptaient avec empressement ; d'autres, moins atteints ou plus endurcis, refusaient, s'offrant parfois le luxe d'un sourire narquois.

— Pour qui me prends-tu, petite ? Je ne bois pas de cette eau-là.

Il en était qui n'avaient plus la force de parler et dont les yeux quémandaient. Il en était que l'on devait soutenir et qui buvaient à longs traits haletants avant de retomber, épuisés. Quand l'un d'eux s'était évanoui, son voisin sollicitait pour lui l'abrègement de son martyre. Une fois qu'ils avaient absorbé le poison, on rabattait le linceul sur leur visage, on les emportait sur le Champ de Mars où les mères et les sœurs attendaient.

Le philtre ne pouvait plus être d'aucun secours pour Barten. Il était déjà mort en arrivant à Marthatown, abattu d'un coup de lance entre les omoplates, punition que l'on réservait aux fuyards, ou simple vengeance exercée contre les braves impopulaires dont les camarades souhaitaient se débarrasser sans risque. Sa sœur décora sa poitrine d'un ruban vermeil ; sa mère versa quelques larmes. Myra se jeta sur lui en sanglotant.

– Ainsi, ils ne l'ont pas épargné, lui non plus ! hurla-t-elle.

On tenta de la relever. Plus on s'efforçait de l'en séparer, plus elle se cramponnait au corps de son amant.

– Laissez-la, dit Morgot. A la nuit tombée, quand il n'y aura plus de témoins, quand la place sera rendue au silence, elle rentrera chez elle.

Myra fit comme l'avait dit sa mère. Elle se faufila dans les ténèbres froides, rasant les murs et s'enferma dans sa chambre.

Le matin venu, elle retourna au Champ de Mars, mais Barten n'y était plus. Sa mère et sa sœur l'avaient amené hors de la cité, dans le cimetière municipal où chaque famille avait un caveau. Myra n'avait pas été conviée. La tradition tolérait le deuil, pourvu qu'il restât confiné dans la modestie. Au lieu de quoi les manifestations tumultueuses de Myra, à la limite de l'indécence, n'avaient éveillé chez ces femmes aucun écho de sympathie.

– Au fait, qui a remporté la victoire ? s'enquit Stavia.

N'était-il pas étrange, malgré tout, que personne n'eût songé à l'informer de l'issue des combats ?

– Nous avons eu le dessus, naturellement, dit Morgot. Ce n'est pas demain que Susantown caressera des idées de revanche !

– Leur avons-nous infligé des pertes si sévères ?

– De ce point de vue, nous sommes à égalité.

– Combien d'hommes avons-nous perdus ?

– Presque six cents, en comptant les blessés qui succomberont bientôt.

– Près d'un tiers des effectifs de la garnison ? C'est atroce !

– La guerre est un fléau, Stavia. Pour te consoler, dis-toi que son visage hideux s'est considérablement adouci au fil du temps. Jadis, avant le cataclysme, elle n'épargnait ni les femmes, ni les vieillards, ni les enfants. Ce n'étaient que destruction, pillage, ruines... des régions entières se trouvaient dévastées. Notre constitution protège la population civile et les soldats de moins de vingt-cinq ans. Enfin, tous les combattants sont des volontaires. La terre aussi est respectée ; il n'est plus question de ravages.

La fillette ne trouva qu'un médiocre réconfort dans l'idée que le fléau s'était « humanisé ». Quant à Myra, au paroxysme du désespoir, elle faisait retentir la maison de cris sauvages et de lamentations.

— Ne peut-on rien faire pour elle ? demanda Stavia. N'existe-t-il aucun remède qui l'aiderait à supporter sa peine ?

Morgot haussa les épaules.

— Elle refuserait de le prendre, sans doute. Laissons faire le temps. Cette grande douleur devrait se dissiper toute seule, contrairement à certains sentiments plus tenaces, comme la jalousie ou le remords, qui vous déchirent le cœur pendant des années. Si Barten avait vécu, Myra aurait trouvé bien d'autres raisons de souffrir. Du moins son chagrin est-il sans tache. Ne rien avoir à se reprocher, n'est-ce pas déjà une manière de consolation ?

Au cours des semaines suivantes, quantité de blessés passèrent de vie à trépas. Il ne s'écoulait pas de jour sans que la fanfare de la garnison signalât un ou plusieurs décès. Ces funèbres appels s'espacèrent peu à peu. Le silence recouvrit le Champ de Mars.

Un soir, la table familiale accueillit un nouveau convive.

— Voici Donal, déclara Morgot, une main sur l'épaule du jeune homme. (Celui-ci, regard sérieux, visage carré sous une crinière de gros cheveux gris rebelles, semblait intimidé.) Ce dissident de seize ans nous arrive de Tabithatown, dans le Nord, et nous le recevons bien volontiers. Il a déjà derrière lui une année d'études. Il s'est inscrit à l'école des serviteurs de Marthatown.

Myra se leva de table sans un mot et quitta la pièce. Morgot poussa un léger soupir. Donal se pencha pour chuchoter quelques mots à l'oreille de son voisin.

— Elle était très éprise d'un brave dont elle a eu un fils, expliqua Joshua sur un ton froid, détaché. Il s'appelait Barten et ne faisait guère honneur à sa garnison. Il a trouvé la mort dans la guerre contre Susantown.

Donal piqua un fard et garda les yeux baissés.

— Ne fais donc pas attention, murmura Morgot. Elle s'habituera à toi.

— Si tu savais t'y prendre avec l'enfant, tu aurais vite grâce aux yeux de la mère, dit Stavia.

Joshua, alors, émit une suggestion qui fut acceptée sur-le-champ. Stavia consentirait-elle à donner au jeune homme des cours particuliers ? Histoire, mathématiques, littérature...

— Il n'est pas facile pour un dissident d'entreprendre, si tard, de vraies études, confia-t-il. J'en sais quelque chose. Au début, le simple fait de concentrer son attention sur un livre plus de quelques instants demande un effort. Si elles n'excluent pas tout à fait la lecture, les habitudes de caserne ne font rien pour l'encourager.

Ainsi, Stavia prit rang de préceptrice. Donal se montrait un élève attentif, curieux de tout. Un jour, il voulut connaître le mode d'élection des conseillères municipales.

— Elles ne sont pas désignées par l'ensemble des citoyennes, comme on pourrait le croire, dit Stavia, mais admises par cooptation.

— Ta mère, par exemple, depuis combien de temps siège-t-elle au Conseil ?

— Morgot doit détenir un record d'endurance. Elle n'avait pas quatorze ans quand on l'a choisie.

— Si jeune ? Pourquoi ?

– Je l'ignore. Je ne l'ai jamais questionnée à ce sujet, elle n'a jamais rien dit. Les autres conseillères
observent le même silence sur les circonstances de
leur désignation. Leur nombre est variable ; toutes
ont en commun d'avoir reçu une formation médicale
plus ou moins complète. Le Conseil, n'est-ce pas, est
responsable de l'hygiène de la cité et de la santé de la
communauté.

– On n'a jamais vu de serviteur faire partie du
Conseil ?

Déconcertée, Stavia ne trouva rien à répondre.
Joshua avait tout entendu ; il intervint depuis le
seuil.

– Les serviteurs ne sont pas admis à cette distinc-
tion, il est vrai, mais nous sommes organisés en fraternités dont l'opinion sur telle ou telle question d'intérêt public est souvent sollicitée par les conseillères.
La compétence, l'autorité d'une fraternité dépendent
bien sûr du niveau d'instruction et de la sagacité des
membres qui la composent.

Stavia tourna vers lui un regard intrigué.

– Je connaissais l'existence des fraternités, bien
sûr ; j'ignorais que le Conseil allait jusqu'à les
consulter sur des problèmes concernant les affaires
de la cité.

– C'est un aspect de la gestion municipale dont il
est rarement question dans l'hémicycle de la Chambre. On veut ménager la susceptibilité de la garnison
et les échanges entre Conseil et fraternités sont tenus
secrets. Mais pourquoi dédaignerait-on notre avis ?
Après tout, si avertie soit-elle, aucune femme ne s'est
jamais trouvée obligée de faire face au choix terrible
qui jette l'aspirant dans la dissidence. En toute conscience, Donal et moi, nous avons décidé de notre
avenir. N'est-ce pas là une preuve de maturité précoce dont un Conseil doit tenir compte ?

– J'ignore de quel degré de maturité pourrait se
prévaloir le petit Minsning, pour ne citer que lui,

mais il ne viendrait certainement à l'idée de personne de le consulter pour quoi que ce soit.

— Minsning est le serviteur de Sylvia, expliqua Joshua à l'intention du jeune homme. C'est un charmant petit bonhomme qui ne voit pas plus loin que le bout de son nez. Toujours d'humeur égale, il n'a pas en lui une once de méchanceté. Avec ça, il fait la cuisine comme un ange. Quiconque est soucieux de connaître le secret d'une mayonnaise réussie pourra le consulter avec profit.

— En somme, les serviteurs ne sont pas tous faits sur le même modèle, fit observer Stavia avec le plus grand sérieux.

Joshua la regardait, la bouche fendue jusqu'aux oreilles.

— La belle découverte ! Les citoyennes non plus, que je sache. Qu'y a-t-il de commun entre Myra et Morgot ? Cela dit, je t'enlève Donal. Il doit se rendre à l'école des serviteurs. Je l'accompagne ; il ne connaît pas encore très bien le chemin.

Avant de sortir, cependant, Joshua se retourna. Longtemps, Stavia dut supporter ce regard scrutateur qui semblait vouloir sonder sa conscience.

— A mon retour, dit-il, si tu le veux, tu pourras enfin me dire ce qui te tourmente.

L'entretien se déroula dans la cour ; emmitouflés dans plusieurs épaisseurs de lainages, ils étaient assis sur le rebord de la fontaine.

— Mon petit doigt est formel ; il se passe quelque chose de louche entre Chernon et toi.

La fillette pinça les lèvres, résolue à garder le silence, mais les yeux impérieux fixés sur elle exigeaient une réponse.

— Je lui ai prêté plusieurs livres, reconnut-elle dans un murmure. D'après le règlement, les braves seuls ne doivent pas avoir accès à nos livres. Chernon n'était encore qu'un aspirant.

— Raisonnement spécieux, Stavia. Ne jouons pas

sur les mots, d'accord ? (Joshua fronça les sourcils. Tout son visage se crispa dans une expression de concentration intense.) Je ne vois rien... Tout est si trouble... Les livres sont-ils toujours en sa possession ?

— Un seul, le dernier. J'ai toujours refusé d'en prêter plus d'un à la fois. Je lui ai déjà dit que cela devait cesser.

— Avez-vous souvent l'occasion de vous rencontrer, de parler ensemble ?

Elle secoua la tête, les yeux au sol.

— Quelquefois, lorsque je me promène sur les remparts avec Beneda, il est là, il nous attend. Nous n'avons pas eu de vraie conversation depuis qu'il m'a annoncé son intention de rester dans l'armée.

— Habby a pris le parti inverse. Il sera dissident.

— Habby ? Habby revient parmi nous ? Tu en es sûr ?

— Ton frère choisira la Fédération, comme le feront cinq autres aspirants de sa centurie.

Stavia osa enfin le regarder. Elle fut tentée de jeter les bras autour de son cou, réprima cette impulsion et fondit en larmes. Larmes de joie, saluant le retour de son frère, larmes de colère contre Chernon. Colère et chagrin.

— Morgot avait tellement peur qu'il ne suive l'exemple de Chernon...

— Son propre fils ! Ta mère aurait dû savoir à quoi s'en tenir.

— Que compte-t-il faire ? Où va-t-il aller ?

— Nous avons procédé à un échange. Habby accepte de s'installer à Tabithatown et nous accueillons Donal. Les cités s'ingénient à maintenir un certain équilibre. Mais revenons-en à notre problème. (Joshua ferma les yeux. Le front plissé, il semblait s'efforcer de déchiffrer les motifs inscrits dans l'obscurité de ses paupières.) Que représentent vraiment les livres pour ce garçon ? murmura-t-il. Il manifeste la volonté d'apprendre. Es-tu certaine de sa sincérité ?

– Pourquoi en douterais-je ?

– Il a besoin de toi, en effet. Je le sens... il est à l'affût de quelque chose que tu es la seule à pouvoir lui procurer. Rien de sexuel, heureusement. Il existe entre vous une affinité mystérieuse à laquelle il n'est pas insensible. Cela ne ressemble pas davantage à ces engouements romanesques et passagers que l'on observe chez certains adolescents. Peux-tu me dire ce qu'il en est vraiment ?

– Nous sommes amis, dit-elle avec gravité.

– J'en suis ravi, Stavia. Raison de plus pour ne pas prendre nos lois à la légère. Les livres prêtés au compte-gouttes, ce n'est pas un crime, à condition de s'en tenir là. Il faut à tout prix récupérer le dernier et tirer un trait sur toute l'affaire. A ta place, voici comment je procéderais. Chernon a quinze ans, il est désormais en âge d'avoir des rendez-vous galants. Le carnaval d'hiver commencera bientôt. Fais-toi réserver une chambre.

Stavia le dévisageait, rouge comme une pivoine.

– C'est absurde, voyons ! Je suis trop jeune.

Joshua prit l'air courroucé.

– Crois-tu que je sois en train de te suggérer une partie de plaisir ? répliqua-t-il sur un ton de père Fouettard. Il faut faire le point avec lui, et si je ne me trompe, c'est le seul moyen de vous ménager un tête-à-tête. Il a fait le choix de rester soldat, par conséquent, il évitera de profiter de la prochaine permission pour rentrer chez lui. La confrontation avec sa famille serait trop pénible, tu t'en doutes.

– En admettant que cela soit possible, que lui dirai-je ?

– Parle-lui franchement. Ta conscience te tourmente, pourquoi ne pas le lui avouer ? C'est d'ailleurs plus vrai que tu n'imagines. Si tu n'éprouvais pas le sentiment pénible de t'être fourvoyée, comment aurais-je pu deviner ton désarroi ? S'il refuse de rendre le livre, tu seras obligée d'en référer au Conseil. Il sera sensible à cette menace.

— Si nous devions en arriver là, qu'adviendra-t-il de moi ?

Un silence, puis l'homme eut un élan auquel rien, dans leurs relations à ce jour, n'avait préparé la fillette : il l'enlaça. Plaquée contre lui, serrée comme dans un étau, Stavia fut prise de panique. De lointains récits de serviteurs subitement devenus fous vacillèrent dans son esprit affolé ; elle allait se débattre quand elle sentit sa main qui lui tapotait le dos, ni plus ni moins tendrement que s'il flattait la croupe d'un petit âne. Il fleurait bon le cuir et le tabac. Le tabac ! Il lui prit le menton et la regarda dans les yeux.

— Ma pauvre enfant, si le Conseil a vent de cette incartade, il prendra des mesures disciplinaires. Ce n'est toujours pas moi qui vendrais la mèche, sois-en sûre. Les tortures que tu t'infliges toi-même sont une punition suffisante. Dorénavant, personne n'observera la loi avec plus de rigueur que toi, je n'en doute pas. Chernon m'inquiète davantage. Dans les garnisons, on ne badine pas avec ce genre d'infraction. S'il se fait pincer en train de lire un ouvrage savant, ton petit ami écopera d'une sanction. Or que fait-il ? Il ne semble pas angoissé à cette perspective ; on dirait presque qu'il n'a rien à craindre. Songes-y, Stavia. Que dissimule cette désinvolture ?

Elle le quitta pleine d'appréhension. Sa promenade quotidienne sur les remparts prit des allures de croisade forcée. Son attente était chaque fois déçue. Tantôt Chernon ne se présentait pas, tantôt il y avait trop de monde. Un jour, enfin, ils furent à même d'échanger quelques mots hors de portée des oreilles indiscrètes.

— Si tout se passe bien, nous pourrons nous retrouver dans une maison de rendez-vous, au début du carnaval. Nous aurons tout loisir de parler à ce moment-là. Rapporte-moi le livre, surtout.

Le garçon fit sa mauvaise tête et voulut s'insurger. Stavia l'assura qu'elle resterait inébranlable dans sa résolution. Elle n'avait que trop cédé à ses prières.

– Ma petite, tu n'as pas l'âge, répliqua la préposée avec une grimace de désapprobation. Regardez-moi cette drôlesse qui voudrait se pâmer dans les bras d'un beau soldat ! La nouvelle génération est bien précoce.

Stavia frémit sous l'outrage et tint bon. Joshua lui avait fait la leçon.

– Vous n'y êtes pas du tout, madame. Ce garçon vient d'avoir quinze ans et je le connais depuis toujours. Il est pour moi comme un frère. Il devra bientôt choisir, son trouble est profond, il voudrait se confier à quelqu'un. Nous cherchons un endroit tranquille où nous pourrions parler en toute liberté.

La préposée feuilleta les pages de son registre.

– Voyons... Il s'agit du fils de Sylvia. Vous êtes voisins.

– Oui, madame.

– Bon. Je vous donne la chambre du fond, celle qui est orientée à l'est, sur la place. Le jour de l'ouverture, à 6 heures du matin, soit une heure avant l'arrivée des amoureux. Personne ne vous dérangera. (Le visage et la voix s'étaient radoucis. La dame ébaucha même un sourire de connivence.) Bonne chance, petite. Tâche de le convaincre.

Stavia comprenait à demi-mot. Tâche de le convaincre de rentrer à la maison. Toutes les femmes partageaient l'espoir secret de gagner un aspirant à leur cause. Avec Chernon, hélas, la partie était perdue d'avance.

Assis côte à côte sur le lit, aussi embarrassés l'un que l'autre de se trouver à une heure inhabituelle dans ce lieu singulier, ils n'osaient ni se prendre la main, ni même se regarder.

— As-tu apporté le livre ? demanda-t-elle à voix basse.

Piqué au vif, Chernon sembla retrouver quelque assurance.

— Je te le rends à la seule condition que tu m'en prêtes un autre. Donnant, donnant, Stavia. Comme d'habitude.

— Cette fois, il n'est pas question d'un échange, Chernon. C'est fini, nous étions bien d'accord. D'ailleurs, comment peux-tu être aussi insouciant ? On dirait que tu te moques de ce qui pourrait nous arriver, à l'un comme à l'autre.

Où voulait-elle en venir ? Pourquoi ce brusque changement d'attitude ? Qu'étaient devenues l'indulgence, la compassion auxquelles il était habitué ? Il sauta sur ses pieds et gagna la fenêtre.

— Es-tu mon amie, oui ou non ?

— Je parle sérieusement. Si tu gardes le livre, j'irai me présenter devant le Conseil et j'avouerai tout. Prêter quelques ouvrages à un aspirant, ce n'est pas si grave, mais bientôt, tu porteras l'uniforme d'un brave. Tout sera différent, alors. Si tu ne m'as pas rendu le livre avant le jour du choix, je me verrai dans l'obligation...

Il fit volte-face.

— Non ! Ces livres sont notre secret, cela ne concerne pas la Fédération !

Il avait parlé trop vite, sous l'effet de la crainte. Que se passerait-il et comment réagirait Michael si par malheur le Conseil était alerté ? Au mieux, l'aspirant maladroit serait renvoyé au lugubre anonymat des godillots de la garnison ; au pire, il serait châtié.

— Tu sembles si sûr de toi, Chernon. Comment se fait-il ? As-tu imaginé que tes officiers puissent découvrir ton manège ?

Redoutable question dont il devait, sur-le-champ, détourner son esprit. Il revint auprès d'elle et du bout des doigts, d'un geste mal assuré, lui caressa la joue. Elle ne réagit pas ; il laissa retomber sa main.

Ils se faisaient face, pas encore alarmés ou méfiants, simplement sur le qui-vive.

— Calme-toi, fit-il d'une voix sourde. Tu auras ton précieux livre cet après-midi. Je le déposerai dans notre cachette, la brèche du mur.

Cette brèche, ils l'avaient élargie, tant bien que mal. Ils pouvaient maintenant prendre appui de leurs mains jointes sur la profondeur de la pierre tandis que le feuillage baignait le visage du garçon dans une lumière morcelée, tamisée, comme l'eût fait un vitrail. Il était plus proche d'elle, alors. Cette heure de solitude « octroyée » par les autorités, le geste d'abandon factice de Chernon lui touchant la joue ne valaient pas leurs moments d'intimité clandestine et leurs doigts entrelacés à travers la brèche.

Chernon, sans doute, ressentait la même chose. Il se leva et se dirigea vers la porte.

— Attends ! s'écria-t-elle. Nous avons du temps devant nous, presque une heure.

Le garçon se figea.

— Je ne peux pas rester, je ne sais plus... murmura-t-il. Je suis perdu, Stavia.

Soudain, une volonté bien supérieure à la sienne le jeta aux pieds de la jeune fille. Une folle envie de pleurer, ardente, enfantine, lui étreignait la gorge. Il s'abandonna sans résistance.

— Je ne sais plus où j'en suis, balbutia-t-il à travers ses larmes, cependant qu'une partie secrète de lui-même se demandait comment il avait pu en arriver là. Leur estime m'importe plus que tout au monde. Je tiens tellement à ce que Michael... Il faut, tu comprends ? Il faut ! Je ne pourrais jamais les trahir, Stavia. Mets-toi à ma place, aussi. On parle de choix ; crois-tu que ce soit aussi simple ? Il doit exister une autre solution, un autre moyen...

Elle le serrait des deux bras, à l'étouffer, mais les mots réconfortants, les mots de lumière et de paix, qu'attendaient-ils pour franchir ses lèvres ? Avouer son affection pour lui, c'était l'enfermer un peu plus dans une situation sans issue. Le cri de Myra découvrant le corps de Barten faisait un grand bruit dans son esprit. « Ils ne l'ont pas épargné, lui non plus ! » A sa façon, elle n'avait pas épargné Chernon. En l'arrachant à ses certitudes, à son inconscience, elle avait détruit ce garçon. A des fins profondément égoïstes, elle avait voulu le pousser dans une voie qui n'était pas la sienne. Le Chernon égaré qui sanglotait, la tête dans son giron, c'était son œuvre. Jamais, au grand jamais, elle n'aurait dû lui prêter de livres. Elle lui avait fait un tort considérable, elle s'était rendue indigne de sa confiance. De façon ou d'autre, il fallait trouver le moyen de racheter sa faute envers lui. Elle fit le serment d'y consacrer toute son énergie. S'il existait un moyen, elle le trouverait.

Elle s'était mise à le bercer doucement, très droite, le visage vierge de toute expression. Ils demeurèrent ainsi jusqu'au moment où des coups discrets furent frappés contre la porte. Le délai imparti venait d'expirer, leur dit-on.

Joshua l'attendait dans la cuisine. Au premier coup d'œil qu'il lui jeta, il sut que tout restait à faire.

— A-t-il rendu le livre ?

— Il a promis de l'apporter cet après-midi.

Elle se tenait devant lui, inerte et close.

— Stavia, que s'est-il passé ?

— Il est perdu, Joshua. Il ne s'y retrouve plus. Il ne mesurait pas du tout le risque auquel il s'exposait, j'en suis convaincue. Laissons-lui un peu de temps.

— Jusqu'à cet après-midi. Nous irons ensemble.

— Toi ? Mais tu n'as pas le droit...

— Que l'Elue m'en soit témoin, petite écervelée, je suis déjà impliqué jusqu'au cou !

La bonne volonté de Joshua ne pouvait accomplir

de miracle. Le livre se trouvait bien à l'endroit prévu, mais Chernon était déjà reparti. Longtemps, Stavia refusa de quitter l'entrepôt. Joshua fouilla du regard ce visage si jeune, frappé de consternation, et comprit. Le moment des grandes décisions était venu.

13

Répétition d'*Iphigénie à Ilion*. Stavia dans le rôle titre.

CASSANDRE : J'ai vu couler le sang...

HÉCUBE : Viens près de moi, Cassandre. Assieds-toi. *(Elle se tourne vers Polyxène.)* Odysseus a fait jeter le fils d'Andromaque du haut des remparts.

POLYXÈNE : Quelle horreur ! Quand les Grecs auront commis toutes les atrocités, ils en inventeront de nouvelles.

IPHIGÉNIE : Qui sait s'ils ne trouvent davantage de plaisir à massacrer les enfants qu'à les engendrer ? Quel bonheur plus grand pour un guerrier que celui de voir son fils marcher sur ses pas ? Si Hector avait vécu, n'aurait-il pas enseigné à son fils l'art de donner la mort, et celui de la recevoir ?

ANDROMAQUE : Il n'aurait rien eu de plus pressé, sans doute, s'il avait vécu assez vieux pour voir Astyanax faire ses premiers pas. Quel déshonneur, pour lui, si notre fils avait refusé de porter le glaive !

IPHIGÉNIE *envoie des baisers à l'enfant* : Il est mort, c'est aussi bien.

ANDROMAQUE : Parles-tu de mon époux ou de mon fils ?

IPHIGÉNIE : Quelle différence ? Ce qui vaut pour l'un vaut pour l'autre.

POLYXÈNE : Qui es-tu, pour te soucier du fils d'Hector ?

IPHIGÉNIE : Je suis la fille d'Agamemnon. Immolée par mon père, je veux exercer sur lui ma vengeance. Elle sera douce à mon cœur.

CASSANDRE : J'ai vu couler le sang.

HÉCUBE : Tais-toi donc.

CASSANDRE : Le sang et les corps mutilés. J'ai tout vu.

HÉCUBE : Cassandre, par pitié ! Crois-tu que nous soyons aveugles ? J'ai vu, moi aussi. Plus d'enfants massacrés, de cadavres d'époux, de fils et de frères que si j'avais mille ans. Comment les hommes supportent-ils l'enfer des champs de bataille ? Ils semblent puiser dans le carnage une énergie nouvelle, comme les dieux se régalent de sacrifices.

CASSANDRE : Je vois des autels immaculés tout éclaboussés de sang. Encore chaud, le sang. Alentour, un festin d'assassins.

HÉCUBE : Chut.

14

L'agonie de Casimur, brave de la promotion trente et un, devait se prolonger pendant cinquante jours. Cloué sur son lit de douleur, rongé par la gangrène, puant et criant comme un damné, il attendait la délivrance. Les tampons d'étoupe ne suffisaient pas à étouffer les hurlements dont il emplissait le pavillon des Vétérans, aussi ses camarades plus valides n'avaient-ils d'autre ressource pour ne plus l'entendre que celle de boire, et boire encore, jusqu'à l'abrutissement. Il eût été charitable de l'achever. De son côté, sachant qu'il n'y avait plus d'espoir, Casimur aurait pu décider d'accepter le philtre que les jeunes filles lui offraient chaque jour plutôt que de s'infliger ce supplice inutile. Mais non. Brave parmi les braves, Casimur voulait connaître dans sa chair toutes les affres de l'agonie, jusqu'à son dernier souffle. Parfois, la gorge déchirée d'avoir tant crié, il n'émettait plus qu'un râle abominable, semblable au bruit de la mer roulant sur une plage de galets.

Chernon veillait sur le moribond. Les condamnés, en effet, se voyaient toujours affecter un aspirant, chargé de les assister dans leur quête pathétique d'un trépas conforme aux exigences de l'honneur. Depuis trop longtemps, Chernon changeait des pansements recouvrant des plaies putrides, nettoyait Casimur chaque fois qu'il se souillait et tentait de lui faire avaler des cuillerées de soupe fumante.

Profitant d'un répit entre deux crises de hurlements, le garde-malade s'allongeait sur son grabat et dormait. Au plus profond du sommeil, éperdument, il cherchait dans la forêt du songe une échappée de lumière et de liberté qui déboucherait sur une autre réalité. Evasion toujours manquée. Cramponné à son oreiller, il appelait en vain l'oiseau de fable qui l'emporterait loin de la chambre tiède et morbide. Nul ne répondait, et son rêve n'était jamais qu'une ombre de rêve, dispersé au réveil comme les cendres d'un projet mort.

L'honneur n'était pas un vain mot pour Chernon. Tel qu'il le concevait, suivant la définition que lui en avaient donnée Michael et les autres, l'honneur représentait le plus haut degré de la vertu morale. Il impliquait des devoirs, bien sûr. Devoirs envers soi-même, envers ses camarades, envers les femmes, aussi, puisqu'elles avaient le privilège de concevoir, de porter et d'enfanter les guerriers. Or ce menu peuple de mères et de futures mères, baptisées du nom pompeux de citoyennes, était incapable d'assurer lui-même sa protection, selon l'expression consacrée par le dogme. Affirmation sérieusement mise à mal par les bruits persistants concernant l'arme secrète qui serait en possession des femmes. Au dire de Michael, elles n'avaient ni la force ni l'intelligence suffisantes pour se voir confier la moindre responsabilité militaire ; par conséquent, si la rumeur se confirmait, il serait du devoir de toutes les garnisons de s'emparer de l'arme, ou du procédé, ou du pouvoir en question avant qu'il n'arrive une catastrophe. Michael, du reste, avait réponse à tout. Le cas de Besset troublait-il la conscience du jeune aspirant ? Quelquefois, la poursuite d'objectifs parfaitement honorables justifiait certains accommodements tactiques, faisait valoir le centurion. On pouvait transiger avec les principes, à condition que la garnison y trouvât son compte. On pouvait ordonner à un brave de se perdre dans les solitudes et de s'acoquiner avec une bande de fripouilles s'il fallait en passer par là pour glaner de précieux renseignements. Dès lors, les victimes des assassinats et autres violences commises dans l'accomplissement de la mission passaient aux profits et pertes.

Il n'y avait pas de plus grand péché que de choisir la dissidence. Il fallait être lâche, ou physiquement déficient, pour en arriver là ; encore les avortons et les mal-portants, s'ils avaient du cœur au ventre, préféraient-ils se voir reléguer à des tâches d'intendance, cuisine, ravitaillement, entretien, plutôt que de franchir la porte des Femmes. On se lassait bien vite du persiflage à leur égard et tout rentrait dans l'ordre, contrairement à ce qui arrivait avec les dissidents en herbe, véritables bêtes noires de la promotion, poursuivis d'une haine tenace, sitôt qu'on les avait repérés.

En revanche, nul carnaval de lazzis et d'injures pour le suborneur d'une innocente jeune fille entraînée sur le chemin de la corruption. Un récidiviste risquait tout au plus de compromettre sa réputation. Il en allait tout autrement si la victime était un jeune garçon. Le soldat se voyait alors reprocher d'avoir entaché la moralité d'une future recrue. Reconnu coupable d'inconduite également, le brave qui s'était enivré pendant le carnaval au point d'avoir oublié le visage et le nom des compagnes avec lesquelles il avait fatigué les draps blancs des maisons de rendez-vous. Malgré tout, ils se comptaient sur les doigts d'une main ceux qui n'étaient pas frappés d'amnésie lorsqu'ils recevaient, quelques semaines après le retour dans la caserne, un imprimé du service de contrôle signé par une femme dont le souvenir s'était dissipé dans les vapeurs de l'alcool. « Si c'est un garçon, je le confierai à son père le jour de son cinquième anniversaire », disait le texte, identique pour tous. Aussi certains braves, fuyant les complications, affirmaient-ils leur préférence pour les charmes blets des courtisanes. D'autres, enfin, avaient atteint les bords pacifiés de la vieillesse et se passaient désormais des unes et des autres.

Il n'y a pas de véritable déshonneur à témoigner d'une mémoire infidèle, affirmait la sagesse des aînés. Même si les femmes faisaient partout ailleurs preuve d'une incorrigible fourberie, on s'accordait en général à leur reconnaître une grande probité lorsqu'il s'agissait de leur fils. Suspectes à tous égards, les femmes se transformaient en mères irréprochables pour la simple raison que leur propre intérêt était en jeu. La cité, pourvoyeuse de futurs soldats, avait droit à la protection de l'armée, les femmes étaient lucides sur ce point. Elles avaient donc avantage à ce qu'il naisse chaque année quantité de petits garçons, tous nantis d'un père en bonne et due forme. L'endoctrinement allait bon train dans les classes de cadets. « Celle qui met au monde un fils gagne le droit d'être sauvée », leur apprenait-on. Ou bien : « Ton existence justifie celle de ta mère. » Ils découvraient aussi qu'« une femme stérile était inutile et superflue ». Là-dessus, naturellement, chacun savait à quoi s'en tenir. Sans les aïeules employées aux métiers à tisser, à la tonte des moutons ou dans les conserveries de poisson, on irait le dos nu et le ventre vide. Même les centurions le reconnaissaient. Quand ils prélevaient une partie de la ration de grain allouée à la garnison pour alimenter la brasserie clandestine, l'un d'eux ne manquait jamais de célébrer le mérite des grands-mères, « gardiennes de la récolte ».

Certains actes parlaient d'eux-mêmes, mais le plus souvent, il était bien difficile de débrouiller l'écheveau de l'honneur et du déshonneur. Rien, cependant, ne pouvait fonder l'acharnement d'un homme à s'enfoncer pendant cinquante jours dans une purulence abjecte dans l'attente d'une mort inéluctable. Casimur aurait dû boire l'eau de la Tranquillité. A trois reprises, Morgot en personne s'était présentée à son chevet. Chaque fois, Chernon s'était dérobé à sa vue. Pour rien au monde il ne voulait se trouver en présence de la mère de Stavia.

Avec celle-ci, tout était allé de travers. Il avait pourtant suivi à la lettre les instructions de Michael. Au lieu de consacrer tous ses efforts à lui être agréable en devenant son informatrice dévouée, Stavia avait pris la fuite. Un matin, alors qu'il se couvrait de ridicule en pleurant comme un galopin, elle le berçait tendrement ; cinq jours plus tard, comme il cherchait à la revoir pour effacer de sa mémoire cet accès de larmes incompréhensibles, plus de Stavia. Beneda, morose, lui avait appris ce qu'il en était. Deux ans avant la date prévue, Stavia était partie pour Abbyville, où elle recevrait une formation complète à l'Institut médical. Neuf années d'absence. Aucun espoir de la revoir plus d'une fois ou deux avant la fin de ses études. Chernon était abasourdi. Sa première réaction avait été de colère. Il lui en voulait moins de sa fuite que de la méfiance qu'elle témoignait. Jamais elle ne lui avait fait part de son projet d'aller poursuivre là-bas ses études. L'idée ne l'effleura nullement que ce départ précipité avait pu être imposé à la fillette contre sa volonté.

En fait, il s'était bercé d'illusions en imaginant que Stavia pouvait être différente des autres femmes. Toutes des hypocrites. Sa propre mère mentait comme une arracheuse de dents et Beneda était bien partie pour suivre son exemple. De ce point de vue, Stavia n'avait rien à leur envier.

Il pensait quelquefois au pauvre Vinsas. De son vivant, au moins, on ne s'ennuyait pas. Chernon n'oublierait jamais le message que cet homme étrange lui avait ordonné de transmettre à sa mère. Des paroles de haine et de mépris, sans doute, mais riches d'enseignement. « Avec mon canif, je lui ai entaillé le mamelon gauche, avait dit Vinsas. Je l'ai marquée, tu comprends ? Je l'ai mordue, aussi. J'ai laissé sur elle l'empreinte de mes dents. Demande-lui bien gentiment. Elle te montrera. »

Chernon était résolu à s'acquitter de sa mission. Il répéterait mot pour mot ce qu'avait dit Vinsas. Quelle serait la réaction de Sylvia ? Il se perdait en conjectures. D'emblée, elle aurait pu refuser tout net d'en entendre davantage. Chernon aurait compris. La fermeté de sa mère lui aurait coupé le sifflet. Pourtant, au lieu d'opposer à ses provocations un mutisme intransigeant, elle s'était lancée dans de grandes explications sur les relations entre les hommes et les femmes, la concupiscence et le caractère malsain de certaines obsessions. S'il n'avait pas eu l'intention de faire pleurer sa mère, il avait accueilli ses larmes avec une sourde satisfaction. Il s'était senti fortifié d'avoir pu aborder un sujet aussi complexe avec une grande personne. Il n'était plus tout à fait le même et cependant il avait peur et son cœur aurait pu se briser. Quand il avait voulu recommencer l'expérience, profitant d'une autre permission, sa mère lui avait imposé silence, et comme il insistait, elle l'avait envoyé chez tante Erica.

Avec Stavia, il s'était passé la même chose. « Il faut les amener à commettre l'irréparable, il faut les contraindre à violer la loi, avait recommandé Michael. Aussi longtemps qu'elles restent de bonnes citoyennes, le Conseil étend sur elles sa protection. Une fois dans l'illégalité, elles deviennent subitement vulnérables. Elles se tournent vers nous, leur dernier recours. Dès lors, nous les tenons à notre merci. Elles se mettent en quatre pour nous satisfaire. »

Chernon avait fait de son mieux. Il avait eu foi en son ascendant irrésistible. Les livres prêtés au jeune aspirant, ce n'était encore qu'un écart de conduite, le premier faux pas commis par la vertueuse fille de Morgot. Chernon voyait plus loin. Malheureusement, le procédé s'était retourné contre lui. Stavia n'avait-elle pas menacé de porter l'affaire devant le Conseil ?

— Rends-lui ce sacré bouquin, avait suggéré Stephon. L'essentiel, pour l'instant, c'est que la petite se tienne tranquille. Laissons passer quelques mois, puis nous reviendrons à la charge.

Stephon se trompait. L'occasion ne devait pas se représenter de sitôt ! Neuf ans, c'était bien long. Quelle mouche l'avait piquée, aussi, de lui fausser compagnie sans un mot d'avertissement ? Michael avait raison. On ne pouvait pas leur faire confiance. Même Beneda était faillible. Tantôt elle se montrait disposée à lui passer tous ses caprices, comme de lui mijoter ses plats favoris, interminablement, quand il venait en permission, tantôt elle n'avait pas une seconde à consacrer à son frère. A quel titre les femmes s'arrogeaient-elles le pouvoir exorbitant de changer d'avis et de reprendre ce qu'elles avaient donné ? Consentir une fois, c'était se lier pour toujours. On n'avait pas le droit de manquer à ses engagements. Encore moins celui de prendre la fuite.

Chernon, du même coup, se trouvait sans emploi. Michael n'avait plus besoin de lui. Sinistre perspective. Un jour, peut-être, le centurion inventerait quelque nouveau subterfuge afin de poursuivre son offensive secrète contre la cité. Ce n'était pas pour tout de suite. La conjoncture s'annonçait défavorable, c'était devenu son leitmotiv. Il avait décidé de geler toutes les initiatives.

Stephon, pour sa part, ne se consolait pas de cette inaction et rongeait son frein.

— L'impatience ne te lâche plus, elle finira par te dévorer, lui répétait Michael. Notre tour viendra. Demain ou dans dix ans, quelle importance ? Ce qui compte, c'est d'être prêt.

Les jours passaient.

Chernon s'accrochait à la certitude que sa chance se présenterait dans un proche avenir. Il serait trop heureux de la saisir. Comme on se penche, au risque de tomber, pour voir la lune dans le puits, il découvrirait la vérité sur le pouvoir caché de la Fédération.

Car il y avait bien un mystère. Sans cela, pourquoi

auraient-ils exilé Stavia loin de Marthatown ? Redoutant qu'elle fût tentée de lui révéler quelque chose, ils l'avaient exhortée à prendre le large. Au début, naïvement, il avait espéré que les livres pourraient le mettre sur la voie. Il avait dû déchanter. De la première à la dernière page, ce n'étaient que chiffres, croquis, index de noms, descriptions des us et coutumes des peuples d'autrefois, petites gens sans éclat, bergers, chasseurs, cultivateurs. Nulle part il n'était question de machines ou d'armes fabuleuses. Stavia s'était bien gardée de lui confier les livres importants. Du reste, ceux-ci n'étaient sans doute pas mis entre toutes les mains, et peut-être la fillette était-elle trop jeune pour en avoir eu connaissance. Chernon imaginait un volume flamboyant, gardé par des vestales chenues. Pourtant, initiée ou non, Stavia avait frôlé le mystère, soit qu'elle eût découvert quelque chose par intuition, soit qu'elle eût intercepté une confidence. Michael le croyait. Chernon en était convaincu.

— Elle reviendra tôt ou tard, lui avait dit le centurion. La situation risque d'être totalement différente, alors, et nous n'aurons plus besoin d'elle. Dans le cas contraire, il faudra te montrer plus entreprenant. Si cette fille reste sous l'emprise de Morgot et des autres bigotes du Conseil, nous ne pourrons jamais lui soutirer le moindre renseignement de valeur.

Porté à la divagation, Chernon n'avait nullement besoin de cet encouragement pour donner libre cours à son imagination. Il rêvait d'arracher Stavia à l'influence de la cité et de l'avoir pour lui seul. L'idéal serait une expédition en terre inconnue, prétexte honorable entre tous. Les légendes abondaient en relations de voyages extravagants. La plus belle de toutes les sagas, *l'Odyssée*, ne décrivait-elle pas le long périple qu'avait dû accomplir le vieux guerrier grec pour regagner sa garnison après la chute de Troie ? Dans les plus noirs moments de désœuvrement ou d'inquiétude, Chernon se plaisait à s'identifier à

Odysseus, quittant le champ de bataille après la victoire, cinglant vers l'île natale. Il sortait presque indemne de la tuerie, mais quelques bandages rouges de sang témoignaient de sa témérité dans les combats. La traversée commençait à peine lorsqu'une tempête épouvantable les jetait sur un rivage inconnu et dispersait l'équipage. Le calme revenu, le héros se trouvait seul face à la troublante et vertigineuse étrangeté du monde.

Dans les premiers temps, ce fantasme de quête ou de voyage initiatique était seulement l'asile merveilleux au fond duquel il cherchait refuge pour fuir l'inanité des gens et des choses. Au fil des semaines, comme se refermait sur lui la froide solitude de l'ennui, sans qu'il s'y attendît ou s'y préparât, à tout moment se déployait dans son esprit le décor de la geste grandiose. De plus en plus, l'asphyxie de la vie ordinaire le prenait à la gorge ; il ne supportait ni les jeux ni les activités puériles, tels que la fabrication de nouveaux pignons et montants de porte auxquels s'occupaient volontiers ses camarades. Il se sentait d'une autre trempe, tout illuminé par un soleil intérieur, particulier, caché. L'autre monde existait, et l'autre rive, la vraie, incarnait l'espoir de jours meilleurs, la promesse d'une gloire qui faisait si cruellement défaut, de ce côté-ci du rêve. Stavia, jeune fille studieuse, serait le témoin de ses exploits, à la fois scribe et inspiratrice. Elle regretterait alors de lui avoir chipoté sa confiance en ne lui prêtant que des livres innocents. Eblouie, elle comprendrait à quel point sa vertu, sa résolution le mettaient bien au-dessus des simples traîneurs d'épée. Subjuguée, elle lui livrerait joyeusement tous ses petits secrets. L'honneur triompherait sur toute la ligne.

Enfin, Casimur consentit à mourir. Chernon retourna dans le dortoir des adolescents où il continua d'emprunter chaque nuit les sentiers de chimères. Souvent, le rêve s'achevait en apothéose avec l'entrée victorieuse, parmi les tambours et les étendards, dans une vaste cité finale où il ne désirait plus rien, n'exigeait plus rien de personne, pas même de Stavia. « Où se cache le pouvoir, le mystérieux pouvoir ? chuchotait le dormeur. Pourquoi suis-je prisonnier ? » Ses questions éveillaient dans l'ombre un écho inutile, et chaque nouveau matin, jailli d'une sonnerie de clairon, le saisissait comme le malheur.

Ta-ta-da, ta-ta-da, ta-ta-da ! Debout ! Debout ! Debout !

Des sons s'insinuaient, imprécis, plus ténus qu'à l'ordinaire, comme si le caractère exceptionnel de la journée qui s'annonçait ralentissait les mouvements et les conversations. Pour lui-même et ses camarades, ce jour était celui du choix. Une poignée de cadets de la promotion s'apprêtaient à franchir la porte des Femmes, et tout le monde le savait. Quel silence, cependant ! Même les plus intrépides, comme Wills, par exemple, n'avaient pas le cœur à donner le signal du harcèlement. Il s'était écoulé bien peu de temps depuis le retour du front ; les images et les cris étaient dans toutes les mémoires. Les sarcasmes hésitaient donc à se manifester. Certains espéraient, sans trop y croire, que les dissidents, mortifiés, se raviseraient au dernier moment et feraient, comme les autres, un pas en avant.

Chernon se dressa et fit basculer ses jambes hors du lit. Il évitait de regarder sur la gauche, où se trouvait la couchette de Habby. Le frère aîné de Stavia avait choisi de rendre son uniforme. De même que Breten, Garret et Dorf. Et Corrig, bien sûr. Corrig, la venimeuse engeance. Bon débarras !

— Chernon ?

A peine plus qu'un murmure. Il avait redouté une initiative de ce genre. Il se tourna néanmoins. Habby lui tendait la main.

— Adieu, Chernon. L'occasion ne se représentera sans doute pas. Serrons-nous la main, d'accord ?

Non, décida Chernon. Il n'était pas dit qu'on le prendrait en flagrant délit de familiarité avec un dissident. D'un autre côté, il serait maladroit de laisser le frère de Stavia sur une impression défavorable. Savait-on quelle médisance il irait ensuite colporter à travers la Fédération ? Michael n'avait-il pas laissé entendre que la petite sœur pourrait leur être utile dans l'avenir ? Il fallait laisser la porte ouverte à une réconciliation. Un petit effort s'imposait, un geste de générosité, quelque chose qui flatterait la sensibilité de Stavia quand l'anecdote lui serait rapportée.

— Méfie-toi de Wills et de sa bande, fit-il à mi-voix. Ils sont capables de vous tailler en pièces.

Voilà qui semblait suffisant. Ces bonnes paroles l'engageaient d'autant moins qu'il s'était fait à lui-même la promesse de ne pas participer aux éventuelles brutalités des irréductibles.

— Je sais, répondit Habby sur le même ton, mais nous sommes cinq, et nous sommes résolus. Veux-tu que je transmette un message à Stavia ?

Chernon secoua la tête, scandalisé. Un message, par le truchement du frère ?

— Elle sait à quoi s'en tenir, dit-il froidement. Je lui ai fait part de ma décision.

— La guerre est finie, Chernon.

— Raison de plus pour rester. Quelle lâcheté, de s'en retourner dans les jupes de sa mère, après tous ces morts et tout ce sang versé.

Il n'avait jamais été plus sincère. Michael aurait pu dire la même chose, et tous les braves écumeurs de champs de bataille.

— La guerre n'est qu'un prétexte, Chernon. Ils trouveront toujours le moyen de donner mauvaise conscience à celui qui serait tenté de laisser tomber toute cette ferblanterie héroïque.

Sourcils froncés, Habby le regardait avec une fixité un peu alarmante. Il grimaça de douleur et porta la main à son front.

— C'est une question d'honneur, répliqua Chernon avec condescendance.

Personne autant que lui n'avait nourri l'espoir

d'être un jour soustrait à l'ennui de la caserne, mais jamais il n'avait eu la bassesse d'imaginer cette délivrance comme une fuite à travers la porte des Femmes. Dans son cas, il ne pourrait s'agir que d'un arrêt du destin, une péripétie inévitable, comme le sont le tonnerre, ou la foudre, ou le froid. A l'avance, il déclinait toute responsabilité.

— L'honneur, répéta-t-il. On ne peut prendre la décision de rendre son uniforme et conserver l'estime de soi.

Habby haussa les épaules.

— Tu me parles dans la langue figée de la propagande militaire. Comment te répondre ? Les mots, pour nous, n'ont pas le même sens.

Chernon se détourna vivement. Il voyait rouge, tout à coup. Stavia lui avait tenu le même discours, sur le même ton moralisateur. Beneda également, à peu de chose près. Leur mère avait fait chorus.

— L'honneur, le maître mot de la langue de bois dont ils te martèlent les oreilles, mon fils. Tu en es tout étourdi. Ils veulent te garder, alors ils agitent devant tes yeux l'épouvantail du déshonneur.

— Que veux-tu de moi ? avait-il répliqué. Tu trouverais ma conduite admirable, peut-être, si je décidais de revenir parmi vous ?

Sylvia avait souri, tristement.

— Nous nous efforçons de ne pas réduire une décision aussi grave à la simple alternative de l'honneur et du déshonneur. Nous avons de l'affection pour toi. Nous aussi, nous avons besoin de toi.

Stavia avait manifesté la même intransigeance. Plus de livres. Prends tes responsabilités, Chernon. Plutôt reconnaître mes torts devant le Conseil que de continuer à violer le règlement pour un aspirant qui refuse de quitter sa garnison. Entre le plaisir de la connaissance et celui des armes, il faut choisir.

Il s'était retrouvé pleurant à chaudes larmes, sans pouvoir s'arrêter, comme on laisse exploser sa colère. Pour cette faiblesse, indigne d'un futur brave, il s'était adressé de violents reproches. Gémir, pleurer, prier est également lâche. Les larmes sont un aveu d'impuissance. Règle numéro un, avec les femmes : ne jamais leur donner l'impression qu'elles ont barre sur vous. Résolu à revoir Stavia, ne serait-ce qu'une fois, pour annuler l'effet désastreux produit par ce moment d'égarement, il avait pris conscience de sa solitude. Envolée, Stavia. Envolée pour longtemps ; des années, autant dire toute la vie.

Entre lui et Habby, il n'y avait plus rien à ajouter. Il se leva, tournant le dos à son voisin de gauche, et s'habilla. Aujourd'hui, toute la garnison serait en grande tenue. Il s'en trouverait quelques-uns, parmi les aspirants de la promotion, pour regretter Habby, un fier compagnon, quand il voulait s'en donner la peine. Le départ de Corrig, par contre, serait accueilli avec soulagement. Absurde et repoussant Corrig, avec son air halluciné, comme s'il avait en permanence les yeux fixés sur le délire, et cette manie de fureter dans l'esprit des gens et d'en extraire des choses qui ne le regardaient en rien.

Le jour se levait, pâle et mélancolique. Le brouillard serait bientôt dissipé, chassé par le vent venu de la haute mer. Chernon posa sur ses épaules sa cape dont il ferma l'aiguillette. Avant de chausser les lourds brodequins, il enfila ses jambières de laine côtelée. Elles se fixaient au ceinturon à l'aide de lacets que ses doigts gourds nouaient avec difficulté. Autour de lui, tout le monde accomplissait les mêmes gestes, à l'exception des cinq dissidents, regroupés dans le fond du dortoir. Nu-pieds, vêtus de leur seule tunique, ils attendaient, sans regarder rien ni personne. Les buccins allaient sonner le rassemblement et le plus tôt serait le mieux. Pas bête, l'idée de se présenter sur le champ de manœuvre dépouillé du harnachement qu'il aurait fallu laborieusement dégrafer, déboutonner, délacer, offrant ainsi aux anciens condisciples le temps et l'occasion d'infliger les plus cruelles brimades. Une tunique, cela s'enlève en un clin d'œil. On évitait ainsi l'humiliation d'un déshabillage en public qui prenait immanquablement, aux yeux de tous, le caractère d'une dégradation. Le soldat ravalé au rang de serviteur. Habby, sans doute, avait ruminé dans son esprit toutes les étapes de la pénible cérémonie à laquelle ils allaient devoir se soumettre. Le subterfuge de la tunique, c'était de lui.

— Nu tu as surgi du ventre de ta mère, nu tu déboucheras de la porte des Femmes ! braillerait le centurion.

— Tu es né sans un fil sur le dos et tout sanglant, renchérissaient parfois les plus forcenés. Tu partiras d'ici dans le même état !

Joignant le geste à la parole, ils lançaient les pierres dont ils avaient pris soin de remplir leurs poches. Il s'élevait alors un tollé général, vaste mouvement d'hostilité dont étaient la cible quelques gamins tremblants de froid, les pièces de leur uniforme éparses à leurs pieds.

Comment fallait-il interpréter ce concert de sifflets, de huées ? s'interrogeait Chernon. Comment fallait-il interpréter les infamies que Vinsas adressait à Sylvia par l'entremise de son fils ? Dans les deux cas, on retrouvait le même désir de nuire, d'accabler sous l'outrage. A bien y réfléchir, on ne pouvait souscrire complètement à cette attitude ; elle laissait un arrière-goût d'amertume, comme un mets que l'on n'était pas sûr d'aimer. Chernon coupa court à ces digressions et resserra autour de lui les pans de sa cape. Habby et les autres semblaient insensibles à la morsure du froid. Personne ne s'y trompait. Sous cette façade d'indifférence, on les devinait attentifs à tout, prêts à riposter s'il le fallait. Wills vociférait dans la galerie ; il essayait en vain d'ameuter son clan. Cette fois, personne ne s'en ressentait pour aller donner une leçon de vertu militaire aux dissidents. Habby était capable de rendre coup pour coup.

Quant à Corrig, hystérique, imprévisible comme il savait l'être, il inspirait tout simplement la peur.

Rassemblement !

La stridence lugubre des buccins. Wills pouvait dire adieu à ses fantasmes punitifs. Ils sortirent calmement dans la cour et formèrent le carré, dix par dix. La centurie des cadets. Ils avaient quinze ans, ils étaient cent. Un beau chiffre, qui serait bientôt écorné. Dans moins d'une heure, l'unité ne compterait plus que quatre-vingt-quinze membres.

Au cours des rémissions de plus en plus brèves que lui accordait la douleur, Casimur se confiait quelquefois à son garde-malade.

— Jadis, avait-il déclaré, il n'était pas rare de voir des centuries au complet, lorsqu'il s'agissait d'aller au combat pour la première fois. Pas un homme de vingt-cinq ans ne manquait à l'appel. Regarde où nous en sommes. L'honneur fiche le camp, gamin ! De nos jours, quand une centurie en âge de se battre est amputée de vingt braves seulement, on peut s'estimer heureux ! Ils ont oublié l'ivresse du sang et l'ardeur des combats. Des tire-au-flanc, pour la plupart, en dépit des proclamations courageuses. La dissidence ronge les garnisons.

— A quelle époque, ces centuries au complet ? avait demandé Chernon, méfiant.

— Du temps de mon grand-père, gamin. C'est loin, tout ça.

Ils gagnèrent le champ de manœuvre et prirent position, leurs capes claquant dru. Le vent labourait les visages. Chernon n'avait pas oublié le verdict accablant de Casimur. Quand défila devant lui la centurie vingt-quatre, aiguisant ses yeux contre les rafales, il compta. A vingt et une reprises, un espace venait rompre l'alignement. Il ne restait que soixante-dix-neuf hommes. Casimur avait raison. En admettant que cinq aspirants eussent déclaré forfait à l'âge de quinze ans, en admettant que, chaque année, un ou deux braves se fussent défilés, on se trouvait avec une centurie bien réduite quand les hommes qui la composaient atteignaient vingt-cinq ans, l'âge d'aller au front.

Ce sont les meilleurs qui restent, se répétait Chernon avec obstination. Les plus intrépides. La valeur d'une centurie se mesure moins au nombre de ses braves qu'à leur courage individuel.

— UN PAS EN AVANT ! hurla l'officier. Ceux qui choisissent l'honneur, un pas en avant !

Chernon ferma les yeux très fort. Habby se trouvait juste derrière lui.

— Adieu, murmura-t-il.

Comme un seul homme, quatre-vingt-quinze aspirants firent un pas en avant. Les autres enlevèrent leur tunique et se trouvèrent absolument nus, très droits, les bras le long du corps, exposés au froid, au vent, aux regards. Les quatre-vingt-quinze firent le tour de l'esplanade au pas cadencé, les yeux braqués devant eux. Quand la centurie revint à son point de départ, les dissidents avaient disparu, conduits sous bonne escorte dans le corps de garde.

Nul ne fit mine de remarquer leur absence. Leurs noms ne seraient jamais mentionnés. Désormais, ils seraient pour leurs anciens camarades comme s'ils n'avaient jamais existé. La centurie pivota et se remit en marche. Elle s'arrêta devant la tribune où se trouvaient les officiers généraux.

— En ce jour, nous vous élevons au rang de braves, fit la voix tonnante du commandant. Vous en assumerez tous les devoirs, vous en recevrez tous les honneurs. Vous connaîtrez la rigueur de la discipline, et plus tard, vous côtoierez la mort sans peur et sans reproche. En chacun de vous, l'honneur a parlé : pour cette preuve de courage, la première de toutes, vous recevrez le ruban d'azur !

Toutes les centuries se déployèrent en arc de cercle autour des cadets. Les glaives furent tirés des fourreaux et brandis. Dans le tonnerre des acclamations, les porte-couleurs s'avancèrent et sur toutes les jeunes poitrines épinglèrent le ruban bleu du courage. A chacun fut présentée la coupe fraternelle contenant l'hydromel. Quand le dernier cadet eut été décoré, quand il eut pris la gorgée symbolique de l'amitié, brusquement, l'ovation s'acheva. Chernon avait les larmes aux yeux. Un coup d'œil furtif sur ses voisins le rassura : nul ne songeait à contenir son émotion. Regards mouillés des adolescents après la décision qui transforme une vie en destin. Dans chaque conscience résonnait une euphorie impossible à maîtriser, force irrationnelle qui poussait vers l'orgueil, la démesure, le dépassement de soi, le désir de l'absolu rouge des champs de bataille. Chernon rendait grâce au ciel pour cette joie. Habby avait-il seulement compris ce qu'il abandonnait, au profit d'une vie misérable de citoyen de second ordre ?

Demi-tour, droite ! Les tambours battirent les premières mesures de la marche funèbre. Casimur était mort quelques jours auparavant.

Profitant de la cérémonie du choix, la garnison avait décidé de lui rendre un hommage solennel, ainsi qu'à sa centurie, la trente et unième, qui venait de perdre l'une de ses gloires.

— A Chernon, brave de la quinzième, revient l'honneur de porter pour la parade les décorations de son aîné ! proclama le tribun.

Chernon sortit du rang. On lui fourra dans les mains la lance du mort, sa belle lance de cérémonie avec le quillon tout pavoisé des rubans multicolores que lui avait valus son comportement exceptionnel face à l'ennemi. Le plus naturellement du monde, Chernon prit la place de Casimur dans les rangs clairsemés de la centurie trente et une ; comme un réserviste se substitue au guerrier qui vient de tomber.

La musique du triomphe déferla sur le champ de manœuvre. La trente et unième défila, magistrale et terrible, comme au jour de sa toute première sortie, six ans auparavant, les morts et les vivants tous ensemble, les épaules rejetées en arrière, fabuleusement raides, le regard droit et fier. Les seuls absents étaient les poltrons qui jadis avaient franchi la porte honteuse.

Tout d'une voix et du fond du cœur, ceux qui les voyaient passer, fantômes et vivants côte à côte, hurlaient leur enthousiasme. Les cloches sonnaient à toute volée. Les tambours roulaient sombres sous les buccins retentissants. L'apothéose de Casimur atteignait en plein les nuages.

Fouettait le vent, montait la lumière, Chernon était transporté. Si la vérité ressemblait à quelque chose, c'était à cet instant violent, sons, mouvements, couleurs, où l'être entier basculait. Oui, il se sentait assez fort pour aimer d'amour cette vie et ne faire qu'un avec ceux qui avaient tué avant lui, mis à sac également, et volé, pillé, massacré, tous les porteurs de rubans, de vingt-cinq à soixante-dix ans, un seul survivant dans l'ultime centurie, vieillard au regard d'enfant, tous sanglants, tous haïs, redoutés, sacrés, ses camarades, désormais. Avec eux mélangé, entre-croisé, il voulait affronter les périls face à face, sentir sur son visage le vent qui avait ridé les leurs, entendre le chuchotement des arbres et le cri d'un oiseau solitaire autour des plaines jonchées de morts et de blessés. Quel avenir il s'était choisi !

Dans l'éblouissement de la découverte, si Habby s'était trouvé devant lui, il l'aurait roué de coups.

15

A soixante ans passés, Septimius Bird était entré dans la cité de Marthatown par la porte des Nomades, où il avait présenté à la sentinelle un passeport portant l'estampille d'une douzaine de villes. Il aurait été bien surpris d'apprendre que Marthatown allait devenir pour lui le havre de paix qu'il avait cherché toute sa vie.

– Septimius Bird ?

La sentinelle avait ébauché un sourire d'incrédulité.

– Dernier du nom, ci-devant retardataire.

Fronçant des sourcils méphistophéliques, il avait plaqué sur sa face mobile l'expression de sombre dérision qui lui venait tout naturellement pour affronter les formalités administratives.

– Comment ça, retardataire ?

– Fatalement, comme toujours ! (Il avait poussé un grand, un profond soupir.) Si j'avais su être accueilli par un minois ensorcelant, j'aurais rappliqué la semaine dernière, ou le mois dernier. En fait, j'aurais pris racine depuis longtemps.

– Avec un passeport d'itinérant ? Sûrement pas ! avait répliqué la sentinelle sans s'émouvoir. Qu'est-ce qui vous amène ? Le carnaval ?

– Comme il se doit.

Un rire bref fit flamboyer des canines affûtées comme des crocs. Ses yeux, remarqua la sentinelle, demeuraient imperturbables.

– Magicien ? demanda-t-elle.

– Artiste, s'il vous plaît. Je fais un peu de tout, par vocation.

– Vous voyagez seul ?

– Qui se complaît dans la solitude ! s'exclama-t-il, soulignant le mot d'un frémissement de la main. Naturellement, je me sens abandonné des hommes, comme tout un chacun en ces temps d'incertitude où se resserre partout l'étau de la désolation. Mais voyager seul, il n'en est pas question. Nous formons une petite troupe, si je puis me permettre, au risque de paraître présomptueux.

– Votre première halte...

– Sera pour le pavillon de Quarantaine, coupa Septimius. Contrôle sanitaire ! Nous n'y voyons pas d'inconvénient. Loin de nous la tentation de répandre des germes infectieux en ces lieux bénis de l'Elue. Que deviendrions-nous, pauvres saltimbanques, privés de l'hospitalité tatillonne de la Fédération ? Livrés à nous-mêmes, nous n'aurions plus de raison d'être. Aussi nous faisons-nous un devoir de respecter vos traditions.

Du fond de sa gorge monta un ricanement qui tourna court.

La porte de la roulotte s'entrebâilla. Un vieillard à poil gris montra un visage de loup décharné derrière une barbe de huit jours.

– Septimius ? Que se passe-t-il ? Nous sommes arrivés ? demanda-t-il dans un trémolo entrecoupé d'une petite toux sèche.

Deux frimousses s'encadrèrent à leur tour dans l'ouverture, l'une au-dessus de la hure chiffonnée de l'ancêtre, l'autre en dessous, jumelles jusque dans le désordre apprêté des boucles auburn qui leur mangeaient le front et les oreilles.

– Septimius, où sommes-nous ? demandèrent les demoiselles d'une seule voix, beaucoup trop avertie et profonde, voix de femme étonnante dans ces bouches si fraîches.

De l'une des cages fixées sur le toit du véhicule s'éleva le grognement étouffé d'un chien qui s'agitait dans son sommeil.

— Le vieux monsieur n'est autre que Bowough Bird. Ces charmantes personnes sont mes nièces.

Septimius présenta les passeports. La sentinelle les feuilleta avec beaucoup de soin. Ces gens avaient sillonné la Fédération. Septimius avait déjà dix-sept passeports derrière lui, et les pages de celui-ci étaient presque toutes remplies. Quant au vieux, il en avait épuisé vingt-sept. Vingt-sept passeports !

— Qu'en dites-vous, madame ?

Septimius s'inclina profondément, une main sur le cœur, ôtant de l'autre, d'un geste extravagant, son vaste feutre dont le panache balaya le sol.

— Poursuivez tous les quatre. Votre courtoisie mérite récompense. Inutile de ressortir, je vous dispense d'entrer dans le pavillon par la porte extérieure. Veuillez prendre à gauche, le long du rempart. Ce n'est pas bien loin.

La roulotte s'éloigna en cahotant sous le regard amusé de la sentinelle. Deux fois l'an, en période de carnaval, les cités se remplissaient d'une faune singulière, charlatans, individus louches, illusionnistes, sorciers de foire, vantards impénitents... Septimius Bird semblait tout cela à la fois, comme il l'avouait lui-même. Elle glissa un coup d'œil sur le miroir suspendu derrière la porte et se trouva bonne mine, en dépit du ridicule tabard qui lui tenait lieu d'uniforme et dont le port était obligatoire. Minois ensorcelant.

Dans le bureau du médecin de service était assise une jeune femme rousse, la bouche généreuse, les yeux couleur de nuage.

— Livrets de santé, dit-elle, tendant une main péremptoire.

Elle les foudroya tous d'un regard soupçonneux, comme si elle ne doutait pas d'avoir affaire à de dangereux porteurs de virus, à moins que cet excès d'autoritarisme ne fût destiné à faire oublier la coupable somnolence dont ils l'avaient tirée en arrivant. Elle s'absorba dans l'examen des livrets en faisant hum et ha, pour montrer qu'elle était capable de lire entre les lignes, puis demanda :

— Il y a une semaine, vous quittiez Mollyburg où vous avez reçu le visa du Service de contrôle sanitaire. Avez-vous eu des relations depuis lors ?

— Si ce mot est un euphémisme servant à désigner lubricité, débauche et paillardise, la réponse est non. J'ai peu de goût pour la chose, voyez-vous. Bowough ici présent incline sa tête blanche pour confirmer sa nostalgie d'un temps révolu. En ce qui concerne mes nièces, nonobstant une précocité qui fait plaisir à voir, la chasteté répond chez elles à un choix esthétique dont on peut prévoir qu'il ne durera pas toute la vie.

Stavia, car c'était bien elle, éplucha les jumelles d'un regard froid. Méfiance. On avait déjà vu des histrions présenter leurs concubines comme des saintes nitouches. Elle en avait entendu de toutes les couleurs au cours de sa brève expérience, et les longues années d'études à la faculté d'Abbyville l'avaient initiée à toutes sortes de réalités sordides dont elle aurait préféré continuer d'ignorer l'existence. Rien de suspect, pourtant, dans ce cas précis. Un certain air de sérénité enveloppait les jeunes filles, propre à décourager les pensées malveillantes. Tout était juvénile sur ces visages, la roseur de la joue, l'œil limpide, comme si la protection de l'Elue était sur ces enfants. Leurs prunelles, c'était du bleu immense où rôdaient une sagesse paisible, une égalité d'âme bien au-dessus de leur âge.

Non sans peine, Stavia ramena son attention sur les livrets. C'était à peine croyable ! Ces filles avaient le même âge qu'elle. Vingt-deux ans et toujours pucelles ? Tant de vertu alliée à tant de charme, il y avait de quoi confondre l'imagination.

— Vos assistantes ? murmura-t-elle.

— Donnez-vous la peine de réfléchir un instant.

Vous comprendrez sans peine quel parti un prestidigitateur peut tirer du concours de vraies jumelles, surtout si celles-ci présentent tous les caractères propres à la jeunesse. (Il lui décocha son sourire de pirate.) Puis-je vous présenter Kostia et Tonia, les filles de ma jeune sœur ? J'avais pour elle la plus profonde affection.

Cette dernière phrase fut débitée le plus simplement du monde, sans la moindre facétie. Stavia le crut sur parole.

— Dans leur intérêt, baladin, vous devriez confier vos nièces à la Fédération.

Il secoua la tête, de l'air entendu de quelqu'un qui s'est vu gratifié maintes fois du même conseil désintéressé. Tout à coup, il se pencha et prit appui sur le bureau, de l'extrémité de ses dix doigts.

— J'ai caressé cette idée, de temps à autre. Ma sœur était d'un avis contraire, voilà qui règle la question. Croyez-le ou non, notre vie présente certains avantages.

— Je n'en doute pas, soupira-t-elle, à condition de se tenir à l'écart des bandits.

Septimius perçut le soupir. Il exprimait une sympathie implicite pour les gens du voyage.

— Jusqu'à présent, nous avons eu de la chance, dit-il, sans plus de commentaires.

Sachant qu'elle perdait son temps et que l'examen ne réserverait aucune mauvaise surprise, Stavia procéda néanmoins à tous les contrôles de rigueur. Le vieux ne bougeait pas plus qu'une momie tandis qu'elle l'auscultait. Petite inflammation pulmonaire. Rien de grave, encore, mais une pneumonie était à craindre, si cet octogénaire privé de soins persistait à dormir sous le couvert des arbres ou dans une roulotte non chauffée. On ne plaisantait pas avec la pneumonie, en ce temps-là. Un même médicament traitait les infections pulmonaires et les maladies vénériennes. L'unique usine de produits pharmaceutiques de la Fédération suffisait à peine à satisfaire la demande. Les jumelles resplendissaient de santé. L'oncle n'avait pas menti, elles étaient aussi pures qu'au jour de leur naissance. Tout le monde portait sur la tempe gauche le sceau estompé de Mollyburg. Stavia apposa le sien de l'autre côté.

— Où comptez-vous loger ? demanda-t-elle. A l'*Auberge des Forains* ou bien préférez-vous le grand parc de stationnement réservé aux roulottes ?

Septimius jeta sur Bowough un regard soucieux.

— Un bon lit douillet ne ferait pas de mal à mon vieux compère.

Stavia le récompensa d'un sourire chaleureux.

— J'étais sur le point de vous conseiller une telle décision. Voici vos cartes d'alimentation. Celles-ci vous donneront droit à une ration supplémentaire d'œufs et de crème. Il en aura besoin.

Septimius s'inclina jusqu'à terre.

— Docteur, votre générosité me touche infiniment.

— Pensez-vous ! C'est bien le moins que nous puissions faire avec la fabuleuse moisson qui s'annonce partout. On parle d'agrandir nos entrepôts, trop exigus pour contenir nos futures réserves. Toutes nos brebis ont mis bas des jumeaux et nos chalutières remontent chaque jour dans leurs filets une pêche miraculeuse. Nous pouvons faire le sacrifice d'un peu de crème et de quelques œufs pour améliorer l'ordinaire d'un homme qui a voué son existence à nous divertir.

Cette fois, Septimius se contenta d'une sobre et sincère inclinaison de tête. Stavia l'imita, lèvres pincées, puis son visage s'épanouit en un sourire espiègle.

— Où présenteras-tu ton numéro, magicien ?

— Nous avons pris la précaution d'arriver en avance. J'espère trouver sur la grand-place un emplacement convenable où je pourrai dresser mes tréteaux.

— Vous êtes parmi les premiers, confirma-t-elle. Je ferai un saut demain, pour m'assurer de l'état de votre compagnon. Vous travaillez ensemble depuis longtemps ?

– D'aucuns diraient bien assez longtemps, madame. Cet homme est mon père.

Demeurée seule, Stavia suivit d'un œil pensif la roulotte tandis qu'elle gravissait avec fracas la ruelle pavée conduisant à la place du marché.

Septimius tenait les rênes dans sa main gauche ; la droite, posée telle une araignée sur la banquette à côté de lui, s'appuyait sur le bout de ses doigts, logés dans les cinq alvéoles familières.

– Par tous les cinq, murmura-t-il.

Ce chiffre était son code secret, son gris-gris, la seule chose à laquelle il attribuait quelque pouvoir. Etant enfant, il avait passé des nuits par milliers sous une couverture brodée de cinq abeilles. En appliquant les doigts sur ces reliefs, il avait appris à compter. Cinq abeilles, cinq doigts. Il en était venu à considérer ce chiffre comme un signe, et son unique repère. Les années passant, le talisman n'avait rien perdu de son pouvoir, bien au contraire. Devenu un homme et bien qu'il s'en défendît, trouvant cette habitude extravagante et ridicule, Septimius continuait d'interpréter le monde selon son chiffre magique. La nuit, malgré lui, son regard fouillait l'éternel dessin des astres pour isoler un groupe de cinq étoiles ; le jour, il faisait de même avec les arbres d'un bosquet, un troupeau de moutons égaillés dans un champ, les interstices entre les pierres d'un mur... Ce chiffre était scandé sur un rythme immuable, un-deux, un-deux-trois. Tip-tap, tip-tap-tap. Si un nouveau tip-tap enrichissait la série, si on arrivait jusqu'aux sept battements dont son prénom était le symbole, il s'agissait d'un signal d'alarme ou de détresse.

Septimius n'avait jamais initié quiconque aux sortilèges du cinq et du sept. Puérilité, se répétait-il. Pauvre tentative pour faire pièce à l'universel chaos. Très tôt, en effet, il avait acquis la conviction que le monde, en dépit de certaines apparences rassurantes, disséminées ici ou là, n'était qu'un méli-mélo de désirs, de violence et d'idées.

Il était l'unique enfant de la troupe. Autour de lui gravitaient Bowough et Genettia, ses parents, les vieux Brack et Brick, ses grands-parents, tante Ambroisie, cousin Bysell, Netta, une tante à la mode de Bretagne, ses filles et ses fils, tous grands et bien bâtis. Ces gens n'avaient qu'un point commun, une volonté de fer, et personne n'était jamais du même avis.

Septimius évoquait rarement son passé sans réticence. Du reste, il avait peu de souvenirs et les quelques sédiments accumulés au fond de sa mémoire exhalaient un parfum de désenchantement. Les mêmes scènes le traversaient parfois, sans cesse accompagnées, comme s'il s'agissait d'un bruit de fond, par les récriminations fastidieuses des postillonneurs de conseils. Car il ne pouvait prendre la moindre initiative, donner à manger aux ânes, par exemple, ou tirer l'eau de la rivière, dresser les chiens ou laver ses chaussettes sans provoquer un tollé. Quand Genettia se mettait des bigoudis, on ne prêtait pas attention à elle, quand Bowough décidait de repeindre la roulotte, on lui fichait la paix. Toutes les grandes personnes étaient libres d'agir à leur guise ; au pire elles se faisaient gentiment brocarder. Si le garçon essayait seulement de lever le petit doigt, il n'était pas un membre de la troupe, jeune ou vieux, qui ne mît un point d'honneur à vouloir lui montrer comment il fallait s'y prendre, nul n'étant sur ce point en accord avec son voisin, et tous de sommer le gamin de choisir son camp. « N'ai-je pas raison, Septimius ? As-tu jamais rien entendu d'aussi raisonnable ? » Si par malheur il émettait une préférence, il s'élevait aussitôt un concert de pleurs et de grincements de dents. Ainsi la vie suivait son cours, cahin-caha, et par miracle, personne ne s'entre-tuait.

Il avait appris à se laisser dériver au gré de tyrannies contradictoires, ballotté d'une rive à l'autre, malheureux, tiraillé, houspillé, prisonnier de cette tendresse étouffante qu'il ressentait comme une fatalité dont il lui faudrait bien, un jour, se désensorceler. Octobra était arrivée trop tard dans sa vie. Sans elle, pourtant, il n'aurait jamais éprouvé le sursaut d'énergie salutaire. Octobra lui avait insufflé la force.

Il avait tout juste dix ans. La troupe avait établi ses quartiers à la sortie d'Abbyville. Ils avaient reçu la visite d'un homme silencieux, très grand, tenant par la main une petite fille. Il avait présenté l'enfant à Genettia et sans un mot, lui avait remis une feuille sur laquelle était griffonné un message. Octobra était orpheline. Son père, un vieux camarade, venait de disparaître. Pouvait-on la recueillir ? La troupe, bien sûr, ne se fit pas prier, trop contente, estima Septimius, de ce cadeau qui lui tombait du ciel. Un nouveau souffre-douleur ! Elle fut adoptée sur-le-champ et reçut le nom d'Octobra Bird.

Ils s'acharnèrent sur elle. Ils l'emberlificotèrent dans leur réseau de conflits et d'intrigues. « Octobra, ma toute belle, n'es-tu pas de mon avis ? » « Octobra, franchement, est-ce que je me trompe ? »

Octobra ne répondait jamais. Elle n'entendait rien et rien ne l'atteignait. Cette enfant singulière leur glissait entre les doigts comme un flocon de neige. Ils cessèrent bientôt de lui adresser la parole ; ils oublièrent jusqu'à sa présence. Septimius se trouva seul en face d'elle. Dès l'instant où elle lui était apparue, petite princesse clandestine aux yeux bénis, avec ses cheveux de lumière, il l'avait aimée de toute son âme.

Son plus beau souvenir. Ils étaient allongés face à face, à l'arrière de la roulotte bleue. Un mince rayon de lune s'insinuait entre les lattes du volet. Paumes contre paumes, deux adolescents inventaient le bonheur, petits fragments de volupté.

– Garde-toi telle que tu es, avait-il supplié. Reste inaccessible, Octobra. S'ils t'attrapent, j'en mourrai ou je deviendrai fou. Ne change pas, surtout.

– Jamais, Septimius. Jamais je ne changerai.

Joignant le bout de leurs doigts, ils avaient scellé le serment. Chère Octobra, sa sœur adoptive, son seul amour, le havre de réconciliation entre la vie et les rêves. Ils avaient eu raison d'elle, en fin de compte.

Septimius n'avait jamais su ce que c'était que de maîtriser son existence et d'en tirer un sentiment de contentement et de paix.

Il devait non seulement subir les harcèlements de la tribu, mais l'interminable errance condamnait sa vie à n'être qu'une succession de secousses dans le vide, une épopée confuse, sans projets, sans dessein intérieur. Les années passaient. Certains quittaient la troupe, d'autres mouraient. Enfin, il ne resta que Bowough et tante Ambroisie. Même alors, impitoyablement ligués, ces deux-là l'avaient maintenu dans l'œil du cyclone. « Nous sommes bien d'accord, Septimius ? Parle donc ! Dis-lui ce qu'il en est. Dis à ce vieillard sénile qu'il travaille du chapeau ! »

Puis Bowough se trouva seul. Du jour au lendemain, implorations, réclamations, sollicitations, tout cessa. Le vieux s'enferma dans le silence. Il n'avait que faire, désormais, de l'avis de son fils.

Septimius avait appris à naviguer entre les écueils d'une vie toute de bruit et de confusion. Dans un monde sans ombres complices, il s'accrochait aux signes et aux présages. Il se maintenait à l'écart de tout, coincé entre l'indifférence et le pressentiment. Il se faisait une loi de ne jamais dire ni oui ni non. Se dérober à tout engagement précis, échapper à toute situation qui engendrait l'angoisse d'une servitude quelconque, c'était devenu chez lui un réflexe, inspiré par la peur. Même s'il était parfois tenté d'accorder sa confiance à la Fédération dont l'ordre et les institutions offraient quelques garanties de stabilité, il restait sur ses gardes, flairant partout la mystification, le mal caché, les ténèbres sous-jacentes. S'il cédait à l'envie de s'arrêter une fois pour toutes et sollicitait le droit de s'établir aux portes d'une cité, la réalité répondrait-elle à son attente ? L'espoir de paix et d'harmonie ne serait-il pas déçu ? Jusqu'à présent, son intuition l'avait toujours dissuadé de lâcher la proie pour l'ombre, d'abandonner la fierté de n'être qu'un vagabond sous les étoiles pour une tranquillité peut-être illusoire. Il n'avait jamais osé prendre ce risque. « Par tous les cinq, grommelait-il quand l'appel de la sédentarité se faisait trop insistant, vas-tu tomber dans leur panneau, toi aussi ? »

Quittant la place du marché sur son flanc est, il s'engagea dans le lacis de ruelles qui débouchaient sur l'esplanade, non loin de l'auberge dont il avait conservé le souvenir. Bâtiment solide, vaste cour, écuries spacieuses. Sa tempe le démangeait, à l'endroit où l'encre n'était pas encore sèche. Il se gratta d'un coup d'ongle.

— Elle en a gros sur le cœur, déclara soudain Kostia. Tonia s'en est rendu compte également.

— De qui parlez-vous, les enfants ? De ce sympathique médecin, là-bas ? Une belle fille comme elle, quel souci cela peut-il avoir ? Jeune, n'est-ce pas ? Vingt, vingt-deux ans ?

— Notre âge, exactement, affirma Kostia. Un homme accapare ses pensées. Un brave.

— Que l'Elue ait pitié de nous ! Craindrait-elle, par hasard, que son galant n'omette de venir à leur prochain rendez-vous ?

Il s'agissait de tout autre chose, Septimius le savait. Comme ses nièces, il avait deviné que Stavia souffrait d'un malaise profond. Par cette question détournée, il cherchait simplement à obtenir la confirmation de ses propres doutes.

— Ce n'est pas si simple, Septimius. (Kostia devint songeuse.) En fait, cette jeune femme est la proie d'un dilemme fort intéressant dont nous ne savons pas encore très bien en quoi il consiste. C'est comme le motif inachevé d'une tapisserie...

Septimius accueillit ces paroles par un sourire narquois et se garda d'insister. L'attention favorable qu'elles portaient sur toute chose fournissait à ses nièces l'occasion de dépister partout des sujets d'étude passionnants. Au moment opportun, comme d'habitude, elles lui livreraient le résultat de leurs réflexions. Pour sa part, l'oncle avait bien du mal à dissocier les jeunes filles du souvenir douloureux d'Octobra à laquelle elles ressemblaient trop pour ne pas provoquer chez lui un trouble embarrassant. Kostia et Tonia n'avaient-elles pas le droit d'être appréciées pour elles-mêmes ?

A l'auberge, on leur donna deux chambres contiguës au second étage et les ânes trouvèrent toute la place voulue à l'écurie. Septimius paya une semaine d'avance, sage précaution s'il voulait éviter de voir leur logement transformé en dortoir lorsque la cité, devenue fourmilière, ne saurait plus où loger ses visiteurs. Les chiens se virent octroyer quelques instants de liberté pour vaquer à leur besogne, puis s'élancèrent dans l'escalier à la suite de leurs maîtres. En plus de leurs effets personnels, Septimius et les jumelles transportèrent là-haut les accessoires de scène les plus précieux. Si l'honnêteté des citoyennes et des serviteurs de la Fédération était proverbiale, on ne pouvait en dire autant de tous les saltimbanques rompus à d'autres principes éthiques.

L'une des chambres, située à l'angle du bâtiment, avait vue sur la rue. Le mobilier, fort simple, se composait d'un poêle bien chaud, de deux petits lits, d'une armoire et d'une table ronde sur laquelle tombait la lumière abattue d'une lampe. Avec un grognement, Septimius laissa choir ses bagages. Bowough s'affala sur le lit le plus proche. Deux chiens se hissèrent d'un bond à côté de lui et s'installèrent, roulés en boule. Bientôt s'éleva un léger ronflement.

— Il ne tiendra plus le coup bien longtemps, soupira Septimius.

— La fille du pavillon de Quarantaine a raison, dit Tonia. Nous devrions nous établir quelque part.

Elle alluma une bougie et poussa la porte de communication avec l'autre chambre. Agréablement surprise, elle considéra les boiseries murales, le vaste lit sous la couette, le feu qui couvait dans la petite cheminée, l'âtre bien balayé. Les trois autres chiens promenaient dans tous les coins leurs museaux fureteurs.

Kostia bourra le matelas de quelques coups de poing pour en éprouver la souplesse, puis défit son sac et par habitude s'attribua la partie gauche de la penderie et les tiroirs de gauche de la commode.

— Nous devrions nous fixer, confirma-t-elle.

— Vous abandonneriez la route, définitivement ? demanda Septimius depuis le seuil. (Son regard fit le tour de la chambre, s'arrêta sur le loquet des persiennes, remarqua le verrou sur la porte.) Dites-moi la vérité. Etes-vous prêtes ?

— Pas tout à fait, j'en ai peur, répliqua Kostia dans un éclat de rire, pourtant il faudra bien s'y résoudre, si la santé de grand-père l'exige.

Emportant la chandelle, elle sortit dans le couloir afin d'aller inspecter les installations sanitaires et la salle de bains. Elle revint bientôt, satisfaite de ce qu'elle avait trouvé.

— Le vieux et moi, nous habiterions dans le faubourg nomade, à l'entrée de la cité, murmura Septimius comme s'il rêvait à haute voix. Vous deux, vous seriez accueillies intra-muros, j'en suis sûr. Vous iriez à l'école pour la première fois de votre vie. Et sans complexes, encore, puisque les citoyennes poursuivent leur scolarité jusqu'à un âge très avancé. L'oisiveté n'étant pas de mise, on vous fournirait bien vite l'occasion de vous rendre utiles à la communauté.

— Décision prématurée, affirma Tonia avec bonne humeur. Tu es un savant, ne l'oublie pas. Les solitudes ne nous ont pas encore livré tous leurs secrets.

Elles lui avaient forgé de toutes pièces une vocation de géographe et d'ethnographe, l'affublant dans leurs fantasmes de la robe austère des professeurs de la faculté d'Abbyville, lui, le simple arpenteur de continent, dont les yeux avaient contemplé maintes fois les derniers paysages du monde. Septimius, en effet, avait tout vu, depuis les sombres forêts du Nord-Ouest, toutes voilées de brume, jusqu'aux rivages escarpés du Levant, où les vagues se fracassent dans un bruit de tonnerre. Il avait usé les sabots de ses ânes sur les routes de l'intérieur, domaine des vastes exploitations agricoles, pâturages ou bonne terre à blé, avec les enclos des champs de lin, si bleus qu'ils semblaient refléter le ciel. Hautainement retranchées derrière leurs murailles, flanquées de leurs garnisons, les cités régnaient sur les plaines et les collines, toutes semblables, et toutes différentes les unes des autres. Les yeux fermés, on pouvait reconnaître l'odeur spécifique de Marthatown, faite d'embruns, de l'âpre effluve des fumeries de poisson, de relents d'engrais et de tanneries.

Pourtant, les cités étaient toutes construites sur le même modèle. A Marthatown comme ailleurs, de vastes entrepôts abritaient la production de céréales et de viande sur laquelle étaient prélevées les quantités allouées à la garnison, le reste étant réparti mensuellement entre les différentes familles, en fonction du nombre de bouches à nourrir. Chaque cité disposait d'un marché labyrinthique et de ruelles le long desquelles les artisanes exerçaient leurs talents. Non loin du Champ de Mars s'élevait toujours le palais communal où se réunissaient les médecins-chefs membres du Conseil. C'était là, également, qu'avait lieu la distribution des rares produits manufacturés : médicaments, vitres, menus objets de métal.

Dans toutes les cités, derrière les façades rébarbatives des maisons orientées sur leur cour intérieure, vivaient les aïeules, leurs filles, leurs petites-filles, les petits garçons de moins de cinq ans et les serviteurs. Deux fois l'an, à des dates différentes selon les villes, les citoyennes célébraient dans la fièvre du carnaval la grande réconciliation avec les garnisons.

— Nous avons ramassé un joli pécule à Mollyburg, déclara Septimius à brûle-pourpoint. Nos économies nous permettraient de passer l'hiver ici, bien tranquillement. Le Conseil accepterait sûrement de prolonger la validité de nos cartes de séjour.

— C'est grand-papa Bowough qui serait content, murmura Kostia. Il était bien las, ces derniers temps.

— Voulez-vous que je me renseigne pour savoir s'il est possible de louer quelque chose à Wandertown, à Hoboville ou Journeyburg ?

— Une telle décision ne se prend pas à la légère, dit Tonia. Accordons-nous un jour ou deux de réflexion.

En conversant avec les jumelles, on éprouvait souvent l'impression déroutante de n'avoir qu'une interlocutrice. Non seulement elles possédaient un timbre de voix identique, mais l'une prenait au vol les phrases que l'autre avait laissées en suspens pour permettre à sa sœur de les achever. Si Kostia posait les questions, Tonia se chargeait des commentaires, ou vice versa. Un bandeau sur les yeux et l'illusion était parfaite : les jumelles se fondaient en une seule et même personne. Septimius leur adressa à toutes les deux un sourire d'acquiescement. Le délai proposé par ses nièces lui paraissait raisonnable. Rien ne pressait, en fait. N'est-il pas vrai que tout vient à point pour qui sait attendre ? Même les cités, en dépit de leur volonté affichée, avaient dû apprendre à composer avec les aléas. *La femme propose, l'Elue dispose*, était-il gravé au fronton des palais communaux.

— A l'occasion de notre dernier séjour ici, ne nous avais-tu pas révélé que cette cité était la plus ancienne de toutes ? demanda Kostia.

Septimius fit le compte des années qui s'étaient écoulées depuis leur précédente visite à Marthatown. Pas moins de quatre. Il opina.

— Je l'ai toujours entendu dire, en effet. Marthatown aurait engendré Susantown dont une partie de la population aurait à son tour essaimé pour donner naissance à Melissaville, et ainsi de suite. Je serais tenté de croire qu'Annville, avec ses usines et ses génératrices, existait déjà à l'ère précataclysmique.

– Pourquoi certains habitants émigrent-ils ? La vie serait sans doute moins pénible si les agglomérations étaient plus développées.

Septimius secoua la tête ; d'un grand geste de la main, il embrassa la cité et les environs.

– Comment résoudre, alors, les problèmes de ravitaillement en vivres et combustible, et le casse-tête des échanges commerciaux ? Les citoyennes vivent dans l'angoisse d'une attaque de bandits. Les terres sont exploitées dans un rayon de quelques kilomètres autour de chaque cité. Pour le bois, elles partent le matin et reviennent au coucher du soleil. A la nuit tombée, tout le monde doit être derrière les murailles. Quand elles ne s'étripent pas entre elles, les garnisons sillonnent les solitudes et font la chasse aux hors-la-loi. Pourtant les bandes n'ont pas toutes été décimées et d'autres se sont constituées, toujours aussi violentes et sanguinaires. Certains font les matamores et se vantent de ne pas craindre les mauvaises rencontres. Pour ma part, je suis comme les enfants qui ont peur du noir. La nuit, j'aime sentir un mur solide autour de moi.

– Combien cette cité compte-t-elle d'habitants ? demanda Tonia.

– Ils sont entre quarante et cinquante mille, dirais-je. Beaucoup d'enfants. Quelques milliers de serviteurs.

– Et la garnison ?

– Ils doivent être quatre mille en tout, y compris les plus jeunes. La dernière guerre a fait près de sept cents victimes.

– Quand les terres cultivées prennent trop d'extension, dit Tonia, une partie de la population quitte la cité pour aller fonder une autre communauté un peu plus loin ?

– La question du bois de chauffage est encore plus déterminante, riposta Kostia. La moisson a lieu tous les ans. Le reboisement, c'est une autre affaire, cela prend du temps. La forêt recule sans cesse ; il faut donc s'en rapprocher.

— Il fut un temps où les gens se chauffaient à l'électricité, murmura Septimius. Je tiens ce renseignement de ma propre grand-mère. La Fédération ne possède qu'une centrale et toute l'énergie produite sert à l'alimentation de quelques usines. (Il poussa un soupir de nostalgie, songeant aux services rendus jadis par la fée électricité.) Les citoyennes sont très prolifiques, ajouta-t-il. Trois ou quatre enfants, en moyenne. Quand une cité est menacée de surpopulation, une partie de ses habitants choisit l'émigration. Il y a longtemps, dans les régions forestières du Nord, j'ai assisté à l'un de ces déplacements massifs. Des centaines de femmes et de soldats déménageaient, emportant armes et bagages. Ils allaient construire une autre cité, une autre garnison.

— Il y a donc encore des espaces salubres, dans les solitudes ?

— De moins en moins, justement. Les cités les plus récentes avoisinent les périmètres de désolation. Les terres vierges ne manquent pas, mais bien peu sont réellement habitables ou même fertiles.

— Ce matin, en suivant la route qui vient de Susantown, nous sommes passés non loin d'une zone contaminée. Les buissons, les arbres, tout était couleur de cendre.

— Les cités commenceront bientôt à se sentir à l'étroit, conclut Septimius en regagnant sa chambre.

Il s'assit à la table afin de recopier dans son cahier, comme il le faisait tous les soirs, les notes prises dans un carnet au cours de la journée. Un soupir s'éleva derrière lui.

— Septimius ?

— Oui, Bowough ?

— Cette jeune femme, au pavillon de Quarantaine, je l'ai trouvée charmante.

— Elle m'a fait bonne impression, à moi aussi.

– Elle a dit, n'est-ce pas, que je pourrais avoir des œufs en supplément, et de la crème, pour la raison que j'étais un vieux bonhomme bien fatigué.

– Il a été question d'œufs, je m'en souviens.

– Et d'un pot de crème, parfaitement. J'ai envie d'un lait de poule, Septimius. Fais-moi ce plaisir, veux-tu ?

– Un lait de poule, Bowough ? Du diable si je sais de quoi tu parles.

– Tu es trop jeune pour avoir connu le lait de poule. On prend deux ou trois œufs, on bat le jaune avec de la crème, on ajoute du sucre, un trait d'eau-de-vie ou de rhum... un élixir digne des dieux, Septimius. Il se transforme en or en touchant ton gosier.

– Je m'en doute, vieux chenapan.

– Plaisir des dieux, plaisir innocent.

Le silence se fit, troublé seulement par les gémissements intermittents des chiens et le souffle râpeux et saccadé de Bowough. Septimius alla chercher dans son sac son livre le plus précieux, le dictionnaire. Il chercha l'entrée *eau-de-vie*, puis l'entrée *rhum*, merveilles à jamais perdues, comme la noix de muscade ou le clou de girofle, le poivre ou le safran. Que restait-il de la ronde des épices... dont chacune était la clé d'un songe ? Quelques alléchantes définitions dans un vieux dictionnaire. Que restait-il du chocolat ? Trois syllabes. Deux pour le café. Septimius aurait volontiers fait le sacrifice de ses dents de sagesse pour pouvoir savourer l'arôme d'un excellent café ou celui d'une bonne tasse de chocolat. Comment Bowough avait-il appris l'existence de l'eau-de-vie et du rhum, n'ayant jamais eu l'occasion de goûter ni à l'un, ni à l'autre, naturellement ? Par le vieux Brick, sans doute, qui tenait lui-même le secret de son père.

Il était conseillé au lecteur de se reporter au mot *distillation*, lequel conduisait au mot *alambic*, celui-ci étant accompagné d'un croquis que Septimius considéra avec intérêt.

Le vin existait, la bière également, pourquoi pas l'eau-de-vie ? Ainsi en avaient sans doute décidé ces dames des Conseils dont la tolérance à l'égard des boissons faiblement alcoolisées ne tenait qu'à un fil. Vieux renard, Septimius ne s'estimait pas le mieux placé pour critiquer de front une décision fédérale. Les cités avaient leur raison. Quand on avait vu des hommes rouler sous la table après avoir absorbé deux litres d'une bière légère, on imaginait sans peine les ravages causés par un véritable tord-boyaux !

Il entreprit de transcrire les notes dans son journal, sans omettre de recopier la recette du lait de poule. Si les œufs et le pot de crème n'étaient pas une vaine promesse, il se mettrait en quête d'un peu de bon vin, à défaut des liqueurs d'autrefois. Bowough aurait ainsi une manière de lait de poule. Il saurait bien s'en contenter.

16

Répétition.

CASSANDRE : J'ai vu la terre labourée par le fer et
par le feu, semblable au ventre corrompu dont naîtra la bête immonde.

POLYXÈNE : Nous en sommes toutes là, petite sœur.
Nous avons tout vu. Regarde autour de toi. Que
reste-t-il ? Si le cœur t'en dit, tu peux verser des
larmes amères sur les ruines de notre belle cité. Si
je dois pleurer sur quelque chose, que ce soit sur
les folles danses qui ne m'étourdiront jamais plus.
Répartissons-nous la tâche, veux-tu ? A toi les
monceaux de cadavres, à moi les cornes de ga-
zelle ! A toi les enfants assassinés, à moi les cru-
ches de nectar brisées dont le contenu s'est répandu jusqu'à la dernière goutte ! Ô dieux, que
ne m'avez-vous accordé le pouvoir de foudroyer
nos ennemis ! Avec quel plaisir j'en aurais fait
usage.

HÉCUBE : Polyxène, que signifient ces provocations ?
Le moment est-il bien choisi pour se lamenter sur
la perte de quelques gâteaux de miel ?

POLYXÈNE : Rassure-toi, mère. Les morts ne se la-
mentent pas. Il ne nous est pas permis de verser
une seule petite larme. Si je pouvais pleurer, cependant, ce serait davantage sur les délicieuses
pâtisseries et sur le vin perdu à jamais que sur

tout le reste. Chacun porte le deuil qui lui convient le mieux.

CASSANDRE *s'impatiente et frappe le sol du pied* : Personne ne veut m'écouter ! J'ai vu le sang couler, vous dis-je, et les charniers à ciel ouvert. Il s'agit bien de la guerre de Troie ! L'apocalypse dont je parle n'a pas encore de nom. Ses victimes naîtront et mourront à la fin des temps.

ANDROMAQUE : Elle ne se fatigue jamais, on dirait.

HÉCUBE, *d'un geste explicite, désigne son front* : Elle bat la campagne, pauvre petite.

CASSANDRE, *sanglotant* : Phébus m'avait prévenue. Personne ne voudra te croire, disait-il.

HÉCUBE : De quoi se mêle-t-il, celui-là ? Depuis quand les mères refusent-elles d'écouter leurs petites filles ?

17

Stavia se hâtait le long de la ruelle avec son sac de provisions à l'épaule, le front soucieux, tellement absorbée dans ses pensées qu'elle ne vit pas les jeunes filles venir à sa rencontre et sursauta lorsque Kostia et Tonia lancèrent à l'unisson un vibrant et mélodieux :

— Bonjour, docteur !

Stavia les regarda, l'air de tomber des nues, retrouva un peu le sens des réalités et se remémora son premier entretien avec les jumelles dans le pavillon de Quarantaine, reconnut du même coup Bowough et Septimius, ébaucha enfin un faible sourire.

— Le magicien et sa troupe !

Septimius plongea en un salut obséquieux.

— Pour vous servir, mademoiselle !

Plus vaseux qu'à l'ordinaire, Bowough se contenta d'un clignement de paupières. Les sœurs encadrèrent Stavia et d'autorité, lui prirent la main, feignant de ne pas remarquer le froncement de sourcils de l'oncle. Kostia et Tonia savaient s'y prendre, c'est entendu, pour pénétrer les petits secrets de l'âme humaine, et ce, d'autant plus vite qu'elles pouvaient avoir un contact physique avec la personne concernée. Septimius ne fut guère surpris de les entendre appeler le jeune médecin par son prénom.

— Stavia, firent-elles en chœur, quel plaisir de te retrouver !

L'intéressée, tout à fait certaine de ne pas s'être présentée, les dévisagea l'une après l'autre, perplexe. Comment ces deux petites nomades avaient-elles appris son nom ?

— Accepteriez-vous une tasse de thé ? proposa Septimius, joignant, dans un réflexe machinal, le bout de ses doigts. Une façon bien modeste d'exprimer notre gratitude. Vous avez été la gentillesse même.

Ils se trouvaient précisément devant la vitrine d'un salon de thé. A l'intérieur, citoyennes et serviteurs se restauraient et discutaient avec animation ; plusieurs tables étaient occupées par des étrangers. Stavia sentit se dissiper ses dernières réserves.

— Pourquoi pas ? dit-elle. Du reste, j'avais l'intention de passer vous voir en fin d'après-midi. J'ai dans mon sac un remède qui devrait soulager votre père.

— Un remède ? s'étonna Septimius, conscient du grand dénuement pharmacologique de la Fédération. Un produit nouveau, peut-être ?

Ils trouvèrent une table libre contre le mur du fond ; ils étaient à peine installés qu'une serveuse déposait devant eux cinq tasses. Tip-tap, tip-tap-tap. Le magicien sourit en son for intérieur. Petit concert d'excellent augure.

— Ce n'est qu'un flacon d'essence d'eucalyptus, expliqua Stavia. Versez-en quelques gouttes dans un récipient rempli d'eau bouillante dont vous ferez respirer les vapeurs à votre père en lui recouvrant la tête d'un linge. Ces inhalations lui décongestionneront les bronches ; il devrait s'en trouver beaucoup mieux pour respirer. (Elle remercia, d'un signe, la serveuse qui avait préparé le thé à la bergamote, son parfum favori.) J'avais oublié que nous disposions d'un traitement aussi simple et aussi efficace. Morgot, le médecin-chef de l'hôpital, m'a rappelé son existence. Elle est aussi ma mère, vous savez.

— Le remède ne vous est donc pas familier ?

Stavia ne put s'empêcher de rougir.

— Sans doute l'avez-vous compris, Septimius Bird,

je suis un médecin débutant, fraîche émoulue de la faculté d'Abbyville et cette permanence au pavillon de Quarantaine est mon premier poste. A peu de chose près, notre niveau de fin d'études correspond à celui d'un étudiant de première année de l'époque précataclysmique. C'est ainsi, et qu'est-ce que j'y peux ? Mon ignorance est un gouffre au fond duquel j'ose à peine regarder. Toutefois, malgré notre pauvreté en plantes médicinales, j'ai quelques rudiments de botanique. Si ces fumigations sont d'un quelconque secours à votre père, je serais bien aise de l'apprendre.

— Nous ne manquerons pas de vous tenir informée, dit Septimius, gravement. Ainsi, de toutes les sciences qui vous étaient proposées, vous avez choisi la médecine ?

— C'est désormais mon métier. J'étudie aussi l'art dramatique et les techniques du jardinage. Qu'en est-il de votre profession, Septimius Bird ? S'agit-il d'une science, d'un art ou de la simple maîtrise de difficultés techniques ?

— Si la magie n'était pas une science, elle aurait échoué depuis longtemps ; si celui qui l'exerce oublie de renouveler ses techniques, il ne se trouvera bientôt plus personne pour l'applaudir, enfin, s'il n'a pas conscience de consacrer sa vie à l'expression d'un art, ses gesticulations sont une imposture.

— Vous avez réponse à tout, murmura Stavia sur un ton aigre-doux.

Cette formule courtoise, tous le comprirent, n'exprimait qu'une partie de sa pensée. Septimius souriait, l'œil mi-clos.

— Il ne doit pas être facile, pour une jeune personne intelligente et vive, dit-il, d'assumer toutes ses responsabilités envers la Fédération. Les journées doivent vous paraître bien courtes.

— Oh, s'il n'y avait que la Fédération dans ma vie, je m'estimerais heureuse ! répliqua-t-elle avec élan.

Elle devint très pâle, baissa les yeux et s'excusa d'une bouche tremblante.

— Puis-je vous être utile ? fit doucement Septimius. Je sais très bien écouter, figurez-vous.

— Suggérez-vous que je m'ouvre de mes problèmes personnels à un saltimbanque ? s'écria Stavia, outrée de sa propre grossièreté. Pourquoi sombrerais-je dans ce ridicule ?

— Parce que l'oncle Septimius est de sage conseil, répliqua Kostia avec affabilité, et personne n'a plus de discernement...

— C'est un être d'exception, léger et chatoyant, enchaîna Tonia.

— Un homme aux semelles de vent...

— Il est allé partout, il a vu tant de choses...

— ... qu'il ne s'étonne plus de rien.

— Pardonnez-moi, murmura Stavia, toute contrite. Je ne voulais pas vous offenser.

— Il n'y a pas de mal, assura Septimius. Mes nièces n'ont pas tout à fait tort. Sans me vanter, je crois être un observateur impartial. Nous sommes forains de père en fils, depuis la nuit des temps. Avant même le cataclysme, les Bird couraient le vaste monde avec leur ménagerie et leur cirque ambulant, leur franche malice et leur fantaisie étincelante. (Le magicien prit une gorgée de thé, devint songeur...) Nous ne mériterions pas le nom d'artistes si nous n'avions pas de solides notions de psychologie qui nous procurent la connaissance intuitive des sentiments d'autrui et nous permettent de prévoir certains comportements. Jadis, parmi tous les noms dont on nous affublait, l'un d'eux, « prestidigitateur », nous désignait comme étant habiles de nos mains. La main adroite escamote n'importe quoi. L'esprit lucide sait quand et pourquoi il faut escamoter.

Sur ces mots, il se tut, et personne ne trouva rien à répondre.

— Ce thé est délicieux, mademoiselle, déclara le vieux Bowough de sa douce voix chevrotante. La bergamote, disiez-vous ? Merci d'avoir eu la bonne idée de nous faire découvrir ce parfum.

– C'est moi qui vous remercie de m'avoir invitée.

Plus elle le dévisageait, plus l'aïeul lui semblait vieux. Au moins quatre-vingt-dix ans, songea-t-elle. Avait-on jamais vu un homme atteindre cet âge canonique ? Le thé lui avait fait du bien ; ses joues avaient repris un peu de couleur, ses yeux un semblant de vie sous les sourcils touffus. Pourtant, ce souffle striduleux inspirait de l'inquiétude au jeune médecin. Bowough, sans doute, ne demandait qu'à grappiller quelques petites années supplémentaires... Stavia secoua la tête, sans même s'en rendre compte. La vie d'un vieillard ressemble aux lents tournoiements d'une brindille qui s'en va au fil de l'eau.

Septimius, quant à lui, était en pleine forme, bon pied bon œil malgré une cinquantaine bien avancée, perceptible dans une relative altération des traits du visage et l'abondance de cheveux blancs. La mère des jumelles devait être sa cadette de plusieurs années.

Consciente de son regard scrutateur, Stavia cherchait une excuse.

– Vos nièces ne vous ressemblent guère, Septimius. On cherche en vain entre vous un quelconque air de famille.

– Leur mère n'était pas ma sœur *stricto sensu*, plutôt une petite orpheline adoptée par ma famille. Nous fûmes élevés ensemble. Elle s'est mariée tardivement... Vous n'ignorez pas la survivance, chez certains forains, de cette tradition héritée de l'ancien temps ? La pauvre est morte en couches.

– J'ai entendu parler du mariage, murmura Stavia d'un ton neutre, estimant préférable de garder pour elle le mépris que lui inspiraient ces coutumes barbares. (Par contre, l'idée d'un accouchement sauvage, loin de toute assistance médicale, l'emplissait d'une vertueuse indignation à laquelle elle ne pouvait imposer silence.) Vous aimiez votre sœur, m'avez-vous dit ? Dans ce cas, pourquoi ne pas l'avoir conduite

dans une clinique de la Fédération ? Ce drame aurait
pu être évité.

— Si cela n'avait tenu qu'à l'oncle Septimius, dit
Kostia, les choses se seraient passées ainsi.

— L'oncle tient votre science en grande estime,
renchérit Tonia. Il a foi en vous.

— Notre père était d'un autre avis.

— Maudit soit votre père, alors ! s'écria la jeune
femme. Cet homme est encore plus coupable d'avoir
été sot.

Ces paroles impétueuses jetèrent un froid. Stavia
avait pris un visage buté, résolue, cette fois, à ne pas
s'excuser. Bowough eut la bonne idée de rompre le
silence, voix douce, lente, voix de fausset, sans rien
d'hostile ou de maladroit.

— Un sot de la pire espèce, en effet, déclara-t-il,
très calme. Savez-vous ce qu'on dit chez les forains ?
Un homme dans l'embarras va trouver son chef de
troupe, une femme s'adresse à la Fédération. Pour les
imbéciles, il ne reste que l'armée.

Stavia dévisagea les jeunes filles avec une sorte
d'effroi.

— Votre père était donc un brave ?

— Plutôt deux fois qu'une ! dit Septimius. Comblé
de rubans et d'honneur. Un héros, que sa garnison
avait retiré du service actif, du moins l'affirmait-il.
Libre de ses déplacements.

La jeune femme détourna les yeux.

— Certains braves, chargés d'une mission précise,
reçoivent la permission de voyager, murmura-t-elle.
Ils n'en restent pas moins à la disposition de l'état-
major. Un soldat à la retraite, cela n'existe pas.
Même les vétérans peuvent être rappelés dans le cadre d'active si les circonstances l'exigent.

— J'en suis convaincu. Mes jeunes nièces ne se font
guère d'illusions à ce sujet, mais leur mère... C'était
autre chose. Son amour, croyait-elle, était payé de retour.

Septimius n'en dit pas plus. Son regard croisa celui

de Stavia. Cette soudaine tension du visage... ses nièces avaient deviné juste. Un chagrin minait la jeune femme, plus grave qu'un simple rendez-vous manqué.

Le lendemain, ils conduisirent la roulotte à la périphérie de l'esplanade où ils montèrent leurs tréteaux sous l'œil attentif des sentinelles. Ce travail terminé, ils rentrèrent à l'auberge avec les ânes. Bowough les attendait, plus valide qu'il ne l'avait été depuis longtemps. Rien de tel qu'un bon lit et de bonnes choses à tous les repas pour remettre sur pied un vieillard mal fichu. Le lait de poule, préparé méticuleusement dans les cuisines de l'établissement, lui avait causé un vif plaisir. Chacun avait voulu tremper ses lèvres dans la mixture. Pas assez relevé, avait estimé Septimius. Son flair infaillible avait décelé au milieu de tous ces goûts mélangés une absence, ce petit quelque chose qui lui agaçait toujours le bout de la langue lorsqu'il consommait un mets quelconque, cette saveur inconnue que son imagination était incapable de reconstituer et qui resterait une énigme puisqu'elle avait disparu de la surface de la terre. Consultée, la cuisinière déclara que son vieux livre de recettes mettait la vanille au nombre des ingrédients composant l'authentique lait de poule.

— La vanille, encore un produit tropical ! avait-elle soupiré. Nous pouvons faire une croix dessus, comme sur la plupart de ces substances jadis importées du Sud et de l'Orient.

— Il ne reste donc rien des pays tropicaux ? s'enquit Kostia, intriguée par les regrets lancinants de Septimius pour de simples épices.

L'oncle haussa les épaules.

— Le saurons-nous jamais ? Ces terres lointaines sont hors d'atteinte, et s'il existe là-bas des survivants, je doute fort qu'ils aient les moyens de nous rendre visite.

— Toi-même, jusqu'où es-tu descendu ? demanda Tonia. Tu nous parles si rarement de tes voyages. Qu'as-tu découvert, au sud du Sud ?

— J'ai le souvenir précis d'une randonnée très ancienne. Je n'étais encore qu'un gamin. Grand-père avait appris par ouï-dire l'existence de régions habitées qui échappaient à la juridiction des cités. Nous avons suivi la côte de loin, nous tenant à l'écart du rivage contaminé. Un matin s'est offert à notre vue un paysage vitrifié, un immense glacis cernant une baie jalonnée de ponts coupés dont les tronçons difformes se tordaient au-dessus des roches grises. Impossible de passer, la désolation était partout.

— Peut-être aurait-il fallu persévérer, continuer vers le sud, dit Kostia.

— Un bateau, voilà qui nous ouvrirait bien des horizons ! s'écria Kostia.

— En effet. Le voyage auquel je fais allusion est déjà vieux de plusieurs dizaines d'années. Il est temps pour la Fédération de préparer une nouvelle expédition, comme elle le fait de temps à autre pour voir ce qui a changé dans l'intervalle. Si les explorateurs s'aventurent assez loin, peut-être retrouveront-ils la route des épices !

— On peut vivre sans les épices, décréta Kostia.

— D'autant que les seuls biens dont la privation coûte sont ceux dont on a eu la jouissance, ajouta Tonia, sentencieusement.

Septimius secoua la tête.

— Que valent une montagne de pommes de terre à côté d'un grain de folie, un unique grain de poivre ? Quel bonheur de pouvoir pimenter son existence d'un peu d'imprévu et d'exotisme ! Pleurons, mes enfants, pleurons ces arômes évaporés !

18

Répétition.

CASSANDRE *sanglote* : Phébus m'avait prévenue. Personne ne voudra te croire, disait-il.

HÉCUBE : De quoi se mêle-t-il, celui-là ? Depuis quand les mères refusent-elles d'écouter leurs petites filles ?

ANDROMAQUE : Pourquoi t'écouterait-on ? Quelle importance, d'ailleurs ? Tu ne prévois jamais que plaies et bosses. Crois-tu que les gens aient envie de se laisser impressionner par les cris d'un oiseau de malheur ?

CASSANDRE : La question n'est pas là.

ANDROMAQUE : Cesse de geindre comme tu le fais. Explique-toi.

CASSANDRE : Etant Cassandre, je prédis l'avenir, c'est mon rôle. Mais si personne ne prête attention à ses paroles, si elle prophétise dans le vide, que devient Cassandre ? A quoi sert-elle ? Ne serait-elle donc qu'une pauvre âme en peine, ni vue ni entendue ?

HÉCUBE : Calme-toi. Tu es plus favorisée que nous, dis-toi bien. Le nom de Cassandre, la renommée qui s'y attache t'appartiennent en propre, c'est déjà beaucoup. Il y a peu, j'étais l'épouse du roi Priam, partant, la reine. Priam n'est plus, plus de reine ! Andromaque, aux yeux de tous, était la femme d'Hector. En le perdant, elle a tout perdu. Femmes de personne, voilà ce que nous sommes désormais. Quand Troie était debout, nous avions notre place dans l'histoire. La belle cité crénelée donnait un sens à notre vie. Moi, compagne d'un roi ; Andromaque, compagne du plus valeureux de ses fils, nous n'existions que par autrui ; par procuration, en somme. Pour nous, tout est consommé. Il te reste ton nom. Tu es Cassandre pour l'éternité.

CASSANDRE, *songeuse* : Il y a pire destin que celui de devoir assumer son propre nom.

Après ces longues années d'absence, Stavia éprouva quelques difficultés à se réadapter à l'espace de son enfance. L'idée d'intimité évoquait la petite chambre de la cité universitaire, à peine plus vaste qu'un placard, où elle était arrivée malgré l'absence de confort, à se sentir tout à fait chez elle parce que le moindre objet, cadeau d'une amie ou choisi par ses soins, lui ressemblait. La chambre de Marthatown lui apparut comme un lieu étrange, oratoire de souvenirs enfouis, encombré de jouets dont elle n'avait gardé aucune nostalgie et de colifichets plus ou moins rongés de vétusté qui avaient toujours été là, au fil de nombreuses générations. Il s'écoula une quinzaine de jours sans qu'elle pût trouver réellement sa place, tant ce décor lui pesait et l'étouffait. Enfin, elle informa le nouveau serviteur de son intention de procéder à un nettoyage par le vide et le pria d'apporter plusieurs cartons de rangement. Quelques instants plus tard, elle le vit revenir, poussant devant lui une pile de grandes boîtes vides.

— Ils sont en nombre suffisant, je pense. Sinon, j'en rapporte d'autres. Ce n'est pas ce qui manque, dans le grenier.

Stavia jeta autour d'elle un regard désemparé.

— Je ne sais pas encore ce dont je vais me débarrasser. Comment t'appelles-tu, déjà ?

— Corrig. J'ai quitté la garnison en même temps que ton frère Habby.

— Vraiment ? L'année de mon départ pour la faculté. Tout s'est décidé très vite. J'ai à peine eu le temps de revoir mon frère.

Elle considéra le serviteur avec plus d'attention qu'elle ne l'avait fait jusqu'à présent. Grand, mince jusqu'à la maigreur, mais tout en muscles. Les cheveux noirs, tirés en arrière par le traditionnel catogan, dégageaient un visage singulier, famélique, avec un peu de lycanthropie dans les traits taillés à la serpe. L'ardent regard des yeux très pâles n'était pas sans rappeler celui de Morgot. Corrig avait en outre une belle voix de baryton aux intonations riches, très maîtrisées, qui avait depuis longtemps attiré l'attention du chef de chœur.

— Qu'as-tu fait en quittant l'armée ? demanda-t-elle. Où es-tu allé ? Donal était encore là quand je suis partie.

— Je fus affecté au service d'une conseillère d'un âge avancé, domiciliée non loin de la porte du Levant. J'y suis resté trois ans, jusqu'à sa mort. Donal n'avait pas achevé sa formation et devait aller suivre un stage dans une autre cité. Le souvenir de Habby m'était cher, aussi, apprenant que la place se libérait, je me portai volontaire pour entrer dans cette famille, sachant que je n'aurais pas à le regretter. Je ne me trompais pas. A présent, je suis ici chez moi, j'ai l'impression d'avoir toujours vécu dans cette maison. Crois-tu pouvoir t'y habituer ?

Elle opina rêveusement.

— Tout de même, que de changements à Marthatown ! Mes camarades ont grandi. Pas mal de gens ont disparu, même le tribun Sandom.

— Le tribun et presque tous les membres de son état-major. Une hécatombe !

— La composition du Conseil a changé, elle aussi.

— Tu n'as pas répondu à ma question. Crois-tu pouvoir te faire à l'idée de vivre à nouveau ici ?

— Je me sens un peu perdue, mais je retrouverai vite mes habitudes. Dans cette chambre, seulement, j'éprouve un léger malaise. Tu es satisfait de ton sort, je suis heureuse de l'apprendre. Tout s'est donc bien passé pour toi depuis ton départ de l'armée ?

— Encore une fois, j'ai eu de la chance de me retrouver ici. Ta mère possède une forte personnalité ; on n'a pas le temps de s'ennuyer avec elle. Quant à Joshua, il est le plus merveilleux des hommes. La fraternité s'occupe avec patience et compétence de la défense de nos intérêts. Il n'y a qu'une ombre au tableau, ta sœur. Elle n'a guère apprécié l'installation sous son toit d'un dissident de la garnison de Marthatown. Peu après mon arrivée, Morgot lui intimait l'ordre d'aller s'installer ailleurs.

— Je sais, murmura Stavia. Elle me l'a dit elle-même, à sa façon.

Les sœurs s'étaient rencontrées par hasard, dans le magasin de la coopérative agricole. Myra avait manifesté une surprise dénuée de chaleur.

— J'ignorais que tu étais de retour. Personne n'a jugé bon de me dire que tu avais terminé tes études.

— Je suis rentrée depuis peu.

— Tu as changé, on peut le dire. (Myra avait épluché la cadette d'un regard sévère.) Tu es devenue ravissante, ma chère. Tu en es consciente, j'imagine ?

— Pas vraiment, non. Tu es trop gentille de me l'apprendre. Comment te plais-tu dans ta nouvelle demeure ?

Myra avait fait entendre un ricanement désabusé.

— Je ne me plains pas. Il n'y a pas de serviteur et tante Margaret est beaucoup plus tolérante à mon égard que ne l'a jamais été ma propre mère. Elle n'essaie pas de penser à ma place.

— Morgot a fait l'impossible.

— C'est faux, et tu le sais ! Elle m'a chassée ; je ne lui pardonnerai jamais.

— Tu ne supportais pas la présence des serviteurs.

— Elle avait le choix, il me semble. C'était cet indi-

vidu ou moi. Elle a préféré se débarrasser de sa fille.
Qu'elle aille au diable ! Du moins je vis presque
comme je l'entends. Marcus est aspirant depuis plusieurs années. Le petit Barten le rejoindra bientôt,
me laissant seule avec le dernier...

— Tu auras d'autres enfants.

— Sûrement pas. Cela ne s'est pas trop bien passé,
la dernière fois. Il a fallu m'opérer, à la suite d'une
infection. Les enfants, c'est terminé.

— Myra, je suis désolée. Sincèrement.

— Ne te donne pas cette peine. Trois fils, c'est bien
suffisant. Pour une fois, Morgot et moi sommes du
même avis. Je serai enfin libre de faire ce qu'il me
plaît.

Stavia ne posa aucune question. L'expression farouche, angoissée, du visage de sa sœur ranimait de
pénibles souvenirs. Elle ne voulait pas savoir de quoi
serait fait l'avenir de Myra, craignant d'apprendre la
vérité de la bouche de l'intéressée. Elle se sentait
plus libre en face de Corrig.

— Lui arrive-t-il de venir vous rendre visite ?
demanda-t-elle.

— Quelquefois. Elle confie ses petits garçons à notre garde et disparaît. J'en suis ravi. Pour gâtés qu'ils
soient, ces deux enfants me plaisent beaucoup.

— Pauvre Myra. Tout s'acharne contre elle.

— Ta sœur aurait dû naître garçon. Elle se serait
adaptée mieux que personne à la vie de garnison.
Elle ressemble à ces soldats dont la vie s'écoule sans
qu'ils s'en aperçoivent, ponctuée par les réjouissances des carnavals, l'excitation des championnats,
l'ardeur des combats. Entre ces moments d'efferves-
cence, ils trompent l'ennui en se berçant de flatteuses
illusions, gloire, honneur, aventure ! Myra pousse le
mimétisme jusqu'à suivre les rencontres sportives du
haut des remparts. Elle acclame la centurie de Barten quand celle-ci marque des points.

Stavia secoua la tête, consternée.

– Que fera-t-elle, quand son dernier fils l'aura quittée ?

– Elle dansera, voilà tout. A-t-elle jamais pensé à autre chose, depuis son plus jeune âge ?

Depuis toujours. Danser, le rêve de grâce poursuivi par la petite Myra, haute comme trois pommes, devant le miroir. Marcher sur les ailes d'un ange. Quelles prouesses la danseuse n'aurait-elle pas accomplies, si elle avait pu donner libre cours à son exaltation ? La loi ne l'entendait pas ainsi. Myra devait consacrer une grande partie de son temps à l'étude scientifique ; elle devait en outre s'adonner à une activité artisanale. Elle n'avait le cœur ni à l'une ni à l'autre. En dépit des efforts de Morgot pour faciliter sa reconversion et l'aider à trouver un emploi plus productif, Myra n'avait jamais manifesté le moindre désir de se familiariser avec la poterie, le jardinage, l'architecture, la menuiserie... Médecine, mécanique ou chimie ne l'intéressaient pas davantage. Myra voulait danser. Mais de quelle utilité une simple ballerine serait-elle pour la communauté ? Comment vivrait-elle lorsque, devenue vieille, elle ne pourrait plus exercer son art ? A son corps défendant, Myra s'était initiée aux mathématiques, juste assez pour pouvoir enseigner les quatre opérations fondamentales aux fillettes du jardin d'enfants ; elle avait appris à se servir d'un métier à tisser sur lequel elle confectionnait des couvertures rudimentaires, maudissant ces travaux sans âme qui la tenaient éloignée de la salle d'exercices.

Qui sait comment les choses auraient tourné si cette vocation puissante, irrésistible, n'avait pas été contrariée ? Si la cité était ce lieu idéal où chacun pouvait trouver la liberté spirituelle et la possibilité de déployer son talent particulier, peut-être Myra n'aurait-elle pas considéré Barten comme le seul facteur d'épanouissement qu'il lui restait, sa dernière chance de connaître un semblant de plénitude. Danseuse comblée, la jeune fille n'aurait pas nourri une telle rancune contre la Fédération dont sa mère, membre du Conseil de Marthatown, était l'incarnation. Stavia gardait pour elle ses doutes et son amertume, mais la pensée de sa sœur, chaque fois, troublait sa tranquillité.

— Quelque chose s'est brisé dans la vie de Myra dès le moment où elle a fait la connaissance de Barten, murmura-t-elle. On aurait dit qu'elle renonçait à toute idée personnelle pour adopter les siennes. A mon avis, c'était une façon de se venger de la cité où elle n'était pas heureuse. Son attitude s'est-elle adoucie à l'égard de Joshua ? Est-elle toujours aussi froide avec toi ?

— Nous ne prêtons pas attention à ses mauvaises manières. Notre indifférence la blesse dans son amour-propre et ne l'en irrite que davantage. Pour en revenir à ces cartons, faut-il aller en chercher d'autres ?

— Nous verrons bien.

Stavia s'approcha des rayonnages de la bibliothèque ; d'une main hésitante, elle fit son choix. Condamnés à disparaître, un horrible colifichet constitué de coquillages soudés les uns aux autres, une ébauche d'ourson maladroitement taillée dans un morceau de bois que la marée avait rejeté sur le rivage, un abécédaire brodé au point de croix sur un rectangle de toile bise... Corrig prenait, sans commentaires, les objets qu'on lui tendait et les rangeait avec soin.

Une heure plus tard, la pièce était méconnaissable. Stavia avait épargné quelques livres, le miroir dans son cadre ouvragé, l'extraordinaire figurine de bois d'olivier jadis façonnée par Joshua et les coussins de laine multicolores offerts par sa mère. Pour le reste, un lit, une chaise, une table de travail composaient tout l'ameublement.

Corrig eut un sourire approbateur.

— C'est mieux. Tu dois déjà respirer plus à ton aise.

Stavia lui jeta un regard intrigué. Leurs yeux se

croisèrent, elle détourna les siens. Ce séduisant serviteur était en outre un observateur lucide et perspicace. Son charme aurait pu troubler une tête moins forte que la sienne.

— Les vêtements et les souliers les moins usés sont destinés à l'atelier de récupération, dit-elle tandis que Corrig remplissait les cartons. Les spécialistes du patchwork trouveront bien à les employer. Je fais don de mes livres à la bibliothèque municipale. La plupart d'entre eux sont en bon état et nous ne sommes pas si riches que nous puissions nous permettre de jeter nos vieux manuels scolaires. Quant aux bibelots, plus saugrenus les uns que les autres, leur place est au grenier. Il faudrait étiqueter les cartons afin que Morgot puisse s'y retrouver. Certaines de ces babioles devaient appartenir à sa mère ou à ses sœurs. Un jour, il lui viendra peut-être l'envie de remuer tous ces souvenirs.

— Si ce n'étaient les rideaux, on pourrait se croire dans une cellule du pavillon de Quarantaine. (Corrig montra, posé sur l'appui de la fenêtre, un caillou bizarre qui avait échappé à ce remue-ménage.) Et ça, qu'est-ce que c'est ?

— Un garçon m'en a fait cadeau, il y a longtemps.

Stavia s'en saisit et, du doigt, en épousa les volutes. Le mot précis désignant cette forme spiralée lui échappait pour l'instant. Chernon avait trouvé cet objet sur la plage et le lui avait offert, un soir de carnaval. La seule attention qu'il avait jamais eue pour elle.

— As-tu l'intention de laisser la pièce aussi dénudée ?

— Pas tout à fait. (Stavia alla chercher dans le couloir la petite malle qu'elle n'avait pas trouvé l'occasion de déballer et qui contenait les souvenirs de sa chambre d'étudiante.) Aide-moi à l'ouvrir, veux-tu ?

La malle révéla d'autres livres, plus épais, imprimés en petits caractères ; une moelleuse couverture finement rayée de bleu, de mauve et de rose saumoné ; deux petits tableaux représentant des tours lointaines, profilées dans une lumière vaporeuse ; plusieurs vases d'argile cuite enduite d'un vernis bleu profond.

Stavia disposa la couverture sur le lit.

— Elle est l'œuvre d'une camarade de l'université, dit-elle. Elle tisse à merveille. Une autre amie m'a donné les vases. Toutes deux sont retournées à Melissaville, leur cité d'origine. Elles me manqueront. Notre professeur de chirurgie générale est l'auteur de ces toiles. Un cadeau d'adieu.

Les tours voilées de brume furent fixées aux crochets qui avaient longtemps supporté les croûtes à présent promises au grenier. Quand tout fut en place, la chambre toujours aussi dépouillée sembla avoir trouvé une seconde jeunesse par la magie de quelques taches de couleur, harmonieusement dispersées.

Corrig passait le balai. Il désigna les vases installés au sommet de la bibliothèque.

— Si tu aimes cette nuance de bleu, je teindrai de l'osier et te tresserai une corbeille à bois.

— Tu connais donc le travail de l'osier ?

— Un souvenir de garnison. Certains jours, on en vient à ne plus savoir que faire pour tuer le temps.

La jeune femme s'assit au bord du lit et lui fit signe de prendre l'unique chaise. Corrig était intelligent et sensible. Peut-être serait-il en mesure de satisfaire sa curiosité.

— Corrig, comment supportent-ils cette vie ? Comment l'armée les tient-elle ? Explique-moi.

Le serviteur accueillit cette requête avec un sourire étrange. Il s'assit, jambes croisées, noua ses longs doigts autour de ses genoux et répondit.

Chernon aurait bientôt vingt-cinq ans. Michael lui avait appris le retour de Stavia, pourtant, quand Beneda lui annonça la nouvelle, il simula la plus complète surprise. Le frère et la sœur avaient pris l'habitude de ces rendez-vous hebdomadaires, elle accoudée au parapet, lui perché sur le toit de l'armurerie. Une mère n'aurait pu se livrer à ce manège sans encourir la désapprobation générale, mais les sœurs occupaient dans la mythologie guerrière une place de choix, juste à côté des petites fiancées. On attendait d'une sœur qu'elle fût fidèle et sentimentale. C'était aussi, pour les jeunes braves, le moyen de ne pas rompre tout à fait avec leur famille.

— Depuis quand est-elle rentrée ? demanda-t-il avec une feinte désinvolture qui n'aurait pas trompé un enfant de deux ans.

— Ainsi, tu ne l'as pas oubliée ! s'exclama Beneda.

— Je n'ai jamais fait mystère de l'intérêt que je lui portais, répliqua Chernon sur le ton de la dignité offensée.

— Il fallait avoir de bons yeux pour discerner ton intérêt lorsque tu l'as envoyé promener sous prétexte qu'elle refusait de te prêter d'autres livres.

— Cette séparation était ce qu'il pouvait nous arriver de mieux à tous les deux. Stavia n'était qu'une enfant.

— A douze ans et demi ? Le jour de son départ, elle était inconsolable à l'idée de ne plus te revoir. Elle en a vingt-deux. Désires-tu la rencontrer ?

Chernon garda le silence. Ses propres sentiments le laissaient indécis, par contre, il n'avait aucun doute sur la volonté de Michael. Celui-ci lui avait clairement laissé entendre qu'il fallait reprendre la mission au point où elle avait été interrompue, neuf ans auparavant. Revoir Stavia, la courtiser, c'était un devoir.

Le tribun Sandom avait trouvé la mort dans une embuscade tendue par des bandits alors qu'il revenait du campement de Jik en compagnie de son état-major. Il faisait nuit noire. Un seul officier avait pu s'échapper.

Michael avait pris le commandement de la garnison. Ces derniers temps, les rapports de ses espions n'avaient cessé d'aller dans le sens souhaité. Les garnisons voisines étaient mûres pour prendre le pouvoir dans leurs cités respectives. Au pire, elles seraient disposées à fermer les yeux si la troupe de Marthatown se décidait, la première, à sauter le pas. La conjoncture n'avait jamais été plus favorable. La récolte de cette année promettait d'être la plus abondante de mémoire de paysanne. On envisageait la construction de nouveaux entrepôts.

— La chance nous sourit ! avait proclamé Michael. Dans quelque temps, à moins d'événements imprévus, nous déclencherons enfin notre offensive. Cette fille revient au bon moment. Au fait, a-t-elle jamais donné suite à la lettre que tu lui avais envoyée ?

Un an auparavant, sur l'ordre de Michael, Chernon avait écrit à Stavia. Il disait qu'il l'aimait et souhaitait, dès le retour de la jeune fille à Marthatown, s'enfuir avec elle. Ensemble, ils connaîtraient le frisson de la grande aventure. Cette missive audacieuse était demeurée sans réponse. L'auteur en avait conçu un dépit profond. Il s'était transformé en aversion pour l'orgueilleuse, sentiment qu'il est difficile d'entretenir longtemps si la personne qui l'inspire n'est pas là pour en souffrir. Le calme était peu à peu revenu dans l'esprit de Chernon. Il avait mis une sourdine à son mépris pour Habby, et même la rancune venimeuse contre sa mère appartenait maintenant au passé. Il ne pensait plus du tout à Sylvia.

En fait, le temps avait émoussé toutes ses émotions ; le fracas des tambours et des buccins avait cessé de l'atteindre en plein cœur. Bien qu'il portât toujours, à l'occasion de tous les défilés, la lance enrubannée de Casimur, il n'avait plus jamais ressenti l'éblouissement qui l'avait saisi lors de la cérémonie du choix. A mesure que les années passaient, Chernon avait lentement glissé de la hauteur majestueuse de tous ses rêves jusqu'à sombrer dans une sorte d'apathie, secrète stagnation des pensées et des sensations, troublée par de brèves explosions d'espoir quand Michael, Stephon ou Patras envisageaient de lui confier un rôle dans leur projet d'insurrection.

Aux dernières nouvelles, trois autres garnisons étaient prêtes à marcher en même temps sur leur cité : Mollyburg, Peggytown, Agathaville, plus à l'est. De l'avis de Chernon, surpris de l'incapacité du tribun à fournir des détails, il s'agissait plus de simples présomptions que de certitudes.

— Nous déclencherons l'offensive au commencement de l'hiver, au lendemain de la foire commerciale, avait proclamé Michael, quand la moisson aura été engrangée, la production annuelle de poisson séchée et fumée. Ainsi nous n'aurons plus à nous soucier de l'approvisionnement de nos troupes. Quand nous aurons arrêté la date, il nous faudra encore compter quelques jours pour prévenir les autres garnisons et galvaniser nos braves. Un beau soir, les citoyennes s'endormiront tranquilles ; en quelques heures, nous occuperons Marthatown. A l'aube, l'état-major sera installé dans le palais communal, un soldat armé jusqu'aux dents montera la garde devant chaque demeure.

— Il ne sert à rien d'essayer de débaucher Stavia d'ici là, avait fait remarquer Chernon.

— Au contraire, petit. Nous ne savons toujours rien sur l'arme mystérieuse dont Besset avait parlé. Stavia a grandi... elle est en âge de se voir confier certains secrets.

Le jeune homme avait haussé les épaules.

— Quels secrets ? S'ils existent, personne ne les connaît hormis les membres du Conseil. Du reste, je n'ai jamais cru à l'existence de ce disque lumineux. Besset était ivre, il aura tout inventé...

Chernon n'avait pas tout à fait abandonné ses fantasmes de périples lointains. Stavia, diplômée de la faculté d'Abbyville, semblait qualifiée pour l'accompagner, à cela près qu'elle n'avait pas répondu à sa lettre. Chernon ne surmontait pas sa déception.

— Tu me demandes si je souhaite la rencontrer ? Je

n'en sais rien encore, dit-il à sa sœur. (Tout en sachant qu'il recevrait sur ce point des ordres précis, il se jouait la comédie de la liberté de décision.) Ne prends aucune initiative jusqu'à notre prochain rendez-vous.

— Décide-toi vite ! cria Beneda. Son séjour à Marthatown risque d'être de courte durée ; il est question qu'elle fasse partie de l'une des équipes qui doivent bientôt partir en mission d'exploration.

Chernon était déjà en bas de l'escalier. Les derniers mots prononcés par sa sœur tombèrent sur lui comme la foudre. Une *mission d'exploration* ! Et si c'était, avec un an de retard, la réponse de Stavia à la lettre dans laquelle il lui faisait part de son profond désir d'évasion ? Un doute s'insinua : le cas échéant, pourquoi ne l'aurait-elle pas prévenu ? Indécis, répugnant à trahir son émotion devant sa sœur, il demeura quelque temps à se dandiner, décrivant, du bout de sa sandale, de furieuses arabesques dans la poussière. Beneda l'observait, narquoise. Enfin, traînant les pieds, il consentit à remonter sur le toit.

— C'est bon, je veux la voir. Rendez-vous dans l'entrepôt. Cet après-midi, si elle le peut. Sinon, demain au coucher du soleil.

Il redescendit aussi vite que possible afin d'échapper aux commentaires de sa sœur dont le persiflage, amusant lorsqu'elle n'était encore qu'une petite fille, lui était devenu insupportable. Suivant une trajectoire oblique, il traversa le champ de manœuvre en direction de la résidence des officiers, située tout au nord du périmètre militaire, sur sa colline ombragée. Michael était en train de prendre le frais sur la terrasse, un verre de cervoise à la main.

— J'en apprends de belles, dit Chernon, après le salut réglementaire. La Fédération prépare une nouvelle expédition scientifique, et Stavia serait au nombre des élues.

Le tribun sourit, puis se pencha en arrière.

— Avez-vous entendu ? Qu'en dites-vous ? lança-t-il

à l'intention des personnes qui se trouvaient à l'intérieur.

La porte s'ouvrit.

— Très intéressant, dit Stephon. Ainsi nos citoyennes reprennent leur bâton de pèlerin ?

Il sortit sur la véranda et referma vivement derrière lui. Chernon avait eu le temps d'apercevoir deux inconnus, bizarrement accoutrés, installés à leur aise dans les fauteuils du mess. Quelques conspirateurs envoyés par les autres garnisons, songea-t-il.

— Et alors ? Cette nouvelle mission se soldera par un échec, comme les précédentes, grommela Michael. Qu'ont-elles rapporté la dernière fois ? Deux nouvelles espèces de scarabées, une plante avec laquelle on prépare d'ignobles infusions.

— Peut-être envisage-t-elle de m'incorporer à son équipe, murmura Chernon, les yeux au sol. (Il fit la moue.) Je pourrais toujours lui demander.

Les officiers échangèrent un regard de connivence.

— Il n'y a pas de peut-être, déclara Stephon avec sévérité. Nous devons être informés dans les détails des résultats de l'expédition. Tu pars avec eux, un point c'est tout.

— Le soulèvement aura lieu cette année, vous ne reviendrez pas sur cette décision ?

Les yeux de Michael étaient froids, mais tout son charme se retrouvait dans son sourire.

— Sûrement pas, gamin. Cette fois, les conditions sont réunies, et plusieurs garnisons sont arrivées à la même conclusion. Une inconnue subsiste, le phénomène vaguement décrit par Besset sous la forme d'un disque flamboyant. Nous l'avons assailli de questions depuis lors. Il s'en tient à la version qu'il nous avait donnée le soir de son retour. Si cette arme infaillible existe, nous pourrions bien rencontrer une résistance à laquelle les camarades ne s'attendent pas.

— Je m'en doute.

— Toi, tu ne sais rien, tu n'as rien entendu. As-tu envie de connaître le sort de Vinsas ?

Chernon reçut un coup au cœur. Il se hâta de changer de sujet.

— Je ne manquerai pas d'aborder la question avec Stavia, mais pensez-vous vraiment qu'un jeune médecin soit en mesure de fournir ce genre de renseignements ?

Michael interrogea Stephon du regard. Le centurion opina, sourcils froncés.

— Après la mort de Barten, dit-il, nous avons fait en sorte que Myra, la sœur aînée, se console dans les bras d'un beau soldat compatissant. Malgré son départ du domicile maternel, voilà quelques années, elle est toujours aussi montée contre sa famille, contre sa sœur en particulier, l'éternelle favorite. Si quelque chose d'intéressant se présentait, la cadette, toujours elle, était invitée à y participer. Ainsi ce voyage en direction de Susantown ; Stavia accompagnait sa mère et le serviteur de la maison.

— Quel rapport peut-il y avoir avec le récit de Besset ?

— Un peu de patience. Il se trouve que Myra, pour une raison bien précise, se souvient de la date à laquelle eut lieu cette escapade. Elle n'oubliera jamais, sans doute. C'était quelques semaines avant le déclenchement des hostilités entre notre garnison et celle de Susantown. Barten n'en avait plus pour très longtemps. A peu près au même moment, après deux ans d'absence, cette canaille de Besset se présentait au rapport avec son histoire de disque lumineux et de carrière sanglante. La roulotte se trouvait sur la route de Marthatown lorsque sa bande l'aperçut. Elle semblait venir de Susantown. Ses passagers étaient au nombre de trois, un couple, une enfant.

— Stavia, c'est ce que vous pensez ? Elle aurait tout vu, par conséquent ?

— Cela vaut la peine d'être vérifié.

— Je n'ai jamais cru au récit de Besset. Cet ivrogne se sera payé notre tête.

De séducteur, le sourire du tribun se fit menaçant.

– Personne ne te demande ton avis. Tu vas renouer avec cette fille. Mets-toi sur ton trente-et-un et tâche d'obtenir des résultats.

Il n'y avait pas lieu de soigner sa présentation pour discuter avec quelqu'un de part et d'autre d'un mur percé d'un trou de la taille d'un petit bouclier. Le jeune homme se rendit sans détour à l'entrepôt. L'arbre vénérable faisait toujours écran aux regards. Personne n'avait découvert la brèche dans le mur, pas davantage le livre enveloppé de papier huilé qui se trouvait dissimulé dans une crevasse du tronc. Chernon l'avait volé dans la bibliothèque de sa sœur, quatre ans auparavant.

Ayant pris le livre, il se nicha à sa place habituelle, au pied de l'arbre, face au mur. Il défit le paquet ; il ouvrit le livre à couverture rouge. Le texte lui était devenu si familier qu'il aurait pu le réciter de mémoire. Un livre dénué d'intérêt, dont la possession lui était pourtant interdite.

Elevée à la dimension d'un délit, la lecture symbolique prenait alors tout son sens. En relevant le défi imposé par les lois de la cité, Chernon manifestait son mépris pour la camarilla des conseillères qui voulaient le maintenir dans l'ignorance. Le premier chapitre était intitulé « Les Lapons, peuple migrateur ». Chernon se boucha les oreilles pour étouffer le chahut en provenance du terrain de jeux. Il procéda au rituel de la haine.

La santé de Bowough Bird déclina soudain ; il dut s'aliter. Stavia lui rendit visite à plusieurs reprises, mais son état ne cessait d'empirer. Il avait de la fièvre et se perdait en divagations. Rongé par l'inquiétude, Septimius se livrait en présence du médecin à toutes sortes de simagrées fébriles, destinées à donner le change. Un matin, Stavia l'entraîna dans la chambre voisine où les trois chiens gris s'étaient assoupis devant le feu.

– Dis-moi la vérité, baladin. Quel âge a-t-il exactement ?

– Il est vieux, soupira Septimius. Moi-même, je ne suis plus de première jeunesse. Quel âge avait-il à ma naissance ? Je l'ignore.

– Nous ne le guérirons pas à moins d'employer les grands moyens. Le seul médicament susceptible de le remettre sur pied est réservé aux citoyennes et à leurs serviteurs. De deux choses l'une, Septimius Bird, ou je m'en tiens au règlement et je refuse de soigner ton vieux père, ou je me rends coupable d'un larcin en dérobant un échantillon du précieux produit dans les réserves de l'hôpital.

Cette déclaration provocante n'appelait pas de réponse et Septimius, soudain méfiant, s'était tenu coi.

– Elle est à l'affût de quelque chose, avait fait remarquer Kostia, pas plus tard que la veille. Elle a besoin de nous, Septimius.

Tonia avait corroboré ce jugement.

– A tort ou à raison, elle s'imagine que nous pouvons lui être utiles. C'est un être tourmenté, à la veille de prendre une grave décision.

– Elle se pose une foule de questions, avait repris sa sœur. Vingt ans passés, et pas encore mère, voilà qui est révélateur.

– Toutes les citoyennes ne sont pas si pressées, avait objecté l'oncle.

– La plupart d'entre elles commencent jeunes, tu le sais.

– Peut-être estimait-elle la maternité incompatible avec la poursuite de ses études. Elle attendait d'être rentrée chez elle.

– Admettons. Cela ne change rien à son désarroi présent. Elle présume de l'aide que nous pourrions lui apporter. Kostia et moi, nous l'avons bien senti.

Combien de fois n'avaient-ils pas rencontré Stavia, au hasard de leurs déplacements dans la cité ? Combien de fois ne les avait-elle pas invités à prendre le thé ? Elle ne tarissait jamais sur le sujet des voyages qu'ils avaient effectués, et sa curiosité se faisait toujours plus précise.

– Qu'y a-t-il, au sud de Marthatown, Septimius ? Quelles surprises réserve la partie méridionale du continent ?

Il avait tenté, courtoisement, d'éluder toutes ces questions.

– Il n'y a là rien de remarquable, croyez-moi.

– Ne te fais pas prier, baladin. Si je t'interroge, ce n'est pas sans raison.

Pris de court, Septimius avait dû s'exécuter.

– Deux petites cités, sans charme aucun, se sont établies de part et d'autre de la grande désolation. Emmaburg, sur la côte, Peggytown, dans les collines. Sans doute êtes-vous mieux renseignée que moi sur les nouvelles expériences de peuplement des terres vierges.

– Que trouve-t-on au-delà ?

– A quelque distance d'Emmaburg, on a construit une bergerie fortifiée. Elle n'existait pas encore quand je suis allé là-bas, il y a bien longtemps, avec mes parents et toute la troupe. Je me souviens d'un paysage au relief chaotique. Des pitons se découpent contre le ciel, des massifs surplombent d'arides plateaux de leur masse ocre, ciselée par le vent. Une plaine lépreuse, gravement polluée par endroits, sépare du rivage la chaîne qui s'étend sur un axe sud-est. En suivant les contreforts de la montagne, on découvre une succession de petites vallées très encaissées où sont installées des communautés agricoles dont le mode de vie n'a guère changé depuis des siècles.

– Avez-vous pu entrer en contact avec ces gens ? Tu en parles comme d'un mauvais souvenir.

– Stavia, il s'agit d'une population clairsemée, fruste, méfiante. Les rives des cours d'eau se resserrent pour former de véritables gorges aux parois abruptes, qu'il est dangereux d'escalader. Le chapelet de petites collines constitue une sorte de faille axiale à laquelle il n'est que deux accès possibles, par une cluse, au nord ; ou de l'autre côté, à l'endroit où le torrent se précipite en cascade. Nous ne sommes pas entrés de notre plein gré dans cette souricière. Un violent orage nous contraignit à chercher refuge au plus profond de la montagne. J'étais bien jeune, alors. Mon cousin Hepwell et ses acrobates s'étaient associés à notre tournée. Sans la présence parmi nous de ces robustes gaillards, qui sait si nous ne serions pas encore là-bas ? Pour une raison inconnue, nos hôtes semblaient peu enclins à nous laisser repartir. Par chance, les hommes du village étaient presque tous absents, retenus ailleurs par quelque cérémonie religieuse. Les autres n'étaient pas assez nombreux pour tenter de nous retenir contre notre volonté.

— Les vallées sont-elles fertiles ?

— C'est le plus étonnant. Il poussait de tout en abondance. Au-dessus des rives boisées s'étageaient les champs en terrasses et les pâturages. Vergers et potagers formaient une verte ceinture autour des maisons. Ils élevaient des moutons, des chèvres, des volailles... Ma mémoire en fait un vrai pays de cocagne.

— Cependant, ces enclaves de prospérité sont peu peuplées ?

— Ce fut mon impression, avait conclu Septimius, intrigué par l'insistance de la jeune femme et l'importance qu'elle semblait attacher à ses réponses.

— Laissons-lui le temps, elle finira par abattre ses cartes, avait ensuite conseillé Kostia.

Un jour, cependant, après que Stavia eut effectué sa visite quotidienne, Septimius décida de la sonder sur ses intentions.

— Dites-moi où nous en sommes exactement, docteur. Quel prix envisagez-vous de demander en échange de ce remède miracle ?

— Nous verrons. Quoi qu'il en soit, il me déplairait d'avoir l'air d'exercer un chantage dont la vie de Bowough serait l'enjeu. Disons plutôt qu'en contrepartie du service rendu aujourd'hui je serai peut-être amenée à faire appel à toi, dans quelque temps.

– Dites-m'en plus.

– Nous reprendrons cette conversation plus tard, si tu le veux bien.

Septimius se le tint pour dit. Cette fille était insaisissable, comme le sont les poissons fugitivement entrevus dans les tumultes des torrents et qui se jouent de la maladresse des pêcheurs. Le soir même, elle était de retour. Elle fit une piqûre au vieil homme ; le lendemain matin, il se sentait mieux et respirait plus librement.

Stavia prenait tous les repas du soir à la maison, en compagnie de Morgot, de Joshua et de Corrig. A l'occasion, Myra et son dernier-né se joignaient à eux. Accaparée par les soins constants que demandait le petit diable, sa mère en oubliait souvent de se montrer désagréable envers les serviteurs et de faire état de ses éternelles frustrations.

Cette fois, cependant, la fille aînée semblait avoir trouvé un nouveau motif de plaintes, plus légitime.

– Pourquoi Stavia serait-elle toujours à l'honneur ? demanda-t-elle, tout en essuyant le menton barbouillé de son fils. Pourquoi fais-tu sans cesse comme si je n'existais pas ?

– Si ta sœur s'est retrouvée sur la liste des candidates retenues pour participer à l'expédition, je n'y suis pour rien, assura tranquillement Morgot. Sans doute doit-elle à son diplôme tout neuf d'avoir été remarquée.

– Vous ne recrutez donc jamais que des médecins ?

– Non, naturellement. Toutefois, nous évitons de priver de leur mère les enfants en bas âge. Le choix des organisatrices se porte de préférence sur des personnes jeunes, et qualifiées. Nous nous sommes décidées cette fois pour des équipes plus restreintes, plus mobiles. Une femme et un serviteur prendront la direction du sud, avec deux animaux de bât. Ils se ver-

ront confier la tâche de collecter de nouveaux spécimens végétaux et celle de surveiller d'éventuels mouvements de populations, chassées vers le nord par la
détérioration du milieu naturel dans le sous-conti-
nent.

— Ne pourrait-on me trouver une petite place dans
les autres équipes ?

— Deux groupes d'importance moyenne seront
chargés d'explorer les régions situées à l'est et au
nord de la Fédération. Outre l'observation de la flore
et de la faune, l'équipe orientale devra mesurer le re-
cul escompté du périmètre de désolation ; l'équipe
septentrionale évaluera quant à elle la limite des gla-
ces. La dernière équipe, de loin la plus fournie, voya-
gera par mer. Le navire mettra le cap sur l'ouest et
longera la côte afin de repérer les sites qui se prête-
raient à un aménagement. Dans tous les cas, il
s'agira d'une épreuve d'endurance à laquelle tu n'es
pas du tout préparée.

— Moi qui rêve de m'arracher à cette routine affo-
lante, la maison, les enfants !

Morgot secoua la tête avec lassitude.

— Au fait, qu'as-tu décidé ? demanda-t-elle à Stavia.
Tu tardes à donner ta réponse.

Morgot se trompait ; en fait, la jeune femme était
résolue à ne pas laisser s'échapper l'occasion qui se
présentait d'aller voir à quoi ressemblait le monde,
au-delà de la Fédération ; elle envisageait aussi de
contourner la loi une fois de plus et différait le moment de s'engager définitivement.

— L'expédition, si j'ai bien compris, ne devrait pas
durer moins de six mois, dit-elle. Une si longue absence, en ce moment, cela ne me séduit qu'à moitié.

— Ce sera pénible, sans aucun doute, mais que de
souvenirs, en compensation ! Il y a trente ans, ma
mère a fait partie d'une mission d'exploration. Elle
était poète, à ses heures. Après son retour, visitée par
l'inspiration, elle a écrit ses plus beaux textes.

— Je n'ai pas ce talent, malheureusement. Je ne

suis qu'une pauvre comédienne amateur. A moins de mimer les aventures vécues, je vois mal en quoi cette expérience pourrait m'être d'un bénéfice quelconque dans la discipline artistique que j'ai choisie.

— Je songeais plutôt au travail que tu pourrais effectuer en qualité de médecin, ou de botaniste. Le personnel de la bergerie n'a pas reçu de soins depuis une éternité, et la collecte de spécimens végétaux ne semble pas une activité trop indigne, à moins que tu ne sois d'un autre avis ?

Stavia gardait un silence embarrassé.

— Personne ne s'est donc chargé de constituer un herbier ? murmura-t-elle. Il n'y a pas eu de récolte systématique d'échantillons ?

— Rien de tel jusqu'à présent. Notre collection est très pauvre, tu as pu t'en rendre compte. Si tu pouvais nous rapporter une graine ou des racines d'une espèce nouvelle, une herbe médicinale inconnue, tu n'aurais pas perdu ton voyage. Même une fleur originale serait la bienvenue.

— Tes arguments me touchent, Morgot. Me voilà presque convaincue. Si tu peux m'assurer que je ferai partie de l'équipe de deux personnes, chargée d'explorer le Sud, j'accepte. Après tant d'années de promiscuité à l'université, puis à l'hôpital, il me déplairait de me retrouver si vite au sein d'un groupe.

— Si tu avais lu ma lettre avec attention, grommela Chernon à travers la brèche, tu saurais que j'ai consulté le code militaire. Rien ne m'interdit de prendre un congé.

— J'ai lu ta lettre et je n'ai rien oublié, répondit Stavia avec douceur. Il n'est nullement fait mention dans votre code d'absences pour convenance personnelle.

Celui qui parlait, de l'autre côté du mur, était presque un inconnu, et la voix qui lui parvenait ne ressemblait en rien à celle dont elle avait gardé le souvenir, pourtant le fantôme d'un adolescent de quinze ans se dissimulait derrière l'entêtement manifesté par ce nouveau Chernon.

— Précisément, s'obstina-t-il. L'interdiction n'est pas spécifiée en toutes lettres. (Comment lui avouer qu'il avait reçu, du tribun en personne, l'ordre formel de l'accompagner ?) Si je pars avec toi, qu'arrivera-t-il ? Au mieux, mon retour sera salué par des bourrasques d'injures ; au pire, je serai frappé d'une mesure disciplinaire. Je ne me serai rendu coupable d'aucune lâcheté, d'aucune faute grave punissable de la peine de mort. Et surtout, je n'aurai pas encore passé le cap des vingt-cinq ans. Dans quelques mois, il sera trop tard.

Stavia, dans l'ombre, tergiversait. Combien de fois n'avait-elle pas relu sa lettre fervente ? Depuis la colère jusqu'à la tristesse, en passant par les railleries ou les regrets, elle avait envisagé toutes les réponses, sans pouvoir se résoudre à lui faire le plaisir ou lui infliger la déception d'une seule.

— Pourquoi ce soudain désir d'évasion, Chernon ? Si tu es las de cette existence encasernée, il te reste toujours la possibilité de franchir la porte des Femmes. Pourquoi te contenter d'un pis-aller ?

— Où est le déshonneur dans le fait de participer à une mission d'exploration ? répliqua-t-il avec humeur. On me taxera de légèreté, d'extravagance, de puérilité, même, du moins échapperai-je à l'accusation d'infamie.

— Leur opinion est toujours si importante à tes yeux ?

Cette question les ramenait dix ans en arrière. Chernon décida de ne pas en tenir compte.

— Tu me dois bien ça ! s'écria-t-il.

— Moi, je te dois quelque chose ?

— Les livres que tu m'as prêtés sont la cause de tout. Ils ont fait naître en moi une foule d'aspirations confuses que la garnison ne saurait satisfaire. Encore quelques années et la conscience d'une vie manquée me deviendra intolérable. Sans toi, sans ton influence, je ne me serais jamais posé tant de questions. Aide-moi au moins à trouver certaines réponses sans manquer à l'honneur.

— Tu attends beaucoup de cette expédition. Peux-tu être certain que cette modeste aventure comblera tes vœux ? Suffira-t-elle ?

— Sur ce point, tu as ma parole.

Cette proclamation se passait de commentaires. Que valait la parole de Chernon ?

— Pourquoi m'entraîner, moi, dans ces nouvelles difficultés ? demanda-t-elle.

Décontenancé, le jeune homme se replia sur une déclaration banale qui était presque un élan de sincérité. Il avait vu Stavia sur les remparts en compagnie de sa sœur. L'aimable écolière s'était muée en une femme éblouissante. La perspective de longs jours d'intimité avec elle le transportait comme une promesse de douces voluptés.

— Je ne veux pas te perdre, Stavia, c'est toute mon excuse. Au fond, je t'aime depuis toujours. Tout ce qui compte à mes yeux, c'est de t'avoir près de moi. Nous nous aimons ! Le monde peut bien s'écrouler, je m'en moque. L'important, c'est d'être ensemble, le plus souvent possible. Dis-moi que je me trompe, Stavia, si tu en as le courage...

Les mots avaient à peine franchi ses lèvres qu'il les bénissait. Cet aveu qui semblait venu du fond du cœur la toucherait bien davantage que tous les raisonnements.

La jeune femme demeurait interdite. Etre ensemble... était-ce vraiment si important ? Posée dans ces termes la question aurait reçu, quelques années auparavant, une réponse immédiate, véritable cri du cœur. Même à présent, elle se sentait gagnée par une émotion diffuse, une défaillance, un vertige.

— Moi aussi, j'ai envie d'être avec toi, reconnut-elle. (Calme encore, elle percevait, tout au fond d'elle-même, une palpitation inquiétante.) Mais pas au point de commettre n'importe quelle imprudence.

Je prendrai mon mal en patience jusqu'au prochain carnaval.

— Il n'est pas question du carnaval ! s'emporta-t-il. Ces orgies de commande où tout est prétexte à débauche et soûlographie, merci bien ! Je ne veux rien devoir à la tolérance officielle. Quelle déception si notre aventure allait se dissoudre dans ce capharnaüm. Un amour sincère exige plus de... raffinement.

Ces belles formules, empruntées sans vergogne à la parole séductrice de Michael et de Stephon, étaient servies en désespoir de cause. Elles ne firent guère impression.

— Simeles ? suggéra-t-elle sur un ton railleur.

— Qui ?

— Simeles, votre poète maison, le chantre de la garnison de Marthatown. Il a composé de fort belles choses, exaltant la solitude des amoureux qu'il compare au paradis sur la terre.

— Le paradis, c'est beaucoup demander. Je me contenterais d'être vraiment seul avec toi. Je ne veux pas d'une préposée qui vienne cogner à la porte pour dire que notre temps est écoulé et qu'il nous faut vider les lieux.

Il perçut un soupir imperceptible, suivi d'un long silence. Il sut que la partie était gagnée.

Stavia, il est vrai, ne trouvait rien à répondre. Réduite au rôle de spectatrice de sa propre débâcle, elle était comme frappée d'indécision. Les contradictions de son esprit lui jouaient des tours, se livraient à toutes sortes de fantaisies et la déboussolaient. L'actrice, capable de faire front, pour le meilleur et pour le pire, avait pris la situation en main.

— Entendu, dit-elle, sous l'impulsion du désir qu'elle avait d'abattre le mur et de se blottir dans les bras de Chernon, oubliant tout le reste. Dans quelque temps, je partirai en mission d'exploration vers le sud. Je te procurerai un moyen de transport et nous nous retrouverons en un lieu que je t'indiquerai, bien au-delà d'Emmaburg. Il faudra camoufler le tatouage que tu portes sur l'avant-bras, raser cette barbe ridicule et tresser tes cheveux comme le font les serviteurs.

— C'est beaucoup demander, maugréa-t-il après une hésitation hostile.

— Ces conditions ne sont pas négociables, répondit-elle, la voix sereine. Aucune citoyenne ne peut se permettre d'être vue, errant dans la nature, en compagnie d'un brave. Peut-être ne rencontrerons-nous personne, mais dans cette éventualité, tu auras l'apparence d'un serviteur et tu porteras le nom de Brand, originaire d'Agathaville. Je serai le seul membre de l'expédition, voilà qui résout bien des difficultés. Si nous croisons d'autres voyageurs, tu adopteras à mon égard un comportement respectueux, tu t'abstiendras de toute familiarité.

— Que deviendra le véritable serviteur, celui qui était censé t'accompagner ?

— Je m'en débarrasserai d'une façon ou d'une autre. Je lui ferai parvenir un message pour le prévenir que sa participation à l'expédition est annulée. Je m'acquitterai scrupuleusement de la mission que l'on m'a confiée, puis nous rentrerons, chacun de notre côté. Cette entreprise, si peu faite pour exalter l'imagination, crois-tu vraiment qu'elle t'apportera la tranquillité ?

Plus tard, la scène devait lui laisser l'impression minutieuse et stupéfiante d'un rêve. Que penser d'un tel sang-froid quand sa volonté était en plein désarroi, quand tout son corps lui faisait mal ? L'actrice n'avait pas fini de lui réserver des surprises.

Chernon n'avait pas le choix, il lui fallait se soumettre à toutes les exigences de Stavia. Tous ses rêves d'aventure s'étaient achevés, infailliblement, par un retour triomphal. Or quelque chose, il n'aurait su dire quoi exactement, lui déplaisait, le laissait sur sa faim, dans le programme imposé par la jeune femme. Eût-il été capable d'analyser ce qu'il ressentait, il aurait découvert, stupéfait, que l'idée de devoir rentrer à la garnison lui était insupportable.

— J'ai apporté une nouvelle dose de sérum pour Bowough. (Stavia prenait le thé dans la chambre que partageaient les deux hommes.) Le moment est peut-être venu de révéler ce que j'attends de vous.

— Nous vous écoutons, dit Septimius, conscient au plus haut point du silence qui régnait dans la pièce voisine.

La cloison de séparation, bien certainement, avait des oreilles.

— Dès que ton vieux père sera remis sur pied, vous quitterez Marthatown par la porte Sud. Avant que vous n'ayez fait trois kilomètres, un voyageur solitaire se présentera. Il t'appellera par ton nom et demandera la faveur de pouvoir faire route avec vous. Je te serai reconnaissante d'accepter.

— Cet inconnu, où faudra-t-il le conduire ?

— A proximité de la bergerie fortifiée dont tu m'as parlé. Ce service ne devrait pas vous demander trop d'effort. Les routes sont sûres dans cette direction. Vous ne ferez aucune mauvaise rencontre.

Septimius ne dit ni oui ni non.

Tonia, le cœur serré, avait tout entendu. Elle décida d'intervenir et, sans cérémonie, poussa la porte, Kostia sur ses talons.

— Bonjour, Stavia. As-tu déjà eu l'occasion de te faire dire la bonne aventure ?

Stavia la regardait, déconcertée.

— Pourquoi cette question ?

— Il existe bien des façons de déchiffrer l'avenir. Nous pourrions tirer les cartes, par exemple. Ma sœur et moi, nous excellons dans cet art.

Stavia interrogea l'oncle d'un coup d'œil méfiant.

— Laissez donc, soupira-t-il. Elles savent s'y prendre, en effet. Et ce petit jeu n'a jamais fait de mal à une mouche.

D'un mouvement gracieux, Tonia se laissa choir

sur le tapis, devant le feu. Un jeu de cartes surgit dans sa main droite ; elle le tendit à Kostia. Celle-ci le battit avec soin avant de le présenter à Stavia.

— A ton tour de battre, comme tu l'entends.

Stavia s'installa à côté d'elles et fit ce qu'on lui demandait, hâtivement. Elle reforma le paquet d'un coup sec contre le plancher.

— Coupe, à présent.

Stavia coupa.

— Lequel de ces deux paquets représente ton avenir ? demanda Tonia.

La jeune femme lui jeta un regard impatient, haussa les épaules et, de l'index, désigna la pile de gauche. Tonia s'en saisit.

— Quel âge avais-tu, quand tes ennuis ont commencé ?

Troublée, offusquée, Stavia parut sur le point de perdre son calme.

— Comment osez-vous ? De quoi vous mêlez-vous ? s'écria-t-elle.

— Ne montons pas sur nos grands chevaux, s'il vous plaît, dit Septimius d'un ton conciliant. Si vous n'étiez pas dans l'embarras, vous n'auriez pas besoin de notre aide. Pourquoi ne pas répondre franchement ?

— J'avais dix ans, murmura Stavia, subjuguée.

Tonia compta dix cartes, retourna la dernière. Un paysage blanc. Une femme vêtue de noir déployait un pan de sa grande cape sur le champ des étoiles.

— La Reine des Neiges, Dame de la Nuit, souffla la cartomancienne. Voilà qui ne présage rien de bon. Quel âge avais-tu, quand ce garçon t'a éloignée de lui ?

— Quel garçon ? Comment savez-vous ça ?

— Nous savons tant de choses. Quel âge ?

— Treize ans.

Tonia compta trois autres cartes ; elle retourna la treizième. Un homme en habit d'arlequin était adossé contre un arbre. Il portait un masque sur l'arrière de la tête, et grâce à ces visages accolés semblait avoir la faculté de regarder dans deux directions opposées. Une partie de l'arbre était en fleur ; l'autre, dépouillée de ses feuilles, exhibait des branches nues et noires.

— Le Magicien du Printemps, l'homme aux deux visages. Il dit toujours le contraire de ce qu'il pense. Quel âge as-tu aujourd'hui ?

— Vingt-deux ans.

Encore neuf cartes. La dernière, retournée, révéla deux guerriers. L'un, gisant à terre, perçait de sa lance la poitrine de l'autre qui se tenait fléchi au-dessus de lui, prêt à s'écrouler.

— Le combattant de l'arrière-saison, s'écria Tonia. La mort, Stavia ! Elle n'est pas pour toi, cependant. Mais quelqu'un d'autre succombera.

Stavia les dévisageait tour à tour, partagée entre la colère et l'anxiété.

— Me direz-vous ce que tout cela signifie ?

— Ce voyage ne pourra que vous attirer des ennuis, murmura Septimius. Il sera placé sous le signe de l'erreur et du mensonge. Un dénouement tragique n'est pas exclu.

— Je serai épargnée, avez-vous dit ?

— Sans doute. Si ce n'est vous, quelqu'un d'autre mourra.

— Dois-je comprendre que vous ne consentez pas à rendre le service demandé ?

Le baladin secoua tristement la tête.

— Pourquoi refuserais-je ? En quoi vos imprudences me concernent-elles ? Nous sommes des étrangers l'un pour l'autre et je m'en voudrais de vous fatiguer de conseils dont vous n'avez que faire. Sommes-nous seulement amis ? Je ne suis qu'un pauvre saltimbanque, comme vous disiez, un acteur ambulant, nanti d'un vieux papa, de deux nièces excentriques, de quatre ânes et de cinq chiens capables de danser la polka. Si votre projet ne soulève pas mon enthousiasme, c'est que je songe à une autre femme, ma sœur, victime elle aussi des flagorneries d'un soldat. Je vous écoute, et je ne puis m'empêcher d'évoquer son souvenir...

— Elle s'est enfuie avec son séducteur, chuchota Kostia.

— Elle s'est retrouvée enceinte, enchaîna Tonia.

— Il était comme tous ceux de son espèce, il voulait un fils. A notre naissance, le vaurien s'est volatilisé. Deux filles d'un coup, c'était trop de malchance. Il a choisi d'abandonner la mère.

— La pauvre en a eu le cœur brisé, dit Septimius. Elle est morte presque aussitôt. De chagrin, j'en jurerais, même si la sage-femme a prétendu qu'il n'en était rien.

— A votre place, je m'en tiendrais à la version de l'accoucheuse, répliqua Stavia, très froide. Votre sœur, sans doute, valait mieux que l'héroïne d'un roman de quatre sous.

— On pourrait penser la même chose en ce qui vous concerne. Malgré tout, vous laissez votre cœur s'enivrer des roucoulades d'un brave.

— Détrompez-vous. Personne ne roucoule, je vous assure. Jadis, sans le vouloir, je me suis immiscée dans la vie de quelqu'un. Alors que je n'en avais pas le droit, dans le but inavoué de gagner l'affection de ce garçon, je lui ai ouvert les yeux sur certaines réalités, j'ai semé dans son esprit doute et confusion. Aujourd'hui encore, désorienté, il fait appel à moi, non sans raison puisque je suis en partie responsable de ses difficultés d'adaptation. Je ferai de mon mieux pour réparer mes torts envers lui. C'est mon devoir, même si les risques encourus sont considérables. Il ne s'agit pas d'offrir l'impossible, nous en sommes tous les deux conscients. Il saura se contenter d'une petite compensation.

Elle avait parlé autant pour balayer ses propres doutes que pour convaincre Septimius. Celui-ci ne sembla guère impressionné. Il ne dit rien, cependant.

Cette nuit-là, il se tourna dans son petit lit sans parvenir à trouver le sommeil.

Stavia dormait à poings fermés. La porte s'ouvrit. Quelqu'un s'approcha et, penché au-dessus d'elle, l'appela par son nom à plusieurs reprises. La jeune femme s'éveilla en sursaut.

— Corrig ! Que se passe-t-il ?

— Rien, sinon que je viens de faire un cauchemar.

Le ton était grave, l'expression du visage soucieuse. Stavia parut stupéfaite.

— Est-ce l'habitude, chez les jeunes serviteurs, de pénétrer nuitamment dans les chambres des femmes ?

— Il s'agissait de toi. En partie, tout au moins.

— Voilà qui explique tout, naturellement.

— Ne mets pas ton projet à exécution, Stavia. Quel qu'il soit, oublie-le. Il mettrait tes jours en danger ; tu ne récolterais que souffrance et déception.

— Ne croirait-on pas entendre Kostia et Tonia ! Que vois-tu d'autre ? La Reine des Neiges, peut-être, ou le Magicien du Printemps, à moins que le Guerrier de l'arrière-saison ne t'ait fait ses confidences ?

— Je ne vois que le malheur.

Stavia s'était à demi dressée contre l'oreiller. Elle fronça les sourcils pour se donner l'air furieux, sans y parvenir vraiment. Elle ne ressentait qu'une vague curiosité.

— Corrig, je le répète, ton comportement est indigne d'un serviteur modèle.

— Les serviteurs ont parfois de ces pressentiments, Stavia. Je t'aurai avertie comme je le devais. Abandonne ton projet.

Il tourna les talons et quitta la chambre dont il referma la porte sans bruit.

Avait-elle été victime d'un cauchemar, elle aussi ? Corrig, déguisé en apparition, avait-il vraiment prononcé ces paroles inquiétantes ? Les jumelles, à leur façon pittoresque, avaient essayé de lui faire peur, elles aussi. Peine perdue. Le pouvoir des cartes n'avait pas de prise sur elle ; elle n'attachait pas davantage de valeur prémonitoire aux rêves.

Pourquoi les croirais-je, d'ailleurs, s'ils ne prévoient jamais que plaies et bosses ? songea-t-elle, citant à peu près le texte d'*Iphigénie*.

La démarche de Corrig était singulière ; il avait semblé si catégorique ! Il avait reçu le don, comme Joshua. Celui-ci n'avait-il pas prévu l'attaque dont ils devaient être victimes quelques heures plus tard, au cours du voyage de retour, sur la route de Susantown, bien des années auparavant ? Elle s'était alors demandé qui était vraiment leur serviteur.

Et voilà qu'elle se posait la même question au sujet de Corrig. A nouveau, ce fut un vers de la pièce qui se présenta à son esprit.

Si personne ne prête attention à mes paroles, si je prophétise dans le vide, qui suis-je ? se demandait Cassandre.

20

Depuis la citerne située aux confins de la vallée, Susannah Brome, troisième épouse, découvrait la prairie qui dévalait en pente douce jusqu'au domaine de Jepson l'Ancien, plus au sud. Si elle se tournait en direction du nord-est, alors son regard rencontrait la verte colline, fief du clan Brome, au sommet de laquelle les chalets de bois fané par le soleil formaient le cercle autour de la maison du patriarche, autant de chalets qu'il y avait d'épouses. Celui de Susannah, coiffé d'un toit à double pente, était en partie dissimulé derrière la grange. Les autres clans, pas plus d'une douzaine, étaient installés au-delà du défilé, dans le fond des nombreuses vallées composant la Terre promise. En temps normal, quand le sol ne souffrait pas d'une terrible sécheresse comme le Dispensateur en envoyait parfois pour punir ses enfants, les vallées supérieures étaient assez riches en puits pour éviter aux femmes la corvée d'un long trajet jusqu'à la citerne. Les célibataires, regroupés au nord, au débouché de la vallée, devaient se contenter de la source intermittente située derrière leur campement.

— Maman, il est temps de rentrer. (Chasteté tira sur la manche de sa mère.) Nous aurons droit à une terrible réprimande, si nous nous mettons en retard.

— J'espérais pouvoir échanger quelques mots avec Charité ou Espérance, soupira Susannah. Charité était très mal en point la dernière fois que je l'ai vue. J'aurais voulu savoir si elle allait mieux.

Quel meilleur prétexte invoquer, pour justifier une absence plus longue que prévu ? Ce n'était pas faire preuve de négligence, ou de nonchalance, que de s'attarder en chemin afin de s'enquérir de la santé d'une voisine. On attendait des femmes qu'elles se portent assistance les unes aux autres, puisque aucun homme ne devait jamais s'abaisser à des manifestations de sollicitude jugées indignes de lui. Certaines avaient, pour soulager leurs consœurs, la main plus heureuse que d'autres. Susannah justement, personne ne l'ignorait, était du nombre.

– D'ailleurs, ajouta-t-elle, papa ne prête guère attention à nous, quand nous sommes impures, tu le sais bien.

– Ça ne le dispense pas d'avoir l'œil à tout, dit l'adolescente d'une voix craintive. S'il ne dit rien aujourd'hui, il se rattrapera plus tard. Il n'oublie jamais.

Chère petite. Après un coup d'œil circulaire, pour s'assurer que nul ne surprendrait un geste aussi inconvenant, Susannah effleura d'une main légère la joue tendre de sa fille. Chasteté prenait tout à cœur, persuadée, la pauvre enfant, que l'obéissance poussée jusqu'à la soumission aveugle dissuaderait le patriarche de passer sa colère sur elle s'il était de méchante humeur.

– Inutile d'attendre plus longtemps puisque personne ne vient, dit la mère. Tu as raison, rebroussons chemin.

Soulevant la palanche à laquelle étaient accrochés les seaux pleins à ras bord, elle la posa en équilibre sur le coussinet de nuque. Chasteté hissa son propre fardeau, à peine moins lourd. A treize ans, nubile depuis peu, elle n'était encore qu'une enfant. Inutile d'implorer la clémence du Dispensateur afin qu'il lui accorde un délai de grâce d'une année ou deux avant qu'elle ne devienne comme toutes les femmes, une simple machine à pondre des êtres. Avant l'automne, la malheureuse serait nantie d'un seigneur et maître et rien, pas même le verbiage solennel des Anciens, ne pouvait justifier la loi indigne qui faisait de toute jeune fille la victime effarouchée de la plus sordide concupiscence. Susannah se souvenait avec dégoût de sa propre initiation. Elle avait tout juste quatorze ans, pourtant il eût été bien difficile de la convaincre que le souffle divin s'exprimait à travers les grognements et les halètements de l'individu vautré sur elle.

En vérité, le destin de Chasteté Brome était tout tracé. Cheveux dorés, carnation de pêche, elle attirait comme un aimant le regard des hommes. Si Jepson l'Ancien ne l'engageait pas en qualité de sixième épouse, alors elle deviendrait la dernière femme du vieux Demoin, qui en avait déjà trois. Jusque-là, tous les célibataires des environs continueraient de s'embusquer dans les buissons pour le plaisir de lorgner sa silhouette chaque fois qu'elle irait faire provision d'eau à la citerne.

Avec un peu de chance, Jepson l'emporterait sur ses rivaux et Chasteté se trouverait veuve avant longtemps. A soixante-dix ans, le vieux chenapan tremblait déjà comme une feuille. Si la jeune épouse devenait mère avant de perdre son mari ou tout de suite après, on la renverrait chez Susannah et plus personne ne l'importunerait aussi longtemps qu'elle vivrait. C'était certainement le sort le plus enviable auquel elle pouvait prétendre. Par contre, en l'absence de grossesse, ou dans l'hypothèse d'une fausse couche, le mariage serait déclaré nul, quelque jouvenceau hériterait de la jeune veuve et n'aurait rien de plus pressé que de la tuer à la tâche. Avant d'avoir trente ans, Chasteté ne serait plus qu'une ruine.

— Regarde, le vieux Jepson, chuchota l'adolescente. Il sort de chez papa.

— Pas un regard, surtout, répondit sa mère, à mi-voix elle aussi, et n'oublie pas, nous sommes impures toutes les deux.

Le pas lourd et courbées sous le joug, elles franchirent les derniers mètres du chemin pour s'engager sur le sentier qui conduisait au chalet, exposé au soleil à cette heure de la journée, avec son porche exigu tout parcouru d'ombre et de lumière. Noué à l'un des montants, le mouchoir rouge de Chasteté, signalant que l'une des femmes de la maison, au moins, était impure pour cause de menstruation, jetait sur le bois sombre une tache éclatante.

Les porteuses d'eau gravirent les deux marches et posèrent leurs charges sur les lattes disjointes de la véranda. Après s'être essuyé les pieds sur le paillasson de chaume tressé, elles portèrent à l'intérieur les seaux dont elles répandirent le contenu dans la cuve. Ce matin déjà, Susannah avait effectué, seule, un trajet à la citerne pour le service du patriarche et des petits garçons qui étudiaient sous son autorité dans la maison principale. Chaque jour commençait ainsi par la corvée de l'eau.

Une faible plainte s'éleva tandis qu'elles vidaient le dernier seau. Le vagissement s'enfla, devint un hurlement. L'enfant les avait entendues et s'époumonait.

— Loyauté ? cria Susannah.

N'obtenant aucune réponse, elle recommença. Au troisième appel, la porte de derrière s'ouvrit. Une fillette entra, sa blouse malpropre, ses yeux gonflés de larmes fixés au sol.

— Ma pauvre chérie, que t'est-il encore arrivé ?

— C'est le vieux Jepson. Il m'a traitée de souillon.

— En voilà des manières ! Peut-on savoir pourquoi ?

— L'enfant a rendu son petit déjeuner. J'ai tout pris sur ma blouse et j'ai dû m'absenter pour un besoin pressant. Le petit dormait, du moins je le croyais. L'Ancien était là quand je suis sortie. Il m'a vue... il a tout vu. Si j'avais su, je serais allée me cacher plus loin. Si j'avais su...

— Des bêtises, tout ça. Tu n'as pas répliqué ?

Loyauté se contenta de remuer la tête ; à nouveau, elle fut secouée de sanglots.

— Chasteté, aide-la à se changer, veux-tu ? Je m'occupe de l'enfant.

Susannah ôta son foulard et passa la main sur son crâne rasé. Depuis que ses cheveux repoussaient, en brosse argentée, son cuir chevelu la démangeait sans cesse.

L'enfant n'avait pas encore de nom. S'il vivait au-delà de son premier anniversaire, papa le baptiserait, comme il avait baptisé tous ses enfants. S'il atteignait l'âge de six ans, il se rendrait chaque jour dans la grande demeure où le patriarche lui apprendrait à lire, à écrire, à compter aussi. Un homme devait être en mesure d'apporter sa contribution à l'éternel débat sur les Ecritures ; de même, le Dispensateur qui exigeait de tous une discipline de fer et le sens de l'efficacité, attendait d'un berger qu'il assurât le meilleur rendement de son troupeau. Au cours des douze premiers mois, le terme générique d'enfant, désignant tous les nourrissons, s'adoucissait parfois, au gré de la fantaisie des mères, de petits surnoms d'affection, « mon trésor », « mon petit chou », susurrés dans le secret des chalets, loin des oreilles patriarcales. Rien n'était joué avant le premier anniversaire. A tout moment, le nouveau-né pouvait disparaître comme par enchantement, et personne n'entendrait plus parler de lui. Les filles, surtout, étaient sujettes à ces évanouissements, les garçons plus rarement, sauf s'ils souffraient de déficiences. Par contre, il n'était pas rare qu'un chef de clan vendît son dernier-né à quelque Ancien qui désespérait d'avoir lui-même un fils. Tout le monde fermait les yeux et personne n'osait trahir le marché.

Susannah déboutonna son caraco et donna le sein à l'enfant. Celui-ci serait sevré le plus tard possible. Aussi longtemps que sa mère allaiterait, ses menstruations ne reviendraient pas et les risques de grossesse resteraient minimes. L'idée d'être à nouveau enceinte lui soulevait le cœur. Plutôt mourir que d'endurer cette épreuve une fois de plus. Onze grossesses depuis l'âge de quatorze ans, n'était-ce pas plus qu'aucune femme de trente ans ne pouvait supporter ? Six enfants avaient été mis au monde à terme, sans compter les deux petites prématurées, vivantes malgré tout, et mystérieusement escamotées, quelques jours après leur naissance. Si le vieux n'était pas fatigué d'engendrer, qu'il mette ses autres épouses à contribution. Matilda et Sérénité, Abondance et Félicité. Cette dernière, sans doute, avait passé l'âge d'enfanter, mais qu'en était-il d'Abondance, qui n'avait plus qu'un enfant à sa charge, âgé de cinq ans déjà ? Et Sérénité, quatre enfants seulement, et le désert depuis trois ans ? Que dire enfin de Matilda, confinée dans son lit de douleur depuis des années ? A la tâche, comme tout le monde ! S'il suffisait d'avoir eu trois fausses couches consécutives et de rougir ses mouchoirs à chaque quinte de toux pour être exemptée de cette abomination, Susannah trouverait elle aussi le moyen de cracher ses poumons.

Installé dans son fauteuil favori, face à la fenêtre, Résolution l'Ancien, chef du clan Brome, buvait le thé à la menthe bien chaud que lui avait préparé l'une des grands-mères. Il réfléchissait à l'offre qui venait de lui être faite concernant Chasteté. Le vieux Jepson ne perdait pas le nord. Son fils Bienvenu allait sur ses trente-cinq ans. Il avait défriché quarante arpents de bonne terre dans la troisième vallée, il avait creusé un puits, édifié un solide chalet de rondins et son troupeau comptait une centaine de bêtes. A tous égards, le fils Jepson était prêt à entrer dans la communauté des Anciens, à condition toutefois de trouver une femme douée de fécondité. Or le cheptel des filles en âge de convoler s'était singulièrement clairsemé en raison de l'imprévoyance des chefs de clan qui n'avaient pas hésité, douze ou treize ans auparavant, à se débarrasser de tous les nourrissons de sexe féminin. In petto, Résolution Brome prenait le Dispensateur à témoin de cette étourderie, que la sécheresse sévissant alors ne justifiait pas tout à fait. On pouvait bien, sur un coup de tête, décider de jeter toutes les petites filles du haut du versant opposé de la colline, pour la plus grande joie des coyotes, mais qui s'était soucié de la difficulté que rencontreraient plus tard les garçons, quand ils seraient en âge de prendre femme ?

Résolution ne se féliciterait jamais assez d'avoir épargné Chasteté. Non qu'il eût hésité par la suite, après le baptême de Loyauté, à offrir en pâture aux prédateurs quelques chétives créatures dont rien ne justifiait l'existence. En ce temps-là, Susannah produisait des filles à la chaîne ; Chasteté, tout d'abord, puis deux enfants mort-nées, puis Loyauté était arrivée, une petite chose malingre, si chétive d'apparence qu'elle ne semblait pas devoir faire de vieux os. Le patriarche lui avait laissé la vie sauve, sachant qu'une femme, pour tourner rond et filer doux, avait besoin d'un poupon pendu à ses basques. Ensuite étaient venues les deux prématurées, enfin Susannah avait donné le jour à l'enfant. Un fils ! Résolution, bien qu'il lui en coûtât, avait pris le parti de laisser Susannah en jachère. Quand une femme commence à perdre ses petits avant terme, gageons qu'elle n'en a plus pour longtemps, pour peu que l'on s'acharne sur elle. Ce qui était vrai pour les brebis l'était aussi pour les femmes. L'enfant avait besoin des soins prodigués par sa mère. Susannah n'était pas au bout de ses peines. Elle devait vivre encore un peu.

Une autre épouse aurait donc l'honneur de servir d'instrument privilégié à l'accomplissement du devoir conjugal. Sérénité, peut-être. Tout bien considéré, la proposition de Jepson l'Ancien, réclamant Chasteté pour son fils Bienvenu, présentait certains avantages. Le vieux était prêt à donner en échange une petite de treize ans, Persévérance. Laide à faire peur, mais pour l'avoir espionnée par le trou de la serrure alors qu'elle prenait son bain, Jepson était en mesure d'affirmer qu'elle était plutôt bien faite de sa personne. Si Résolution Brome lui-même ne se laissait pas tenter, il pourrait toujours faire cadeau de la gamine à l'un de ses grands fils, Châtiment ou Vengeance, tous deux en âge de s'établir. Persévérance ne serait sûrement pas du goût de l'aîné, mais rien ne l'empêcherait de rabattre la chemise de nuit de la fille sur sa vilaine figure quand il ferait son affaire.

N'allons pas trop vite en besogne, se gourmanda le patriarche. A trente-cinq ans, Châtiment avait encore du temps devant lui. Après tout, pourquoi ne pas garder pour lui ce tendron un peu ingrat ? S'il décidait de prendre une autre épouse, il lui faudrait retaper la vieille baraque où lui-même était né, où sa propre mère avait vécu jusqu'à la fin. La maison était demeurée inhabitée depuis la mort de son père, date à laquelle Résolution avait pris la succession du domaine.

Il n'envisageait pas sans réticence de voir une autre femme s'installer dans les meubles de sa mère. Pourquoi ne pas répudier l'une de ses épouses et récupérer par la même occasion un chalet en bon état ? Abondance, par exemple, la mère de Châtiment, en voilà une qui n'était plus bonne à rien, un fruit sec, un fardeau inutile. Pas loin de cinquante ans, un peu jeune pour être reléguée dans la maison communautaire des aïeules. Un fils lui était venu dans sa jeunesse, un autre était arrivé bien des années après. Encore Résolution ne pouvait-il imputer qu'à lui-même la naissance de ce tardif rejeton. S'il n'avait pas abusé de vin consacré pendant le Rituel, s'il avait eu les yeux en face des trous, cette nuit-là, il aurait su de quel chalet il poussait la porte et la pauvre Abondance aurait pu continuer à ronfler tout son soûl. Il fallait y réfléchir à deux fois, cependant, avant de l'expédier chez les vieilles et d'installer une jeunesse à sa place. La leçon, en effet, ne serait pas perdue pour tout le monde et d'autres patriarches s'empresseraient de l'imiter. Du reste, le chalet de Félicité serait bientôt libre. Celle-ci, du moins, avait l'âge d'être grand-mère. Il ne pouvait poser les yeux sur elle sans penser au fumet du bouillon de poule. C'était vrai aussi pour les autres. Etait-ce sa faute, à lui, si l'entrejambe féminin exhalait la même odeur que le bouillon de poule ? Depuis deux ans, le pavillon d'impureté n'avait pas flotté au montant de son chalet. Cette femelle hors d'usage avait encore une gamine à sa charge, la petite Modestie, dix ans. Bien différent était le cas de Matilda. Trente-deux ans, trois enfants mort-nés, grabataire depuis des années. La donzelle la plus aguichante que Résolution eût jamais vue, aujourd'hui encore, affaiblie comme elle l'était par la maladie. Matilda était issue du clan Demoin. Sa famille se laisserait sans doute convaincre de la reprendre, surtout s'il offrait en prime quelques brebis bien grasses.

Il compta sur ses doigts. Félicité lui avait donné sept enfants, dont six étaient arrivés à l'âge adulte. Sérénité en avait eu quatre, le benjamin âgé de neuf ans à peine ; Abondance était la mère de deux fils ; Susannah, enfin, la plus prolifique, avait mis au monde huit enfants vivants. Déduction faite des deux petites prématurées qu'il avait estourbies, on atteignait un total de dix-neuf, quatorze garçons, cinq filles. Il pouvait, sans déchoir, décider d'en rester là.

Maudite Susannah, toujours enceinte ! Avec un peu d'attention de part et d'autre, toute femme normalement constituée pouvait être besognée pendant plus d'un an sans se trouver grosse. A se demander si elle n'y mettait pas de la malice.

La journée de travail terminée, les célibataires regagnaient leur campement. Châtiment, le cadet des fils Brome, était en train d'aiguiser une faux. Selon sa bonne habitude, il exhortait ses frères à l'insubordination.

— A quoi sert de s'escrimer à défricher de nouveaux arpents ? disait-il. Les Anciens sont jaloux de leurs privilèges et n'ont pas l'intention de nous procurer des épouses. De leur point de vue, plus tard nous serons établis, mieux cela vaudra. Pour s'en convaincre, il suffit de regarder où nous en sommes dans notre propre famille. Faisons le compte. Il y a les deux filles de Susannah, Chasteté, treize ans, et Loyauté, huit ans. L'aînée de Sérénité aura bientôt sept ans et la dernière fait encore dans ses langes.

» La fille unique de Félicité, cette vieille carne, n'est pas une réussite. A dix ans, elle bigle et renifle sans arrêt. En face, pour un seul d'entre nous qui soit marié, huit rongent leur frein dans le campement des célibataires et cinq vivent encore dans les jupes de leur mère. Cela fait donc treize garçons à pourvoir et seulement cinq filles à échanger. La situation n'est pas différente dans les clans Jepson ou Gavin, ou chez ceux des autres vallées. Une douzaine de fils contre trois ou quatre filles. Papa va sur ses soixante-quinze ans. En mourant, il laissera trois épouses encore fraîches, Susannah, Sérénité, Matilda, toutes trois plus jeunes que moi ; trois veuves intouchables, autant ne pas y penser. La situation est claire. D'un côté les Anciens accaparent six ou sept femmes chacun, quand ce n'est pas plus ; de l'autre, ils ne craignent pas de se livrer à un massacre de petites filles, sans penser à notre avenir. Au point où nous en sommes, il reste une femme pour quatre hommes. Maigre butin.

— Qu'as-tu l'intention de faire ? Te débiner dans le Nord, peut-être, pour aller rejoindre les diablesses des villes ?

— Plutôt que de rester là-bas, autant enlever une de ces créatures et la ramener ici, c'est plus sûr.

— Tu te figures qu'elle voudra rester ? Tu déraisonnes.

— Si je lui casse une jambe, elle n'aura plus le choix.

Le regard provocant, Châtiment mettait ses demi-frères, Diligence et Vengeance, au défi de dire le contraire. La pierre à aiguiser continuait d'aller et venir contre la lame.

— Ce n'est pas une solution, murmura Diligence. Les filles du Nord ne valent rien. Aucune n'est capable de plumer un poulet ou de battre le beurre.

— Il y a au moins une chose qu'elles doivent savoir faire, murmura sombrement Châtiment. Cela ne demande aucune compétence particulière.

— Tu te montes le bourrichon, je me demande bien pourquoi, dit Vengeance. L'Aîné s'est établi l'an passé, il avait près de quarante ans. Tu as le temps.

— Parlons-en ! Qu'a-t-il récolté, pour le récompenser de sa patience ? Prudence Gavin, un laideron de l'autre vallée, à peine quelques poils sur le caillou !

— La belle affaire ! Sitôt mariée, une femme est tenue de se raser la boule à zéro.

— Celui qui ne fait aucune différence entre un crâne pelé et un crâne tondu est un âne. Ses enfants seront chauves, une chance sur deux, pour commencer. On verra l'Aîné aller la tête basse, traînant derrière lui une progéniture déplumée.

— On dit que le vieux Jepson a l'intention de troquer sa fille Persévérance contre Chasteté, qu'il destine à son premier garçon. Si tu veux la fille Jepson, elle est à toi.

— Qui voudrait d'un tel cadeau ? Persévérance louche tellement, on dirait que ses yeux croisent les bras.

— Dans l'obscurité, tu n'y penseras plus.

— Je ne veux ni d'une pelée, ni d'une loucheuse. Elles accoucheront de petits monstres et rien que d'y penser, je pourrais bien en perdre mes moyens. Regarde autour de toi. As-tu remarqué le nombre d'enfants laids et malbâtis ? Rien de semblable chez les aïeules et les Anciens ; dans l'ensemble, ils sont encore présentables. Si tu descends à la génération suivante, celle d'Abondance ou de Félicité, par exemple, jusqu'aux individus de notre âge, les disgrâces font leur apparition. Elles n'ont cessé de se multiplier à chaque degré de filiation. Au cours des dix dernières années, de combien de nouveau-nés s'est-on débarrassé, ni vu ni connu, parce qu'ils avaient un bec-de-lièvre ou les pieds tordus ?

Vengeance garda le silence. Il avait pourtant sa petite idée sur l'origine de ces dégénérescences. Un instant, son visage se figea ; une expression haineuse s'y refléta, puis il se ressaisit. Papa, songeait-il, avait vingt-cinq ans lorsqu'il avait pris femme pour la première fois. Le grand-père était plus jeune encore tandis que son frère aîné avait dû rester sur sa faim jusqu'à ses quarante ans. A trente-cinq ans, Châtiment était toujours célibataire et lui-même en avait trente-quatre, quand les seules filles disponibles étaient des gamines de sept ou huit ans !

— Inutile de ramener de force une bourrique de la Fédération, maugréa-t-il entre ses dents. Le vieux te la soufflerait comme un rien et tu n'y goûterais pas.

Ce jour-là, l'Aîné était venu rendre visite à sa mère, Félicité Brome. Entre eux, la différence d'âge n'excédait pas quinze ans. Ses frères Vengeance, Diligence, Volonté, Miraculé du Seigneur, logeaient tous dans le campement des célibataires. La petite Modestie vivait encore à la maison ; elle cardait la laine sous l'appentis, dans la cour de derrière. La fille aînée, Constance Brome, avait épousé, jeune adolescente, l'Ancien du clan Gavin, de l'autre côté de la colline. Sa mère ne l'avait pas revue depuis des années. C'était précisément la raison invoquée par le fils aîné pour justifier sa visite : il venait apporter des nouvelles de sa sœur.

— Elle vient d'avoir son douzième, dit-il. Huit de ses enfants sont en vie et se portent bien. Cette fois, quelque chose s'est rompu pendant l'accouchement. Elle m'a parlé d'une lésion, ajoutant que tu saurais de quoi il s'agissait. Elle ne souffre pas trop.

Félicité acquiesça en silence. Oui, elle savait. Constance, ma fille, je te plains de tout mon cœur.

— Quand tu verras ta sœur, conseille-lui d'aller trouver sa tante Susannah. La mère de celle-ci, ou sa grand-mère, j'ai oublié, venait de l'extérieur. Capturée, elle avait été amenée de force dans la Terre promise. Elle s'y entendait pour soigner les femmes. Ce savoir fut en partie transmis à Susannah.

L'Aîné ouvrit des yeux remplis d'étonnement.

— Je ne savais rien de cette histoire. Cette femme, la mère ou la grand-mère de Susannah, qui l'avait enlevée ?

— Le vieux Demoin, je crois bien. A l'époque, il n'était encore qu'un jeune célibataire. Espérons que ton père donnera à Susannah la permission de s'absenter pour aller soigner une nièce, à condition que Gavin y consente, naturellement. A ma connaissance, il n'existe qu'une autre guérisseuse, quatre vallées plus loin. Elle doit être bien vieille.

— Je ferai la commission, sois tranquille. (L'Aîné baissa la tête.) Maman ?...

— Mon fils ?

— En fait, je suis venu te demander quelque chose.

— Pourquoi ne pas t'adresser au chef de famille ? Avec lui, aucune question ne reste jamais sans réponse.

L'homme rougit jusqu'à la racine de ses cheveux et de sa barbe.

— J'ai besoin d'un conseil. Il n'y a que toi qui puisses me le donner.

— Je t'écoute. Mais souviens-toi, je ne suis qu'une pauvre femme ignorante.

En toute circonstance, Félicité conservait un visage impassible. Il était plus profitable de dissimuler le désir ou la haine que de s'épuiser en vaines frustrations et d'être châtiée. Si l'on avait la chance de survivre à tout, on devenait une grand-mère. Pendant quelques années, on se la coulait douce. Puis la mort venait. La mort consolait de tout.

– J'ai une femme, dit l'Aîné.

– Je sais. J'ai assisté à ton mariage, ainsi que toutes tes tantes. Tu as épousé Prudence Gavin.

– Elle pleure, maman. Je n'en peux plus.

Félicité considéra le problème sous tous ses aspects. Certains sujets restaient tabous pour les femmes ; toute vérité, alors, devenait difficile à dire.

– Quand pleure-t-elle ? A longueur de temps ou dans certaines circonstances bien précises ?

L'Aîné s'empourpra de nouveau.

– Ça la prend surtout quand il ne faudrait pas.

– Quand tu veux accomplir ton devoir ?

– Par exemple, oui.

– Comment pleure-t-elle ? Comme si elle avait mal ?

– D'une certaine façon. De quel droit m'inflige-t-elle ses plaintes ? Je la corrige d'importance, chaque fois. Peine perdue. C'est plus fort qu'elle, on dirait. Et moi, je me retrouve Gros-Jean comme devant.

Félicité poussa un faible soupir. Inutile d'implorer le ciel ; aucune lueur d'espoir ne brillait là-haut pour les femmes.

– Tu as demandé un conseil, mon fils. Le voici. Dis à Modestie de prendre un poulet bien dodu et de le mettre à bouillir, sans ajouter ni sel, ni rien. Quand il sera temps, elle écumera le bouillon. La graisse prélevée sera mise dans un récipient et gardée au frais. Avant d'accomplir ton devoir, tu enduiras de cette substance onctueuse le lieu du travail. Ta femme s'en trouvera soulagée.

L'Aîné réfléchit un instant.

– De la même façon qu'on lubrifie un essieu de charrette, pour atténuer le frottement ?

Sa mère hocha la tête. Quiconque eût dévisagé Félicité à cet instant aurait deviné le hurlement réprimé qui tourbillonnait dans sa tête. Espèce de brute, monstre de bêtise et de cruauté. Comme un essieu, exactement. Sauf que ta charrette t'est mille fois plus précieuse que ta femme !

— Prudence vient d'avoir quatorze ans, dit-elle. A cet âge-là, son corps n'est pas tout à fait celui d'une femme.

— Cela se peut. Je n'ai personne d'autre sous la main.

— Un de ces jours, pourquoi ne l'amènerais-tu pas chez tante Susannah, en consultation ? Elle aurait peut-être une meilleure idée que le bouillon de poule.

— Je ne tiens pas à voir ma femme se promener par monts et par vaux. Les Anciens nous mettent en garde contre vos palabres. Ils contiennent les germes de la zizanie, disent-ils. Je le crois. Avec le Rituel, les jours d'action de grâces et les baptêmes, les femmes n'ont déjà que trop d'occasions de se rencontrer. Quant aux épouses, elles s'interpellent toute la sainte journée d'un chalet à l'autre.

— Peut-être souffre-t-elle de la solitude, en effet, murmura Félicité. La condition d'épouse unique est bien difficile à supporter.

— Votre lot, à vous les femmes, c'est de regretter toujours et de souffrir toujours. N'êtes-vous pas le fruit de l'erreur et du péché ?

Entre la mère et le fils, un ange passa, un doigt sur les lèvres.

— Encore un peu de galette et de miel ? demanda Félicité. Je t'en donnerai un pot, pour la petite Prudence. Les abeilles ont bien travaillé, l'an passé. J'ai plus de réserve qu'il nous en faut.

21

Installé sur la banquette à côté de Chernon, Septimius Bird ne perdait rien du paysage et se reposait. Le jeune homme avait vite appris à conduire et c'était volontiers que le baladin lui avait abandonné les rênes. Bowough somnolait à l'arrière sur un épais matelas de plume contre lequel s'adossaient les jumelles, inébranlables dans leur décision d'être du voyage, malgré les vigoureuses protestations de l'oncle. Septimius avait conservé un souvenir accablant de la servitude où les hommes tenaient leurs femmes et leurs filles dans ces villages de montagne ; il n'envisageait pas sans la plus vive appréhension la rencontre de ses nièces avec une communauté archaïque, figée à l'ère du patriarcat triomphant. A différentes reprises, il avait tenté d'aborder le sujet avec Stavia elle-même. La détermination de la jeune femme à mener son entreprise jusqu'au bout, la certitude qu'il avait de ne pas être entendu l'avaient réduit au silence. Il n'osait compter sur l'influence de Chernon pour la persuader de revenir sur son projet, ou tout au moins d'être prudente. Malgré la politesse un peu bourrue que lui manifestait ce blanc-bec, il ne pouvait se résoudre à éprouver pour lui de la sympathie, moins encore de la confiance. Tout compte fait, il serait plus avisé de se passer d'intermédiaire et d'exposer la situation à Stavia, lorsqu'ils seraient à nouveau réunis.

– Où et quand dois-tu la retrouver ? demanda-t-il soudain.

Le jeune homme s'était montré fort discret sur ce point et personne n'avait encore songé à l'interroger.

Chernon donnait l'impression d'être dans la lune, la plupart du temps. Comme si la question lui parvenait avec un léger retard, il laissa s'écouler quelques instants avant de répondre.

– Nous sommes convenus d'un rendez-vous, non loin de l'établissement des bergers. Quand nous serons sur le point d'arriver à destination, vous me laisserez en route. Une fois là-bas, vous lui indiquerez l'endroit où je suis descendu. Je marcherai pendant quelque temps, puis j'allumerai un feu. Elle me rejoindra.

Stavia avait quitté Marthatown bien avant le rétablissement du vieux Bowough. Son arrivée à la bergerie devait donc précéder de plusieurs jours celle de Chernon et des autres. Elle lui avait donné l'assurance que le serviteur prévu avait été décommandé. Elle serait seule.

Septimius semblait lire dans ses pensées. Il lui jeta un regard alarmé.

– Elle n'a pas fait ce long trajet sans escorte, au moins ?

– Elle ne risque absolument rien. Elle me l'a certifié.

– Et tu l'as crue ? Les affirmations d'une fille trop casse-cou te suffisent ? Tu es sans inquiétude ?

– Il est contraire aux usages de la Fédération de faire obstacle à la volonté d'une citoyenne, répliqua Chernon, sarcastique.

– Elle nous attend à la bergerie, tu en es sûr ?

– Elle me l'a promis.

Septimius n'était pas tranquille. L'aventure, décidément, lui plaisait de moins en moins. Si seulement les jumelles s'étaient laissé convaincre de patienter bien sagement jusqu'à son retour ! Installées comme des princesses dans le quartier forain, elles auraient suivi les cours de l'école municipale où les petites itinérantes étaient toujours les bienvenues. D'une manière générale, les Conseils voyaient d'un œil favorable la participation des femmes venues de l'extérieur aux activités de leur cité d'accueil. On les encourageait à s'initier à un art, à se familiariser avec une science. S'il leur était interdit de prêter des livres à leurs compagnons, ou même de recopier des passages, elles étaient libres de transmettre leurs connaissances fraîchement acquises. Kostia et Tonia n'avaient rien voulu entendre. L'oncle décida d'abréger autant que possible leur séjour aux frontières rébarbatives du monde civilisé.

– Contrairement à ce qu'affirme Stavia, le Sud, peu fréquenté, réserve peut-être de mauvaises surprises. Quand vous voyagerez seuls, soyez très prudents.

Septimius ne cherchait pas à dissimuler son anxiété, et Chernon le prit en mauvaise part. Le silence se fit à nouveau entre eux, plus profond qu'auparavant, presque hostile. La dernière chose que souhaitait le jeune homme, c'était de se laisser contaminer par le pessimisme de cet étrange individu. La vie lui souriait enfin, se répétait-il avec conviction. Il allait, en compagnie d'une jeune femme digne de lui, s'exposer au milieu d'hommes neufs et parmi des hasards vierges. En toute sincérité, il devait confesser un trouble diffus depuis son départ de la garnison. Il n'avait certes pas l'intention de chercher l'origine d'un malaise sans doute humiliant pour son amour-propre. L'idée l'avait effleuré que les ruses auxquelles il avait eu recours pour convaincre Stavia ressemblaient fort aux manœuvres de Barten auprès des filles. Vivement, il avait repoussé cette mauvaise pensée. Si faute il y avait eu de sa part, elle était insignifiante. On ne pouvait l'accuser d'avoir entraîné une innocente hors des sentiers battus, puisque l'expédition avait été organisée par la Fédération elle-même, puisque Stavia avait décidé, de son plein gré, d'y prendre part. Quand les braves se seraient rendus maîtres de Marthatown, la jeune femme serait sienne, définitivement, lui avait promis Michael. A condition qu'il voulût bien d'elle, naturellement. Voudrait-il encore de Stavia ? Magnanime, il se portait garant de la pérennité de ses sentiments, même si la passion, alors, serait sans doute un peu usée, refroidie. Cette largesse d'esprit le rassurait sur son propre compte.

Il ne se cachait pas la nature profondément voluptueuse de ses nouveaux fantasmes. Il convoitait Stavia. Il avait faim et soif de cette femme. Ses désirs étaient devenus si impérieux qu'il ne doutait pas de leur assouvissement. Aussi longtemps que ces frivolités aveugleraient tous les chemins de son esprit, il ne voulait ni partager l'angoisse de Septimius, ni se perdre en considérations morales.

La bâche s'entrebâilla. Tonia se montra, un paquet de cartes entre les mains.

— Les cartes de la chance, Chernon. Sait-on jamais ? Si tu le veux, je te dis la bonne aventure.

Ecartant la toile, sa sœur posa sur le banc un plateau chargé de quatre verres et d'une bouteille de vin. Elle tenait un pichet en réserve.

— Laisse-moi t'expliquer, dit Kostia. Ce paquet contient autant de jeux qu'il y a de saisons. Chaque jeu possède un Roi, une Reine, une troisième entité, variable...

— Prenons le jeu du printemps, continua Tonia. Le Roi tient un sceptre fleuri, la Reine attend un enfant, le Magicien bifrons regarde à la fois vers le froid et vers la belle saison à venir.

— En été, dit Kostia, le Roi conduit un attelage de bœufs. (Elle lui montra la carte.) Regarde, voici les bœufs ; dans le temps, ces animaux faisaient partie du gros bétail. L'espèce a disparu. La Reine de l'été porte une corne d'abondance. Les voiles diaphanes de la Prêtresse ne laissent rien ignorer de sa silhouette. Coiffée d'une couronne de lierre, elle tient devant elle un brûleur d'encens. Les volutes de fumée enveloppent son visage.

— En automne, des fils d'argent se mêlent à la barbe du Roi. Son sceptre est devenu une branche de chêne aux feuilles rougies. De ses mains tendues, la Reine répand la pluie à la surface des champs. Le Guerrier fatigué prend appui sur son épée...

— L'hiver vient. Le Roi s'enfuit sur son traîneau tiré par des rennes. Encore une espèce que nous ne reverrons plus.

Chernon vida son verre d'un trait. De l'arôme et du corps, ce vin. Où le vieux bougre l'avait-il déniché ?

— Je sais à quoi ressemble un renne, marmonna-t-il.

— La barbe du Roi est toute blanche, et pourpre sa longue robe. La Reine déploie sur les étoiles sa cape couleur de nuit. Emmitouflée dans ses fourrures, la Princesse contemple le monde de ses yeux brillants qui peuvent à volonté prodiguer le chaud ou le froid. D'une main, elle tient un couteau ; de l'autre, une gerbe de blé. L'emblème du printemps est le bourgeon, l'épi celui de l'été. L'automne est représenté par une feuille de chêne, une feuille de houx désigne l'hiver. Chaque jeu comprend en outre dix cartes numérotées de un à dix.

Kostia remplit le verre du jeune homme. Celui-ci confia les rênes à Septimius et prit le paquet qu'on lui tendait afin d'examiner les cartes. Elles étaient de toute beauté, très anciennes, sans doute, et peintes à la main. Certaines montraient des signes d'usure aux coins où le vernis s'écaillait. La plupart étaient en excellent état. Il en posa deux à l'envers sur la banquette et les retourna. Le cinq du houx, l'as de l'épi.

Kostia fit entendre un soupir affligé. Chernon lui jeta un regard narquois.

— Quoi encore ? J'ai tiré les mauvaises cartes ?

— L'as de l'épi est un symbole de destruction. Sur le cinq du houx, un arbre déploie contre le ciel gris ses cinq branches chargées de neige. On ne voit pas âme qui vive. Située à mi-chemin, c'est une carte d'attente ; elle exprime avant tout l'écoulement du temps.

– Deux cartes, ce n'est pas suffisant, décréta Tonia. Il en faut au moins trois.

– Pourquoi cela, s'il te plaît ?

– Trois, cinq, sept, onze ou treize, comme il te plaira. Des nombres impairs, uniquement.

– Impairs et premiers, précisa Septimius. Ils ne peuvent être divisés que par eux-mêmes ou par l'unité. Depuis toujours, semble-t-il, on attribue aux nombres premiers une valeur ésotérique.

– Si cela peut satisfaire votre curiosité...

Avec un rire de dérision, pour montrer qu'il n'était pas dupe, Chernon préleva une troisième carte et la retourna dans l'alignement des deux autres. Kostia poussa une exclamation. Elle ramassa les trois cartes et, d'un geste vif, arracha le paquet des mains de Chernon.

– Te voilà avec la Princesse des Neiges sur les bras, annonça-t-elle.

– Et alors ? (Le jeune homme fit disparaître le contenu de son verre. Il reprit les rênes.) Le choix est donc si mauvais ?

– Pas forcément. Il s'agit d'une femme. Si tu lui plais, tout va pour le mieux, mais ses colères sont terribles.

Chernon haussa les épaules.

– Des fariboles, vos prévisions. La fuite du temps n'est pas un mystère, pas plus que son cortège de destructions inévitables. Toutes les femmes sont capables de tendresse et d'agressivité, si ce n'est des deux à la fois. Vous ne savez que débiter des vérités éternelles.

Kostia lui décocha un regard offensé. Les sœurs s'éclipsèrent sans bruit, laissant le plateau et la bouteille.

Le jeune homme riait. Il se versa une bonne rasade.

– Qu'en penses-tu, magicien ? Toi, dont le métier est d'entortiller les braves gens, tu ne gobes pas ces calembredaines, je parie ?

Chernon avait décidé une fois pour toutes de considérer Septimius comme quantité négligeable. Qui se souciait de l'opinion d'un charlatan ? Quand la garnison aurait pris le pouvoir, ce vieil homme sournois et ses acolytes obéiraient au doigt et à l'œil.

— En effet, je suis un créateur d'illusions, reconnut Septimius. Je fais apparaître et disparaître à discrétion, et les spectateurs n'y voient que du feu. Je crois connaître tous leurs secrets, et les mensonges dont ils s'abusent eux-mêmes. Je les aide de mon mieux à s'en fabriquer d'autres, inoubliables. C'est mon seul talent et mon privilège. Me croiras-tu, si j'affirme que dans l'art de tirer les cartes, mes nièces font souvent preuve d'une intuition qui tient du prodige ?

— Heureusement, je me suis servi moi-même, et l'intuition n'est pas mon fort. (D'un claquement de langue, Chernon invita les ânes à presser l'allure. Il était impatient d'arriver.) J'aurais dû tirer la Prêtresse de l'été, celle dont le visage est dissimulé par la fumée, reprit-il. Quand Stavia surgira devant moi, ses épaules, sa poitrine, ses hanches s'offriront à ma vue... (Il laissa s'échapper un petit gloussement de connivence masculine, tout à fait déplacé, estima Septimius.) Mais qu'en sera-t-il de son visage ? Portera-t-elle un masque, comme elles le font toutes ? Les citoyennes sont ainsi, elles pensent une chose et en expriment une autre. Tu le savais, baladin ?

— Que tu t'en sois rendu compte, toi, voilà qui est étonnant, répliqua Septimius avec plus de rudesse qu'il n'aurait voulu.

Cette fois, il prit sur lui de remplir le verre du jeune homme.

— Nous ne sommes pas si naïfs, dit Chernon. J'ai longuement médité sur les rapports entre garnisons et cités. Il y a des années, avant la trahison de Stavia, j'ai eu l'occasion de lire quelques textes savants. Par la suite, j'ai même volé un livre. Il appartenait à ma sœur. Je l'ai pris dans sa bibliothèque et depuis lors, elle ne s'est aperçue de rien. Ma sœur n'a jamais aimé la lecture.

— Ce livre dérobé, tu l'as conservé ? demanda Septimius, intrigué.

— Bien sûr. Il est là, dans mon sac. Il n'était pas prudent de m'en séparer. Il est question des animaux et des hommes qui peuplaient la terre avant le cataclysme. On y apprend ce qu'étaient les éléphants et les crocodiles, comment vivaient les habitants des îles tropicales ou des régions boréales. Les peuples commerçaient entre eux, de grands vaisseaux sillonnaient les mers et les fleuves. En ce temps-là, le monde était vaste, magicien, et sa diversité donnait le vertige. On ne peut pas en dire autant aujourd'hui.

— Peut-être en reste-t-il quelque chose, murmura le vieil homme, au-delà des terres polluées.

— Que nous importe, si ces trésors sont inaccessibles ? D'autre part, comment supporter indéfiniment la monotonie effarante de ce qui nous entoure ? La Fédération essaime à travers les solitudes ces cités fortifiées flanquées de leurs garnisons. Entre ces îlots rôdent et circulent des errants de toutes sortes. Bohémiens et bandits, semblables aux chacals dont parlaient les livres ; les forains de ton espèce, tributaires des carnavals ; les fouisseurs, qui s'acharnent sur les cadavres des cités mortes pour en extraire du métal ; les charretiers, transportant de mystérieuses cargaisons d'un point à un autre, d'un bout de l'année à l'autre... A première vue, tout est simple, et les fonctions sont clairement distribuées. Celui qui s'en tiendrait à ces apparences commettrait une grossière erreur. La réalité est beaucoup plus complexe et riche de contradictions, même si nous n'avons pas encore les moyens de tout maîtriser.

A nouveau, dans l'esprit de Septimius, se produisit le déclic de l'angoisse. Que représentait ce « nous » qui venait de faire son apparition dans la bouche de Chernon ? Fallait-il comprendre, nous, les soldats ?

– Quelles contradictions ? Je ne comprends pas bien.

Chernon le dévisageait, souriant, ricaneur, sardonique.

– En voici une. Les cités comptent sur nous pour assurer leur protection. Elles se font un bouclier de leur garnison, n'est-il pas vrai ? Sans nous, sans cette force de dissuasion, chacune d'entre elles subirait les harcèlements incessants des bandits ou perdrait vite sa souveraineté au profit d'une cité voisine qui lâcherait sur elle ses propres troupes. Or, que se passe-t-il ? Au lieu de veiller jalousement à la vitalité de leur potentiel militaire, les citoyennes nous exhortent à rentrer dans nos foyers. On assiste à un véritable travail de sape. Quand j'y songe, il me vient à l'esprit l'image de deux roues concentriques, tournant en sens contraire l'une par rapport à l'autre. Le vacarme est assourdissant. Quelquefois, je les entends gronder.

Septimius hocha la tête.

– Tu as mis le doigt sur l'éternel conflit entre les aspirations individuelles et la nécessité collective. La communauté des citoyennes a besoin d'une garnison puissante, mais chaque femme prise en particulier, mère ou sœur, voudrait voir son fils, ou son frère, en sécurité ; elle voudrait surtout que lui soit épargnée la mort violente que connaissent tant de braves sur les champs de bataille. Les malheureuses assument tant bien que mal ce triste dilemme. Par la voix officielle des Conseils, les cités célèbrent les vertus de l'armée, pourtant il n'est pas une femme qui ne souhaite ardemment le retour au bercail de ceux qu'elle aime. Cet antagonisme n'est un mystère pour personne et tout compte fait, les garnisons y trouvent leur avantage.

– D'une certaine façon, je suis bien d'accord. Le choix offert aux adolescents de quinze ans permet d'éliminer ceux qui n'auront jamais l'étoffe d'un guerrier. Ces dissidents fournissent aux cités le supplément de main-d'œuvre dont elles ont besoin. Je n'ai pas oublié Minsning, le serviteur de ma mère. Il confectionnait d'excellents gâteaux et me laissait monter à califourchon sur son dos. Un tel bouffon ne tiendrait pas longtemps face à l'ennemi. Mais là n'est pas l'essentiel. Le plus grand secret entoure certaines activités de la Fédération... (Chernon fut pris de hoquet. Le vin, tout doucement, lui montait à la tête ; à son insu, il en avait déjà trop dit.) Ces réunions, par exemple, réservées aux seuls membres des Conseils, à quoi servent-elles ? Les cités ne s'y prendraient pas autrement si elles tramaient un complot. Dirigé contre nous, naturellement. Qui d'autre ? A la place des femmes, je prendrais garde. Nos officiers savent à quoi s'en tenir. Si elles tentent quelque chose, la riposte sera foudroyante.

Le baladin lui rit au nez.

– Vous êtes mal placés pour accuser les citoyennes de menées séditieuses. Qu'en est-il de cette coterie réservée aux seuls initiés, complaisamment appelée la fraternité du Bélier, si je suis bien renseigné ? On parle même de prestation de serment au pied de l'obélisque dressé à l'extrémité de vos champs de manœuvre. Ces agissements, qui ressemblent fort à des intrigues, ne seraient-ils pas de nature à inquiéter la Fédération ?

Chernon, mortifié, se rebiffa.

– Aucun rapport ! Les femmes vont au temple, n'est-ce pas ? Certains d'entre nous éprouvent le besoin de se retrouver au sein de la Fraternité dans une communion spirituelle. Il s'agit d'une secte religieuse, rien de plus, rien de moins.

– Les femmes observent un rituel religieux, il est vrai. Quant à ces réunions de conseillères en petit comité, elles ont une fonction bien précise, et je m'étonne que tu n'en saches rien. C'est aux Conseils municipaux que revient la charge de distribuer à tous les vivres et les articles de première nécessité. L'équité du partage entre les différentes familles exige de longues discussions, tu l'imagines. Afin d'éviter toute contestation, ces dames délibèrent à huis clos, c'est aussi simple que cela. Pour les mêmes raisons, la garnison n'assiste pas aux débats de l'état-major. On n'a jamais vu un tribun demander l'avis ou le consentement de ses braves avant d'annoncer ses décisions.

Un instant, le nez froncé, Chernon examina ce qu'il venait d'entendre. Il n'était pas disposé à se laisser convaincre par ce langage nouveau, trop limpide pour être honnête. Michael ne lui avait jamais parlé ainsi.

Septimius l'observait à la dérobée. Il suivait sur le visage du jeune homme le cheminement de sa pensée ; son cœur se serra. S'il avait imaginé un élan irrésistible poussant l'un vers l'autre deux jeunes gens, il avait fait fausse route, il s'en rendait compte à présent. Rien, dans l'attitude ou les paroles de Chernon, ne trahissait l'émotion ; tout, au contraire, révélait la préméditation, quelque sombre projet mûri de sang-froid dans un esprit serein dont le désir avait récemment pris possession, un désir qui sentait la dépravation...

Le baladin soupira. En faisant la connaissance de Stavia, il était entré dans l'ère de l'incertitude et du malaise. Ce qu'il avait toujours redouté était sur le point de s'accomplir. L'idée d'être mêlé, si peu que ce fût, au désordre d'autrui, ou d'être compromis dans une affaire louche lui répugnait.

Ils bifurqueraient bientôt sur la route côtière et la suivraient en direction du sud-est, jusqu'à Emmaburg qu'ils atteindraient dans trois jours, en mettant les choses au mieux. Il fallait en compter deux de plus pour arriver à la bergerie fortifiée, destination imposée par Stavia. Ils seraient alors au sud de la grande désolation, à quatre jours de route de Peggytown, à condition de remonter vers le nord. Heureuse coïncidence, cette petite cité entrerait bientôt dans la période du carnaval.

Ils ne risquaient rien jusqu'à la bergerie, songeait Septimius. Ce prudent optimisme se nuançait lorsqu'il envisageait la poursuite du voyage, le chemin qu'il leur resterait à parcourir pour atteindre Peggytown. Une route si peu empruntée devait être en bien mauvais état. Au nord s'étendait la désolation ; le sud montagneux était le fief de communautés inhospitalières. Pris entre ces deux menaces, ils devraient traverser des forêts, franchir des escarpements, côtoyer des précipices... Ces perspectives peu engageantes, la témérité de Stavia, le profil goguenard de Chernon, tout concourait à faire de Septimius un homme effrayé qui se sent courir au-devant d'une catastrophe. De temps à autre, il se tournait et soulevait la bâche. Il lui fallait regarder la mine fraîche et reposée de son vieux père pour se convaincre qu'il n'avait pas fait un marché de dupes.

22

Depuis son arrivée à la bergerie, où elle aurait dû retrouver le serviteur de Tabithatown s'il n'y avait pas eu contrordre, Stavia avait consacré la plus grande partie de ses loisirs à l'examen des femmes et des serviteurs victimes d'accidents du travail ou affligés de maux divers, telle cette jeune fille, ravagée par un eczéma chronique provoqué par une allergie au suint contenu dans la laine, qui se vit conseiller de retourner à Emmaburg et de se tenir désormais à l'écart des moutons. Peu initiée à la science vétérinaire, elle avait néanmoins tenu à inspecter les bêtes, distribuant aux responsables le peu dont elle disposait, des lotions pour apaiser les inflammations oculaires et des pommades résolutives contre les piqûres d'insectes. Après avoir visité le jardin potager et fait le tour des fortifications, elle avait entrepris la rédaction d'un rapport élogieux destiné au Conseil d'Emmaburg, à l'instigation duquel la bergerie avait vu le jour. Dans l'esprit de ses promotrices, ce campement fortifié était amené à se développer jusqu'à devenir une cité-satellite.

— Les bandits vous laissent-ils en paix ? demanda-t-elle un jour au chef de camp.

Celle-ci se passa la main sur le front pour balayer les mèches folles échappées de sa tresse grise. Elle avait les yeux d'un noir profond, ombrés d'épais sourcils, dans un visage buriné.

– On nous espionne, dit-elle. Au crépuscule, quelquefois, on discerne des silhouettes furtives à la lisière des pâturages. Elles ont vite fait de s'embusquer dans les fourrés. Des moutons disparaissent, en nombre plus important que nous n'imaginons, sans doute, puisque nous ne tenons pas un compte précis des têtes composant chaque troupeau. Les jeunes béliers, surtout, excitent la convoitise de nos maraudeurs.

– Ne pourrait-il s'agir de simples coyotes affamés ?

– Les coyotes se montrent la nuit, uniquement, et depuis fort longtemps, le soir venu, nous avons pris l'habitude de ramener nos bêtes dans les parcs. Les moutons escamotés sont des individus solitaires, qui broutent de préférence à l'écart des autres. Il suffit d'un instant d'inattention de la part du berger. Quand il regarde à nouveau dans cette direction, l'animal n'est plus là.

A la surprise de Stavia, le chef de camp ne semblait pas contrariée outre mesure. La jeune femme gardait un silence déconcerté, puis elle se remémora une lecture lointaine, et la lumière se fit.

– J'y suis ! Vous pratiquez la sélection et l'instinct grégaire est précisément une qualité que vous souhaitez voir se perpétuer dans l'espèce. Les moutons réfractaires à la vie en troupeau seront éliminés de toute façon. Leur disparition ne constitue pas une perte trop grave.

Le chef de camp opina, un vague sourire aux lèvres.

– C'est à peu près cela, en effet. Venez, je voudrais vous montrer quelque chose.

Ouvrant une porte latérale, elle entraîna sa visiteuse dans une petite cour dont le fond était occupé par un enclos. A l'intérieur se trouvaient trois moutons d'aspect singulier, véritables boules de laine grise.

– Ce sont des chiens, annonça le chef de camp, sur le ton qu'elle aurait employé pour livrer un secret.

– Des chiens, ces créatures pelucheuses ?

Revenue de son étonnement, Stavia se pencha. Les chiens frétillèrent de la queue, fixant sur elle leurs yeux en boutons de bottine.

– D'où viennent-ils ? Mystère. L'autre soir, comme nos bergers rentraient leurs troupeaux, nous vîmes que l'un d'eux s'était augmenté de ces trois bestioles, un mâle et deux femelles. J'ai voulu me livrer à une petite expérience aussi, enfermant dans cet enclos le mâle et une femelle, j'ai laissé l'autre repartir avec les moutons. Le berger avait l'ordre de ne pas la perdre de vue.

» Alors qu'il ramenait ses bêtes dans l'obscurité, un coyote a surgi des buissons pour s'emparer d'un agneau. Malgré son acharnement, il n'a jamais pu s'approcher. La chienne, grondant et le poil hérissé, s'était interposée entre lui et sa proie. Le coyote en fut pour ses frais.

– Comment s'est-elle comportée, avec le troupeau ? A-t-elle cherché à maintenir la discipline, comme un vrai chien de berger ?

– Rien de tel, malheureusement. Ces chiens ne gardent, ni ne surveillent. Ils protègent, ce n'est pas si mal.

– Dans le Nord, ils ont quelques chiens de berger, paraît-il.

– Je l'ai entendu dire, en effet. Mes collègues ont bien de la chance.

– A votre avis, comment ces chiens ont-ils survécu jusqu'à nous ? Où se cachaient-ils, tout ce temps ? Dans les montagnes ? (Stavia avança une main hésitante entre les piquets de la clôture. Elle reçut un coup de langue râpeuse.) Aucune agressivité, dit-elle, aucune crainte. Ils sont apprivoisés...

– Nous avons des voisins, par conséquent. Tous ici, nous sommes d'accord : il ne s'agit pas de bêtes sauvages chassées des montagnes par la faim, plutôt de chiens domestiques qui se sont échappés. Leurs maîtres n'étaient ni des bandits ni des bohémiens. Nous sommes arrivés à la conclusion qu'une communauté sédentaire s'était installée dans la région, peut-être non loin d'ici. Voilà pourquoi nos moutons disparaissent.

Stavia la dévisageait, songeuse.

– Au cours du dernier carnaval de Marthatown, j'ai fait la connaissance d'un forain du nom de Septimius Bird. Il y a fort longtemps, il n'était encore qu'un enfant, sa troupe s'était aventurée aussi loin qu'il soit possible d'aller vers le sud, avant d'être arrêtée par une désolation côtière. Il se souvient d'un bref séjour chez des fermiers installés depuis maintes générations dans les vallées verdoyantes nichées au cœur des montagnes qui barrent l'horizon. Cela fait une grande distance à parcourir, même pour des chiens ou des voleurs de bétail. Le petit garçon qu'était alors Septimius avait été défavorablement impressionné par le comportement de ces villageois. Selon lui, il serait même impossible d'entretenir avec eux de simples relations de voisinage.

– A vous entendre, il serait vain de se bercer de l'illusion de pouvoir leur enseigner les bonnes manières !

– Il y aurait fort à dire, sans doute, sur un mode de vie et des coutumes immuables depuis des siècles, auxquels nous ne pourrions rien changer. Une population « fruste et clairsemée », tels sont les mots employés, sans plus de précision, par Septimius.

– Nos espions sont peut-être plus dangereux que je ne le pensais.

Absorbée dans ses pensées, Stavia répondit par un simple hochement de tête. Si les communautés montagnardes du Sud envoyaient des éclaireurs à proximité de la bergerie, la prudence commandait d'abandonner tout projet d'incursion à deux dans cette direction. En outre, tant le conseil municipal d'Emmaburg que celui de Marthatown qui se mettrait en rapport avec le Conseil fédéral, devaient être alertés dans les plus brefs délais de ces mouvements bizarres observés autour de l'avant-poste. Les trois chiens seraient transférés dans une citée pourvue d'un service vétérinaire de qualité. Là, ils seraient examinés ; on tenterait, dans les meilleures conditions, de commencer un élevage. Septimius Bird pouvait arriver d'un jour à l'autre. Elle comptait sur lui pour la délivrance du message et le transport des chiens.

Chernon, comme convenu, le quitterait avant que la roulotte n'arrivât en vue de la bergerie. Après plusieurs heures de marche, il allumerait un feu. Guidée par la fumée, Stavia le rejoindrait. A Marietta, le chef de camp, elle avait expliqué que son coéquipier l'attendait à l'étape suivante. Elle n'imaginait pas de mettre Chernon en présence du personnel de la bergerie, pour deux raisons. Même déguisé en serviteur, il risquait par ses manières ou son langage de provoquer l'étonnement, sinon la méfiance. D'autre part, il serait à craindre que son nom d'emprunt ne figurât dans quelque rapport ultérieur, rédigé par Marietta ou l'une de ses auxiliaires. Moins Chernon verrait de citoyennes, mieux cela vaudrait.

Elle résolut de consacrer les jours à venir à l'exploration des environs, le Sud en particulier, le Sud mystérieux, sans trop s'éloigner, sans s'essayer, avec les inconnus venus des montagnes, au jeu puéril de la témérité qui risquait de mal tourner.

23

En s'aventurant le plus souvent possible hors du territoire sanctifié pour espionner les étrangères de la Fédération, les trois jeunes fils de Susannah, prénommés Narcisse, Martial et Diligent, se rendaient coupables d'un crime capital au regard des principes édictés par les Anciens. Non sans quelques scrupules de conscience, les garnements en étaient arrivés à se persuader qu'en filoutant un agneau ici ou là ils se feraient désormais l'instrument de l'équité divine. En effet, trois chiens avaient disparu, par leur faute, soit dit en passant, puisqu'ils avaient pris sous leur bonnet de les emmener au cours d'une récente excursion. Les étrangères s'en étaient emparées, nul doute, à des fins que l'on ne pouvait imaginer sans frémir. Juste réparation, en somme, que le vol d'un agneau à peine sevré.

Au fil du temps, bien qu'il leur en coûtât, les Anciens avaient fini par admettre ce qui était incontestable : les brebis accouplées à des béliers venus de l'extérieur produisaient des agneaux plus sains et plus robustes. Il ne servait à rien de nier cette évidence. Depuis quelques années, on avait vu se multiplier dans le cheptel sacré les cas de stérilité, les naissances anormales. Puis Châtiment avait découvert un jeune bélier qui s'était égaré loin de son pâturage. Il l'avait rapporté, provoquant par cette initiative une violente polémique entre les caciques sur le point de savoir si le Très-Haut les autorisait à faire saillir leurs brebis par un mâle impur. Il avait été décidé de tenter l'expérience, et Brome avait accepté d'enfermer quelques-unes de ses brebis dans l'enclos du bélier. La naissance de plusieurs agneaux en bonne santé avait relancé le débat de plus belle. Le Malin n'était-il pas en train de se payer leur tête dans le but de les induire en tentation ?

Le vieux Brome, intéressé au premier chef, avait obtenu gain de cause. Les agneaux étaient restés en vie. Ce premier succès créa un précédent dont la communauté s'autorisa pour introduire dans le cheptel autant de béliers étrangers qu'elle pouvait s'en procurer. On en était arrivé au point où sans aller jusqu'à encourager ces rapts infamants, on n'en félicitait pas moins quiconque rapportait un agneau bien bâti.

Hélas, le pragmatisme qui avait prévalu en matière de bélier ne serait d'aucun secours aux trois petits sacripants si les Anciens apprenaient la disparition des chiens ! Créatures inférieures, les animaux étaient immunisés contre le péché, ce qui n'était pas le cas du fils de l'homme, comme l'attestaient les marques de fouet sur le dos des gamins. Ils s'étaient aperçus trop tard de l'absence des chiens, alors que de retour dans la vallée, ils étaient déjà visibles depuis les fenêtres de la maison paternelle. Narcisse pensait qu'ils étaient restés dans les jambes de Martial ; celui-ci les croyait en compagnie de Diligent, lequel avait la fâcheuse habitude de trop compter sur ses frères. Des heures durant, cette nuit-là, tenus éveillés par l'inquiétude, ils avaient en vain tenté d'éluder l'énormité de la faute.

— A mon avis, ils se sont fondus dans ce troupeau, bredouilla enfin Narcisse. Impossible de les distinguer au milieu des moutons. On ne s'est rendu compte de rien.

— Il est interdit d'emmener les chiens, gémit Martial. Nous autres, c'est tout juste si on a le droit de quitter la vallée, alors les chiens... Cette raclée, misère ! Le vieux nous laissera pour morts sur le carreau.

— Pourquoi ? riposta Narcisse, menaçant. Tu as l'intention de lui dire la vérité ? Si je t'y prends, tu auras affaire à moi avant d'avoir affaire à lui. Je veux bien être une fripouille, mais pour la bêtise, je suis passé à côté, tout le monde le dit.

— Les fripouilles, ce n'est pas ce qui manque, grommela Diligent. On est tous habités par le péché originel, surtout les femmes, elles ont carrément le diable au corps. Nous trois, nous ne sommes pas plus corrompus que la moyenne des garçons de notre âge, et si nous trouvons le moyen de ramener les chiens, il nous sera beaucoup pardonné, j'en suis sûr.

Le lendemain, allongés au sommet d'un petit massif battu par les vents, à l'abri derrière la ligne dentelée de la crête rocheuse, ils observaient les bêtes qui paissaient en contrebas. Il y avait trois troupeaux compacts, gardés chacun par trois ou quatre bergers, la corne d'appel en bandoulière et faisant tournoyer la houlette entre leurs mains. Tous étaient vêtus de longues cagoules sombres dont le capuchon rabattu dissimulait leur visage. Quelques diablesses, peut-être, à moins que la tâche ingrate de garder les moutons ne fût réservée aux misérables captifs que les femmes utilisaient pour les besognes les plus médiocres et les plus viles. Pas de quartier pour ces hommes maudits, et si l'un d'eux vous tombait entre les mains, on se faisait un devoir de l'occire aussitôt. Les diables femelles, à la rigueur, on pouvait les soumettre et les mater. A force de grossesses et de corrections, à la grâce du Tout-Puissant, on pouvait espérer l'éradication du mal.

Un mouvement, en provenance du camp fortifié, attira leur attention vers l'ouest. Menant un âne par la bride, une femme s'avançait d'un bon pas. Une femme, oui, et de l'espèce la plus dévergondée, cela du moins se voyait au premier coup d'œil. Ses che-

veux flottaient librement sur ses épaules et sa chemise légère laissait deviner un buste ravissant. Aucune femme honnête n'aurait osé afficher dans sa tenue un tel laisser-aller. Elle fit halte à la périphérie
du troupeau le plus proche et s'entretint avec l'un
des bergers. Elle reprit son chemin, seulement pour
s'arrêter de nouveau lorsqu'elle se trouva à la hauteur du second troupeau et l'une des silhouettes en-
capuchonnées vint à sa rencontre. Le manège recommença une troisième fois, puis la femme et l'âne
s'éloignèrent en direction du nord-est.

— Par la sainte culotte du Seigneur ! s'exclama
Narcisse d'une voix sourde. Celle-ci mérite une punition et si je la tenais, je saurais bien la lui infliger.

— Il faudrait lui trouver une cachette, chuchota
Martial, sinon papa la collera dans un chalet avant
que tu ne sois en mesure de la châtier.

— Il faudrait qu'il fasse vite. Rien que de la regarder traverser ce pré, j'ai le machin raide comme un
soc de charrue.

— La chatouille du diable, commenta Diligent sur
un ton d'effroi. Nous la reverrons, tu crois ?

— Ça tombe sous le sens. Elle est à l'affût de quelque chose, sinon elle ne battrait pas la campagne
comme elle le fait. Elle reviendra demain, ou après-
demain. Elle en a pour des jours, peut-être. Le mieux
serait de nous faufiler vers le nord et de la prendre à
revers.

Martial se rongeait les ongles.

— Pourvu que papa ne découvre rien.

— Ne t'inquiète pas, gronda le frère aîné. Je suis un
chenapan, mais je suis malin.

24

Stavia avait conscience d'être observée, ou plutôt prise dans le piège de regards minutieux, nuisibles. C'était une sensation désagréable qui agaçait l'épiderme. Elle réprima l'envie de faire volte-face et d'explorer à l'aide des jumelles le relief compliqué du massif rocheux qui bornait les pâturages, au sud. Son instinct l'avertissait de ne rien faire qui pût donner aux espions l'impression qu'elle avait deviné leur présence. Il était préférable de continuer son bonhomme de chemin en dirigeant ses pas vers le nord, mine de rien, sans modifier son allure ou son attitude. Elle décrirait une grande boucle qui la ramènerait à la bergerie bien avant la nuit tombée. La jeune femme s'éloigna résolument, les yeux au sol.

Les bergers lui avaient recommandé une certaine herbe, laquelle, une fois séchée et réduite en poudre, constituait un excellent insecticide. Telle autre, sans doute un vermifuge, était très appréciée par les moutons malades. Après les avoir déterrées avec soin, en laissant une belle motte autour des racines, elle enveloppait les plantes de papier huilé pour conserver l'humidité et rangeait le tout dans l'une des besaces dont l'âne était chargé. Dès son retour à la bergerie, elle mettrait les échantillons en pots et ceux-ci seraient confiés au prochain chariot en partance pour Emmaburg. Si la petite cité ne disposait d'aucune unité de recherche botanique, les plantes feraient le voyage de Marthatown.

Le regard l'accompagna longtemps. Elle avait presque franchi deux kilomètres lorsqu'elle se sentit libre de ses mouvements. Elle se tourna et scruta l'horizon. Rien ne bougeait. Ayant gagné le couvert des fourrés, elle sortit ses jumelles. Le vent avait si bien sculpté le sommet de la montagne qu'il semblait une juxtaposition chaotique de saillies, de crevasses et de bosses, à demi estompées, à demi surgissantes dans la lumière de cette fin d'après-midi. Une armée au complet aurait pu se dissimuler dans ce désordre fantastique. Stavia rangea les jumelles et retourna auprès de l'âne.

Elle en avait assez vu et assez fait pour aujourd'hui. Elle décida de prendre le chemin du retour, sans se presser. Du moins serait-elle en mesure de confirmer l'existence des espions ; la menace, elle en était convaincue, ne devait pas être prise à la légère.

25

Deux jours plus tard, la roulotte se présentait devant le mur fortifié de la bergerie. Assises à côté de lui sur la banquette, ses nièces encadraient un Septimius souriant. Chernon leur avait faussé compagnie quelques heures auparavant et comme par enchantement, l'oncle avait retrouvé sa belle humeur. On avait soulevé la bâche pour permettre à Bowough, toujours installé comme un pacha sur son matelas moelleux, de voir défiler la campagne.

— Tu ne l'aimes guère, Septimius Bird, déclara Kostia de but en blanc. Je dirais même qu'il te déplaît profondément.

Les serviteurs qui montaient la garde dans les guérites contrôlèrent les passeports. La présence de deux jeunes femmes et d'un vieillard inspirait confiance. La lourde porte s'ouvrit pour leur livrer passage.

— Ma foi, il est difficile de se prononcer, marmonna Septimius. Un garçon si ombrageux, d'un abord si difficile...

Tonia haussa les épaules.

— A qui feras-tu croire ça ? Il n'était pas avec nous depuis une demi-heure que tu savais à quoi t'en tenir à son sujet. Ce n'est toujours pas nous qui nous laisserions enjôler par son regard meurtri, ses lèvres boudeuses et ses battements de cils. Gageons qu'il a connu, petit enfant, une expérience pénible. Il a vite compris le parti qu'il pourrait tirer de cette fragilité apparente auprès de certaines personnes promptes à s'apitoyer. Aussi la blessure refusa-t-elle de se refermer et se raviva même, sous l'effet des petites déceptions et des grandes infortunes qui sont le lot de l'humanité souffrante. Chernon grandissait, promenant en écharpe son cœur pâle et défaillant, attisant la compassion des femmes, sa mère et sa sœur, en premier lieu, puis Stavia, dont il excelle à réveiller la sensualité tout en faisant vibrer sa fibre maternelle...

— Il n'est pas sot, loin de là, ajouta Kostia. Il veut toucher cette fille en un point vulnérable, aussi choisira-t-il, pour l'émouvoir à coup sûr, le registre de la frustration intellectuelle. Soucieux, affirme-t-il, de s'enrichir l'esprit, il réclame des livres. Stavia cède, faiblesse coupable dont elle se repent malgré tout, quitte à récidiver si Chernon se fait suppliant. Elle devine en lui une fêlure que rien ne peut ressouder. Elle craint de le froisser et le garçon, devinant ses scrupules, joue à merveille de sa délicatesse. Il la tient.

— Cet as de l'ingénuité perverse se refuse à commettre un acte qui puisse entacher son honneur de brave, poursuivit Tonia. Prompt à pousser une jeune fille dans l'illégalité, il ne saurait souffrir d'être lui-même déconsidéré auprès de ses camarades. Voilà pour la prétendue complexité du personnage. Voilà l'individu fertile en fourberies et stratagèmes dont Stavia s'est éprise. Pourquoi ce silence, Septimius ? Tu sais tout cela mieux que nous.

— Si jeunes et si sagaces, soupira l'oncle. Vous me faites peur, savez-vous ? Je me console de votre arrogance, sachant qu'il se trouvera un jour quelque matou bien irrésistible pour vous étourdir toutes les deux et vous rabattre le caquet.

— Et toi, tu as passé l'âge des circonlocutions, répliqua Kostia. Dans le temps, on appelait ça faire l'autruche. Je n'y peux rien, si ce garçon me fait froid dans le dos. Ses paroles, ses yeux, ses manières, tout son être trahit la duplicité, l'irrépressible appétit de détruire...

– A moins qu'il ne soit, plus simplement, l'âme damnée de ses supérieurs, insinua Septimius. Il se flatte d'avoir quitté la garnison clandestinement, mais je n'en crois rien. Je parierais volontiers que les officiers sont au courant de l'escapade, si même il n'est pas en service commandé.

– Pauvre Stavia, si naïve, murmura Tonia. Dans quel traquenard se sera-t-elle laissé entraîner !

Sa sœur pointa l'index, droit devant eux.

– Regardez. N'est-ce pas elle, là-bas ?

La longue allée poudreuse débouchait sur une esplanade cernée par les enclos à moutons et les ateliers de tonte et de traitement de la laine. Dans le fond, sous un auvent qui les abritait du soleil, Stavia discutait avec une femme à cheveux gris, vêtue d'un pantalon de cuir et d'un gros tricot lâche. Les roues du véhicule grinçaient sur le chemin ; à ce bruit, elles interrompirent leur conversation et se tournèrent. Sur le visage de Stavia se peignit une expression de surprise, comme si cette arrivée lui semblait prématurée, puis de plaisir sincère. Après avoir échangé quelques mots, les deux femmes s'avancèrent à la rencontre des voyageurs. Ceux-ci avaient fait halte et mettaient pied à terre.

– Sois le bienvenu, Septimius. Voici Marietta, le chef de camp. Ces jeunes personnes sont les nièces de Septimius Bird. Ce vieux monsieur, affalé sur son lit de plume, n'est autre que le grand-père. (Stavia monta sur le marchepied.) Comment va la santé, Bowough ?

– Mademoiselle docteur ! Entrez, entrez donc.

Le vieillard se dressa à demi et lui tendit une main qu'elle accepta de bonne grâce. Une fois dans la roulotte, elle s'accroupit à son chevet. La série de piqûres semblait l'avoir ressuscité. Tout en écoutant d'une oreille le babil de l'aïeul, la jeune femme restait attentive aux propos échangés entre Septimius et

Marietta concernant une éventuelle représentation. Le baladin ne perdait pas de temps, songea-t-elle, et le chef de camp, soucieuse du « moral de ses troupes », ainsi qu'elle le proclamait volontiers, semblait enchantée de cette proposition et disposée à se montrer généreuse.

Tonia avait suivi Stavia sous la toile.

— Vous l'avez pris en route, comme convenu ? demanda la jeune femme à mi-voix.

— Bien sûr. Il nous a quittés ce matin, très tôt. Il a pris la direction du levant. Après quelques heures de marche, il allumera un feu et t'attendra. Encore faudrait-il que tu sois toujours disposée à le rejoindre. A présent que nous avons fait sa connaissance, ma sœur et moi, nous te déconseillons plus que jamais de donner suite à cette aventure.

Stavia lui adressa un sourire indulgent.

— Toujours aussi préoccupées de mon avenir ? Il ne faut rien dramatiser. Je connais ce garçon depuis l'enfance et sa sœur est une amie très chère. La vie de garnison lui pèse, il avait besoin d'une évasion. Je lui procure ce plaisir à peu de frais.

Assise sur la banquette, Kostia avait tout entendu. Il s'échangea entre les jumelles un bref regard où s'exprimait le sentiment de leur impuissance.

— Cette retraite est bien sévère, soupira Tonia. Qu'as-tu fait depuis ton arrivée ?

— J'ai beaucoup travaillé ! répliqua Stavia sur un ton plus enjoué. Entre la collecte des plantes et les visites médicales, je n'ai pas vu le temps passer. Le soir, à la chandelle, je rédige d'austères rapports. Il me reste quelques échantillons à ramasser, puis j'ai l'intention de m'offrir une petite excursion vers l'est en compagnie d'un vieux camarade avant de rentrer bien sagement à la maison, conclut-elle avec une pointe de malice. Ce soir, je vous invite à dîner, tous les quatre. Que diriez-vous de belles tranches d'agneau grillé ?

— Si nous faisons la fine bouche, que proposes-tu à la place ?

Stavia partit d'un éclat de rire.

— Un grand saladier de légumes verts, embaumant l'étable à moutons ! Tout, ici, est imprégné de ce parfum délicat.

L'agneau fut rôti à la broche sur les braises d'un feu de bois. Il était accompagné d'une purée de céréales arrosée de jus de viande, ainsi que du plat de verdure annoncé, qui loin de sentir l'étable fleurait bon le soleil et l'herbe folle. Le spectacle commença sitôt après le repas. En guise d'ouverture, tandis que Bowough tournait la manivelle d'un orgue de Barbarie, les chiens gris exécutèrent une polka enlevée, les blancs firent la culbute. Septimius entra en scène. Le magicien coupa l'une de ses nièces en deux ; après avoir recollé les morceaux, il fit disparaître la jeune fille à différentes reprises. De son gibus noir partit un envol de colombes. Il n'avait qu'un geste à faire, et de telle ou telle oreille tombait une pluie de pièces de monnaie que le couvre-chef escamotait aussitôt. Kostia et Tonia firent tour à tour un numéro de télépathie au cours duquel leur furent remises des enveloppes fermées contenant les questions des spectateurs, à n'ouvrir qu'une fois la réponse fournie. Des tonnelets de cervoise circulaient, un régal dans ce bastion reculé de la Fédération où l'approvisionnement en orge n'était pas toujours régulier. On gagna les dortoirs dans l'allégresse générale. Sur le chemin de ronde, les sentinelles lancèrent leur « Tout va bien ! » d'une voix claire qui atteignait en plein les étoiles. La bergerie fit silence et s'assoupit.

Stavia et ses hôtes s'attardaient dans la salle commune, installés devant l'énorme cheminée. Les flammes déclinaient, vacillantes.

— Quand partez-vous ? demanda Septimius.

— Dès demain. (La jeune femme détourna les yeux.) J'ai une autre faveur à te demander, murmura-t-elle.

– Je n'en ai que trop fait, déjà, répliqua-t-il sur un ton bourru.

Sa mauvaise humeur était surtout dirigée contre lui. Comment la dissuader d'aller rejoindre ce mauvais garçon ?

– J'avais l'intention de te confier le rapport destiné au Conseil de Marthatown, ainsi que trois chiens d'origine incertaine, recueillis depuis peu à la bergerie.

– Des chiens ? demanda Septimius, soudain curieux.

– Vous aviez l'intention de vous rendre à Peggytown, sûrement, mais si je puis, à mon tour, vous donner un conseil, c'est celui de ne pas emprunter cette route, trop dangereuse quand on ne voyage pas en nombre. D'autre part, mon rapport doit être communiqué dans les plus brefs délais aux personnes concernées. Des inconnus sont à l'affût autour de la bergerie, Septimius. Ils guettent, ils épient. Ils viennent du Sud ; peut-être sont-ils les éclaireurs des communautés agricoles dont tu m'avais parlé. Quoi qu'il en soit, le Conseil fédéral doit être alerté au plus vite. Dans ma conclusion, je préconise l'envoi d'une garnison. La bergerie et ses habitants sont en danger, j'en ai le pressentiment.

» J'ai joint une lettre adressée à ma mère, dans laquelle je lui demande de te rétribuer. Je l'aurais bien fait, si seulement j'avais de l'argent.

Le baladin ne put réprimer une moue de contrariété.

– Vous me priez de renoncer à mon projet de gagner Peggytown, sous prétexte que l'aventure présente trop de risques, et cependant, vous envisagez d'aller de ce côté, seule avec votre galant...

Stavia le dévisageait avec un air d'audace et de gaieté.

– Seuls, nous ne le serons pas tout à fait, les ânes nous tiendront compagnie ! Sérieusement, Septimius, tes mises en garde ne sont pas dénuées de fondement.

J'ai pris sur moi de modifier l'itinéraire que m'avaient tracé les organisatrices de l'expédition. Il est inutile d'aller au-devant d'un danger certain en descendant vers le sud pour s'assurer qu'il est habité. Nous le savons déjà. J'ai fait une longue promenade, aujourd'hui. Des yeux ardents me dévoraient, je sentais leurs regards grouiller sur moi. Cette expérience désagréable m'a rendue circonspecte. Si ces montagnes doivent être explorées, la Fédération devra prévoir une équipe nombreuse, encadrée par des soldats. Es-tu rassuré, baladin ?

Un long silence lui répondit. Septimius secoua la tête.

— Croyez-le ou non, je me fais du souci pour vous, dit-il avec simplicité.

Une lueur facétieuse s'alluma dans l'œil de Stavia.

— Tu ferais mieux de songer au bonheur de ta petite famille ! Jusqu'à quand laisseras-tu tes nièces galvauder ainsi leur talent sur des routes sans foi ni loi ? Il est temps qu'elles apprennent ce qu'il est utile ou indispensable de savoir dans l'une de nos écoles.

— Qui vous dit que je ne médite pas cette décision ?

— Quand tu la verras, ouvre-toi de tes intentions à Morgot. Dis-lui que tes bons offices méritaient une récompense. J'ai promis que ta demande d'intégration, si tu étais prêt à la formuler, recevrait un accueil favorable. Elle comprendra.

— En admettant que je sois las, et sensible à l'offre qui m'est faite, de quoi vivrai-je, s'il vous plaît ?

— J'ai tout prévu. (Stavia eut un sourire narquois.) N'as-tu pas un métier tout trouvé ? Le transport des messages et des marchandises. Tu devrais présenter tes offres de service au Conseil. Cela dit, si tu préfères rester sur place, on te procurera un petit travail de retraité.

Septimius fronça les sourcils. Le mot lui était inconnu.

— En quoi consiste ces travaux de retraité ?

— Ne t'inquiète pas, il s'agirait d'une vraie sinécure, un emploi de tout repos qui t'occuperait quelques heures par jour et te laisserait le temps d'étudier un art ou une science. On s'instruit à tout âge, Septimius. En outre, vous auriez la jouissance d'un jardin.

Le visage de Kostia s'éclaira.

— Un jardin ! J'ai toujours rêvé de pouvoir cultiver mes propres légumes.

— A la condition qu'elles s'inscrivent à l'école, tes nièces se verront attribuer une ration mensuelle de céréales et de fromage.

— De mieux en mieux... murmura Tonia.

— Après une année passée dans le quartier forain, vous pourrez solliciter le droit de vous installer intra-muros. Ton statut deviendra alors celui d'un serviteur. Si tu as fait la preuve de tes capacités d'adaptation à la vie sédentaire, si tes nièces manifestent leur volonté de devenir des citoyennes à part entière, votre requête sera accueillie favorablement.

Septimius lui jeta un regard maussade.

— Vous, citoyennes, vous pensez vraiment à tout, n'est-ce pas ? maugréa-t-il avec un soupçon d'insolence.

— Quel bonheur, s'il en était ainsi ! Plus modestement, nous avons acquis de l'expérience en vieillissant. Notre intérêt, nous le savons maintenant, n'est pas d'éconduire les honnêtes gens qui frappent à la porte de la Fédération.

— En définitive, la dissidence n'est pas la seule voie offerte aux hommes qui souhaitent vivre dans vos cités ?

— Nous sommes disposées à faire des exceptions, si les postulants ont les cheveux gris et si l'âge les a forcés à rentrer leurs griffes. Prenons le cas d'un homme chargé d'ans et de sagesse, accompagné de ses deux nièces, excellentes recrues en puissance, celui-ci, tous les espoirs lui sont permis. Il nous est arrivé d'accueillir de vieux célibataires, tel ce trappeur venu des lointaines forêts du Nord. A défaut d'une

famille, il avait des cartes, d'anciennes cartes en relief, un trésor. Elles ont payé son droit d'admission.

– Que deviendront mes chiens ?

– Ils continueront de faire leurs cabrioles de façon
sédentaire. Nous n'avons jamais eu de chiens, à Marthatown, aussi nul article de la Constitution ne pré-
voit leur interdiction ou n'entrave leur liberté de circulation. Le Conseil se perdra sans doute en conjectures sur la quantité et la nature des aliments qui
leur sont nécessaires. Que mangent-ils ?

– Des lapins sauvages et des rats, dit Tonia. Quelquefois, ils attrapent de petits rongeurs nocturnes. Ils
ne dédaignent ni l'herbe ni les baies. Il leur arrive de
gober des insectes.

Elle semblait réellement inquiète. Stavia la rassura
d'une petite tape sur la main.

– Nous les lâcherons dans nos entrepôts, ils deviendront la terreur des souris. Jadis, le chien était
considéré comme le meilleur ami de l'homme. Nos
ancêtres civilisés nous donnent l'exemple. D'ailleurs
je me proposais justement de vous confier trois autres spécimens, avec une réserve de pain et de viande
séchée pour assurer leur nourriture pendant le
voyage. Ceux-ci ne dansent pas, mais ils ont l'instinct
de la sentinelle. Laissons-les gambader, s'unir, croître
et multiplier ! Suivez-moi, je vais vous présenter vos
passagers.

Après avoir allumé une lanterne, elle les précéda
le long du couloir qui conduisait à la petite cour.
Bowough fermait la marche ; il soliloquait, tout en
faisant sonner sa canne contre les dalles. La vue des
trois chiens, enfouis sous leur forêt de boucles grises,
lui arracha des exclamations.

– A votre place, je les attacherais, dit Stavia, tout
au moins pendant les premiers kilomètres. Sans cela,
ils pourraient bien s'élancer, quand vous passerez à
proximité des troupeaux. Je tiens à ce qu'ils soient
loin d'ici avant que leurs anciens maîtres ne se déci-
dent à venir les chercher.

Septimius lui posa la main sur l'épaule.

— Méfiez-vous, Stavia. Ce petit peuple montagnard peut se montrer redoutable.

— Je le crois sans peine. Cesse donc d'envisager le pire, baladin. Sais-tu à qui tu me fais penser ? A Joshua, un vieil ami de la famille.

Au petit matin, quand Septimius descendit de la roulotte, Stavia était déjà partie. Avec l'aide d'un serviteur, il consacra plusieurs heures à la fabrication d'une cage grossière, destinée aux chiens. Les jumelles, pendant ce temps, faisaient provision de vivres. Après une seconde nuit passée derrière les murs sécurisants de la bergerie, ils reprirent la route par laquelle ils étaient venus.

— Elle ne sait pas à quoi elle s'expose, et je n'aime pas ça, répéta l'oncle pour la dixième fois.

— Nous sommes inquiètes, nous aussi, dit Kostia. La seule chose à faire, c'est de tout expliquer à Morgot.

Répétition.

Achille s'approche hardiment du groupe de femmes.
ACHILLE : Polyxène ! Te voilà enfin.
POLYXÈNE *bâille* : Me voici.
ACHILLE : Toi, mon esclave.
POLYXÈNE : Polyxène n'est l'esclave de personne.
Achille veut l'empoigner ; il bat l'air de ses mains.
ACHILLE : Autant vouloir saisir un rayon de soleil, de
    la poussière de lune, un lambeau de brume...
IPHIGÉNIE : Autant vouloir saisir un spectre.
ACHILLE : Un spectre, exactement.
POLYXÈNE, *non sans fierté* : Plus rien ne saurait m'ef-
    faroucher désormais.
ACHILLE : Comment puis-je avoir prise sur quelque
    chose qui n'existe pas ? Dans le passé, pour sou-
    mettre une femme à ma volonté, j'avais parfois re-
    cours aux menaces de mort, sinon sur sa personne,
    du moins sur celle de son époux ou de ses enfants.
    Cette femme, comment la faire plier ?
POLYXÈNE : Cette femme ne pliera point.
IPHIGÉNIE : Il faut te résigner, bouillant Achille.
    Quand on est mort, on a de la difficulté à se faire
    obéir ; même les femmes rechignent à la besogne.

Chernon chemina longuement à travers une plaine ; à la tombée du jour, il gravit une petite éminence couronnée d'arbres au sommet de laquelle il installa son bivouac. Après une nuit agitée, hachée menue en mille petits réveils angoissés, il alluma un feu, ajouta aux branches mortes une brassée de feuilles afin de répandre une épaisse fumée. C'était le signal guetté par Stavia. Son sac était préparé depuis la veille ; l'âne attendait dans l'écurie, tout sellé. Vivement, quand presque tout dormait encore dans la bergerie, alors que les sentinelles du dernier quart trouvaient le temps long sur les remparts, elle franchit la porte du Nord.

Chernon la vit venir de loin, au pas lent de sa monture. Patience. Elle serait bientôt devant lui, matérialisation d'un fantasme longtemps caressé à distance. Quand elle fut au pied de la colline, il descendit à sa rencontre. Saisissant la jeune femme par la taille, il la souleva et la posa à terre. Sans une parole, il l'entraîna sous le couvert des arbres. Stavia fut jetée sur les couvertures. Chernon s'abattit. Sans lui laisser le temps de reprendre son souffle, moins encore celui d'émettre une protestation, il couvrit sa bouche de baisers voraces. L'étreinte fut aussi brève que violente, simple exutoire au désir qui faisait rage en lui et qu'il entretenait depuis des jours. Il se dégagea, roula de côté. Elle resta frissonnante de dégoût et de colère, avec cette douleur intime, lentement estompée, changée en malaise, en frustration. Chernon respirait profondément. Les yeux clos, entortillé dans ses couvertures, les genoux sous le menton, il semblait assoupi. Stavia rassembla sans bruit ses vêtements. Elle s'écarta de cet homme qui après avoir commis un acte scandaleux s'endormait tranquillement du sommeil des scélérats.

L'âne s'était à peine éloigné ; il broutait l'herbe clairsemée. La jeune femme le conduisit à l'orée du bosquet, l'attacha, le dessella. Son sac en bandoulière, elle se mit en quête d'un point d'eau. Un ruisseau serpentait au fond d'une ravine noire d'humus, le long du versant opposé. Elle chercha un creux, où l'eau s'accumulait, formant une piscine naturelle. Entièrement dévêtue, elle s'y plongea. Longtemps, elle s'aspergea. L'eau froide coulait sur sa fureur et son amertume. Pas un mot ! Aucune marque d'affection ou de respect, sans parler d'amour. Il n'avait prononcé aucun de ces petits mensonges de lys et de rose qui favorisent l'éclosion d'un sentiment de confiance propice aux cajoleries. Il l'avait prise comme une fille, une bohémienne, une prostituée de Jik.

— Bien, dit l'actrice. Tu aurais pu te soustraire à cette brutalité. Tu aurais pu te débarrasser de lui.

— Il ne s'agit pas de ce que j'aurais pu faire ou dû faire. Il s'agit de lui, des espoirs que j'avais fondés sur sa sensibilité, de sa petitesse révélée. (Demi-aveu, demi-mensonge. Stavia fit une seconde tentative.) Tout s'est passé si vite, je suis restée pétrifiée. Le temps que je reprenne mes esprits, il en avait fini avec moi. Encore un effort pour être tout à fait sincère, se raisonna-t-elle. Je pensais, en toute naïveté, qu'il avait d'autres projets nous concernant. Voilà. Es-tu satisfaite ?

— Je prends les choses en main, cela vaut mieux. Pour toi comme pour lui.

— J'y consens volontiers. Je ne le hais pas encore,

mais si je cédais à la colère, je serais capable de tout. Je ne réponds plus de moi.

Stavia se rhabilla, serrant ses vêtements autour d'elle dans un réflexe protecteur, et regagna la clairière où Chernon dormait de tout son cœur. Elle lui décocha un méchant coup de pied dans les côtes. Il s'éveilla dans un cri ; à demi dressé, il jeta autour de lui des regards affolés.

— Si tu poses encore la main sur moi sans ma permission, je t'abandonne, dit-elle. Tu ne me reverras jamais.

Les yeux clignotants, il la dévisageait.

— Bonté divine, qu'ai-je fait de si terrible ?

— Tu t'es comporté comme un soudard. Toutes les craintes que je nourrissais à ton endroit se sont vues confirmées d'un seul coup. Cette conduite inqualifiable est-elle compatible avec les principes d'honneur inculqués par tant d'années passées sous l'uniforme ?

En toute honnêteté, il eût été difficile de répondre par la négative. La brutalité sexuelle était assimilée à un crime par les lois de la Fédération, pourtant les créatures de peu qui venaient relancer les soldats ne croyaient pas devoir se formaliser de toutes les bousculades dont elles étaient victimes, et l'éthique militaire s'en accommodait. Chernon garda le silence, mais son regard cauteleux, fautif, ne fut pas perdu pour tout le monde.

— Au fond, tu voulais simplement prendre ta revanche, dit Stavia. Ces humiliations n'avaient pas d'autre but.

Culpabilité, honte, agacement ou confusion, le jeune homme rougit. Elle n'était pas loin de la vérité.

— Tu t'imaginais peut-être que j'allais tolérer cette sauvagerie ? Tu te faisais des illusions.

Chernon poussa un profond soupir. Subtilité, circonspection, avait recommandé Michael. Comment avait-il pu oublier, d'emblée, qu'il était en mission secrète ? Sa tâche consistait à amadouer la belle pour lui soutirer des renseignements. Il mit sa fierté dans sa poche, avec son mouchoir par-dessus.

– J'attendais cet instant depuis si longtemps, murmura-t-il. Je pensais à toi nuit et jour et ton souvenir hantait mes rêves. Tu t'es trouvée devant moi et j'ai ressenti un élan irrésistible. Je n'étais plus moi-même, peux-tu l'admettre ?

– Mettons les choses au point, une fois pour toutes.

Il acquiesça d'un vague signe de tête, dissimulant sous une apparente docilité son irritation croissante. Elle venait de lui dire son fait ; quel besoin avait-elle d'enfoncer le clou, comme si elle prenait plaisir à le mortifier ?

– Ce voyage, tel que nous l'avions envisagé, devait avant tout sceller notre réconciliation et satisfaire un même désir de dépaysement. Jamais je n'aurais consenti à partir avec toi dans ces conditions de semi-clandestinité si j'avais su que notre projet légitime devait se transformer en un itinéraire du désenchantement et de la grogne.

Elle, toujours elle, songeait Chernon. Il n'y en a que pour ses petits calculs, ses velléités, ses petites supputations. Il ne dit ni oui ni non.

– Je ne suis pas une débauchée rencontrée dans quelque campement de bohémiens. Le plaisir, entre nous, sera mutuel ou ne sera pas. Chacun doit être attentif aux aspirations de l'autre, et soucieux de ménager ses sentiments.

Il resta coi, désemparé par les louvoiements sournois auxquels le contraignait la situation. Le silence menaçait de s'éterniser. Stavia se sentit épuisée, revenue de tout.

– J'ai faim, annonça-t-elle, surmontant la nausée qui suit nécessairement les grandes déceptions. Je suis partie très tôt, ce matin. Je n'ai pas eu le temps de prendre de petit déjeuner.

Elle déballa le contenu du sac de provisions, prépara un repas de pain, de fromage, de fruits et de gâteaux, puis elle alluma un petit feu et fit bouillir un peu d'eau pour le thé.

Ils s'installèrent. Le malaise tardait à se dissiper. Chernon hasarda quelques remarques, pas toujours aimables, sur son voyage en compagnie de Septimius. Stavia nota les allusions perfides et ne releva point. L'humour de Chernon, certainement, était impénétrable à la bienveillance.

Le jeune homme émiettait son gâteau. Las de macérer dans une incertitude morose, il prit le parti de la spontanéité, même enveloppée de rudesse.

— Pour toi, si j'ai bien compris, c'était la première fois ?

— La première fois, oui.

— Je pensais... On nous affirme pourtant que les citoyennes ne perdent pas de temps. Beneda, par exemple, en voilà une qui a commencé jeune.

— Ta sœur s'est moquée de toi. Elle est mon aînée de deux ans, et cependant je ne lui connaissais aucun soupirant lorsque je suis partie pour Abbyville.

— Ton absence s'est prolongée si longtemps, maugréa-t-il, comme s'il lui en voulait d'être restée vierge jusqu'à ce jour.

— Dois-je comprendre, Chernon, que tu as trouvé le temps long ?

— Neuf ans, soit dix-huit carnavals...

— Que tu aies pris part aux réjouissances du carnaval, sous toutes leurs formes, je ne t'en ferai pas le reproche, dit-elle. Pour ma part, s'il m'est arrivé de boire quelques verres de vin et de pousser la goualante sous les étoiles en compagnie de mes camarades d'études, je me suis tenue à l'écart de toutes les grandes effusions. Il s'agissait d'un choix personnel, qui ne concernait que moi.

Elle lui jeta un regard provocant ; il détourna le sien. Stavia l'observait, intriguée, indécise. Pourquoi restait-il ainsi, pelotonné dans son hostilité ? Assurément, il lui cachait quelque chose. Toute son attitude l'accusait. Etait-ce donc si difficile, pour un brave, d'accorder sa confiance à une citoyenne ?

— Entre nous, reprit-elle, il n'a jamais été question de grands sentiments. Je t'aimais, bien sûr, comme le font les petites filles, sur un coup de tête. N'étais-tu pas le frère de ma meilleure amie ? Nous nous plaisions et tu m'as fort habilement soutiré plusieurs livres. C'était de bonne guerre, au début, jusqu'au jour où j'ai pris conscience du danger. J'ai aussi mesuré la vanité de mes prétentions à ton égard, à la veille du choix qui devait engager ton avenir. Plus de livres. Tu ne l'entendais pas ainsi, bien sûr, et la violence de ta réaction a bien failli renverser l'échafaudage de mes sages résolutions. J'ai quitté Marthatown. Il s'est écoulé bien des années pendant lesquelles nous avons vieilli, chacun de notre côté. Notre histoire tient dans ces quelques mots.

Les yeux ailleurs, Chernon ne donnait aucun signe de compréhension, ou d'intérêt. Il écoutait de toutes ses oreilles, cela du moins ne faisait aucun doute. Sortirait-il de son mutisme, si elle lui révélait la vérité au sujet de tous les carnavals refusés, dédaignés, car le souvenir d'un adolescent s'interposait obstinément entre la jeune fille et les plaisirs de la fête ? Elle était lasse de ce monologue. Qu'attendait-il pour manifester sa volonté de trouver un terrain d'entente ? Il l'écoutait peut-être ; la voyait-il seulement, telle qu'elle était devenue ?

— Cette modeste aventure était le seul moyen dont je disposais pour te faire oublier nos quiproquos lointains, poursuivit-elle d'une voix morne. Si elle doit se poursuivre sous le signe de la mésentente, autant nous séparer tout de suite afin de nous épargner le pire. Il serait trop injuste que nous subissions un nouvel échec.

Le juste et l'injuste, à présent, derniers refuges des causes désespérées. Sa gorge se serra. C'était, en toute conscience, assez de ridicule et de banalité pour donner à n'importe qui une folle envie de pleurer. Quel gâchis ! Quelle erreur, que cette fugue sentimentale. Septimius avait bien tenté de la mettre en garde. Kostia et Tonia s'étaient employées à lui faire changer d'avis. A l'âge de dix ans, sans le secours de personne, elle aurait su à quoi s'en tenir. Outrée par l'aveuglement dont sa sœur aînée faisait preuve vis-à-vis de Barten, ne l'avait-elle pas traitée d'écervelée ?

— Ni plus ni moins que la moyenne, avait répliqué Morgot. Ni plus ni moins que je ne l'étais à son âge.

— Dans ces conditions, je refuse de grandir !

— C'est la grâce que je te souhaite.

Bien des années après, tandis que l'actrice se battait sur tous les fronts, l'autre Stavia, petite nigaude au cœur d'artichaut, se lamentait sur ses illusions perdues et regrettait la liberté de jugement qui est le privilège de l'enfance.

Alors qu'elle allait cesser d'espérer, le miracle s'accomplit. Chernon souriait.

La bonne humeur, soudain, rayonnait comme un soleil sur son visage. A première vue, ce mouvement de sympathie semblait exprimer un désir de capitulation inconditionnelle. Stavia regarda plus attentivement et comprit que cette volte-face n'était pas le fruit d'une conversion sincère à ses arguments, mais bien l'aboutissement d'un raisonnement implacable, inspiré par la plus froide logique. Pour arriver à ses fins, Chernon devait feindre, et feindre encore. Les hommes ne savent-ils pas, mieux que les femmes, simuler la vertu ? Si elles ne sont pas tout à fait dupes, du moins ne sont-elles pas indifférentes à cette preuve de tact.

— Tes reproches sont excessifs, mais j'ai bien mérité un avertissement, dit-il. Je me souviens de scènes primitives décrites dans les chapitres des manuels scolaires de Beneda consacrés aux mœurs des sauvages, et je ne suis pas fier de moi. Je suis une brute. J'en suis confus. Je te demande humblement pardon. Tournons la page et recommençons.

Chernon dévisageait la jeune femme, tout faraud de son aisance à exprimer le mensonge. Elle hésita, puis lui rendit son sourire.

Présence importune, l'actrice fut reléguée dans les coulisses. A mi-voix, Stavia prononça le nom de son amant. Elle lui tendit les bras.

Pour elle, comme l'avait si bien souligné Chernon, c'était « la première fois », aussi n'avait-elle aucun moyen d'établir des différences, ou des rapprochements. En revanche, rien ne l'empêchait de comparer les manières de Chernon, sa tournure d'esprit, avec celles d'autres hommes qu'elle avait fréquentés, Joshua, tout d'abord, ou Corrig, ou son professeur de chirurgie à la faculté. Sous les couvertures, sachant qu'il avait fort à faire pour effacer un souvenir désastreux et convaincre Stavia de sa bonne volonté, Chernon déployait une ardeur considérable. Il se donnait tant de peine pour lui procurer quelques satisfactions qu'il y parvenait de temps à autre, mais ces demi-succès semblaient fortuits, plutôt que le résultat d'un zèle conscient. Estimant ces efforts à leur juste mérite, elle ne put s'empêcher d'évoquer les jeunes béliers dont elle avait pu observer le manège au cours de ses récentes promenades. Pris d'une fringale soudaine, l'agneau happait une mamelle qu'il martyrisait de sa succion gloutonne, donnait des coups de museau dans le ventre maternel et soudain rassasié, lâchait prise. Elle n'avait pas davantage oublié les confidences de Beneda. « Il mange comme quatre. Il engloutit la nourriture sans prendre le temps de savourer les mets qu'on lui présente. »

Le souvenir de l'offense subie enracinait-il en elle un désir de représailles ? Toujours est-il que l'espoir d'un amour partagé lui semblait désormais bien illusoire. J'aurai de la chance, songeait-elle crûment, s'il devient expert dans l'art des caresses ! C'était ainsi, d'un œil lucide, qu'elle définissait ses nouvelles relations avec Chernon, sans aller toutefois jusqu'à reconnaître la pauvre évidence : jusqu'à présent, ils n'éprouvaient l'un pour l'autre qu'une méfiance tempérée de vagues remords.

Ils prirent la direction du soleil levant. Chaque jour, ils faisaient halte en fin d'après-midi, s'installaient pour la nuit et repartaient le lendemain, quand le soleil était déjà haut. La collection de spécimens végétaux s'enrichissait, Stavia couvrait ses cartes de brèves indications. Le jeune homme ne prenait guère d'intérêt à ses activités.

— Je me serais attendu à plus de curiosité de ta part, fit-elle observer au terme d'une longue journée de marche, alors qu'ils se reposaient devant le feu de camp. Hier, tu te plaignais de ce que les soins apportés aux guerriers blessés fussent scandaleusement insuffisants. Ce matin, j'ai fait provision de plantes vulnéraires. Elles serviront à la préparation d'emplâtres.

Chernon haussa les épaules.

— Certaines herbes ont des propriétés cicatrisantes, d'autres sont nuisibles. Comment les reconnaître entre elles ?

— Rien de plus facile. Il suffit de se livrer à de petites expériences, en utilisant comme sujet vos camarades victimes d'accidents bénins au cours de l'exercice. En cas d'erreur, les conséquences ne seront pas bien graves.

— Nous nous débrouillons très bien avec les cataplasmes d'amidon.

— Cela soulage, mais cela ne guérit pas, soupira-t-elle.

Chernon n'avait jamais eu envie de s'instruire, Stavia s'en rendait compte. Tout au plus espérait-il acquérir par la lecture un certain prestige intellectuel. Il n'était pas exclu que la contrainte exercée sur la fillette chargée de lui fournir les livres eût été plus importante à ses yeux que la possibilité de découvrir, par la culture, des horizons insoupçonnés.

Et cependant, le volume dérobé à Beneda, le seul

qui restât en sa possession, ne le quittait jamais. Que représentaient donc les livres pour ce jeune guerrier de vingt-cinq ans ?

— Naguère, tu m'avais réclamé des traités de biologie, dit-elle à tout hasard.

Chernon fit entendre un rire léger.

— J'étais à l'affût de vos petits secrets, si tu veux le savoir. Les secrets sur lesquels se fonde la force des cités.

Le tour était joué ! Sur un ton de volubilité placide, il venait d'entrer dans le vif du sujet. Les mots avaient franchi ses lèvres le plus naturellement, comme on lance des ronds de fumée en l'air.

Longtemps silencieuse, Stavia essayait d'élucider cette nouvelle énigme. Quel mystérieux pouvoir comptait-il trouver dans les livres ? Il était moins fasciné par la connaissance que par les vertus magiques qu'il lui attribuait. Qui dit magie, dit puissance. Chernon convoitait la puissance.

— Les auteurs de tous ces textes savants ne sont pas très différents des hommes et des femmes ordinaires, murmura-t-elle.

— Des puits de science ! rectifia-t-il, catégorique. Avant le cataclysme, les hommes pouvaient accomplir des prouesses qui tenaient du prodige. Dans le domaine de l'armement, en particulier, de tout l'attirail offensif et défensif, ils étaient très compétents.

Il espérait que, saisissant l'idée au vol, elle la développerait et lui présenterait un petit exposé traitant des différents aspects du problème. Quel thème était plus captivant que celui de la puissance de feu des sociétés précataclysmiques ? Il aurait pu l'écouter pendant des heures.

Il attendit en vain. Stavia restait songeuse ; la question des armes, offensives ou défensives, était pour l'instant le cadet de ses soucis. Chernon avait raison lorsqu'il affirmait l'écrasante supériorité des sociétés primitives. Il semblait ignorer qu'elles avaient laissé peu de traces écrites. Dans les biblio-

thèques de la Fédération se trouvaient surtout des
ouvrages récents, écrits par des contemporains sur
des sujets complètement inédits, ou que les civilisations antérieures avaient négligé d'approfondir. Elle
fut tentée de lui révéler la pauvreté du patrimoine
scientifique dont les cités avaient hérité. Devant la
difficulté de la tâche, elle décida de le laisser à ses
illusions. La discussion était impossible avec qui prétendait non pas chercher, mais détenir la vérité.
Chernon savait, mieux que personne, dénaturer les
intentions ou les paroles d'autrui et son mécontente-
ment perpétuel se transformait en rage à la plus légère contradiction, ainsi que la pauvre Sylvia en
avait fait l'expérience lorsqu'il s'était agi d'arracher
son fils à l'emprise de Vinsas. Il n'y avait pas lieu de
provoquer de nouveaux malentendus, de bonne ou de
mauvaise foi, qui dégénéreraient en altercation.

Le feu était bas. Ils rabattirent sur eux les couvertures et, d'un même élan, s'étreignirent avec une ardeur de loups, déjà rompus à tous les gestes minutieux qui emportaient vers la jouissance.

— Tu me donnes un fils ? demanda-t-il plus tard.

Il pesait sur elle de tout son poids. Au-dedans, il
s'alanguissait, il devenait une chose triste et douce.

— Plus tard, dit-elle étourdiment, cédant à
l'étrange tendresse désenchantée qu'elle éprouvait
toujours pour lui à ce moment précis.

— Je veux un fils ! répéta-t-il, et le plus tôt sera le
mieux.

— Il n'arrivera rien pendant ce voyage, dit-elle
avec nonchalance. Avant de partir, j'ai pris soin de
me faire greffer un implant contraceptif.

Il s'écarta d'elle d'un coup de reins frénétique.

— Tu as fait quoi ?

Stavia regarda, un peu inquiète, le visage menaçant penché au-dessus d'elle. Elle venait de commettre une nouvelle indiscrétion. Quelle femme était assez sotte ou assez imprudente pour aborder avec un
brave le délicat problème de la contraception ?

Elle se redressa, entraînant avec elle la couverture qu'elle serra autour de ses épaules.

— Il s'agit d'une méthode anticonceptionnelle à laquelle nous avons recours lorsque nous ne voulons prendre aucun risque.

— De mieux en mieux ! s'écria-t-il. Contre qui voulais-tu protéger ta précieuse vertu ? Contre ce fameux serviteur, peut-être ?

Le mot, dans sa bouche, semblait une obscénité. Stavia le reçut comme un affront.

— Surveille tes propos, dit-elle d'une voix contenue. L'homme qui devait m'accompagner vit à Tabithatown. Je ne l'ai jamais rencontré. J'ignore à quoi il ressemble. As-tu songé aux bandits, aux bohémiens ? N'as-tu jamais entendu parler de femmes capturées, ou violées ?

— L'inconnu de Tabithatown... riposta Chernon sur un ton moitié persifleur, moitié indigné. Quel âge a-t-il ?

— Aucune idée. Il s'est spécialisé dans la recherche botanique. Il m'aurait été d'un grand secours dans la collecte d'espèces végétales.

En effet, elle n'avait jamais cherché à se renseigner sur le compagnon de route qu'on lui destinait. Sachant que Morgot n'aurait jamais accepté de confier sa fille à quelqu'un dont elle n'eût été absolument sûre, elle avait imaginé un serviteur de l'âge de Joshua, favorisé par les mêmes dons.

— Tu ne l'as jamais vu ? Suis-je assez sot pour accepter ce conte ?

— Crois-le ou non, c'est ainsi. Si tu ne changes pas de ton, c'est toi que je vais cesser de voir, et plus tôt que tu n'imagines. Que signifie ce nouvel accès de mauvaise humeur ?

— Si je tenais tant à t'accompagner, dit-il à mi-voix, c'était aussi dans le but d'avoir un enfant bien à moi. Un fils que j'aurais reconnu avec joie, le moment venu, sans craindre une confusion de paternité. Mon fils !

Elle le toisa, l'air incrédule, presque insolente.

— Quelle confusion de paternité ? Explique-toi !

— Jamais je ne me trouverai dans l'obligation de prendre pour fils un gamin qui pourrait être le rejeton de n'importe qui ! Ne fais pas l'innocente. Il n'est pas un soldat dans toute la garnison qui ne sache à quoi s'en tenir sur la lubricité des citoyennes. Il suffit d'un carnaval et voilà le jeune brave édifié ! Certaines d'entre vous vont jusqu'à prendre quatre amants à la suite.

Elle eut un pâle sourire, pâle ô combien !

— Peu après ton quinzième anniversaire, comme tous les braves fraîchement incorporés, tu as répondu à la convocation de l'hôpital. On t'a fait une prise de sang, n'est-ce pas ? A la naissance de chaque enfant, nous effectuons un prélèvement sanguin sur le cordon ombilical. L'analyse de cet échantillon nous permet de déterminer, à coup sûr, qui est le père du nouveau-né. Sans cela, pourquoi verrait-on des mères se présenter à la garnison avec leur petit garçon, proclamant qu'il est le fils de tel ou tel brave, alors même que celui-ci est décédé ? L'Elue m'en soit témoin, comment les hommes peuvent-ils être aussi odieux ?

En l'espace d'un instant, elle fut debout, à demi vêtue. Elle prit le sac contenant ses effets de toilette, ramassa la couverture et, sans plus s'occuper de Chernon, s'éloigna.

— Où vas-tu ? cria-t-il d'une voix angoissée.

— Je suis lasse. Je veux dormir et je n'ai besoin de personne.

Chernon en eut le souffle coupé. A temps, il se souvint des recommandations du tribun. Le désarroi l'envahit. Incapable de prendre une décision, répugnant à reconnaître sa défaite, il regarda la jeune femme disparaître entre les arbres.

— Je retire ce que j'ai dit, jusqu'au dernier mot ! cria-t-il soudain. Je suis désolé.

— Moi aussi ! lança-t-elle par-dessus son épaule.

Pour une fois, nous pensons la même chose, au même moment. Dommage qu'il soit trop tard.

Il ne semblait pas désolé le moins du monde, estima-t-elle. C'était sans importance, désormais. Elle lui échappait, fuite symbolique, rupture définitive. Entre elle et le Chernon de son adolescence, personnage énigmatique qu'elle avait voulu percer à jour, tout était bien fini. Dans la foulée de cette décision irrévocable, elle se demanda comment elle avait eu la force d'aller à l'encontre de l'interdit posé par le Conseil et par sa mère. Morgot pardonnerait-elle ? Oublierait-elle ? En toute bonne foi, Stavia n'était pas certaine de mériter l'absolution.

En quittant la bergerie pour rejoindre Chernon, Stavia avait la ferme intention de s'en tenir à une modeste excursion botanique dans la région orientale. Elle avait trop conscience du danger que représenteraient les montagnes pour s'aventurer vers le sud.

Au lendemain de sa brouille avec Chernon, qu'elle considérait comme une grande victoire du bon sens sur les dérives de la passion, elle annonça son désir de rebrousser chemin. Si un raccourci s'était présenté pour lui permettre de regagner la bergerie dans les plus brefs délais, elle s'y serait engagée sur-le-champ.

Chernon refusa tout net.

— Dans quelques jours, nous serons à court de vivres, répliqua-t-elle sans se départir de son calme. Dès mon arrivée à la bergerie, je ferai des provisions que je t'apporterai aussitôt afin que tu ne manques de rien pendant ton voyage de retour. De plus, la réponse au message que j'ai fait parvenir à Martha-town ne devrait plus tarder. J'ai hâte d'en prendre connaissance.

Chernon lui tournait le dos. Il contemplait les montagnes.

— Je rentre à la bergerie, dit-elle. Il le faut.

Il répondit par un grommellement auquel elle ne

comprit rien. Haussant les épaules, elle entreprit de charger l'âne.

— Nous étions convenus d'un voyage de plusieurs mois, protesta-t-il à haute et intelligible voix.

— A l'origine, il s'agissait d'explorer tout le territoire situé au sud de la bergerie, jusqu'à la côte. Entre-temps, nous avons appris que les montagnes étaient le fief de communautés inamicales. Or nous ne sommes que deux. Il serait insensé de nous entêter à vouloir poursuivre notre route dans les conditions prévues. Une autre expédition est partie vers l'est, par conséquent, il ne nous reste plus qu'à faire demi-tour.

— Tu mens. C'est avec l'inconnu de Tabithatown que tu avais l'intention de vadrouiller, pas avec moi.

— Chernon, mets-toi ceci dans la tête, si tu le peux. Je n'ai rien choisi, rien organisé. Il me fut attribué une tâche précise, dans un secteur géographique donné. Ta présence n'aurait rien changé, et je me serais acquittée de mon travail si des éléments nouveaux n'étaient pas venus bouleverser ce projet. Avec ou sans toi, je ne me jetterai pas dans la gueule du loup.

— Accorde-moi un petit délai. Un jour ou deux.

— Nos réserves s'épuisent, répéta-t-elle. Que ferons-nous si nous venons à manquer de nourriture ? Regarde autour de toi. Il n'y a ni fruits ni baies, et nous n'avons vu aucune bestiole susceptible de se laisser gentiment attraper par des chasseurs inexpérimentés. J'ai bien remarqué quelques végétaux comestibles, mais tu ne les trouverais guère à ton goût.

Il lui vint à l'esprit que Morgot avait recours au même ton de douceur excédée, plus persuasif que la rudesse, lorsqu'elle s'adressait à des enfants récalcitrants.

Si Chernon n'était pas convaincu, il n'avait pas le choix. Il rangea ses affaires et plia ses couvertures, réfugié dans le silence malveillant par lequel s'exprimait sa rancune. Stavia pestait à mi-voix.

N'était-il donc jamais fatigué de ces simagrées de galopin ? Il montrait le même visage renfrogné que
Jerby quand celui-ci, à quatre ou cinq ans, voulait se
venger d'une brimade imaginaire. Le fils aîné de
Myra, lui aussi, était capable de bouderies interminables. Broutille que tout cela, gribouillages de gri-
bouille, poussière d'orgueil. Comme elle était impatiente de tourner la page !

Ils se remirent en marche, droit sur le couchant,
cette fois, dans la direction générale de la bergerie.
Bientôt, une vallée tortueuse les entraîna vers le sud,
déviation accentuée par les tours et les détours auxquels les contraignait sans cesse un relief très acci-
denté. Après le pique-nique de la mi-journée, Stavia
gagna le sommet d'une colline afin de s'orienter.

— Nous avons bifurqué à notre insu et je ne suis
pas rassurée, annonça-t-elle en redescendant. Ce soir,
nous nous passerons de feu.

Elle s'éveilla en sursaut au milieu de la nuit. La
brise lui apporta une âcre odeur de fumée. Vivement,
elle se tourna. A quelques mètres, assis en tailleur
devant le feu qu'il avait allumé, Chernon buvait du
thé.

— Je t'avais défendu ! s'écria-t-elle, courroucée.

— Je me réchauffe un peu, et je l'éteins.

Il était trop tard. Depuis plusieurs jours, à l'affût
des voyageurs, Narcisse, Martial et Diligent parcou-
raient les collines. Plus d'une fois, leur route avait
failli croiser celle du couple. Cette nuit, enfin, la
chance leur souriait. Cette lueur qui scintillait, là-
bas, entre les arbres, n'était pas tombée du ciel.

Narcisse l'aperçut le premier. Il poussa une exclamation étouffée.

— Les voilà ! Ils ne nous échapperont plus.

— Que comptes-tu faire de lui ? s'enquit Martial
avec un peu d'inquiétude. Tu ne vas pas le laisser en
vie, au moins ?

— Nous verrons. Celui-ci ne vient pas de la forteresse. Ils se sont retrouvés à l'extérieur, vous vous

souvenez ? Peut-être sait-il faire autre chose que de garder les moutons ? Cela ne coûte rien de lui poser quelques questions. S'il refuse de répondre, nous le tuerons. S'il répond, nous le tuerons également.

— A ta place, je me méfierais. Ces individus sont les suppôts du démon. Papa nous l'a dit bien souvent.

— Et après ? riposta Diligent, volant au secours de l'aîné. S'il fallait écouter ce poltron de Martial, on n'aurait pas souvent l'occasion de rigoler. Narcisse a simplement proposé d'interroger ce païen. Où est le mal ?

L'aube était encore indécise, et le ciel criblé de minuscules étoiles lorsque les trois compères, sinuant d'un arbre à l'autre, s'approchèrent en tapinois du bivouac. Après un bref conciliabule pour décider de leurs proies respectives, Narcisse se jeta sur Stavia, tandis que ses frères se chargeaient de soumettre Chernon.

La résistance fut inattendue. Stavia, en particulier, fit passer un mauvais moment à son agresseur. Instruite, comme toutes les citoyennes, des techniques du corps à corps, elle aurait pu avoir le dessus si ses mouvements n'avaient pas été entravés par la couverture. Hors d'haleine, la lèvre tuméfiée, Narcisse plongea les doigts dans les cheveux de la jeune femme, lui renversa la tête en arrière et frappa sous le diaphragme. Stavia eut le souffle coupé, ses jambes se dérobèrent. Une corde s'enroula autour de ses poignets. Narcisse se redressa et prit la pose du chasseur, un pied sur sa victime.

Martial palpait son œil poché.

— Il s'est bien défendu, l'animal !

— Un diable et sa diablesse, gronda Narcisse. A quoi t'attendais-tu ?

— Vous osez me traiter de diablesse ? s'indigna Stavia.

— Qu'es-tu donc ? Aucune femme vertueuse ne se promènerait ainsi, les cheveux dénoués, sans un fil sur le dos.

L'émotion de Narcisse était de plus en plus manifeste. Les deux autres n'étaient pas non plus insensibles aux charmes dévoilés de Stavia.

— Cette femme est la mienne, elle m'appartient, proclama Chernon d'une voix résolue.

— S'il en est ainsi, pourquoi tolères-tu son indécence ? s'étonna Diligent.

— Comment pourrait-elle se vêtir dans cette position ? C'est à peine si elle peut respirer.

— Je ne veux pas être obligé de lui courir après, maugréa Narcisse.

— Elle ne bougera pas. Stavia ?

Stavia réfléchissait. Ils n'étaient pas trop de deux pour maîtriser Chernon, mais le troisième était prêt à se lancer à ses trousses et les autres l'imiteraient sans doute. Elle n'avait aucune chance.

— Je ne bougerai pas, dit-elle. Qu'ils me laissent m'habiller.

Narcisse hésitait. L'affaire prenait une tournure imprévue. Martial et Diligent, il le savait, n'attendaient que son signal. Si le frère aîné profitait de la fille et lui infligeait une correction salutaire, comme il en avait eu l'intention, les cadets exigeraient les mêmes privilèges. L'étranger serait peut-être tenté d'intervenir. Il faudrait donc, au préalable, se débarrasser de lui. D'un autre côté, Narcisse n'avait guère envie de se donner en spectacle à ses frères. Il se proposait plutôt de ramener la fille au village et de soumettre l'homme à un interrogatoire serré pour le zigouiller ensuite, après qu'on lui aurait extorqué tout ce qu'il savait. Pour arriver à ses fins, il devait conserver l'initiative et résoudre au plus vite cette situation délicate. Il délivra les poignets de Stavia.

— Enfile tes vêtements, ordonna-t-il. (Ramassant un morceau de bois, il l'en menaça.) Pas de geste imprudent, ou je t'assomme.

Stavia obéit. Sans hâte, elle remédia à son impudeur, d'ailleurs toute relative puisqu'elle dormait avec une chemise et des chaussettes de laine. Ayant mis son pantalon et chaussé ses bottes, elle se glissa dans sa grosse veste matelassée qui la dissimulait comme une forteresse de chasteté.

— Même vos mères se déshabillent parfois, murmura-t-elle.

— Quand elles se lavent, et encore, répliqua Martial. Elles vont au lit vêtues jusqu'aux pieds, ainsi que l'exige la modestie.

Stavia se tourna vers son compagnon, espérant trouver de ce côté le soutien moral dont elle ressentait le plus vif besoin. Chernon semblait l'avoir oubliée. Son visage immobile exprimait une attention extraordinaire. Indifférent au danger, inaccessible à l'indignation, il examinait les trois garçons comme il aurait fait d'objets fascinants. En réalité, Chernon sentait monter en lui une étrange euphorie. Longtemps, il avait appelé de ses vœux l'épreuve qui lui permettrait de se distinguer ; il se trouvait maintenant au pied du mur.

— Pourquoi cette attaque ? Que comptez-vous faire de nous ? demanda-t-il le plus calmement du monde.

— La lueur du feu nous a signalé votre présence, dit Martial... (Ainsi, sa culpabilité était établie. Chernon enregistra le fait sans sourciller...) Notre but était d'enlever la fille. Les succubes de son espèce, il faut savoir les mater. Elles se transforment en épouses épatantes.

Chernon haussa les sourcils, de l'air de quelqu'un qui en apprend tous les jours.

— Quelle méthode de dressage employez-vous ? demanda-t-il bien poliment.

— D'abord, on les ligote. Puis on leur brise les jambes. L'os se ressoude de travers. Il est difficile de prendre la clé des champs, quand on a deux pattes folles.

Stavia ne savait ce qui était le plus horrible, des paroles prononcées par ces monstres ou de l'ignoble expression d'intérêt, de connivence profonde, qui se lisait dans le regard de Chernon.

— Elle est déjà mariée, annonça-t-il, très sûr de lui. Et même, elle porte mon enfant.

Le visage de Narcisse se décomposa. Il parut sur le point de frapper Chernon, puis, dégoûté, laissa choir son bâton.

— La barbe ! s'écria-t-il. C'est bien ma veine.

Un léger soupir fit écho à sa déception. Diligent compatissait.

— On la ramène malgré tout, proposa-t-il. Si elle est grosse, les Anciens décideront de son sort. Elle perdra peut-être l'enfant avant terme et tout sera dit. Pas de petit, pas de mariage valable, c'est la loi.

— Et si elle met au monde un enfant bien portant ? demanda Chernon.

— Qui sait ? Peut-être n'es-tu pas vraiment un homme ? Peut-être n'es-tu pas digne d'avoir une épouse ? Peut-être seras-tu mort avant l'accouchement. Une veuve avec un marmot à sa charge, personne ne la touchera. Elle n'est pas encore veuve, elle n'est pas encore mère non plus.

Narcisse branla du chef, un peu rasséréné. Il se baissa pour reprendre son gourdin.

— Les femmes de cet acabit, elles connaissent un tas de choses, dit-il sombrement. Ce sont des guérisseuses, pour commencer. Elles sont dans le secret de la terre et des plantes.

— Cela tombe bien, ma femme est une mine de secrets, affirma Chernon, les yeux rusés. Toutefois elle ne révélera rien aussi longtemps qu'elle aura son talisman greffé sur l'épaule. Je peux l'enlever, si vous voulez.

Il ne plaisantait pas. Stavia le comprit aussitôt.

— Chernon ! s'écria-t-elle, horrifiée.

— Autant me laisser ce soin, et tout de suite, murmura-t-il, sans la regarder, sans s'adresser à personne en particulier.

Martial et Diligent le tenaient ferme. Il dut se démener pour se rapprocher de la jeune femme, entraînant les deux autres à sa suite.

Stavia ne bougeait pas plus qu'une statue. Rudement, Chernon libéra son bras de la grosse veste, puis déboutonna la chemise pour dégager l'épaule.

– Vous voyez cette protubérance ? Le talisman est là.

Les frères échangèrent un regard de stupeur et d'incertitude. Sur un signe imperceptible de Narcisse, à contrecœur, Martial fourra un couteau dans la main de son prisonnier. Diligent lui avait saisi le poignet ; il accompagnait tous ses gestes. Quand Chernon pratiqua l'incision, Stavia laissa s'échapper un seul cri, moins de douleur que de surprise. Le sang coulait. Une tache rouge allait s'élargissant sur la chemise.

Chernon présenta à la ronde, entre deux doigts, un bâtonnet translucide, de la taille d'une allumette.

– Voici le talisman.

La jeune femme resta sans faire un mouvement ; pétrifiée, lorsque Diligent déchira la manche de sa chemise et lui posa un garrot. Narcisse prit l'implant et le fit disparaître dans sa poche.

– On rentre, décréta-t-il.

– Que faut-il faire de lui ?

Martial semblait avoir là-dessus une idée bien arrêtée.

– Il vient avec nous. Papa prononcera lui-même la sentence, s'il y a lieu.

L'âne fut chargé. On se mit en route. Les prisonniers allaient la corde au cou ; Chernon avait en outre les mains liées derrière le dos. Stavia avait fait preuve de force et d'adresse dans sa lutte contre Narcisse, et celui-ci en porterait longtemps les traces, pourtant, du seul fait qu'elle était une femme, ces êtres rudimentaires ne pouvaient se résoudre à la considérer comme une menace sérieuse. Le moment venu, ils pourraient bien se repentir de cette erreur de jugement. Stavia refoulait tout, les larmes, la colère, le désir de vengeance. La haine qu'elle éprouvait maintenant pour Chernon était en elle comme une pierre tranchante. Remise à plus tard, la joie de régler ses comptes avec lui. Froidement, elle pesait toutes les circonstances. En offrant à l'ennemi cette preuve flagrante de sa bonne volonté, il avait sans doute sauvé sa tête et la blessure qu'elle avait reçue à l'épaule était légère. En somme, il n'y avait pas à hésiter sur le parti à prendre. Jusqu'à nouvel ordre, elle s'en tiendrait à la version de Chernon. Elle serait sa femme, enceinte de ses œuvres. Ces peuplades arriérées avaient leurs systèmes d'interdiction, de caractère religieux, sans doute. On ne convoitait pas la femme du voisin. Existait-il un meilleur moyen de démontrer sa qualité d'épouse, aux yeux d'individus d'un autre âge, que de se trouver dans une situation « intéressante » ? Un ventre allant s'arrondissant serait le plus sûr garant de sa tranquillité.

Et pourquoi pas ? Dans cette perspective, à des fins égoïstes, Chernon avait fort habilement manœuvré. Il profiterait des premiers moments d'intimité qui leur seraient octroyés, à titre d'époux, pour faire aboutir son projet.

Elle cheminait d'un pas inégal et lent, fulminant contre la rapacité de ces hommes qui briguaient des secrets qu'elle serait bien en peine de divulguer.

Après quatre jours de marche, ils s'engagèrent dans un défilé entre deux sommets arides. Peu après, les prisonniers apprirent qu'ils foulaient le sol de la Terre promise. Diligent avait filé en éclaireur afin de prévenir le patriarche. Le clan Brome au complet reçut l'ordre d'assister à l'arrivée des étrangers. Entouré de ses grands garçons, Résolution se tenait dans son fauteuil favori, transporté pour la circonstance dans la véranda de la maison principale.

Au fil des jours, en douce, Stavia avait modifié son apparence. La silhouette alourdie par un pantalon épais, un chandail informe par-dessus sa chemise, elle avait fait disparaître ses cheveux sous une écharpe et rabattu par-dessus le capuchon de sa veste. Avec ses yeux chassieux, son teint brouillé par suite d'une hygiène négligée, elle présentait l'aspect le plus repoussant.

Sommé de raconter les circonstances de la capture, Narcisse débita sans trembler un récit qui prenait de sérieuses libertés avec la vérité. Ils n'avaient eu d'autre but, en allant rôder autour de la forteresse des bergers, que celui de voler un mouton. Par un pur hasard, ils s'étaient trouvés en face de cette femme. Aussitôt, ils avaient conçu le projet de l'enlever et de la ramener au village pour le plus grand profit de la famille Brome à qui elle livrerait ses secrets. Un problème avait surgi. L'étrangère, en effet, voyageait en compagnie d'un homme. Celui-ci se prétendait son mari et le père de l'enfant qu'elle portait. Il avait lui-même extrait un talisman que la femme avait sous la peau.

Son père tendit la main ; Narcisse y laissa choir le bâtonnet.

Le vieux Résolution contempla longuement l'implant translucide. Il regarda Chernon.

— Qu'est-ce que c'est ?

— Il ne sait rien, se hâta de répondre Stavia. (Chernon la foudroya du regard.) En fait, ce talisman n'a aucun pouvoir.

En prenant la parole, l'insolente s'était exposée à un châtiment. Le coup vint de Martial. Il se contenta d'un léger soufflet.

— A quoi sert-il ? insista le vieillard.

— C'est un remède souverain contre les fausses couches. Me voici sans protection, alors que les émotions ne valent rien aux femmes enceintes. J'aurai de la chance, si je ne perds pas mon enfant.

Simulant la timidité, elle gardait les yeux au sol.

Elle se flatta le ventre, d'un geste gauche, mais sans équivoque.

— Si cet homme est vraiment ton mari, pourquoi ne sait-il rien ? demanda Châtiment sur un ton exaspéré. (Dès l'instant où Diligent était arrivé haletant, apportant la nouvelle de la capture du couple, ce célibataire impatient avait bâti sur l'événement les plus folles espérances. Cette fille serait sienne ! A présent, la rage au cœur, il devait dire adieu à ses illusions.) Pourquoi ? répéta-t-il. Il s'agit donc d'un secret réservé aux femmes ?

– Quel secret ? Une misérable recette, rien de plus. Nous n'importunons pas nos époux avec nos problèmes de grossesse.

Elle souleva lentement la tête, et d'un rapide coup d'œil, jaugea l'assistance. Son regard rencontra celui du vieux Brome, regard noir, redoutable. Ces hommes rangés derrière le père devaient être les fils aînés. Ils étaient huit, en comptant leurs trois ravisseurs dont le plus jeune venait d'atteindre l'âge de la puberté. Les filles, en revanche, n'étaient guère représentées que par une gracieuse adolescente. Stavia prenait note de tout et tirait ses conclusions. Son programme d'histoire lui avait donné l'occasion d'étudier les rites de certaines sociétés archaïques, prônant l'élimination méthodique des femmes par l'infanticide ou les sacrifices religieux. La polyandrie aurait résolu certains problèmes ; elle n'était jamais envisagée. A côté de la jeune fille, une femme usée, défraîchie, qui devait être sa mère, attira l'attention de la prisonnière par l'expression indifférente et morne de son visage. Un nourrisson dormait, la tête couchée sur son épaule. Ce n'était pas tout à fait une vieille, une femme à bout de forces, sans doute, mais pas une vieille.

– Que transporte cet âne ? voulut savoir Résolution.

La question, à nouveau, s'adressait à Chernon. A nouveau, Stavia prit les devants.

– Nos bagages, ainsi que deux sacs contenant des herbes médicinales. Je faisais provision de plantes quand vos fils nous ont aperçus.

Le vieillard branla du chef, l'air maussade. Son silence se prolongea longtemps.

— Laissez-moi, dit-il enfin. J'ai besoin de silence et de recueillement. Susannah, cette femme couchera sous ton toit.

— Elle va fiche le camp ! s'écria Martial.

— Vous surveillerez le chalet à tour de rôle. Vous autres, conduisez l'étranger au campement des célibataires et ne le perdez pas de vue. Je vais prier le Créateur afin qu'il m'envoie la lumière.

Ses sourcils froncés se rejoignaient presque. Il regardait l'objet délicat posé dans sa paume racornie.

— Je trouverai bien une solution, ajouta-t-il.

Stavia se dirigea vers le porche sur lequel se tenaient la mère et la fille. Elle gravit les deux marches disjointes. A demi cachée derrière la porte, une fillette fixait sur elle des yeux pénétrants, craintifs, désespérément tristes.

— Bonjour, Susannah. Je suis Stavia.

Elle avait parlé avec une grande douceur. Susannah ne parut pas s'en apercevoir.

— Voici ma fille aînée, Chasteté, dit-elle d'une voix machinale, le visage toujours absent. La petite se nomme Loyauté. Elle a huit ans.

— Et le bébé ? Comment s'appelle-t-il ?

Chasteté ouvrit de grands yeux.

— On ne sait jamais ce qui peut arriver à un nouveau-né, chuchota-t-elle. A quoi bon perdre son temps à lui trouver un nom ?

Désignés pour le premier quart, Martial et Châtiment s'étaient assis sur des pierres, devant le chalet. A minuit, ils furent relevés par Vengeance et Diligent. Lorsque Stavia sortit pour se rendre aux lieux d'aisances, dans le fond de la cour, elle dut supporter leurs regards concupiscents qui la dévoraient. Désormais, décida-t-elle, plutôt que de subir cet outrage, elle se contenterait d'un pot de chambre.

Ses bagages avaient été déposés sur le porche de Susannah. Parmi eux se trouvait son bien le plus précieux, la trousse médicale dont elle ne se séparait jamais. Elle en déballa le contenu sous le regard intrigué de son hôtesse. Celle-ci n'était pas tout à fait une inconnue pour elle. A différentes reprises, au cours de la longue marche pour atteindre la Terre promise, les trois frères avaient parlé entre eux d'une certaine Susannah.

– Tu es la guérisseuse de la communauté, si je ne me trompe ?

– Dites plutôt qu'ils n'ont rien de mieux sous la main. Le peu que je sais, je le tiens de ma mère, qui avait tout appris de la sienne.

– Quand je partirai, je te laisserai ce nécessaire, en souvenir de moi. Il te rendra bien des services.

– Quand vous partirez ? Où croyez-vous donc aller ? Le vieux mettra le temps qu'il faudra, mais je lui fais confiance pour tourner la situation à son avantage. S'il ne vous garde pas pour son usage personnel, vous deviendrez la femme de l'un de ses fils. Châtiment, cela ne m'étonnerait pas.

– C'est impossible ! objecta Stavia, un peu troublée par le ton de sombre certitude qui donnait tout leur poids de fatalisme aux paroles de Susannah. Vois-tu, je suis déjà mariée.

– Cela ne suffit pas. Si tu mets au monde un enfant, le vieux te laissera peut-être en paix. A condition qu'il ne disparaisse pas trop vite.

– Ils le tueront, tu crois ?

– Ils sont capables de tout.

– Admettons que je sois veuve et que mon enfant se porte bien. Malgré vos lois, ils refuseront de me laisser partir ?

– J'en suis sûre. A votre place, je me tiendrais tranquille. Que diriez-vous de boiter pour le restant de vos jours ? Ma grand-mère a tenté de s'enfuir. Ils l'avaient capturée dans les solitudes, comme vous. Elle aussi venait de la Fédération. C'était ainsi, ma mère me l'a révélé, qu'elle appelait le monde lointain, au nord de la Terre promise.

– A ton avis, quelle décision prendra votre chef...
ton mari ?

Susannah fit la moue.

– Dieu seul le sait ! Il trouvera le moyen de mettre
la loi et les Anciens dans sa poche.

Stavia n'en avait que trop entendu. La fatigue fondit sur elle. Insidieusement, les menus engrenages de
la peur s'étaient enclenchés. Elle se laissa conduire
au grenier où sitôt dévêtue, après s'être emmitouflée
dans sa veste, elle s'affala sur une méchante paillasse. Après une nuit de sommeil, une longue toilette,
à nouveau fraîche et dispose, elle examinerait sous
toutes ses faces la triste situation, et comme l'avait
fait le vieux grigou, s'accorderait un délai de réflexion.

Le lendemain, tôt dans la matinée, le chalet reçut
la visite du vieux grigou. Il fit appeler la prisonnière
et formula l'exigence la plus singulière.

– Tu vas greffer ceci sur ma femme Susannah. Aujourd'hui même.

Stavia prit l'implant qu'il lui tendait.

– Susannah ? répéta-t-elle, ébahie.

– Avant son dernier-né, il y a eu deux enfants
mort-nés. Susannah est malade du ventre. Ton talisman la guérira. Fais ce que je te dis.

Ce bref échange avait eu lieu sous le porche. L'intéressée avait tout vu, tout entendu. Une fois dans la
maison, elle commença à se plaindre, un gémissement
doux, éploré, rempli d'effroi qui se brisa soudain.
D'énormes sanglots l'étouffaient et lui secouaient les
épaules. Stavia saisit quelques mots, des balbutie-
ments saccadés.

– Il n'en est pas question... Je n'en veux plus... j'en
mourrai...

La jeune femme avait été le témoin de semblables
effondrements dans le pavillon de Quarantaine. Elle
adopta d'instinct une attitude de calme autorité.

– Reprends-toi, Susannah. Ce sont des enfantilla-
ges. Explique-toi clairement.

– Je ne veux plus d'enfant. C'est un tel calvaire. Une femme comme moi, exténuée, rompue...

– Quel âge as-tu ?

– J'ai vingt-neuf ans. Je suis vieille. Je suis une ruine.

Stavia fut frappée de stupeur. Il y aurait eu de quoi rire, si la tragédie de Susannah n'avait été si éclatante. Elle était vieille, en effet. Dans quel univers de ténèbres croupissaient donc ces êtres ?

– Susannah, si je te fais une confidence, te sens-tu capable de la garder pour toi ?

Les sanglots décrurent, s'entrecoupèrent de reniflements. Enfin, le silence se fit.

– Réponds-moi, es-tu assez forte ? Je dois être sûre.

– Un secret ? souffla Susannah.

– J'ai menti, au sujet du talisman. En fait, il provoque l'infécondité. Je ne voulais pas me trouver enceinte au cours de ce voyage, c'est toute l'explication. De ton côté, tu veux être stérile, le souhait de cet affreux barbon ne pouvait tomber plus à propos. A condition de trouver le moyen de stériliser cet objet, je fais ce qu'il demande et te voilà sauvée.

Un semblant de vie se ranimait dans les yeux de Susannah.

– Le charme opère combien de temps ? demanda-t-elle. Combien de temps ?

– Longtemps. Quatre ou cinq ans.

– As-tu un autre talisman ?

– Non, bien sûr. Pourquoi cette question ?

Susannah fit entendre une faible plainte. Son visage se défit, elle parut sur le point de fondre en larmes.

– Un petit instant, murmura-t-elle. Le courage me manque...

Un peu hésitante, Stavia gagna le fourneau. Elle remplit la bouilloire et la mit sur le feu. Elle alla puiser dans ses propres réserves de thé. Quand elle posa l'infusion fumante devant Susannah, celle-ci, les yeux secs, montrait un air résolu.

– Stavia, tu m'accordes ta confiance, tu es ma sœur. Rends-moi un service, je ne serai pas ingrate. Je t'aiderai à fuir.

– Soit. Quel service ?

– Fais-moi une blessure quelconque, pour abuser mon mari. Je veux que tu insères le talisman dans le corps de ma petite fille.

– Loyauté ? Ce n'est qu'une enfant !

– Ma petite fille, Chasteté. Elle sera bientôt mariée, je le sais, sa vie réduite à l'enfer des grossesses successives. Je ne demande pour elle qu'un petit sursis, quelques années... Elle est si jeune...

– Je comprends. Et toi, que feras-tu ?

– A cet homme, mon mari, tu diras que le talisman n'est pas infaillible, ou que son pouvoir s'épuise, s'il est posé sur une autre femme. Je serai de nouveau enceinte. Si je survis à de nouvelles fausses couches, une ou deux, le vieux Brome me jettera comme un ustensile hors d'usage. Je serai libre, peut-être. Pourquoi me persécute-t-il ? N'importe quelle femme ferait aussi bien l'affaire !

Stavia la dévisageait, l'œil froid.

– Moi, par exemple.

– Toi ou une autre, s'écria Susannah, pourvu qu'il m'oublie ! Mais je t'aiderai, j'ai promis.

Sans la quitter du regard, la jeune femme buvait son thé à petites gorgées. Combien de fois, de part et d'autre d'une table de cuisine, s'était-elle ainsi perdue dans la contemplation de son vis-à-vis, cherchant à résoudre, à travers les vapeurs d'une tasse de thé, l'énigme de sa personnalité ? Morgot, Myra, Septimius. Le cas présent était simple, par comparaison. Elle avait en face d'elle une femme accablée, enrôlée à un âge précoce dans une existence d'esclave, et dont la déchéance saisissait comme une insulte à la raison.

– Le talisman est pour toi, dit-elle à mi-voix. Je vais m'évader d'ici, d'une manière ou d'une autre. Je reviendrai avec un autre talisman, une douzaine, si tu veux. La stérilisation à vie pour ta fille, pour qui tu voudras... Nous pourrions nous donner rendez-vous dans la forêt, non loin d'ici.

Susannah secoua doucement la tête, avec peut-être sur les lèvres, autour des yeux, quelque chose qui ressemblait à un sourire. Son premier sourire.

– Et s'ils te reprennent ? D'ailleurs, si tout se passe comme je l'espère, bientôt les femmes de ces montagnes n'auront plus besoin de talisman. La Terre promise est condamnée, nous en voyons les signes depuis longtemps. Tous ces enfants mort-nés, ou malformés... Le système qu'ils ont maintenu pendant des siècles va s'écrouler sur eux. Quel soulagement ! Au milieu de ce désastre, vaille que vaille, nous aimons nos filles. Elles sont notre seule joie sur la terre.

– Comme tu voudras, Susannah.

– Ma décision est prise. Que puis-je t'apporter ?

– Les hommes doivent bien s'enivrer de temps à autre. Que boivent-ils, de la bière ? Du vin ?

– Quelque chose de fort.

– Tant mieux. Il me faut l'équivalent d'un verre, pour stériliser le talisman. J'aurai aussi besoin d'un poinçon.

– Un carrelet conviendrait-il ? Je suis aussi cordonnière. Pauvre Chasteté ! Va-t-elle beaucoup souffrir ?

– Pour notre sécurité à toutes les deux, il vaudrait mieux qu'elle ne se rende compte de rien.

Susannah était à même de garder un secret. Chasteté, c'était une autre histoire. Toute sa charmante personne tremblait de faiblesse. Elle était capable de défaillir, pour peu qu'on lui fît les gros yeux.

Dissimulés dans la doublure de la trousse médicale se trouvaient plusieurs ampoules de substance anesthésique ainsi que différents produits fabriqués en quantité limitée et dont l'utilisation était réservée aux ressortissants de la Fédération. Stavia fit une injection indolore de venin de guêpe dans l'épaule de

Susannah. Elles n'avaient rien imaginé de mieux pour provoquer une boursouflure analogue à celle qu'aurait entraînée une greffe. Quant à la jeune fille, après lui avoir administré un somnifère puissant, on l'expédia au lit. Quelques heures plus tard, tandis qu'elle dormait d'un sommeil de plomb, Stavia inséra l'implant, préalablement nettoyé à l'alcool, sous l'une de ses fesses, la partie la plus « sûre » de son anatomie, selon l'opinion de Susannah. On n'avait jamais vu un homme s'intéresser au postérieur féminin, elle était sur ce point catégorique.

— Sur les bras, les jambes, la poitrine, je ne dis pas. Mais là, pas de danger que son mari aille y voir.

— A son réveil, elle sentira de violents élancements, l'avertit Stavia.

— Je lui dirai qu'une grosse araignée s'est échappée de son lit. La sale bête l'aura mordue.

Dans l'après-midi, Susannah se rendit à la grande demeure. Elle exhiba son épaule tuméfiée. Le soir même, Résolution Brome se présenta au chalet. Allongée sur son grabat, les yeux fixés sur les bardeaux du toit, Stavia l'entendit donner l'assaut à son épouse, avec une violence disciplinée, comme on s'acharne sur un ennemi vaincu. Susannah pleurait encore, une heure après son départ. Bonne Mère qui êtes aux cieux, venez-lui en aide, songeait Stavia, ulcérée. Il existait des méthodes de contraceptions naturelles, plus ou moins fiables, mais c'était mieux que rien. Dès demain, elle ferait la leçon à cette pauvre femme. Quand elle aborda le sujet, cependant, Susannah se montra délibérément obtuse, et fermée à tout espoir d'améliorer son sort. C'était à peine si elle écoutait. Pour moi, il est trop tard, semblait vouloir dire son visage rétif. Il n'y a plus de remède à mon malheur.

Le temps passait lentement, péniblement, comme quelque chose d'estropié, de vieux. Susannah noua son foulard rouge au montant du porche, puis ce fut au tour de Chasteté. Les semaines se suivaient. Le fanion de Susannah flottait à nouveau.

— Et toi ? demanda-t-elle à Stavia. Tes impuretés tardent à venir, il me semble.

Un peu perplexe, la jeune femme s'était fait la même réflexion. Etait-elle réellement enceinte ? L'ablation brutale de l'implant, quelques heures seulement après les rapports sexuels, avait pu précipiter l'ovulation.

— Pourquoi viendraient-elles ? J'attends un enfant, je vous l'ai dit.

— J'en étais sûre ! Ces misérables, qui refusaient de te croire...

Le lendemain, sous bonne escorte, Stavia fut conduite au chalet abandonné, à la limite du domaine. Comme elle l'avait prévu, Chernon s'y trouvait déjà, installé comme chez lui. Il l'accueillit avec un sourire dont elle n'aurait su dire s'il était fâché, content ou sarcastique.

— Que tu le veuilles ou non, dit-il, tu es condamnée à me donner un fils.

— Rien n'est moins sûr.

Chernon parut tout interdit. L'angoisse se peignit sur ses traits.

— Pourquoi ? demanda-t-il.

— Et si c'était une fille, y as-tu songé ?

Il se détourna vivement. Elle eut le temps de voir la bouche affaissée, l'expression de dépit.

— N'y a-t-il aucun moyen de savoir ? murmura-t-il. Je croyais que les citoyennes avaient réponse à tout.

Stavia regardait par la fenêtre. Assis sous un arbre, Châtiment aiguisait un bâton. Deux de ses frères s'étaient installés de façon à surveiller les autres issues du chalet.

— Dans le temps, on pratiquait des tests pouvant déterminer le sexe du fœtus. On pouvait aussi suivre son développement et même écouter battre son cœur. Ces mystères nous échappent. Pauvre Chernon ! Il faut t'armer de patience. Neuf mois, c'est bien long.

– Il faudrait surtout que je vive assez vieux, maugréa-t-il.

– Au fond, pourquoi nous retiennent-ils ? demanda-t-elle avec une feinte innocence. S'ils ont besoin d'une infirmière, ils doivent bien penser que je ne leur serai d'aucune utilité sans matériel et sans médicaments.

Chernon poussa un bref ricanement.

– Es-tu donc si niaise que tu ne voies rien ? Ils attendent avec impatience que tu fasses une fausse couche. Après s'être débarrassés de moi, ils te jetteront sur le marché des épouses, une denrée rarissime, à ce qu'il semble. La compétition sera serrée entre Vengeance et Châtiment. Le petit Narcisse est éliminé.

– Rien ne les empêche de te tuer, avec ou sans progéniture.

– Sans doute, mais si tu deviens mère, personne d'autre ne te touchera.

– Tu ne convoiteras pas le bien d'autrui, répliqua-t-elle avec une ironie amère. Celui dont je reçois le précieux fluide, celui-là devient mon seigneur et maître, voilà où nous en sommes ?

– Exactement ! Fini les coquetteries, les tergiversations. Tu portes mon enfant, tu es mienne. Si tu accouches à terme, tu seras protégée. Dans cette éventualité, ma mort ne présenterait pour eux aucun avantage, au contraire. Je me suis déjà engagé à leur procurer d'autres femmes.

– Où irais-tu les chercher ? A la bergerie ?

– Rien de plus facile ! Après tout, je ne ferais que mettre à exécution le plan de mes supérieurs. Michael et Stephon veulent attaquer votre belle cité et la soumettre. Tu tombes des nues, n'est-ce pas ? Ils auront avec eux toute la garnison. Ceux de Peggytown et d'Emmaburg suivront notre exemple. Agathaville tombera, elle aussi. J'ai confiance. Si tout se passe comme nous l'espérons, le mouvement s'étendra. Bientôt, toute la Fédération sera en notre pouvoir.

Stavia le dévisageait, frappée de stupeur et d'effroi.

— Mais pourquoi ? s'écria-t-elle. Pourquoi cette folie ?

L'espace d'un instant, Chernon fut pris de court. Pourquoi, en effet ? Il haussa les épaules.

— N'êtes-vous pas heureux dans vos casernes ? N'avez-vous pas à volonté nourriture, vêtements, distractions ? Quelle rage de travailler vous saisit tout à coup ? Les braves sont-ils si las de manier la lance ou le glaive, qu'ils veulent se transformer en bergers, en boutiquiers ?

— Qui te parle de travailler ? Vous continuerez à faire le sale boulot. Nous saurons bien vous y obliger, ajouta-t-il, voyant son air de défi.

Stavia le toisa de la tête aux pieds, méprisante.

— Vous pourriez vous inspirer des mœurs de cette charmante tribu. Ici, les hommes ont la manière pour se faire obéir des femmes.

— Ils ne s'y prennent pas trop mal, reconnut Chernon, sans humour.

— Et cet honneur, dont tu m'as rebattu les oreilles ?

— Je ne crois pas m'être rendu coupable d'aucun manquement à l'honneur. Je rentrerai à temps à la garnison.

— Avec ou sans moi, je suppose ?

— Je n'abandonnerai pas mon fils, sois-en sûre.

Félicité, la première, souleva le problème de l'inconvenance d'une telle situation. Abondance se rangea à son avis.

Félicité prit son fils aîné à témoin.

— Si encore elle était tondue ! Jusqu'à présent, aucune de nos coutumes n'a été respectée.

— Ils sont mari et femme, disent-ils, mais qui nous l'assure ? renchérit Abondance. Si cette femme est mariée de la main gauche, elle ne sera jamais veuve non plus.

Vengeance et Châtiment transmirent les doléances au patriarche. Après mûre réflexion, celui-ci décida que le mariage devait être célébré selon le protocole de la Terre promise.

Après avoir ligoté Stavia aux coins du vieux lit, les deux frères entraînèrent Chernon dans la forêt. Les épouses furent chargées du soin de procéder aux actes rituels. Abondance rasa le crâne de la prisonnière ; les trois autres la flagellèrent à l'aide de petites branches de saule bien flexibles qui laissaient sur la peau d'horribles estafilades. Félicité aurait volontiers continué jusqu'au matin, si Susannah n'y avait mis le holà.

— Cela suffit, déclara-t-elle. Cette femme porte un enfant.

— Tu ne faisais pas tant la délicate, lorsqu'il s'agissait de moi, rétorqua Sérénité.

— Je me souviens. Tu n'étais pas enceinte.

— La belle affaire ! Elle perdra le petit, et après ? Ils n'attendent que ça.

— Elle pourrait bien y laisser la vie.

L'espace d'une longue minute, personne ne dit mot, puis les cordes furent dénouées. Trois des tortionnaires s'en furent. Il ne resta que Susannah.

L'humiliation s'était posée comme une main brûlante sur l'esprit de Stavia. Ces souffrances atroces n'étaient rien à côté de la rage qui lui martelait les tempes. Quel bruit ! Tout son être se recroquevilla et se tut. Elle regardait Susannah.

— Il faut interpréter le supplice du fouet comme une mesure préventive, souffla celle-ci d'une voix brisée. Ton mari fera bien pire si tu te soustrais à ses exigences. Quand on a tâté du fouet, on n'a guère envie de provoquer celui qui a le pouvoir de s'en servir.

— Et le crâne rasé, marmonna Stavia sans desserrer les dents, comment l'expliques-tu ?

— Une femme laide jamais n'excitera le désir des hommes, récita Susannah. La fornication est un devoir sacré. Le péché serait d'y trouver du plaisir.

Stavia se tourna en gémissant. Son dos n'était qu'une plaie.

— Ces lois indignes, leurs lois, n'ont d'autre but que d'entretenir la servitude dans laquelle l'homme tient la femme, tu le sais, dit-elle, haletante. Il s'agit de lui imposer une dépendance si avilissante qu'elle oubliera tout respect d'elle-même et perdra jusqu'à sa liberté de conscience.

— Par pitié ! N'ajoute rien, plus un mot... Si je n'étais pas intervenue, elles t'écorchaient vive. Que pouvais-je faire de plus ?

— Va chercher ma trousse. Vite !

— Ils l'ont emportée, bredouilla Susannah à travers ses larmes. Pour la récupérer, il faudrait l'autorisation de ton mari. De lui seul tu peux obtenir la permission de te servir de ces ustensiles pour ton usage personnel.

Susannah se trompait. Chernon subissait d'autres rites d'initiation, propres à son état. Aussi longtemps qu'il n'aurait pas été admis dans la société des chefs de famille, le privilège de décider de ce que sa femme pouvait faire ou ne pas faire lui serait refusé. La trousse médicale resta sous bonne garde, dans la demeure de Résolution Brome. Personne ne prit la peine d'en examiner le contenu.

L'infection dévorait peu à peu le dos de Stavia. Quelques jours plus tard, à bout de souffrance et l'esprit engourdi par la fièvre, Stavia tenta de faire la belle. Narcisse était de garde ; assis sur les marches du porche, il dormait à poings fermés. La course éperdue de la jeune femme, ponctuée de chutes, l'avait presque conduite à l'orée du bois lorsque son geôlier se réveilla. Il aperçut la pâle silhouette zigzagante et dans sa frénésie, empoigna le seul outil qu'il avait sous la main avant de s'élancer. Au lieu d'assommer la fugitive, il lui assena sur la tête un coup foudroyant, du tranchant de la pelle.

Un éclair silencieux, brûlant, se vrilla dans son crâne. Une flaque d'obscurité s'étalait à ses pieds. Stavia plongea droit dedans et se mit à descendre, à descendre...

A son retour, Chernon la découvrit sans connaissance et baignant dans son sang. Il aurait tué Narcisse, si les autres ne s'étaient interposés. Fou de rage, il ne versa pas une larme.

Répétition.

IPHIGÉNIE : Il faut te résigner, bouillant Achille.
Quand on est mort, on rencontre certaines difficultés à se faire obéir. Même les femmes rechignent à
la besogne.

ACHILLE : Suis-je donc, moi aussi...

IPHIGÉNIE : Tu es un spectre. Terminés, les massa-
cres, sévices en tout genre et dépravations. Tu ne
humeras plus l'odeur des champs de bataille. Ombre parmi les ombres, tu erres sur les chemins du
songe.

ACHILLE : Ne suis-je pas un héros ? Ne suis-je pas
immortel ? Les poètes l'affirment. Ma place est
parmi les dieux !

IPHIGÉNIE : Les dieux sont-ils morts ?

ACHILLE : Les dieux sont la résurrection et la vie.

IPHIGÉNIE : De ton vivant, tu marchais au milieu
d'eux.

ACHILLE : Moi ?

POLYXÈNE : Toi, moi, nous tous.

ACHILLE : Que disaient donc les poètes ?

IPHIGÉNIE : Vivant, Achille était immortel. Mort, il
entre dans la légende du monde. Est-ce assez de
gloire ?

POLYXÈNE : Comme les poètes ont à cœur de flatter
vos petites vanités !

Achille sanglote.

POLYXÈNE : Il pleure comme un enfant. Plaignons le
  cher petit !

— Un instant, coupa le metteur en scène. Stavia,
pour la réplique suivante : « Tes bourreaux pleuraient-ils... », penche-toi et touche-lui le visage.

— Toucher le visage d'Achille ? Comment ?

— Du bout des doigts, pour t'assurer que ses larmes
ne sont pas feintes. A la fin, quand tu achèves ta dernière tirade, pose ta joue contre la sienne.

De sa main tendue, Stavia effleura le visage de
Joshua.

IPHIGÉNIE *s'adressant à Polyxène* : Je veux savoir.
  Tes bourreaux pleuraient-ils, lorsqu'ils t'ont égorgée ?

Stavia retira sa main et, stupéfaite, contempla ses
doigts humides, puis le visage de Joshua, bouleversé.

— Pas un ! s'écria Polyxène. Pas un ne pleurait !

— Mes bourreaux, comme les tiens, avaient les
yeux secs, dit Stavia d'une voix rauque.

L'âcre souvenir la prit à la gorge. Elle ne pouvait
plus parler.

30

Morgot assistait à une réunion du Conseil lorsqu'une secrétaire vint lui dire en aparté qu'un serviteur s'était présenté et désirait la voir sur-le-champ. S'il s'était agi de Joshua, la secrétaire l'aurait désigné par son nom. Morgot la suivit, un peu agacée de cette interruption contraire aux usages. Son impatience s'évanouit lorsqu'elle reconnut Corrig, blanc comme un linge.

— Stavia ! fit-elle dans une exclamation étouffée.

— Oui, madame. Je suis aussi le porte-parole de Joshua. Nous avons ressenti la même chose, quelques instants auparavant.

— Est-elle blessée ? Grièvement ? (Morgot se plaqua les mains sur la bouche.) Morte ? murmura-t-elle.

— Elle vit, madame. Joshua recommande de partir sans délai. Je pense la même chose.

— Où se trouve-t-elle ?

— C'est difficile à dire. Trop loin pour que nous puissions déterminer le lieu exact.

— Vous aurez besoin d'un chariot pour le transport... du matériel indispensable.

— Septimius nous conduira sans doute. Joshua est allé le trouver, il espère pouvoir le convaincre. Le baladin pourrait bien se révéler plus utile que nous n'imaginons. Il en sait long.

— En quoi puis-je vous être utile ?

— Joshua vous prie de solliciter la permission du

Conseil. Nous souhaiterions emmener Jeremiah, ainsi que les deux nouveaux arrivés.

— Jeremiah, le serviteur de ma collègue Jessie ? Pourquoi justement lui ? Et pourquoi les serviteurs de Carol ?

— Leur pouvoir de perception est plus développé que le nôtre, expliqua Corrig. Ils discernent plus vite, et plus loin que n'importe lequel d'entre nous.

— Va, cours les chercher. J'exposerai la situation aux conseillères.

— Encore une chose, madame. Le malheur qui frappe Stavia n'est que le signe avant-coureur d'un danger beaucoup plus vaste. Joshua a beaucoup insisté sur ce point.

Morgot fixait sur lui le regard altéré de ses yeux pâles, yeux de fantôme, pris dans la peur.

— La garnison ? Ils préparent quelque chose ? Une offensive ? Est-elle imminente ?

— Il vous reste un peu de temps. Mais soyez sur vos gardes.

Stavia était la Princesse des Neiges. D'une main, elle tenait une gerbe de blé ; de l'autre, un poignard. Le Conseil l'avait chargée de retrouver la piste du troupeau de rennes femelles. On lui avait mis sous le nez l'illustration d'un vieux livre.

— Regarde, voici un renne.

Deux croissants de lune lui poussaient sur le front et formaient un angle avec les ramifications imposantes des andouillers, projetées en arrière.

— Leur taille est celle d'un âne, à peu de chose près.

Chez les femelles, le poitrail était couvert de longs poils blancs. Elles avaient la langue vorace, et les naseaux tout barbouillés d'écume. Lui avait-on fourni ces détails ou les avait-elle pris dans un autre livre ?

D'ailleurs, pourquoi lui avait-on confié cette mission ? D'autres, certainement, auraient été plus qualifiées. Les cerfs, lointains cousins du renne, ne leur étaient pas tout à fait inconnus, pour commencer, elles savaient les manœuvrer. Quelle idée d'avoir choisi quelqu'un d'inexpérimenté ! Comme elle s'en étonnait, il lui fut répondu que le troupeau constituerait sa dot.

Elle n'était pas du tout certaine de savoir en quoi consistait une dot. Elle avait oublié pourquoi il lui en fallait une. Toute l'affaire revêtait un caractère d'urgence dont elle était obligée de tenir compte. De gré ou de force, il fallait en passer par là. N'était-il pas étrange qu'elle eût perdu ses propres vêtements dans l'aventure ? On l'avait affublée d'un énorme manteau fourré, d'une casquette à oreillettes qui se fermait sous le menton et d'une paire de bottes capables de franchir sept lieues d'un coup. Elle était nue sous le manteau.

Elle ferait aussi bien de sortir hardiment et d'affronter le froid. Une bonne âme lui avait tracé le chemin. Là-bas, entre les collines, une échappée recelait la sombre muraille de la forêt. Quelqu'un d'autre lui avait désigné la procession d'empreintes fourchues, vaguement triangulaires, que les bêtes avaient laissées dans la neige.

— Elle ne s'en remettra pas, dit une femme.

Celle qui avait parlé s'approcha et resserra le pansement autour de sa tête. Elle promena un linge sur son visage couvert de sang. Stavia ne réagit pas.

— Pourquoi l'as-tu frappée ?

— J'aurais dû rester les bras croisés ? Elle se sauvait ! cria une voix d'adolescent, trop provocante, presque défensive.

— Que feras-tu d'elle, à présent ? Tu comptais la tuer, peut-être, et te coucher sur son cadavre pour faire ton devoir ? Vaurien ! Ne la laisse pas ainsi à demi dévêtue...

Stavia entendit la première gifle, puis le cri.

— Silence, femme ! Est-ce ainsi que l'on parle à son fils ?

Cette voix, Stavia l'aurait reconnue entre toutes : c'était celle de l'ogre. La querelle ne la concernait pas. Il était temps de partir à la recherche du troupeau dont la piste l'entraînait au plus profond de la forêt. Malgré la nuit, les foulées restaient bien visibles sur le sol, elles scintillaient comme une douce Voie lactée. Stavia se laissa guider.

— Tu vas la guérir de sa blessure, commanda l'ogre.

— Je ferai de mon mieux.

Le ton de la dignité offensée.

— Tu feras comme je l'ordonne.

— Mon mari, je ferai de mon mieux. Suis-je magicienne, pour recoudre les têtes ? Si ton fils avait été moins pressé, elle aurait eu le temps de m'enseigner certains de ses secrets et je saurais comment m'y prendre. De quelle utilité me seront les objets que contient sa trousse ? Je ne saurais même pas les nommer. Narcisse est un vrai bûcheron. Il met toute son ardeur à fendre le bois ; il fait de même avec les crânes. La fille va mourir.

— Une diablesse de moins !

— Si le diable est en elle, je ne l'ai point vu, répliqua la femme sur le même ton de sincérité opiniâtre. M'a tout l'air d'une pauvre femme dont on a usé et abusé. M'a tout l'air d'une épouse. Souillée, battue, rasée, affamée.

Une seconde gifle claqua suivie d'une exclamation. Ni surprise ni douleur, plutôt un rituel. Percussion et répercussion, la gifle et son écho.

— Guéris-la !

L'injonction contenait une menace, une promesse de souffrance. Stavia épia le silence.

— Nous verrons bien, dit la femme. (Les mots semblaient sortis de l'ombre. Ils n'exprimaient plus qu'une lassitude infinie, une tristesse qui entrait dans le cœur.) Je retourne au chalet. Je vais chercher ce dont j'ai besoin.

La femme s'évanouit dans la distance.

Qu'ils se débrouillent ! Stavia retourna à ses empreintes. Le ruban de sol piétiné serpentait entre les arbres. Plus loin, la forêt semblait prise dans un éblouissement, une stridence de lumière, comme si la neige était douée de phosphorescence. Tout à coup, elle les vit, immobiles comme des statues de granit, leurs bois saisis dans la clarté, découpés à l'emporte-pièce contre les troncs d'arbres. Elles respiraient, cependant. Exhalée des mufles noirs, leur haleine se transformait en panaches évanescents. Il ne lui restait qu'à présenter le blé en guise d'appât. Les femelles la suivraient et rentreraient bien docilement au bercail.

Un bramement s'éleva derrière elle. Stavia fit volte-face et découvrit la source de la lumière. Du même coup, elle sut que les femelles ne s'étaient pas échappées. Lui, le mâle, les avait conduites ici. La tête fièrement dressée sous la ramure immense, le grand renne dictait sa loi. Les femelles lui appartenaient, toutes. C'était son troupeau. En pénétrant sur son territoire, Stavia s'était placée d'office sous l'autorité du chef. Dans le troupeau, comme les autres ! Elle était sienne, désormais, à son entière disposition. Il était le roi de la forêt. La blanche crinière qui lui garnissait les épaules et le poitrail proclamait sa souveraineté.

— Que fait donc cette femme ? tonna l'ogre. Chasteté, va chercher ta mère. Dépêche-toi !

— Tout de suite, papa.

Une voix fraîche et tremblante de jeune fille. Que faisait donc une jeune fille dans cette maison de fous ?

— Elles sont à moi ! bramait le renne. A moi !

— Soyez raisonnable, dit Stavia. N'exigez pas l'impossible. Ce troupeau me sera plus utile qu'à vous.

— Je suis le roi. Ces femelles sont ma propriété.

Baissant le front, il braqua ses andouillers sur l'intruse. Son sabot gratta le sol.

— Si encore elles vous servaient à quelque chose ! ironisa Stavia. Quand elles vous donnent des enfants mâles, vous provoquez ceux-ci en combat singulier, et vous les tuez l'un après l'autre. On prétend gouverner un troupeau et l'on n'est pas maître de soi !

— Elles sont miennes !

La jeune fille poussa un cri plaintif, une modulation remplie d'effroi, délicate comme un piaulement d'oiseau.

— Elle est morte, balbutia-t-elle. Morte !

— Morte ? répéta l'ogre. Ta mère est morte ?

– Pendue à la poutre maîtresse... Je ne puis la décrocher, je suis trop petite.

La nouvelle sema une certaine confusion. Stavia n'en avait cure. Elle tenait le couteau dans sa main droite ; elle portait un rouleau de corde en travers de l'épaule gauche.

– Acceptez-vous de me céder le troupeau ? demanda-t-elle au roi de la forêt. J'ai besoin de vos femelles. Plus important, elles ont besoin de leur liberté. Les avez-vous jamais appelées par leurs noms ? Ces noms, propriété inaliénable de chacune, en connaissez-vous un seul ?

– A moi ! A moi ! s'époumonait le renne. A moi le pouvoir, et la gloire, et les femmes, et tous mes descendants !

La corde s'élança, sinueuse, infaillible, fil directeur de conscience et de volonté. Par deux fois, elle s'enroula autour des puissants merrains, cingla l'air et ceignit le tronc d'un arbre proche. Le renne bramait et se cabrait. Stavia devait aller vite. Par miracle, une seconde corde lui surgit dans la main ; celle-ci se savait destinée à entraver les antérieurs de l'animal. Elle lui mordit les chevilles. Couché sur le flanc, il haletait. Stavia brandit son poignard et marcha sus à l'ennemi. Elle se jeta contre le grand corps musculeux, tressaillant, qui empestait. Elle plongea son arme à la base du cou, l'arracha et recommença, encore et encore. Le renne poussait des mugissements à lézarder la terre. Tout en lui donnant la mort, elle prononça quelques mots décousus, mots de théâtre, pleurer ou ne pas pleurer.

Sa tâche accomplie, elle ramena le troupeau dans son enclos. Tandis qu'elle s'éloignait, les cordes magiques se délièrent, l'animal se leva, s'enfonça dans l'ombre des arbres et devint lui-même une ombre. Autour d'elle, troublant le silence de leur souffle paisible, les bêtes emplissaient leurs poumons de nuit.

– Ce que j'ai fait, je l'ai fait pour vous, leur dit-elle. (Puis, de retour dans la communauté des hommes, elle annonça :) Les voici, toutes les femelles du troupeau. Il n'en manque pas une.

— Si tu survis à ta blessure, tu en auras bien besoin. Où trouveras-tu une autre dot ?

— Bouclez-la dans le cabinet noir ! hurla l'ogre, au comble de la rage.

— Il n'en est pas question, s'interposa Chernon. Cette femme est grièvement blessée, elle est en état de choc. N'avez-vous donc personne d'autre qui puisse lui apporter des soins ?

— Susannah était la seule guérisseuse, par ici. Il y a bien une aïeule, quelques vallées plus loin, mais nous n'allons pas prendre cette peine. Enfermons-la dans la petite pièce de derrière et advienne que pourra. Qu'elle meure, si telle est la volonté du Très-Haut.

La riposte de Chernon fut brève. Un coup fut frappé, un corps s'écroula. L'obscurité recouvrit tout. Elle sentait la présence épaisse du troupeau dont l'odeur lui montait à la tête.

— Si tu vis, tu auras grand besoin de nous, dirent les bêtes. Viens. Nous te conduirons au bout de la nuit.

Vaillant, vingt-huit ans, fils de Félicité Brome, avait toutes les peines du monde à se faire obéir d'un jeune bélier récalcitrant qui refusait de prendre le chemin de l'enclos. Rien d'étonnant à ce que l'animal, subtilisé au cheptel de la bergerie, eût le diable au corps, et s'il n'avait tenu qu'à lui, Vaillant l'aurait abandonné aux coyotes des solitudes. Malheureusement, cette résistance acharnée contre laquelle il fallait se battre pied à pied était le plus sûr garant d'une vigueur prometteuse, et nul n'aurait osé prendre le risque de relâcher le bélier de peur de provoquer la sainte colère du vieux. Résolution Brome était à cran, tous le savaient, et la tribu filait doux. Pas plus tard que la veille, Susannah s'était pendue haut et court à la grand-poutre de son chalet, la diablesse avait été transportée dans le cagibi dont elle ne sortirait que les pieds devant, selon toute vraisemblance, et son soi-disant mari avait été étendu raide d'un coup de poing pour avoir osé en venir aux mains avec le patriarche. Celui-ci ruminait tous ces événements avec sa tête des mauvais jours et ce n'était pas le moment de lui chercher noise.

Le bélier sauvage était dans l'enclos. Vaillant se hâta de fermer la barrière et respira. Il était sur le point de s'engager sur le sentier conduisant au campement des célibataires quand quelque chose dégringola d'un arbre et se dressa devant lui. Une créature carnassière, car ses dents luisaient comme des crocs dans la pénombre.

Vaillant éprouva sur-le-champ une peur irraisonnée, un spasme affreux de la pensée. Il n'était plus lui-même. Le cœur lui battait contre les côtes, un grand vide s'était ouvert en lui par lequel s'enfuyait sa volonté... Il voulut plonger dans les buissons. Un fardeau glacé s'abattit sur ses épaules. Il fut jeté à plat ventre ; la créature se jucha à califourchon sur son dos, l'empoigna par les cheveux et lui tira la tête en arrière.

— Chernon ? demanda une voix d'outre-tombe. Qu'est devenu notre ami Chernon ?

Vaillant émit d'atroces gargouillements. Les deux syllabes lui tourbillonnaient dans la tête. Chernon, connais pas. Qu'est-ce qu'un Chernon ? Une décharge de douleur lui traversa la main. Son cri s'étrangla.

— Chernon ? De quoi, de qui parles-tu ?

Les mots s'échappaient de sa gorge, balbutiants, brouillés de terreur. De sa grosse patte, le zombie lui écrasa le visage contre le sol et l'y maintint, pesant de tout son poids. Le gravier lui entrait dans la joue.

— Vous avez fait deux prisonniers, un homme et une femme. L'homme s'appelle Chernon. En réalité, il n'a rien d'humain ; c'est un démon, comme nous. Il est notre ami et nous sommes à sa recherche.

— Vous le trouverez chez le vieux, là-haut, dans la

grande baraque ! gémit le pauvre Vaillant. Pour la fille, c'est pas de chance. Narcisse lui a flanqué un coup de pelle sur la tête. Depuis, elle n'a pas desserré les dents.

— C'est une honte de l'avoir frappée ! tonna la voix sépulcrale. Un ange va descendre et l'emporter au firmament. Vous expierez durement ce crime.

Par la suite, revivant ce moment, le plus terrible de toute son existence, Vaillant s'imagina que la fureur du monstre dissimulait une angoisse bien réelle. Sur le moment, cette idée saugrenue ne l'effleura point. Un choc derrière l'oreille lui fit voir trente-six chandelles. Il oublia tout.

— Narcisse ! fulmina l'un des revenants. Il doit nicher dans le campement, comme tous les hommes sans foyer. Celui-là, j'en fais mon affaire.

— Pendant ce temps, nous irons exhiber plus loin nos masques diaboliques, dit la voix de baryton. Le vieux demeure là-haut, sans doute, dans l'habitation principale ?

— Combien de temps vous faudra-t-il ? Une heure ?

— Dans le meilleur des cas.

— Lequel d'entre vous a les plumes ?

— Elles sont en sûreté, dans ma besace. Pas de danger que je les oublie.

Le hasard voulut que Narcisse Brome, pris d'un besoin pressant, quittât le campement pour aller s'isoler dans la forêt. Une formidable poussée entre les omoplates l'envoya le nez dans la poussière du chemin. L'ennemi invisible fondit sur sa proie et la cloua au sol.

— Narcisse ?

Un chuchotement à son oreille. Tout grelottant de peur qu'il était, Narcisse bredouilla un acquiescement.

— Tu as levé la main sur une sainte femme, Narcisse. Une guérisseuse de l'espèce la plus sacrée.

La peur, tout à coup, céda la place à l'indignation.

Narcisse se contorsionna dans un vain effort pour désarçonner l'adversaire.

– Une sainte, cette débauchée qui se baladait en cheveux, à moitié nue ? Aussi sainte que l'étaient les prostituées de Babylone ! Elle s'ensauvait, si vous voulez le savoir...

– Tu as la tête dure, petit. Te laisserais-tu convaincre par des mots écrits en lettres de sang ?

Narcisse s'attendait au pire. Sa chemise fut déchirée. Il sentit sur son dos la pointe d'un couteau et souffrit mille morts tandis que la menace était mise à exécution. Un coup sur la tête abolit toute souffrance.

Des clameurs s'élevèrent dans la vallée. Elles se fondirent en une grande rumeur effarée. Une colonne de feu et de fumée montait de la grange du vieux Jepson.

– Le feu purificateur, excellente idée !

Le revenant marchait d'un bon pas en direction du campement. Peu après, le bâtiment qui servait de réfectoire était la proie des flammes.

Dans le réduit étouffant situé sur l'arrière de la grande maison, Stavia gisait au fond d'une noire hébétude. Parfois, au gré de la tiède dérive de sa conscience, une pâle lueur s'allumait. Elle entrait alors dans un espace gris au centre duquel se produisait une infime trépidation, semblable au crépitement de la pluie. Cette fois, le bruit évoquait des coups légers frappés contre la vitre. Un rameau agité par le vent. Elle perçut son nom, prononcé dans un souffle. Lueur tremblante d'abîme. A travers elle filtrait, inutile, le frôlement gris de la branche.

– Stavia !

Un gémissement fut sa seule réponse. Un gémissement prolongé, impérieux, elle n'avait rien de mieux à offrir pour alerter la forêt, la nuit, la petite branche indiscrète, ce rien qui respirait au-dehors. Ils devraient s'en contenter. Tout était silencieux dans le vague de la maison. Nul ne parlait. Il n'y avait que sa propre voix qui gémissait et pleurait.

Avait-elle rêvé ce chuchotement ? Etait-elle seulement endormie ? Le murmure pouvait-il être le simple écho d'une réalité toute proche, tamisée par la tristesse, la peur, la solitude ? Pourquoi la nuit était-elle si sombre ? Rassurants, ces bruits furtifs lui faisaient mal. Gémir lui faisait mal. Epuisée, elle se recroquevilla dans le noir.

A l'autre bout du monde prit naissance un cataclysme de bruits qui se rapprochaient par rafales menaçantes, comme si les collines se répandaient en imprécations mortelles, les unes à l'adresse des autres.

A l'étage au-dessus, cris, piétinements, portes claquées. On dévalait l'escalier. Le gris s'estompait, refoulé par de lourdes vapeurs nauséeuses. Le vacarme hideux inventait des couleurs sales.

A proximité du lit se fit un fracas clair et violent. Aussitôt, sur son visage passa la caresse onglée de l'air froid. Un soupir lui échappa.

— Elle est toute ligotée, dit quelqu'un. Maudite engeance !

Une clarté diffuse, comme pouvait en projeter une lanterne, éclaira son visage. Elle se détourna. Même la lumière était douloureuse. Une fois ses épaules libérées du poids qui les oppressait, elle se sentit soulevée, et de souffrance, poussa un cri. Des choses tendres lui entrèrent dans la bouche, des doigts, pour étouffer ses cris. Elle y planta les dents. Quelqu'un jura.

— Stavia, ma petite enfant, c'est moi, Joshua. Nous sommes venus te chercher. Sois sage. Une piqûre et tout ira mieux.

Il y eut encore un pincement brutal au bras, une nouvelle cruauté contre laquelle elle s'insurgea avec des forces déclinantes, assistant de loin au lent naufrage de sa conscience, à la déroute progressive de sa volonté. Au milieu de toutes les sensations, froid, douleur et mouvement, surgissait une lassitude terrible. Elle céda au plaisir de s'abandonner.

– Ramassons les cordes, rabattons les couvertures, dispersons les plumes... disait Joshua.

Ils traversèrent la maison vide et sortirent par le porche, emportant la prisonnière. Ils gagnèrent le couvert des arbres.

Elle somnolait dans les bras de Joshua. Un homme marchait à côté d'eux et lui parlait sans cesse. Sa voix lui était familière.

– Je suis Corrig, disait-il. Tu es sauvée, Stavia. Tu es libre.

L'ombre la recouvrit.

La grange des Jepson fut réduite en cendres. Courant d'un lieu à l'autre, ils évaluaient les dégâts à la lueur des flambeaux. Si le réfectoire des célibataires tenait encore debout, toute la façade avait été détruite. Vaillant leur montra son dos supplicié. Triste spectacle. « Une sainte femme ! » pouvait-on lire, en déchiffrant les chairs tailladées. De qui s'agissait-il ? lui demanda-t-on. Après avoir écouté ses explications fébriles, on se souvint brusquement de Stavia et toute la troupe fit mouvement vers la demeure du haut de la colline.

La petite pièce ne donnait aucun signe d'avoir été habitée. Non seulement la prisonnière avait disparu, mais les cordes qui avaient maintenu ses bras aux montants n'y étaient plus et le lit semblait n'avoir accueilli personne. Sur le sol étaient éparpillées de grandes plumes blanches.

– Le monstre a promis qu'elle allait s'envoler sur les ailes d'un ange ! s'écria Vaillant. C'est ce qu'il a dit, je ne rêve pas ! Et Susannah, vous vous souvenez ? Elle nous reprochait de l'avoir frappée.

La réaction du vieux Brome ne se fit pas attendre. Rien ne bougea sur son visage mais d'un revers foudroyant de la main, il écorcha la bouche de son fils. Interdiction, désormais, d'évoquer devant lui le souvenir de la morte. Son nom lui causait cette sorte d'instinctive horreur, cette épouvante qu'éprouve tout homme superstitieux à la pensée de subir l'étreinte d'un fantôme. Tout s'était gâté depuis l'arrivée des deux étrangers. Si une erreur avait été commise de bonne foi, il fallait la corriger. Mieux valait admettre son erreur que de laisser se répandre le poison du doute.

Jepson se présenta, accompagné de ses fils aînés. La gravité de la situation exigeait la réunion d'un conseil de guerre. Vaillant fut mis sur la sellette. A nouveau, il ôta sa chemise, puis répéta ce qu'il avait vu et entendu. « Le démon voulait savoir où se trouvait Chernon, car il est l'un d'eux ! » affirma-t-il. D'autres témoignages confirmèrent le sien ; plusieurs personnes avaient aperçu les créatures fabuleuses et entendu leurs voix. La connivence de Chernon avec les forces du mal ne faisait aucun doute. La preuve en était que le gredin, sentant le vent tourner, avait décampé. Une battue avait été organisée. On avait bon espoir de le retrouver et de le ramener, mort ou vif.

– Il paraît que Susannah a sauté le pas, murmura le vieux Jepson, et son regard parut s'assoupir. Comment a-t-elle pu en arriver là ?

Brome fit la sourde oreille. Pris d'un zèle inconsidéré, Vengeance répondit à la place de son père.

– Elle a laissé une lettre, dit-il. Elle en avait assez d'être battue.

Jepson fronça d'énormes sourcils.

– Châtiée, corrigea-t-il. Elle a voulu se dérober aux justes châtiments.

– Battue, insista Vengeance. C'est ça et pas autre chose qu'elle a écrit. Et aussi : « Plutôt la mort que de subir cet homme encore une fois. » C'est de papa qu'elle parlait.

Résolution Brome fit deux pas vers son fils et lui envoya un crochet en pleine figure.

Narcisse était resté à l'écart. Une étrange amertume l'envahissait. Les pensées les plus folles lui roulaient dans la tête et l'envie lui venait de crier, comme si la peur était un mur et les mots des poings pour le marteler. En balançant le tranchant de la pelle sur le crâne de cette femme, qu'elle fût sainte ou pécheresse, il avait commis une faute bien plus grave que le vieux ne serait jamais prêt à le reconnaître. Du coin de l'œil, il enregistra le regard flamboyant de Vengeance qui tenait sous son nez un mouchoir rouge de sang. Pour le plus jeune, ce regard fut une révélation.

Vengeance tenait le père en horreur. Sa haine se propagerait à travers la Terre promise comme un prélude d'Apocalypse.

La bienheureuse inconscience nocturne lui échappait. A regret, elle vit s'insinuer l'aube grise et rampante. Elle se sentait ballottée, sans trop de douceur. Quelqu'un se livrait à des expériences, dans la région de son occiput.

— Bienvenue parmi nous, dit Joshua. Je suis en train de nettoyer cette vilaine blessure. Si je te fais trop mal, tu as la permission de hurler.

— Ils m'ont frappée, expliqua-t-elle. Quand j'ai voulu m'enfuir... Quelqu'un a surgi par-derrière et j'ai reçu un coup terrible sur la tête.

Ses lèvres enflées articulaient des sons étranges, à peine identifiables.

— Ton agresseur n'y est pas allé de main morte, en effet.

Un souvenir émergea des convulsions obscures de sa mémoire. La peur, soudain, la rattrapa. La menace portait un nom.

— Où est Chernon ?

— Que marmonne-t-elle ?

— Elle veut savoir où est Chernon.

— La dernière fois que je l'ai vu, il courait de toute la vitesse de ses jambes pour échapper à la meute de ses poursuivants.

Cette voix inconnue... C'était donc vrai, des anges étaient venus la délivrer.

— Etes-vous mes anges gardiens ? balbutia-t-elle avant de sombrer à nouveau.

— Si nous ne l'étions pas, pourquoi aurions-nous laissé des plumes dans ta cellule ?

Quand elle s'éveilla, le monde rendu à l'immobilité était parcouru de reflets. Une halte, un feu de camp, devina-t-elle. Plusieurs silhouettes allaient et venaient. On avait glissé un oreiller sous sa tête. Son garde-malade essayait sans succès de lui faire avaler quelques cuillerées d'un breuvage chaud.

— Ils vont nous tomber dessus, dit-elle à haute et intelligible voix.

— Rien à craindre, dit Corrig. Ils n'oseraient même pas se lancer à nos trousses. Calfeutrés dans leurs hameaux, ils redoutent que les démons ne reviennent les tirer par les pieds.

— Quels démons ?

Elle perdit conscience avant d'entendre ses explications.

— Un ange... avec de vraies plumes ? s'enquit-elle à son réveil.

— Une pleine brassée de plumes, cadeau de Septimius. Des accessoires de scène.

— Etrange et belle idée. Anges ou démons, qui êtes-vous donc ?

Ils répondirent tous en même temps. Mêlée aux autres, la voix de Septimius.

— ... un peuple grossier, superstitieux... épuisé par les unions consanguines, la race s'éteindra bientôt... il s'agissait de répandre la consternation et de désamorcer la révolte...

C'en était trop pour Stavia. Elle se refugia dans la solitude et la nuit.

Son esprit oscilla longtemps dans les fluctuations les plus incohérentes. Perdue entre le battement du sang à ses tempes et la vague persistance des bruits environnants, elle remontait vers la lumière. Les intervalles de lucidité se rapprochaient. Parvenue au bord de la réalité, elle éprouva un grand froid. Elle se trouvait allongée dans la roulotte de Septimius, comme jadis le vieux Bowough. Ils seraient bientôt à Marthatown. Joshua et Corrig avaient eu le pressentiment d'un malheur ; ils s'étaient mis en route sur-le-champ. La première blessure infligée par Chernon arrachant l'implant, le supplice du fouet, puis Narcisse, portant le coup de grâce avec sa pelle, chaque fois, les serviteurs avaient ressenti un choc en retour, sous la forme d'un rêve fugace et singulier. Encore engourdie, les idées confuses, elle était partagée entre l'incrédulité et l'émerveillement. Mystérieusement avertis du désastre, les serviteurs dévoués étaient accourus à son secours. Quoi de plus naturel ? Quant à Septimius, qui voyait et entendait tout, nul ne songeait à lui dissimuler ce qu'il subodorait depuis longtemps. Si Joshua et Corrig avaient certains pouvoirs, Kostia et Tonia n'étaient pas moins favorisées.

La blessure à l'épaule avait tout déclenché. Dès lors, les sauveteurs n'avaient pas mis moins de quarante jours pour localiser son lieu de détention, tâche encore compliquée du fait qu'elle n'était pas restée à la même place. Douées d'un sens prodigieux de l'espace et de la distance, les trois nouvelles recrues avaient rendu à cet égard des services inestimables. Par malheur, ils étaient arrivés à destination un jour trop tard, le lendemain de sa dramatique tentative d'évasion.

En chemin, on avait envisagé différentes stratégies. Les cinq hommes s'exprimaient ouvertement devant Septimius, dissipant du même coup les dernières illusions de celui-ci sur le caractère inoffensif des serviteurs. En définitive, le baladin lui-même avait suggéré d'exploiter le filon surnaturel en jouant sur la crédulité religieuse des villageois, sans craindre de forcer les effets.

– Ils sont superstitieux au plus haut point. Quelques apparitions bien diaboliques devraient les plonger dans l'affolement. Ajoutez l'intervention d'un ange, pour faire bonne mesure, et vous désamorcerez toute tentative de représailles.

Joshua avait trouvé le conseil judicieux. Sa conviction fut faite après que Septimius lui eut donné son opinion sur Chernon.

– Le projet n'a pas germé tout seul dans la tête de ce blanc-bec, grommela-t-il.

– C'est la conclusion à laquelle nous sommes parvenus, mes nièces et moi. Il reste que ses supérieurs ont eu la main heureuse en le choisissant. Si quelqu'un a jamais eu des fourmis dans les jambes, c'est bien lui. Avec cela, beau parleur et sûr de soi, ainsi que Kostia et Tonia l'ont vite remarqué.

– Sait-on jamais ce qu'il est allé raconter ou promettre à ces sauvages, ou quels troubles il pourrait fomenter par la suite, si nous le laissions vivant au milieu d'eux ? Nous devons nous employer à le discréditer une bonne fois dans leur esprit.

De l'avis général, le plus sûr moyen de perdre Chernon de réputation serait encore de le présenter comme un complice du diable. Morgot serait sans doute soulagée d'apprendre que tout était en ordre de ce côté.

Leur objectif atteint, ils avaient attendu la nuit pour passer à l'attaque.

– Il était temps que vous me délivriez, dit Stavia.

Septimius tenait les rênes. A l'arrière ne restaient que Joshua et Corrig. Les trois autres avaient filé pour arriver à Marthatown avec une journée d'avance, comme convenu. La version officielle établirait que Stavia avait été victime d'un grave accident au cours de sa mission. Joshua et Corrig étaient aussitôt partis à sa recherche. Simple coïncidence, trois autres serviteurs, vaquant à leurs propres occupations, s'étaient absentés au même moment. Personne ne s'en étonnerait, les allées et venues des serviteurs étant monnaie courante.

— Sans vous, sans votre intervention, je n'en avais plus pour longtemps, murmura-t-elle encore.

— Nous te demandons bien pardon d'être arrivés si tard, assura Joshua. (Il lui présenta une nouvelle cuillerée de soupe aux légumes.) Pouvions-nous prévoir que ton esquisse de fuite se terminerait si mal ?

— Je n'en pouvais plus, marmonna-t-elle, la bouche pleine. Lui, surtout, m'était devenu insupportable.

— Je m'en doute, dit Corrig.

Parfois, c'était au tour de Septimius de lui donner la becquée. Il se trouvait là quand elle fit, mezza voce, un aveu terrible dont elle avait tout oublié, cinq minutes après.

Le soleil était couché depuis longtemps lorsqu'ils franchirent la porte. La roulotte suivit sa route grinçante jusqu'au petit hôpital où une chambre attendait la blessée.

Morgot ne jeta qu'un regard sur sa fille. Vivement, elle se détourna.

— Janine, Winny, faites le nécessaire, dit-elle d'une voix rigoureusement neutre.

Elle s'éclipsa. Quand elle revint, les paupières meurtries, les infirmières avaient lavé Stavia et lui avaient passé une longue chemise de nuit. Elle reposait dans son lit, les draps blancs remontés jusqu'au menton.

— Ma petite, ta guérison sera lente, dit Morgot. Il n'y a pas un instant à perdre, par conséquent. Que dirais-tu de commencer par un bon somme ?

32

— Chernon nous accuse de comploter dans le dos des garnisons. Il nous accuse de manœuvres clandestines. (Stavia paraissait épuisée, nerveuse. Malgré les recommandations de sa mère, elle avait passé une mauvaise nuit, dans l'attente anxieuse du matin. Les questions se bousculaient dans sa tête. Eveillée depuis l'aube, elle avait hâte de pouvoir les poser.) Il veut savoir quels secrets se cachent derrière l'apparente stabilité de notre Fédération, ajouta-t-elle. Il soupçonne un pouvoir quelconque et voudrait se l'approprier.

Un silence profond lui répondit, silence éloquent, plein de choses, l'éternel silence des adultes face à la curiosité déraisonnable des enfants. Stavia le reconnut sans peine, de même que le regard intense fixé sur elle.

— Chernon a raison, dit Morgot. Les cités ont leurs secrets.

— Je sais. (Stavia avait longuement réfléchi. L'insomnie invite à l'introspection, celle-ci favorise le repentir.) Je crains d'en avoir révélé quelques-uns.

— Qu'as-tu dit exactement ?

— J'ai parlé des analyses de sang que nous pratiquions pour déterminer qui était le père des enfants de sexe masculin.

Morgot poussa un soupir.

— Secret de Polichinelle. D'ailleurs, il se peut que

Chernon ne remette jamais les pieds à Marthatown. S'il revient et présente un rapport précis à ses supérieurs, cette révélation n'aura guère de conséquences.

— Qu'en sera-t-il des implants contraceptifs ? J'ai eu la maladresse de lui dire la vérité.

— Voilà qui est plus fâcheux, mais si l'état-major demande des explications à ce sujet, nous leur opposerons des arguments de poids. Après tout, les implants remplissent bien d'autres fonctions. (Un nouveau silence égrena son cortège de secondes angoissantes.) Tu es enceinte, Stavia. Tu le savais ?

— Je m'y attendais. Depuis le temps que Chernon a extirpé cet implant...

— Sans le vouloir, il t'a rendu service. La secousse et la douleur ressentie ont été perçues par nos serviteurs comme un signal de détresse. Soit dit en passant, il t'a bien charcuté l'épaule.

— C'était sa manière avec moi.

— Pauvre Stavia. Dans ces conditions, que faire de cet enfant ? Veux-tu le garder ?

Pauvre Stavia, en vérité. Sa tête roula sur l'oreiller, elle contempla le mur. Elle éprouvait un tel malaise, une telle pesanteur d'idées. Voulait-elle, devait-elle garder l'enfant ? Combien de temps s'écoulerait avant qu'elle n'ait à nouveau conscience de la beauté et du bonheur ? Quand renaîtrait le désir de vivre ? Elle avait si froid. Elle était si lasse. Anges, ramenez-moi dans la nuit, rendez-moi la solitude... Chernon la hantait toujours. Quand elle pensait trop à lui, fureur ou frustration, tout son corps lui faisait mal.

Etait-ce une raison pour condamner l'enfant ? Ne valait-il pas mieux que toute cette amertume et ces ressentiments conjugués ?

— Dans mon état, aurai-je la force de supporter cette fatigue supplémentaire ?

— Nous le saurons bientôt. La crainte d'un traumatisme crânien est écartée, les plaies dorsales, quoique envenimées, sont superficielles. Le choc émotionnel n'entraînera guère de perturbations, espérons-le. A moins d'une mauvaise surprise, rien ne devrait t'empêcher de mener cette grossesse à son terme.

— S'il en est ainsi, laissons-le vivre. Je me souviens des paroles de Myra : « Il faut bien commencer un jour ou l'autre. » On ne saurait mieux dire.

Comme ce détachement teinté d'ironie était loin de traduire ses sentiments ! Le jour en elle se levait. La colère, comme une vérité crue, habitait son cœur. Une spirale de violence l'aspirait, à laquelle elle résistait de toutes ses faibles forces, de peur de s'y perdre. Les projets de vengeance n'étaient rien, une partie du cauchemar sur lequel le temps déposerait sa cendre invisible. Elle ne voulait rien décider. Elle ne voulait que somnoler dans une insensibilité qui serait presque du repos.

— Il existe au moins deux différences entre toi et Myra, fit la voix impitoyable de Morgot.

Stavia ne répondit pas.

— Elle, du moins, était consentante. Et tu portes l'enfant d'un brave.

— N'en était-il pas de même pour ma sœur ?...

L'impression furtive que quelque chose n'allait pas. Attendre. Il lui sembla qu'elle restait en suspens dans le vide, avec une intolérable crainte. Morgot secouait la tête de droite et de gauche. Non, il n'en était pas de même pour Myra. Puis, si lentement qu'on aurait dit qu'elle inventait ses mots un par un, elle proféra d'ahurissantes paroles.

— Le petit Marcus n'est pas le fils de Barten, ni celui d'aucun brave. Nos enfants ne seront jamais des filles ou des fils de soldats.

Stavia ferma les yeux. La peur était-elle autre chose qu'un voile noir sur la lumière ? Saisi de vertige, le monde tremblait et papillotait autour d'elle. Nul point d'appui. Le monde était bien malade. Fracture. Un traumatisme était à craindre. Et personne ne s'en était rendu compte. Pas plus Morgot que la petite Stavia.

Sa conscience s'enfuyait. Dans un avant-goût de ténèbres, elle reçut la révélation.

– Les rennes ! Ce sont les rennes... répéta-t-elle d'une voix minuscule.

33

La dernière répétition s'achevait sous l'œil attentif du metteur en scène, enfin satisfaite des résultats obtenus. La générale aurait lieu dans quelques heures. Pavoisé de banderoles, l'amphithéâtre d'été avait un air de fête. Les marmites des kiosques alimentaires répandaient déjà leurs effluves savoureux. Toute la troupe était en costumes de scène, et maquillée. Gênés par les clameurs des choristes qui travaillaient de leur côté, sur les gradins opposés, les acteurs donnaient leur réplique un ton au-dessus. Le décor était en place, le grand désordre des remparts écroulés par pans entiers. Devant les ruines, deux femmes étaient enlacées, prostrées dans les attitudes de la douleur, de l'abandon, du désespoir. L'une d'elles tenait un enfant.

Agenouillé sur un éboulis de grosses pierres plates, Achille pleurait. Iphigénie se pencha et, de la main, lui effleura la joue.

IPHIGÉNIE : Pourquoi pleures-tu ?

ACHILLE : J'ai tout perdu. Le prestige, les honneurs, tout. Thétis, ma mère, avait prédit que mon nom brillerait dans les siècles d'un éclat égal à celui de Zeus lui-même. Me voici abandonné de tous, errant au milieu des décombres. Personne n'est plus seul que moi !

IPHIGÉNIE : Ai-je parlé de solitude ?

ACHILLE : Qui me tiendra compagnie ? Patrocle, Ajax, que sont mes amis devenus ? Et mes braves myrmidons, où sont-ils ?

HÉCUBE : A-t-il bientôt fini de gémir ? Que marmonne-t-il dans sa barbe, fille d'Agamemnon ?

IPHIGÉNIE : Il se lamente sur la mort des héros. Il pleure la perte de ses camarades.

HÉCUBE : Il se sent seul ? Avec toutes ces femmes pour chanter ses louanges ?

POLYXÈNE : Quelle ingratitude ! Achille, ton sort n'est pas si pénible. Ne sommes-nous pas autour de toi, toutes disposées à te faire des courbettes et des risettes ?

ACHILLE, *dans un élan dramatique* : Des femmes ! Que pourrions-nous avoir à nous dire ?

CASSANDRE : Plus que tu ne penses, si tu voulais prendre la peine d'écouter, ce que les hommes, d'une manière générale, refusent de faire. Vous prêtez autant d'attention à nos paroles que s'il s'agissait de trilles jetés d'un gosier d'oiseau en cage. Ainsi Agamemnon, quand je lui prédisais son destin tragique. Il n'a fait qu'en rire.

IPHIGÉNIE : Mon père a toujours refusé d'écouter les conseils les plus judicieux. Il est trop vieux pour changer d'avis.

ACHILLE *enchaîne, indifférent à ce qu'il vient d'entendre* : Comment les guerriers pourraient-ils être attentifs aux bavardages des femmes ? Vice versa, de quoi pourrions-nous les entretenir qui éveillât leur intérêt ?

ANDROMAQUE : Puis-je faire une suggestion ? Apprenez-nous le secret de votre séduction. Comment vous y prenez-vous pour être aimés de nous ? Jadis, je vivais dans la belle cité de Thèbes, dont mon père était le roi. Tu es venu à la tête de ton armée. La ville fut mise à sac, son souverain massacré, ainsi que ses sept fils. Mourir de la main d'Achille, quelle gloire pour mes frères ! N'es-tu pas de cet avis ?

IPHIGÉNIE : Parle-nous de tes amours. Dis-nous comment, ayant passé au fil de l'épée tous les hommes
du sang de Briséis, tu as violé celle-ci sous ta tente
en l'appelant « le régal de ton petit glaive » ? Raconte, puissant Achille. Sers-toi de ta langue, pour
changer. Nous sommes tout ouïe.

ACHILLE : Est-ce ma faute si cette femme recherchait
mon étreinte comme une faveur ? Après s'être jetée
à mes pieds pour embrasser mes sandales, elle s'est
redressée, et ceignant mes cuisses de ses bras d'al-
bâtre, m'a supplié...

POLYXÈNE : T'est-il venu à l'esprit que cette posture
humiliante n'avait d'autre but que d'implorer ta
pitié ?

ACHILLE *prend l'air triste et renfrogné* : Si Patrocle
était là, il saurait de quoi je parle. Entre compagnons d'armes, on se comprend à demi-mot.

IPHIGÉNIE : Le cher Patrocle est aux Enfers, où l'ont
suivi tous les Grecs morts au combat.

HÉCUBE : Les Troyens ont pris le même chemin.

IPHIGÉNIE : Les Troyens aussi. Cette loi s'applique à
tous, sans discrimination. Quand ton tour viendra
d'y descendre, Achille, tu n'auras plus lieu de re-
douter la solitude. Il y a foule, au séjour des morts.
Je le sais. J'y suis allée.

POLYXÈNE : En effet. Dix ans se sont écoulés depuis
le sacrifice d'Iphigénie à Aulis.

IPHIGÉNIE : Ces années auront passé comme l'éclair.
Juste le temps d'un aller et retour aux Enfers.

— Que se passe-t-il ? Tu te sens mal ?

Le metteur en scène observait son actrice avec inquiétude. Stavia avait porté la main à son front. Elle
chancelait.

L'émotion, comme un orage soudain de la mémoire,
s'était emparée d'elle. Parce qu'elle refluait, aussi
violemment qu'elle avait surgi, Stavia se crut apai-
sée.

– Je vais tout à fait bien, assura-t-elle. Veuillez excuser cette interruption.

Entre le jour où elle avait confié le petit Dawid à la garnison et ce crépuscule sinistre, vieux de quelques semaines à peine, qui avait sonné le glas de ses espoirs puisqu'elle s'était entendu renier par son fils, dix ans avaient filé comme l'éclair. Le temps d'aller aux Enfers, et d'en revenir.

34

La blessure provoquée par la pelle du bûcheron était plus sérieuse qu'on ne l'avait d'abord cru. Le chirurgien avait découpé un fragment de la boîte crânienne et l'avait soulevé, comme un couvercle, afin d'extraire un énorme caillot. Elle avait ensuite « rebouché » le crâne, suturé les bords de la plaie, puis bandé toute la tête. Pendant la durée de l'opération, dans un silence troublé par des bruissements de feuilles, Stavia n'avait fait que rêver du grand renne.

De temps à autre, des bruits de voix l'atteignaient, assourdies, chuchotantes. Même quand elles se furent rapprochées, les paroles prononcées ne firent sur son esprit que les impressions les plus vagues. Assis à son chevet, Morgot et Septimius la couvaient d'un regard anxieux ; ils la ranimaient quand les forces venaient à lui manquer et lui communiquaient la chaleur et la vie dont elle s'imprégnait, comme si le souffle transmis était fait de la substance même des rêves. Ils bavardaient, aussi.

— Comment pouvez-vous être aussi bien renseigné sur tout ce qui se passe ici ? demanda Morgot.
— Simple déduction, madame. Depuis longtemps, la Fédération est notre champ d'observation privilégié. Maints détails nous offrent un aperçu de la structure de vos cités, conçues comme l'ensemble organisé que

vous souhaitez présenter à ceux de l'extérieur. A partir des éléments ainsi rassemblés, libre à nous de reconstituer une autre trame, serrant la réalité de plus près. A la longue, notre attention fut attirée par le caractère systématique des soins médicaux dont les femmes étaient l'objet, avant et après chaque carnaval.

– D'abord, elles sont vaccinées ; ensuite, il s'agit d'une simple visite de contrôle.

– Pour y être nous-mêmes soumis dans vos pavillons de Quarantaine, nous savons en quoi consistent ces examens de routine, précautions élémentaires contre la contagion. Sans vouloir émettre de critique, je dirais qu'il s'agit presque toujours d'une simple formalité, sans rapport avec le traitement dont nous parlons, administré en deux temps, contraception avant le carnaval, fécondation ensuite. Celle-ci étant assurée par des serviteurs triés sur le volet.

– C'est exact. Si cela peut vous rassurer, les géniteurs sont toujours des volontaires.

Septimius donna libre cours à son hilarité.

– Loin de moi la pensée que vous fussiez réduites à extorquer leur participation. Un autre fait singulier donnait matière à réflexion : le nombre des dissidents s'accroît au fil des générations. Comment l'expliquer ? L'eugénisme se présente bientôt à l'esprit comme l'hypothèse la plus plausible. Depuis qu'elles vont à l'école, Kostia et Tonia rapportent leurs manuels de classe à la maison. Rares sont ceux qui, d'une manière ou d'une autre, n'évoquent pas le problème de la sélection. Chernon se trouvait en possession d'un livre volé dans lequel figurait au moins un indice qui aurait pu le mettre sur la voie. Placé là à bon escient, j'en jurerais, comme le sont toutes les allusions disséminées dans vos textes. Pour ceux qui savent lire, ces pages sont révélatrices. Le pauvre garçon n'y a vu que du feu, lui qui se vantait de percer à jour tous vos secrets.

» J'en arrive à la grande énigme posée par les serviteurs eux-mêmes. Certains, tel Minsning, sont des elfes charmants, réfractaires à l'ordre des casernes, trop heureux d'être accueillis au sein d'une cité où ils se feront une joie de mitonner, tirer l'aiguille ou cajoler vos enfants. Ceux-là sont minoritaires. Les autres, dont Joshua et Corrig fournissent un bon exemple, sont des êtres d'exception, intelligents, calmes, cultivés, jouissant de l'estime des citoyennes les plus autorisées. Leurs pouvoirs, la confiance dont on les honore, tout porte à croire qu'ils assument dans les institutions de chaque cité des responsabilités beaucoup plus importantes qu'il n'est généralement admis.

– Quels pouvoirs ?

– Inutile de jouer au plus fin avec moi, conseillère. J'ai roulé ma bosse et comme on dit dans le métier, je connais toutes les ficelles. Les arts martiaux ne leur sont pas inconnus, j'ai pu m'en rendre compte, là-bas, dans les montagnes. J'ai eu la révélation d'un autre talent, plus insolite, que je vois tous les jours s'épanouir chez mes nièces. Au cours de ma longue vie, j'ai connu quelques saltimbanques capables de pressentir le danger, de localiser la présence d'un être cher et de prévoir l'avenir, à plus ou moins long terme, autant de qualités très recherchées chez les enfants de la balle. Dans le temps, quand le phénomène n'existait que dans l'imagination des poètes et des scientifiques, on parlait de clairvoyance ou de télépathie. Dites-moi franchement, avez-vous provoqué cette mutation ?

Morgot secoua la tête.

– Il s'agit d'une disposition innée. Elle est apparue chez certains individus, parmi lesquels un fort pourcentage de dissidents.

– Ne faudrait-il pas plutôt considérer leur choix comme une conséquence de cette singularité ?

– Nous avons envisagé cette possibilité.

– Et naturellement, en choisissant avec soin les

pères de vos enfants, vous avez voulu perpétuer le don.

— Nous avons essayé, reconnut-elle. Dans l'espoir qu'un grand nombre de femmes seraient privilégiées. Sur ce point, nous avons dû déchanter. Le don se transmet de père en fils, presque exclusivement, au point que nous avons pu croire à une prérogative masculine. Vos nièces, et quelques autres, sont l'exception bienvenue qui confirme la règle. (Morgot se leva et gagna la fenêtre.) Kostia et Tonia en savent aussi long que vous, sans doute ?

— Elles savaient déjà que j'en étais encore aux conjectures. Ne craignez rien, pas plus vous, que Stavia, que la Fédération. Vous jouez une partie serrée dont nous comprenons l'enjeu aussi bien que n'importe laquelle d'entre vous. Mieux, certainement, que cette pauvre enfant, allongée sur son lit de souffrance. Elle a tant travaillé depuis son plus jeune âge à devenir une citoyenne accomplie et le modèle des femmes, à l'image de sa mère, qu'il lui restait peu de temps pour se constituer une vision d'ensemble du système.

— Elle a violé la loi, dit simplement Morgot.

— Sans le vouloir, sans comprendre la portée de son initiative. Obnubilée par les différents articles du sacro-saint règlement, elle oubliait de les considérer dans leur rapport avec la totalité, cette loi fondamentale qui est l'essence même de la Fédération. Naïvement, elle s'imaginait pouvoir prendre certaines libertés sans remettre en cause l'autorité suprême. Elle se trompait, bien sûr, mais pouvez-vous lui en faire grief quand sa désobéissance vous rend service, d'une certaine façon ? Sans elle, vous n'auriez peut-être pas été averties à temps du soulèvement que prémédite votre garnison.

Morgot eut un sourire sans joie.

— Si cela était, Septimius, si notre sécurité dépendait vraiment de ces concours de circonstances, aurions-nous survécu trois siècles ? La Fédération a l'âge de raison, elle est capable de se défendre. Dès l'instant où les projets séditieux ont germé dans l'esprit de certains officiers, nous avons su qu'il fallait nous préparer à affronter une nouvelle rébellion, dans un avenir incertain, et notre surveillance ne s'est jamais relâchée. Nous ignorions la date choisie par Michael et ses complices, il est vrai, mais leurs manigances nous étaient connues de longue date, grâce aux serviteurs. A l'époque où nous devions nous en remettre à de simples espions, notre maîtrise de la situation était plus aléatoire, mais nous sommes toujours là.

— Stavia n'a pas à rougir des mobiles qui lui ont inspiré ces imprudences, fit observer Septimius.

— On devrait toujours rougir d'avoir fait preuve de faiblesse.

— Cette faiblesse, en l'occurrence, révèle les limites de votre endoctrinement. Les citoyennes sont aussi des femmes, inutile de chercher plus loin le défaut de votre cuirasse. Voilà bien le paradoxe puisque cette féminité représente justement le caractère essentiel et déterminant sur lequel se fonde votre vaste programme. Faiblesse, comme vous dites, dont vous ne pouvez vous dispenser. Quelle humiliation, cependant, quand l'une d'entre vous se voit berner par l'homme qu'elle aime d'un amour sincère !

— Parfois, notre affection se porte sur des sujets indignes, répliqua Morgot.

Quelques souvenirs personnels lui arrachèrent un soupir.

— Dans vos efforts pour améliorer notre espèce imparfaite, vous devriez peut-être envisager une sélection de l'autre sexe. Avez-vous pu vous résoudre à cette extrémité ?

— Poser la question, c'est y répondre, n'est-ce pas ? Nous procédons chaque année à un certain nombre de stérilisations. Hystérectomie, ligature des trompes. Cela vous étonne ?

– La faculté d'étonnement décline avec l'âge. Toutefois, une chose m'intrigue...

– Parlez, Septimius.

– Vous, animatrices, meneuses, responsables, vous qui tenez entre vos mains le destin de vos concitoyennes et l'avenir de la Fédération, vous arrive-t-il jamais d'éprouver un malaise devant la gravité de vos choix ? Avez-vous la conscience tranquille ?

Cette fois, Morgot lui adressa un sourire sincère.

– Savez-vous comment les conseillères se désignent entre elles ? Nous sommes les Damnées, et si l'Elue a prévu dans l'au-delà un paradis où les âmes des justes jouissent de la béatitude, nous ne sommes pas du tout certaines d'y être admises.

Quand Stavia ouvrit les yeux, ce matin-là, elle remarqua tout de suite la lumière plus intense que laissait entrer la fenêtre. Sa mère était assise dans la clarté du jour et regardait au-dehors. Sur la table de chevet, à côté d'un vase bleu dans lequel on avait disposé avec soin quelques chrysanthèmes en bouton au milieu d'un fouillis d'asters, se trouvait un panier d'osier, bleu lui aussi, rempli de gâteaux. Stavia se sentit la bouche amère. Du regard, elle chercha une carafe d'eau.

– J'ai dormi bien longtemps, dit-elle.

– Nous n'avons pas lésiné sur les somnifères afin de prolonger ton repos autant que nous le pouvions. Corrig t'envoie les fleurs et la corbeille. Il te fait dire que les boules de poils ramenées de la bergerie ont une nombreuse progéniture.

– Des chiots ! Je n'en ai encore jamais vu. Voilà qui promet d'être passionnant. Pourquoi ce long sommeil ?

– La blessure que tu avais à la tête nous a donné beaucoup d'inquiétude. Une hémorragie interne s'était déclarée. Nous avons épuisé tous les antibiotiques auxquels tu avais droit, et bien davantage, mais tu es hors de danger, c'est l'essentiel. Tu garderas une belle cicatrice. Une fois repoussés, tes cheveux devraient la dissimuler.

— Les femmes de la Terre promise, si mal nommée, sont traitées pire que ne le seraient des esclaves. Tondues, fouettées, violées, engrossées... c'est atroce...

Sa voix s'était élevée à un diapason strident et ses yeux avaient quelque chose d'égaré. Morgot vint s'asseoir sur le lit ; comme l'avaient fait Joshua et Corrig, elle jeta les bras autour de Stavia et la serra à l'étouffer.

— C'est fini, c'est fini.

Tendrement enlacée, la convalescente retrouva un peu le sens des réalités.

— Quand j'étais prisonnière, murmura-t-elle, je me répétais que la condition des femmes à l'époque précataclysmique devait être à peine plus enviable que celle des malheureuses qui m'entouraient. Qu'en serait-il aujourd'hui, si la Fédération n'existait pas ?

Morgot se dégagea doucement de l'étreinte.

— N'exagérons rien. L'amour n'était pas toujours un vain mot et toutes les sociétés ne pratiquaient pas la discrimination. Quelques-unes, plus évoluées, préconisaient l'égalité au sein du couple. En apparence, tout au moins. Dans les sous-sols du palais municipal se trouve un certain local fermé à double tour. C'est l'enfer de notre bibliothèque. J'ai lu plusieurs de ces livres très anciens, sagement déposés là par celles qui nous ont précédées. L'un d'eux examinait les différentes formes d'oppression dont les femmes étaient alors victimes. L'expression de « violences domestiques » revenait souvent. Elle m'a beaucoup impressionnée.

Stavia l'interrogeait du regard.

— Ces mots font froid dans le dos, reprit sa mère. Ne dirait-on pas qu'il s'agit de soumettre un animal à demi sauvage ? Les violences sont d'abord les sévices corporels, jusqu'à ce que mort s'ensuive, mais pas

seulement. Aux horreurs que tu as pu observer et subir, certains peuples, sous l'emprise de religions impitoyables, ajoutaient leurs propres raffinements, tels
que l'excision, effectuée souvent dans des conditions
d'insalubrité qui mettaient en danger la vie de la patiente. D'une certaine façon, ma chère enfant, tu t'en
tires sans trop de dommages. Tu retrouveras ta chevelure, ton dos ne conservera aucune marque...

Elle avait adopté un ton plus léger, pour combler
le silence et distraire sa fille, comme si la bonne humeur pouvait réduire les plus sinistres évocations à
d'inoffensifs sujets de conversation. Pourquoi Stavia
avait-elle les larmes aux yeux ?

– Morgot ?

– Stavy ?

– Chernon avait un livre, dérobé dans la bibliothèque de sa sœur. Un livre à couverture rouge, qui
comparait plusieurs types de sociétés précataclysmiques, dont les Lapons, tribus nomades contraintes de
se déplacer pour suivre les migrations de leurs troupeaux de rennes. Il était expliqué comment s'effectuait le choix des animaux reproducteurs, sélection-
nés en fonction de leur instinct grégaire et de leur
docilité. Les autres mâles étaient châtrés.

– Septimius m'a parlé de ce livre. Les Lapons
épargnaient les mâles les plus paisibles, ceux qui ne
cherchaient jamais le combat pour la possession des
femelles, ceux qui montraient leur aptitude à vivre en
communauté. Une fois délestés des organes perturba-
teurs, les autres avaient tôt fait de rentrer dans le
rang. Nous sommes plus tolérantes. Nous n'aurions
pas la cruauté d'imposer cette mutilation à nos jeunes trublions.

– Si je comprends bien, tous les enfants sont en-
gendrés par des serviteurs ?

– Ton père n'est autre que Joshua. N'en as-tu jamais eu l'intuition ? Il est aussi le père de Habby,
Byram et Jerby. Un homme de cette envergure est si
rare qu'aucune femme ne peut espérer en conserver

l'exclusivité. Tu as de nombreux demi-frères et demi-sœurs, tant à Marthatown que dans d'autres cités. Il m'est très pénible de faire ce dernier aveu.

– Myra est-elle au courant ?

– Ne dis pas d'absurdités. Du reste, elle fut conçue avant que je ne fasse la connaissance de Joshua, par insémination artificielle, bien sûr. Plus tard, j'ai voulu savoir à quoi ressemblait le père. Il s'agissait d'un serviteur que je n'avais jamais rencontré, un étalon de médiocre qualité, ainsi qu'il s'avéra par la suite. Presque tous ses fils ont choisi de rester dans l'armée et nous avons bientôt cessé de recourir à ses services.

Elle parlait avec une compétence dénuée de passion, comme s'il s'était agi de l'élevage des moutons ou d'un nouveau croisement de céréales. Les mains de Stavia s'étaient crispées sur le drap.

– Combien de citoyennes sont-elles dans le secret ? demanda-t-elle.

– Le moins possible. Il y a les conseillères, naturellement, et quelques autres, plus attentives, plus perspicaces, qui savent à quoi s'en tenir et se taisent. Le Conseil prend tout en charge, Stavia, la vie de la cité dans ses moindres détails. A nous de décider qui aura le droit de mettre au monde un enfant, à nous d'en choisir le père. La plupart des femmes dont nous réglons ainsi l'existence n'ont pas la moindre idée de l'objectif poursuivi. Un petit nombre, je te l'ai dit, tire ses propres conclusions. D'autres, choisies avec discernement, sont initiées. Sauf exception, elles sont beaucoup plus âgées que toi.

– Pourquoi me fait-on cet honneur ?

– Quand j'ai su que tu étais enceinte, j'ai demandé à mes collègues du Conseil la permission de te révéler une partie de la vérité. Devant leur hostilité, j'ai dû mettre ma démission dans la balance. La cause fut entendue, à condition que tu prêtes le serment du silence. Une fois, déjà, dans des circonstances délicates, je t'ai demandé de faire une promesse solennelle et tu n'as pas manqué à la parole donnée. J'ai confiance en toi.

— Et si je refuse ?

— Tu ne quitteras jamais cette chambre. C'est ainsi. Tu as voulu n'en faire qu'à ta tête et tu as porté atteinte à la sécurité de la Fédération, plus que tu ne penses.

Entre les deux femmes s'échangea un long regard. Dans les yeux clairs de Morgot apparut quelque chose qui ressemblait à un appel, suivi d'une longue impuissance.

— Tu les laisserais m'achever, dit Stavia.

— Crois-tu que l'on me demanderait mon avis ? Je n'aurais d'autre choix que celui de me soumettre, ou de partager ton sort. Nous sommes libres, Stavia, mais le prix à payer est si lourd. Que de sacrifices n'avons-nous pas consentis, au nom de cette froide liberté...

Stavia contemplait, perdue d'étonnement, le visage angoissé de sa mère. Cette douleur venait d'infiniment loin, elle venait de la sphère infiniment lointaine où s'élaborait l'avenir du monde. Jour après jour, on regarde, mais on ne voit pas. Avait-elle jamais eu l'intuition que Joshua pouvait être son père ? Elle eut envie de crier, pour se débarrasser de ces pensées.

— Je jure de garder le silence, dit-elle tout bas, très vite, pour mettre un terme au calvaire de Morgot. Pourquoi ont-elles accédé à ta prière, la vraie raison ?

— C'est très simple. Dans la mesure où l'implant t'avait été arraché, ou peut-être, Chernon t'avait prise de force, le Conseil estimait que tu devais prendre en connaissance de cause la décision d'avorter ou de garder l'enfant.

— Pourquoi ce luxe de précautions ? Est-ce parce que le père est un brave ?

— Si c'est un fils, il existe bien peu de chances pour qu'il choisisse de franchir la porte des Femmes, le jour de ses quinze ans. Es-tu prête à prendre le risque ?

Par la suite, revivant cet instant, sa conscience s'embrouillerait. Qui sait si sa mémoire ne ferait pas du serment prononcé une humiliation, une première défaite ? Ce matin-là, dans la chambre claire et fleurie, tout était encore possible. Elle s'apaisait dans les bras de sa mère. L'engourdissement avait toutes les apparences d'un terne bonheur.

— Nous pratiquons une sélection intensive, murmura-t-elle, et nous continuerons, jusqu'à ce que tous nos fils nous reviennent... Les obélisques seront jetés à bas et nous n'entendrons plus résonner les tambours. Qu'adviendra-t-il ensuite, Morgot ?

— Il n'y aura plus de guerre, plus de conflit d'aucune sorte. En principe, rien ne devrait empêcher les hommes et les femmes de jouir des mêmes privilèges, ni la tendresse de reprendre ses droits.

— Beneda veut te voir, elle insiste, annonça Joshua. Sylvia est avec elle.

Stavia exprima son désarroi par une exclamation sans équivoque.

— Je sais, dit le serviteur. Je sais ce que tu ressens. A mon avis, tu devrais faire l'effort de les recevoir.

— Ne peut-on me dispenser de cette corvée ? se récria-t-elle. Echanger des mots vagues et de menues politesses avec la mère et la sœur de Chernon ! Que savent-elles au juste ?

— Chernon a quitté la garnison en catimini pour te rejoindre dans le Sud, où vous aviez rendez-vous. Après son départ, tu as fait une chute terrible, ta tête a heurté un rocher. Le serviteur qui t'accompagnait t'a sauvé la vie. Je n'ai pas décliné son identité.

— Elles vont m'accabler de questions au sujet de Chernon. Que leur dirai-je ?

— Le choc reçu a provoqué une amnésie partielle. Tu n'as aucun souvenir de l'expédition.

— Comment ça, aucun souvenir ?

— Tu as oublié, par exemple, les élucubrations de Chernon concernant un éventuel soulèvement militaire. Tu as oublié les confidences que tu as pu faire à Septimius. Personne ne pourra prendre ombrage de ce que tu sais et n'aurais jamais dû savoir, si tu as tout oublié.

Plus Stavia réfléchissait, plus elle était sensible au bien-fondé de cette proposition. Nul ne devait se douter de ce qu'elle avait eu l'occasion d'apprendre bien malgré elle. L'amnésie autorisait tous les faux-fuyants sans que son attitude pût apparaître comme une dérobade. Son aventure avec Chernon, malheureusement, n'avait laissé aucune trace dans sa mémoire. Elle pouvait en toute impunité mentir à sa meilleure amie.

— Je suis prête, dit l'actrice. Fais-les entrer.

Beneda et Sylvia prirent l'habitude de lui rendre visite. Il était beaucoup question de l'enfant à venir, le fruit des amours de Stavia et de Chernon. Beneda n'en revenait pas de ce bonheur auquel elle avait cessé de croire. Stavia ébauchait de faibles sourires et leur abandonnait ses mains.

Les semaines passaient avec une lenteur de siècles. Elle se rétablissait peu à peu, caressant l'espoir d'accoucher d'une fille. La présence assidue de Corrig auprès d'elle lui apportait un réel réconfort. Il ne venait jamais sans un livre, ou un bouquet, et son humour était une flamboyante consolation. Quelquefois, il égalisait ses cheveux ou lui massait le dos à l'aide d'un onguent cicatrisant. Un soir, cramponnée à lui, elle fondit en larmes.

— Pourquoi ce gros chagrin, mon trésor, mon petit pigeon, mon poisson volant ?

Il la berçait comme un très jeune enfant.

— Je ne suis ni l'un ni l'autre, bredouilla-t-elle.

— Mon colibri, mon papillon, ma citrouille adorée.

— Une citrouille qui aurait voulu se faire aussi grosse qu'un carrosse.

— Aussi grosse que la lune, ou le soleil, aussi grosse qu'une meule de foin. Mon amour est un éléphanteau, elle sera bientôt le nouveau Léviathan, ou Behemoth, elle sera volumineuse comme la frondaison d'un arbre immense, et je m'abriterai sous elle.

Stavia sentit poindre le fou rire. Elle fit de son mieux pour l'étouffer et laissa s'échapper une explosion tranquille et satisfaite.

— Corrig ?

Il tourna vers elle son beau visage averti.

— Corrig, quand le calme sera revenu, resteras-tu avec nous ? Je veux dire, avec moi ?

— J'en ai bien l'intention. Tu ne te débarrasseras pas si facilement de ton serviteur. Que veux-tu, je suis envoûté. C'est la faute de Habby, qui m'a tant parlé de sa petite sœur.

Elle le dévisagea, l'air incrédule.

— Et que disait-il ?

— Si tu savais... Une foule de choses passionnantes.

— Qu'allons-nous devenir ? Tu le sais ?

— J'ai dans l'idée que nous aurons une fille. Nous l'appellerons Susannah.

— Pauvre femme. Elle a fait de son mieux pour me venir en aide.

— Nous retournerons dans les montagnes, Joshua, moi et quelques autres. Nous enlèverons toutes les jeunes filles et les fillettes, nous les ramènerons.

— C'est une excellente idée.

— Que dirais-tu d'un second enfant avec moi ? Une petite... Spring ?

— Voilà une autre bonne nouvelle. Et celui que je porte, que peux-tu me dire à son sujet ?

— C'est un garçon, Stavia.

Elle ferma les yeux très fort, tandis qu'il l'attirait contre lui.

Le lendemain, enveloppant le nom dans une phrase adroite, comme pour en atténuer les aspérités, il lui annonça le retour de Chernon. Les yeux ailleurs, elle garda le silence.

— Qu'a-t-il fait pendant tout ce temps ? demanda-t-elle enfin, sans le regarder. Je le croyais mort.

— Il voyageait en compagnie d'une troupe de bohémiens qui remontaient vers le nord. Un messager avait alerté l'état-major.

— Pourquoi est-il revenu ?

— Tu ne le sais donc pas ?

— Pour ne pas être un infâme déserteur aux yeux de ses camarades.

— Peut-être, mais pas seulement. Tu portes son enfant. S'il s'agit d'un fils, il veut être là.

Il existait une troisième raison, que ni l'un ni l'autre n'avaient envisagée. Le même soir, Morgot entra chez sa fille et la pria de se vêtir.

— Tu vas comparaître devant le Conseil. On te posera quelques questions.

— Sur quoi désire-t-on m'interroger ?

— Nous sommes à la veille d'une décision importante. Nous avons besoin de tous les renseignements que tu pourras fournir sur la Terre promise.

— C'est à cause de Chernon, n'est-ce pas ? Il est revenu, il répand partout la bonne parole : les femmes peuvent être réduites en esclavage !

— Il est au courant par ouï-dire de ton amnésie et s'en félicite, bien sûr. Rien ne l'empêche de claironner sa propre version des événements. Il ne s'en prive pas et se taille un vif succès auprès des braves de la centurie vingt-cinq qu'il a réintégrée avec la bénédiction de ses chefs. Il semble que la soldatesque soit très sensible à ces récits de femmes ployant sous le fardeau de l'humiliation.

— L'Elue ne permettra pas que soit anéantie l'œuvre de la Fédération !

— Rien de tel n'arrivera, rassure-toi. L'heure est grave, sans doute, mais nous avons triomphé d'autres difficultés. Enfile tes bottes et suis-moi.

L'interrogatoire fut bref. Il porta surtout sur l'organisation polygamique et les rituels d'initiation. Avant d'être congédiée, Stavia se vit demander si elle acceptait d'être élevée à la dignité de conseillère, non qu'elle eût atteint la maturité d'esprit nécessaire, lui précisa-t-on, il s'en fallait d'une dizaine d'années, mais en raison des épreuves riches d'enseignement qu'elle venait de traverser. Stavia comprit surtout que le serment solennel fait à sa mère ne leur suffisait pas.

Elle n'osa refuser. Sa réponse à peine donnée, elle la regretta.

A la nuit tombée, un inconnu frappa à la porte de la résidence des officiers. Il demanda à être reçu par le tribun. Mis en présence de Michael et de Stephon, il se fit connaître comme un émissaire de l'état-major de Peggytown.

Là-bas, la troupe chancelait dans sa résolution. Quelques agitateurs menaient campagne contre le coup de force. Ce projet, disait-il non sans habileté, s'apparentait à une mutinerie incompatible avec le code de l'honneur dont s'étaient toujours prévalues les garnisons. En ce sens, il était voué à l'échec.

— Rien de sérieux jusqu'à présent, de l'avis de notre tribun, ajouta l'émissaire. Cependant, la situation reste tendue. A la moindre fausse manœuvre, la grogne risque de s'étendre et nos supérieurs craignent de ne pas être tout à fait à la hauteur. Notre tribun manque d'expérience ; il admire l'adresse avec laquelle, depuis toujours, vous avez su vous tirer, tambour battant, de toutes les difficultés. Aujourd'hui, il a besoin de conseils.

Les officiers échangèrent un regard rapide.

— C'est que nous n'avons plus beaucoup de temps, dit Michael, mais dans cette affaire, l'unité d'action est primordiale. Une seule garnison défaillante peut tout faire échouer. Que propose votre tribun ?

— Une entrevue secrète, à deux jours de route, au

sud de Marthatown. J'ai apporté une carte. Je vais vous indiquer l'endroit.

Stavia leva le nez de la carte qu'elle était en train d'examiner.

— C'est la copie exacte du document que vous avez remis à Michael ? demanda-t-elle, intriguée. La désolation invisible ne figure pas à la bonne place.

— Le mirage ? En effet, dit Morgot.

— En fait, l'itinéraire signalé en pointillé pour gagner le lieu du rendez-vous traverse la zone sinistrée de part en part.

Sa mère prit la carte et la plia.

— Je sais. S'ils vont jusqu'au bout, ils ne pourront échapper au mirage.

Ainsi que Morgot l'espérait, les trois officiers n'eurent pas l'occasion d'aller jusqu'au bout. Après une journée de marche, ils firent halte au creux d'un vallon, très à l'écart de la route d'Emmaburg. Après avoir installé un campement sommaire, ils tirèrent au sort les tours de garde. Stephon se trouva désigné pour le premier quart. Il prit une réserve de thé et chercha du regard un arbre bien situé contre lequel il pourrait s'asseoir pour faire bonne veille. Restés devant le feu, l'un affûtant son glaive, l'autre ciselant un manche de couteau dans un os, les deux autres bavardaient avec nonchalance.

— Combien de temps cela nous prendra-t-il ?

— Nous devrions être de retour dans trois ou quatre jours.

— J'aurais préféré que fût élucidé le mystère de l'arme secrète.

— Le disque flamboyant de Besset ? Des bêtises d'ivrogne, tout ça. Chernon avait raison de se montrer sceptique. La petite lui aurait révélé tout ce qu'elle savait tandis qu'ils filaient le parfait amour dans les solitudes. Or ses confidences ne nous ont rien appris.

— D'autres témoignages confirment le récit de Besset.

— Ce ne sont que des rumeurs. Quand on pose des questions précises, tout le monde reste coi.

— Un simple mythe, par conséquent ?

— Le propre des mythes n'est-il pas de receler un fond de vérité ?

— Un jour, dit Michael, quelqu'un m'a parlé d'une arme de l'ancien temps. On appelait ça un fusil. C'était une arme à très longue portée, qui lançait des projectiles meurtriers.

— Nous n'avons pas besoin de fusils pour nous rendre maîtres de Marthatown, répliqua Patras.

— L'arme à laquelle je songe a le tir plutôt court, lança Stephon, égrillard, depuis son poste d'observation. Je compte en faire un bel et bon usage.

— Contre qui ? demanda quelqu'un.

— Contre toutes celles qui se laisseront attraper, y compris cette pimbêche de Morgot, si l'ami Michael n'y voit pas d'inconvénient.

Il se fit un grand silence. Au même instant, chacun venait d'en prendre conscience. Un tiers s'était immiscé dans la conversation.

D'un bond, ils furent debout, en position d'attaque, genoux fléchis, le buste un peu penché, l'épée dans la main droite, le poignard dans l'autre.

— Qui va là ? demanda Michael.

— Ce n'est que moi, dit Morgot.

Elle surgit de l'ombre, silhouette noire, les cheveux dissimulés sous un capuchon qu'elle rejeta en arrière pour se faire reconnaître.

— Nous nous sommes tant aimés, dit-elle. As-tu oublié l'inflexion d'une voix si chère ?

— Que fais-tu ici ?

— J'allais te poser la même question. Me diras-tu ce que fait en rase campagne, à plusieurs dizaines de lieues de notre belle cité, le tribun de la garnison ?

Elle s'était assise sur une souche d'arbre. Jambes croisées, le menton dans la main, elle avait retrouvé la pose attentive qu'elle adoptait jadis, dans le tumulte des tavernes du carnaval, pour écouter les récits héroïques. Décontenancés, Stephon et Patras avaient rengainé leurs armes ; ils reculèrent de quelques pas. Le tribun n'avait besoin de personne pour réduire au silence une ancienne maîtresse.

— Les mouvements de l'état-major ne te concernent pas. Nous sommes en service.

— En prenant tes galons de tribun, tu as fait, sur l'honneur, le serment de nous protéger. Quelques années à peine se sont écoulées. Pourquoi nous trahis-tu ?

Michael fut bien près de perdre contenance. Son sang-froid le sauva. Comment était-elle en mesure de porter une accusation si précise ?

— Où veux-tu en venir ? murmura-t-il.

— Sans doute as-tu besoin qu'on te rafraîchisse la mémoire. Evoquons le passé, veux-tu ?

— Une autre fois, Morgot. Pour l'instant, ce que tu as de mieux à faire, c'est de rebrousser chemin. Va, rentre à Marthatown.

— Que tu le veuilles ou non, tu entendras ce bref rappel de quelques vérités amères. Reprends donc ta place devant le feu. Nous avons le temps.

Du coin de l'œil, Michael vit le mouvement d'impatience de Patras. D'un geste, il apaisa son compagnon.

— Qu'elle raconte sa petite histoire et qu'elle déguerpisse. Je t'écoute, Morgot.

— Il y a trois cents ans, dit-elle, la folie des hommes, l'orgueil inique et aveugle qui les caractérise a provoqué la mort de la planète et de presque tous ses habitants. Les hommes portent l'entière responsabilité du désastre. Leurs cerveaux ont conçu les armes monstrueuses, leurs bouches ont prononcé les discours belliqueux, patrie, révolte, pouvoir, qui jetèrent les nations les unes contre les autres... Leurs mains ont déclenché les machines infernales. Les hommes, seuls. La terre épuisée, lacérée, déchirée, s'est couverte de cadavres. Des hommes, des femmes et des enfants. Plus tard, quand les survivants se furent organisés en tenant compte des capacités de chacun, Martha Evafilia, notre précurseur, fonda la première cité, placée sous la protection de la première garnison. Cinquante ans plus tard, la troupe sans mémoire voulut s'emparer de la ville. Tout recommençait. Les assiégées l'emportaient en nombre, elles avaient appris à se battre. Le soulèvement fut écrasé, comme le furent toutes les tentatives insurrectionnelles qui mirent en péril l'une ou l'autre cité, au cours des deux siècles suivants. Quelle triste opinion vous faites-vous des femmes ? Serions-nous dignes de conduire la Fédération si nous ne pouvions parer à toute éventualité ?

— Elle n'est pas seule ! cria Stephon. Qui se cache sous les arbres ?

— Nous, répondit l'une des ombres. Les petits, les obscurs, les sans-grade. Nous, les dissidents que vous avez humiliés.

— Montrez-vous ! Il faut être bien lâche pour se cacher dans le noir.

— Les lâches, il est vrai, sont capables de tout, reprit l'ombre. Ils peuvent tendre une embuscade à leurs officiers supérieurs et n'épargner qu'un seul d'entre eux, chargé de colporter la fable d'une attaque de bandits. Ils peuvent, avec un égal cynisme, fomenter une sédition ou abuser de l'amour d'une femme.

Celui qui avait parlé s'avança, grand, tout de noir vêtu comme Morgot, le capuchon au ras des yeux.

— Avant de vous affronter, je vais vous donner les règles du combat singulier, tel que nous le pratiquons. Jamais de blessés. Si nous frappons, c'est toujours en état de légitime défense. Nos coups sont mortels.

— Vous nous tombez dessus en pleine nuit et vous invoquez la légitime défense ! riposta Patras avec insolence.

— Vous constituez une menace permanente pour nos vies et nos cités. Vos agissements nous obligent à prendre des mesures extrêmes pour défendre la loi, la justice, la liberté. Nous sommes les champions de la Fédération.

L'autre s'était imprudemment rapproché. Patras estima le moment venu de porter un coup de pointe. Il se fendit comme il avait si bien appris à le faire dans les classes d'escrime. L'adversaire esquiva et fit un bond de côté. Patras pivota. Il eut le temps de voir un manche de bois dans la main de l'homme en noir. L'objet fondit sur lui et dans un sifflement intense se mua en un disque de métal tourbillonnant. Le bras droit de Patras fut sectionné. L'arme revint à son point de départ et fulgura de nouveau.

— Jamais de blessés, dit l'homme en noir.

Patras n'était pas revenu de sa stupeur, il n'avait presque rien senti. Il fut décapité.

Michael fit entendre un grognement sourd et tressaillit, comme frappé au ventre. La haute silhouette encapuchonnée disparut entre les arbres. Morgot se leva et fit quelques pas vers les deux officiers, très calme et grave, comme on marche au combat.

— Prends ton bouclier, Stephon. Défends-toi et tâche de m'attraper si tu le peux. Voyons si tu es capable de me passer par le fil de la petite arme dont tu comptais faire bel et bon usage contre les citoyennes de Marthatown.

Stephon la dévisageait, l'œil rond. Sans être frêle, cette femme lui arrivait à l'épaule ; il lui rendait bien vingt kilos. Elle essayait simplement de l'impressionner en manifestant une force de volonté supérieure à la sienne. Vieux subterfuge. Quelque chose se produisit dans l'esprit du soldat, quelque chose comme l'abandon de toute peur et de toute hésitation. Il avait vu à l'œuvre le « disque de lumière » dont avait parlé Besset. Une lance adroitement dirigée devait pouvoir enrayer ce tournoiement vertigineux. Négligeant la protection du bouclier, il se ramassa derrière

sa lance, l'épaule en avant afin d'offrir une prise réduite. Il se porta à la rencontre de Morgot, sans se
rendre compte qu'il commettait la même erreur que
Patras.

Un éclair flamboya entre eux. Stephon le vit venir
comme un soleil aveuglant qui défiait son regard. Le
soleil coupa son visage. Il hurla et, lâchant son arme,
leva les mains pour arrêter le flot du sang. Il n'en eut
pas le temps et s'écroula. La mort voilée de rouge lui
ferma les yeux.

— Mort sur le coup, dit Morgot, rêveusement. Nous
tuons avec élégance.

Michael était abasourdi. Relié au manche court
par un lien de cuir, il s'agissait d'une simple faucille
à double tranchant, plombée en son milieu. L'équilibre parfait lui permettait d'acquérir une vitesse de
rotation croissante. Elle fendait l'air comme une hé-
lice horizontale et seul un bouclier avait quelque
chance de l'intercepter.

— Es-tu satisfait, Michael ? (Morgot s'approcha du
feu et fut enveloppée de clarté.) Un peu déçu, peut-
être ? Tu t'es longtemps demandé en quoi consistait
notre arme secrète. Après avoir imaginé un engin fa-
buleux hérité des anciens, tu avais presque fini par
céder au scepticisme. Tu n'avais pas ménagé tes efforts, pourtant. En vain, tu as tenté de suborner mes
filles. Barten a brisé la vie de l'aînée ; Chernon a
failli tuer la cadette.

— Morgot...

— Il n'y a plus de Morgot.

Le tribun jeta ses armes au loin.

— Je refuse de me battre contre une femme, dit-il
d'une voix lasse et sourde. Je refuse d'affronter en
combat singulier celle qui donna le jour à mes fils.

— Tu es un assassin, le complice de toute la ra-
caille qui infeste les solitudes. Tu es un être avide et
roublard, un monstre humain, semblable aux dévas-
tateurs qui ont détruit le monde. Crois-tu que j'aurais

voulu de toi pour engendrer un seul de mes enfants ? Tu n'es le père d'aucun d'entre eux !

Ces mots l'atteignirent en plein cœur, plus sûrement que toutes les armes. Il regardait cette femme et la haine le dévorait. Il se rappela que celle-ci n'était rien sans le pouvoir d'être assouvie. La vengeance lui serait douce. Déjà, il pesait du regard les qualités de l'ennemi, il était prêt à lui reconnaître une expérience qu'il aurait jugée inconcevable quelques instants auparavant. Il avait oublié ses amis tombés, les spectateurs sous les arbres. Il s'avança derrière le bouclier, puissant, souple sur ses jambes.

Un homme s'interposa. Aussi grand que le meurtrier de Patras, et tout aussi noir. Ainsi que l'avait fait Morgot, il montra son visage. Michael ne l'avait jamais vu. Il était imberbe et portait la natte des serviteurs.

— Une femme n'est pas un adversaire à ta mesure, dit-il, mais que dirais-tu de te battre contre le véritable père de ses enfants ?

Michael devait emporter ces mots dans la mort. A plusieurs reprises, il crut avoir le dessus, mais l'autre, comme ailé, semblait danser autour de lui. Son épée taillait dans le vide et le tribun ne sut jamais de quel côté était venue la foudre qui le coucha net.

Le babil fortuit d'un oiseau dans le silence.

— Inutile de nous charger de Patras, dit Morgot. Les coyotes et les pies feront bonne chère. Les autres ont gardé leur tête et deux cadavres, dont celui du tribun, devraient suffire pour lancer toute une garnison sur les sentiers de la guerre.

Les hommes en noir s'affairaient autour du feu. Deux ânes furent tirés hors du sous-bois, les corps jetés en travers de leurs dos.

— Pourquoi ne pas me l'avoir laissé ? demanda Corrig. J'aurais aimé lui régler son compte.

— Je ne suis pas un homme qui cède volontiers à ses impulsions, murmura Joshua, mais là, ce fut irrépressible. Dans les écoles de la Fédération, on nous enseigne à lutter contre soi-même, à vaincre ses instincts mauvais, comme la jalousie. Je pensais m'être débarrassé de toutes ces scories, et cependant...

— Et cependant, tu n'as pas pu résister au plaisir de le tuer.

— En effet, reconnut Joshua avec gravité. Je n'ai pas pu.

Une nuit, un jour et une autre nuit passèrent sur le massacre.

Le surlendemain, à l'aube, incapable de trouver le sommeil, Chernon arpentait le champ de manœuvre. Il ne dormait plus depuis son retour. Chaque jour, du matin au soir, ses camarades le harcelaient de questions. Comment vivait-on dans la Terre promise ? Etait-il exact que les hommes se tournaient les pouces, abandonnant toutes les tâches à leurs nombreuses épouses ? Sans se faire prier, Chernon fournissait les réponses que les autres avaient envie d'entendre, et ni les omissions ni les mensonges n'auraient troublé sa conscience si le visage de Stavia n'était venu, inlassablement, hanter sa solitude et son insomnie. Quatre visages, en fait. Curiosité enjouée, ravissement, colère, souffrance. Les premières rencontres, l'étreinte, la blessure à l'épaule, la prisonnière, masque pathétique avec le crâne tondu et les yeux comme des trous noirs.

Dans les rêves épiques de naguère n'apparaissait jamais aucun visage de femme. Tout bien considéré, la saga d'Odysseus n'était qu'une étincelante exhibition de carnages, de viols et de rapines, sans qu'une seule allusion fût faite aux visages des victimes, visages effarés de femmes et d'enfants, abandonnés sous un ciel sans consolation. Il y avait plus de sang versé dans les grandes sagas que dans le plus violent affrontement entre garnisons, mais il n'avait pas la même signification. On y passait sous silence le regard des vaincus.

« Le vent me fit échouer sur le rivage d'Ismarus, petite cité dont je massacrai tous les hommes... » Ainsi parlait le héros grec. « Ensuite, nous violâmes les femmes », ajoutait-il avant de passer à autre chose. Personne ne saurait jamais quelles passions se peignaient sur les visages des femmes violées.

Comme il contournait le monument de la victoire, une vision d'horreur s'offrit à ses yeux. Deux hommes étaient pendus par les pieds et jamais personne n'avait été plus mort ni plus ensanglanté. Les visages masqués de rouge étaient presque méconnaissables, pourtant Chernon, le cœur transi dans sa poitrine, sut aussitôt de qui il s'agissait.

Ayant dévoré tant de vies, Odysseus ne parlait jamais des visages, car ils étaient le miroir de sa propre déroute.

Après avoir été l'homme du soleil, l'idole qui combat, Michael était ceci. Chernon pleurait enfin. Son cri réveilla toute la garnison.

Le centurion Hamnis était désormais l'officier le plus gradé. Le bureau du Conseil sollicita une audience et lui révéla que les auteurs du crime avaient été identifiés comme étant des espions de Tabitha-town. Ils avaient agi sur les ordres de leur état-major qui espérait par cette action spectaculaire saper le moral de la troupe de Marthatown avant de lancer une attaque.

Avec une rage d'en découdre qu'elle n'avait pas ressentie depuis longtemps, une folie de vengeance, la garnison se prépara pour la guerre.

Stavia avait maintenant un casque de boucles rousses au milieu desquelles se devinait le renflement de la cicatrice. Son dos portait encore de longues éraflures qui promettaient de disparaître. Elle avait regagné la demeure familiale.

Chaque jour, elle recevait la visite de Beneda. Chaque jour, Chernon faisait les frais de la conversation, et quelque effort qu'elle fît pour aborder un autre sujet, on ne parlait que de lui. Depuis peu, il était aussi question de la guerre que se livreraient bientôt les garnisons de Marthatown et de Tabithatown.

— As-tu eu l'occasion de lui parler, depuis son retour ? s'enquit Stavia, curieuse de savoir si Chernon avait révélé à sa sœur une parcelle de vérité.

— Une seule fois, soupira Beneda, depuis le haut de la muraille. Je lui ai décrit ton calvaire. Il m'a écoutée sans m'interrompre, l'air buté, comme s'il s'en voulait de ne pas avoir été là pour te protéger.

— Qu'aurait-il pu faire, de toute façon ? répliqua Stavia, la gorge nouée.

— Maman est bouleversée. Après avoir tant de fois perdu et retrouvé son fils, doit-elle maintenant le voir partir au combat ? Comment pourrais-je me résigner, moi, la petite sœur ? Ai-je jamais cessé de verser des larmes sur ce frère que j'ai si peu connu et que j'aime ? Que ferais-je sans toi, Stavia, ma tendre amie ? A toi seule, je peux dire le fond de ma pensée. Auprès de toi, ma silencieuse, je puise la force de consoler Sylvia.

Morgot venait d'entrer. Elle prononça quelques paroles compatissantes, puis Beneda prit congé. Assise toute droite sur sa chaise, Stavia semblait la proie d'une émotion violente. Quand sa mère l'appela, à voix basse, elle se leva vivement et lui tourna le dos, les bras étroitement croisés, les mains crispées sur les épaules.

— Laisse-moi ! Le carcan de votre discipline m'étouffe ! Quelle vie sera la mienne, désormais ? J'ai perdu toute liberté de paroles. Il m'est interdit d'adoucir l'angoisse de la pauvre Beneda en glissant quelques mots dictés par l'amitié. Mes actes démentent sans cesse mes pensées. J'ai l'impression odieuse de jouer un rôle et de tenir des propos écrits pour une autre !

– Comme au théâtre, confirma Morgot. Il en a toujours été ainsi.

Deux jours plus tard, à l'aube, les femmes et les enfants rassemblés sur les remparts assistaient au départ de leur armée, forte de douze cents hommes. Même ceux de la vingt-quatrième avaient été incorporés pour servir de messagers ou remplir d'autres tâches non combattantes. Toute la nuit, les conseillères s'étaient relayées devant la porte des Femmes afin d'accueillir les transfuges éventuels. Personne ne s'était présenté.

Stavia se sentait un peu empruntée dans la longue tunique bleue, symbole de sa nouvelle dignité, qu'elle revêtait en public pour la première fois. Jadis, elle se considérait comme un double juvénile de sa mère ; la ressemblance était encore plus troublante aujourd'hui. Elle se tenait au milieu de ses compagnes, regroupées dans la partie la plus orientale du chemin de ronde, au-dessus de l'armurerie.

– Fais-lui signe, chuchota Morgot. Sylvia et Beneda te regardent.

Bravement, les yeux fixés sur un point situé au-dessus de l'épaule du jeune homme, elle agita le bras. Elle avait repéré, dans cette foule casquée, deux ou trois visages de connaissance. Avec celui-ci, le port fier, l'air un peu flambard mais le sourire espiègle, elle avait passé une agréable journée de carnaval, peu après son retour de la faculté. Cet autre, flibustier de tavernes, orateur inspiré, l'avait éblouie des récits d'aventures merveilleuses, comme elle dodelinait de la tête au milieu des cogneurs de verres. A ces deux-là, en toute sincérité, elle adressa des signes d'adieu et des sourires. L'attention de Morgot, remarqua-t-elle, se portait surtout sur l'assistance féminine. Mère, sœur ou amante, nulle affligée n'échappait à sa vigilance. Son regard enregistrait, froidement, les douleurs les plus excessives.

Attendue, redoutée, la sombre attaque des buccins,

amplifiée et prolongée par le crescendo des tambours, surprit tout le monde. Rangées derrière leurs officiers, les centuries s'ébranlèrent sous les bannières et les oriflammes couleur de victoire. Quand les derniers soldats eurent franchi la porte, le chœur des femmes entonna le chant du Départ. Stavia gardait le silence. Les paroles tournaient dans sa tête. « Autant en emporte le vent. »

Sylvia et Beneda furent parmi les dernières à s'attarder, brassant l'air de leurs gestes éplorés. Chernon était déjà loin lorsque, saisi par une impulsion du cœur, un pressentiment funeste, il se tourna pour leur répondre avec fougue. Beneda redoubla ses efforts.

Stavia et Morgot trouvèrent la mère et la fille qui les attendaient sur la grand-place. Sans un mot, Sylvia se jeta dans les bras de Morgot. Celle-ci, très pâle, les yeux lointains, lui rendit son étreinte.

— Patience. Le courage reviendra, murmura-t-elle.

Beneda prit sa mère par les épaules.

— Rentrons, maman. Elles ont beaucoup à faire, tu le sais bien. Chernon a toujours survécu à toutes nos frayeurs. Cette fois encore, nous le retrouverons.

Elles s'éloignèrent, l'une supportant l'autre, parmi la procession clairsemée qui regagnait tristement ses habitudes.

— Au fait, à quel accord êtes-vous parvenus avec le Conseil de Tabithatown ? demanda Stavia.

Le silence de sa mère lui donna le frisson.

— Quand notre armée atteindra le champ des opérations, elle fera une amère découverte, dit Morgot. Aux termes d'un pacte d'alliance scellé avec les cités concernées, les effectifs de quatre petites garnisons se sont joints à ceux de Tabithatown. Les nôtres seront écrasés par le nombre.

Stavia s'était figée.

— Qu'arrivera-t-il ?

— Malgré une récolte exceptionnelle, les Conseils

souhaitent une réduction de leurs garnisons respectives.

   – Je ne comprends plus...

   – De notre côté, nous avons accepté le principe selon lequel il n'y aurait pas un seul survivant dans nos
rangs.

35

Le soir de la générale d'*Iphigénie à Ilion*, à la veille du carnaval d'été. Stavia, trente-sept ans, dans le rôle titre.

Pour les acteurs qui se tenaient debout sur les ruines, comme Iphigénie ou Achille, le regard portait, par-delà les gradins surpeuplés et les frondaisons épanouies du parc, jusqu'au champ de manœuvre de la caserne dont l'air d'abandon ne s'était jamais tout à fait dissipé bien qu'il se fût écoulé près de seize ans depuis l'anéantissement de l'armée. Apprenant la terrible nouvelle, la cité avait été comme soulevée par une explosion d'horreur, puis étaient venus le froid et l'immense douleur, d'autant plus lente à se résorber que les familles, adressant leurs prières à de simples fantômes, n'avaient pu l'exprimer à travers les honneurs funèbres. Faute de survivants pour les ramener, les victimes étaient demeurées sur place. Les douze cents braves de Marthatown étaient morts sans sépulture.

Quelques mois plus tard, bientôt imitée par d'autres cités, Susantown avait envoyé deux centuries, choisies parmi les plus jeunes. Une petite garnison s'était ainsi reconstituée. Les nouveaux officiers ne plaisantaient ni avec le règlement ni avec la discipline. Ils avaient vite rendu leur fierté aux jeunes gens de quinze à vingt-trois ans, mal remis de l'émotion considérable qu'avait provoquée la perte de tous leurs camarades.

Beneda et Sylvia n'avaient jamais cessé de parler de Chernon et de rêver à haute voix, comme persistaient à le faire des centaines de mères, et de sœurs, et de fiancées. Stavia avait appris à se joindre à l'évocation des ombres vénérées. L'étrange omission de la douleur et du repentir ne la gênait plus. Tout en elle se glaçait. Jamais prise en défaut, jamais en répit, l'actrice n'éprouvait rien et répondait à tout. Demain, le carnaval allumerait ses artifices. Pour mériter la fête, il fallait en passer par *Iphigénie*, rituel expiatoire, pour ceux qui savaient écouter, les Damnés aux yeux pleins de larmes, portant leur sagesse comme une croix.

Les conseillères, Kostia, Tonia, Septimius, quelques serviteurs distingués et sur la scène, les acteurs... ils étaient moins de deux cents, tous damnés.

La représentation s'achevait. Depuis quelque temps, l'auditoire avait mis une sourdine à sa gaieté. On s'était lassé de chahuter le fantôme du Grec. L'humour suspendu, l'attention plus vive, on guettait les dernières répliques, les yeux fixés sur les remparts.

Iphigénie et Achille s'étaient rejoints à mi-hauteur.
— A quoi ressemblent les Enfers ? demanda Achille.

ACHILLE : A quoi ressemblent les Enfers ?

IPHIGÉNIE : L'enfer ? C'est l'ombre privée de soleil ou la nuit qui n'attendrait pas le jour. C'est un accouplement de fantômes.

ACHILLE : Cesseras-tu bientôt de parler par énigmes ?

POLYXÈNE : En enfer, les femmes n'ont plus besoin de commettre de crimes pour défendre leurs intérêts. Voilà la clé de l'énigme.

IPHIGÉNIE : Voilà la clé de l'énigme.

ACHILLE : Quels intérêts ? Qui les menace ? Quel rapport avec les Enfers ?

POLYXÈNE : J'ai imploré, si tu savais ! Je les ai sup-
pliés de m'épargner. Quand ils m'ont dit de me
préparer au sacrifice, dans le soudain relâchement
de mes viscères, j'ai fait sous moi. Je me suis souillée, Achille, et bien pire : hagarde, hurlante, je me
suis vautrée dans mes propres déjections. Je voulais vivre ! J'étais une mince jeune femme, fière de
sa silhouette, éprise de grâce et de mouvement. Ils
m'ont tranché la gorge telle que j'étais, la robe
soulevée, enveloppée de fétidité. Ma dernière
image de femme vivante, celle qui me survivra
dans l'éternité... Le monde entier le sait. En enfer,
je danserai à nouveau, qui sait ? On ne supplie pas
quand on est mort. On n'implore rien ni personne.
On a tout perdu.

ANDROMAQUE : Mon père fut assassiné sous mes
yeux. J'ai vu la lance transpercer sa poitrine à
l'endroit précis où s'appuyait ma tête quand il me
prenait sur ses genoux en m'appelant sa petite
fleur. Il a saigné comme un porc et crié comme un
porc. Sa tunique était rouge, son visage, déjà,
n'était plus qu'un masque. Mes frères accourus furent massacrés. Achille n'avait pas donné toute sa
mesure. Tu m'as suivie jusqu'à Troie. Tu as vaincu
mon époux, tu t'es acharné sur son corps. Ce
n'était pas assez. Qu'avez-vous fait du fils d'Hector ? Mon fils ? Jeté du haut des remparts, bon débarras ! J'entends sa plainte aiguë, si semblable à
celle d'une mouette qui fond sur sa proie. En rêve,
je suis le vol des mouettes... l'une d'elles pique
dans l'eau comme une pierre. Cette image me reste
de mon fils. Quand le bateau qui m'emportera sera
en haute mer, je sauterai par-dessus bord. Tant pis
si je suis damnée pour ce geste. Maudite soit l'espérance et maudite la vie ! Je ne veux plus aimer
pour m'exposer au risque de porter un nouveau
deuil. Plutôt mourir que souffrir ! Aux Enfers, nul
ne souffre et nul ne vit.

HÉCUBE : Un poignard était caché dans les plis de

ma robe. Quand Talthybius s'est penché pour scruter mes rides, j'aurais pu le lui plonger dans le cœur, comme j'en avais eu l'intention. La pensée de sa mère a retenu ma main. La souffrance que j'éprouvais s'est confondue avec celle que j'allais infliger à cette sœur inconnue. J'ai donc épargné son fils. Faiblesse abominable ! Si j'avais frappé, Astyanax vivrait peut-être. Une telle pensée est impie, mais qu'y puis-je si les femmes sont placées devant l'horrible alternative de mourir ou de se perdre ? On chante les louanges d'un homme dont les mains sont rouges du sang de sa fille, mais que nous promet-on, si nous rendons la monnaie de la pièce ? L'éternité de la damnation ! Qu'importe, si j'avais pu sauver le fils d'Hector.

ACHILLE, *accablé, secoue la tête* : Réponds-moi, fille d'Agamemnon. A quoi ressemblent les Enfers ?

IPHIGÉNIE : Un rêve dont on ne s'éveille pas. Un lieu où tu peux tout imaginer, puisque tu n'es rien. Un voyage immobile. As-tu jamais rempli le tonneau des Danaïdes ? Es-tu jamais rentré au port après la tempête ? Attends d'y être, et tu sauras. Les Enfers, mon pauvre Achille, c'est franchir la porte des Femmes.

Stavia posa sa joue contre la sienne. Elle regardait le champ de manœuvre, noir de l'armée des ombres. Autant en emporte... Serviteur, guerrier, dissident, citoyen de la Fédération, père, aussi, un homme était tout cela et ses larmes n'étaient pas feintes.

Joshua pleurait. L'enfer était dans leurs têtes.

Science-fiction

Depuis 1970, cette collection est leader du genre en France. Elle a publié la plupart des grands classiques (Asimov, Van Vogt, Clarke, Dick, Vance, Simak), mais elle a aussi révélé de nombreux jeunes auteurs qui seront les écrivains de premier plan de demain (Tim Powers, David Brin, Greg Bear, Kim Stanley Robinson, etc.). La S-F est reconnue aujourd'hui comme littérature à part entière, étudiée dans les écoles et les universités. Elle est véritablement la littérature de notre temps.

Romans policiers

On a trop longtemps cru en France qu'il n'existait que deux sortes de romans policiers : les énigmes classiques où l'on se réunit autour d'une tasse de thé pour désigner le coupable, ou les romans noirs où le sexe et le sang se le disputent à la violence. Des auteurs tels que Boileau-Narcejac, Ellery Queen, Ross Macdonald, Demouzon démontrent qu'il existe une troisième voie, la plus féconde, où le roman policier est à la fois œuvre littéraire et intrigue savamment menée.

Épouvante

Depuis Edgar Poe, il a toujours existé un genre littéraire qui cherche à susciter la peur, sinon la terreur, chez le lecteur. Il a suscité de nombreux films.

ALMQUIST Gregg	L'éveil de la Bête 2574/4★ Inédit	
ANDREWS Virginia C.	Ma douce Audrina 1578/4★	
BARKER Clive	Livre de sang 2452/3★	
BINGLEY Margaret	Au-delà de la mort d'Alice 2520/3★ Inédit	
BLATTY William P.	L'exorciste 630/4★	
BRANDNER Gary	La Féline 1353/4★	
	Carrion 2705/4★ Inédit	
BYRNE John L.	Le Livre de la Peur 2633/4★ Inédit	
CAMPBELL Ramsey	La poupée qui dévora sa mère 1998/3★	
	Le Parasite 2058/4★ Inédit	
	La lune affamée 2390/5★	
FARRIS John	La forêt sauvage 2407/5★ Inédit	
GALLAGHER Stephen	La vallée des lumières 2800/3★ Inédit	
HERBERT James	Le sombre 2056/4★	
	Pierre de lune 2470/4★	
HOWARD Joseph	Damien la malédiction II 992/3★	
JAMES Peter	Possession 2720/5★ Inédit	
JETER K.W.	Les âmes dévorées 2136/4★ Inédit	
	Le ténébreux 2356/4★ Inédit	
KAYE Marvin & GODWIN Parke	Lumière froide 1964/3★	

KING Stephen		
Carrie 835/3★	Christine 1866/4★	Le Fléau 2326/6★
Shining 1197/5★	Peur bleue 1999/3★	Différentes saisons 2434/7★
Danse macabre 1355/4★	Charlie 2089/5★	Brume - Paranoïa 2578/4★
Cujo 1590/4★	Simetierre 2266/6★	Brume - La Faucheuse 2579/4★
ÇA 2892/6★ , 2893/6★ & 2894/6★		

KOONTZ Dean R.	Spectres 1963/4★ Inédit	
	Le rideau de ténèbres 2057/3★	
	Le visage de la peur 2166/3★ Inédit	
	Chasse à mort 2877/5★	
LAWS Stephen	La nuit des spectres 2670/4★ Inédit	
	Le Veur 2762/4★ Inédit	
LEVIN Ira	Un bébé pour Rosemary 342/3★	
MAXIM John R.	Les possédés de Riverside 2654/4★ Inédit	
MONTELEONE Thomas	L'horreur du métro 2152/4★ Inédit	
MORRELL David	Totem 2737/3★	
NICHOLS Leigh	L'antre du tonnerre 1966/3★ Inédit	
	L'heure des chauves-souris 2263/5★ Inédit	
	Feux d'ombre 2537/6★ Inédit	
PIERCE Dale	Le sang du matador 2554/3★ Inédit	
RHODES Daniel	L'ombre de Lucifer 2485/3★ Inédit	
	Le banquet de Lucifer 2837/4★ Inédit	
RUSSO John C.	L'appel du sang 2611/5★ Inédit	
SAUL John	Corps étranger 2308/4★	
SELTZER David	La malédiction 796/2★	
SOMTOW S.P.	Vampire Junction 2862/6★ Inédit	
STRAUB Peter	Le dragon flottant 2373/6★ Inédit	
	Tu as beaucoup changé, Alison 2816/5★ Inédit	
STRIEBER Whitley	Wolfen 1315/4★	
STRIEBER W. & BARRY J.	Cat Magic 2341/6★ Inédit	
TESSIER Thomas	La nuit du sang 2693/3★	

Suspense

Depuis Alfred Hitchcock, le suspense, que l'on nomme aussi parfois Thriller, est devenu un genre à part dans le roman criminel. Des auteurs connus, aussi bien anglo-saxons (Stephen King, William Goldman) que français (Philippe Cousin, Patrick Hutin, Frédéric Lepage) y excellent. Les livres de suspense : des romans haletants où personnages et lecteur vivent à 100 à l'heure.

2907

Photocomposition Assistance 44-Bouguenais
Impression Brodard et Taupin
à La Flèche (Sarthe) le 21 novembre 1990
1873D-5 Dépôt légal novembre 1990
ISBN 2-277-22907-5
Imprimé en France
Editions J'ai lu
27, rue Cassette, 75006 Paris
diffusion France et étranger : Flammarion